Obscure prémonition

Linda Howard

Du même auteur
aux Éditions J'ai lu

LE SECRET DU LAC
N° 4480

MISTER PERFECT
N° 6648

COURSE-POURSUITE FATALE
N° 7858

LE PRIX D'UNE VIE
N° 8559

LA MORT DE L'ANGE
N° 9234

LE VOILE DE GLACE
N° 9745

UN MARIAGE EN NOIR
N° 9806

LINDA

HOWARD

Obscure prémonition

Traduit de l'anglais (États-Unis)
par Sophie Troubac

J'AI LU

Précédemment paru sous le titre : *La femme et le chevalier*

Titre original :
SON OF THE MORNING
Pocket Books,
a division of Simon & Schuster Inc., New York

Merci à Suzanne Bailey, l'amie banquière qui a répondu à toutes mes questions sur les distributeurs automatiques de billets, sans m'accuser de vouloir commettre un vol.

Comment es-tu tombé des cieux,
ô Lucifer, fils du matin ?

Ésaïe, 14,12

PREMIÈRE PARTIE
Grace

Prologue

Décembre 1307, France

Les murs de la salle souterraine suintaient d'humidité. Deux torches fumantes fournissaient un peu de lumière, sans pour autant réchauffer l'atmosphère, mais les deux hommes éclairés par la lueur dansante des flammes ne se souciaient guère du froid qui transperçait la laine et le cuir de leurs vêtements.

L'un était debout, l'autre agenouillé devant lui. La soumission de cette posture était trompeuse. Le fier port de tête, les larges épaules, la vitalité qui émanait de ce corps puissant faisaient paraître son compagnon frêle et âgé. À cinquante et un ans, Valcour n'était plus le valeureux guerrier d'autrefois. Sa vigueur et sa jeunesse l'avaient depuis longtemps abandonné. Ses cheveux et sa barbe étaient plus gris que bruns. Son visage émacié témoignait des souffrances qu'il avait subies. Il était temps pour lui de transmettre les responsabilités, le devoir qu'il assumait depuis de trop longues années. Le jeune lion indomptable incliné devant lui saurait le remplacer. Il était le meilleur guerrier de l'Ordre – autant dire le meilleur de toute la Chrétienté, car ils étaient et avaient toujours été les meilleurs de tous, eux qu'on avait sélectionnés sur les champs de bataille et dans les tournois de l'Europe entière pour former une confrérie de soldats.

Mais c'était terminé.

Deux mois avaient passé. Un vendredi, le 13 octobre de l'année 1307, un jour dont on se souviendrait comme d'un jour de ténèbres, tout s'était écroulé. Ce jour-là, Philippe IV, roi de France, et son pantin, le pape Clément V, avaient cédé à leur cupidité et ordonné la destruction du plus militaire des ordres jamais fondés : celui des Templiers. Quelques frères s'étaient enfuis, d'autres avaient péri dans d'atroces souffrances. Inévitablement, d'autres morts allaient suivre. Les prisonniers refuseraient de renier leur foi, Valcour le savait.

Pressentant sans doute cette période troublée, le grand maître, Jacques de Molay, faisant fi de sa propre sécurité, avait consacré son énergie et le peu de temps qui lui restait à la sauvegarde du Trésor. Il s'était plusieurs fois entretenu avec Valcour pour tenir leur immense flotte hors de portée de Philippe IV, mais le premier de ses soucis avait été la protection du Trésor. Lui, Valcour et le grand guerrier Geoffroy de Charney en avaient longuement discuté, et leur choix s'était enfin porté sur le fidèle et valeureux guerrier Niall d'Écosse. À cause de ses faits d'armes exceptionnels – il n'avait jamais été battu ni même égalé – et aussi à cause de la protection que lui devait son nom, Niall serait le Gardien. Avec lui, le Trésor serait à l'abri en Écosse.

Le grand maître ne l'avait pourtant pas désigné sans réticence. Malgré son inébranlable fidélité à Dieu, à la Confrérie et au serment qu'il avait prêté, l'Écossais dégageait une force sauvage, une cruauté qu'il devinait imprévisible. Certains de ses vœux avaient été prêtés à contrecœur, le grand maître en était sûr, en particulier celui de chasteté. Niall avait été contraint d'entrer dans l'Ordre parce qu'un moine ne peut prétendre au trône et que Niall était le fils – illégitime – du roi d'Écosse. Sa bâtardise aurait pu être une barrière insurmontable mais, dès son plus jeune âge, Niall, grand, courageux, fier, intelligent, habile, impitoyable, avait été un chef-né. Il possédait les qualités d'un grand roi. Le choix avait été des plus simples : l'assassiner ou lui enlever toute possibilité de prétendre au trône. Son père et son demi-frère, qui l'aimaient profondément, n'avaient pas hésité. Le jeune homme était entré au service de Dieu.

Cette décision avait été un coup de génie. En effet, s'il renonçait à ses vœux et au Temple, Niall serait aussitôt déshonoré aux yeux du peuple et écarté de la couronne. Placer le jeune Niall sous la protection de l'Ordre lui avait ainsi sauvé la vie et ôté toute illusion quant au trône écossais.

Mais Niall était plus guerrier que moine. Toute la puissance de ses instincts sexuels avait été détournée au profit des champs de bataille et, si ses yeux s'attardaient parfois sur ce qui lui était interdit, le grand maître savait qu'il n'avait jamais brisé ses vœux. Niall d'Écosse était un homme de parole.

Cette honnêteté fondamentale et sa capacité à se battre avaient finalement convaincu Geoffroy de Charney de le choisir comme Gardien. Bien que le grand maître fût à la tête de l'Ordre, de Charney en était le chevalier le plus puissant et, puisqu'il avait veillé sur le Trésor pendant de nombreuses années, il eut le dernier mot. Il avait désigné Niall d'Écosse et Valcour avait chaleureusement approuvé. L'Écossais protégerait le Trésor envers et contre tout, au péril de sa vie.

— Prends-les, murmura Valcour à la tête brune inclinée devant lui. Quels que soient les événements, le Trésor ne doit jamais tomber dans des mains étrangères. Notre Confrérie s'est juré de protéger notre Dieu et ses fidèles, et nous ne devons pas faillir à notre mission.

Le pavé était dur et glacé sous les genoux de Niall, mais il le sentait à peine. Ses épais cheveux noirs, coupés court comme le voulait la règle, luisaient de sueur malgré le froid qui régnait dans la salle souterraine. Une fine vapeur l'enveloppait. Il leva la tête, le regard fixe et aussi noir que la nuit la plus sombre.

— Même maintenant ? demanda-t-il, l'amertume perçant sous la tonalité grave et râpeuse de sa voix.

Valcour eut un faible sourire.

— Surtout maintenant. Nous servons Dieu, pas Rome. Le Saint-Père a oublié cette différence.

— Il n'a pas eu de mal, répliqua Niall avec hargne. Il a remplacé Dieu par Philippe et ne perd pas une occasion de lécher les bottes de ce maudit roi !

Son regard noir balaya la collection d'objets mystérieusement enlevés au temple de Jérusalem, plus de cent ans auparavant. Il sentit la colère monter en lui. Des hommes valeureux avaient subi une mort atroce pour défendre ces reliques. Aujourd'hui, le roi de France et le Saint-Père étaient pressés de dépouiller l'Ordre de ses richesses. Pourtant, le trésor le plus précieux de la Confrérie n'était pas l'or, ni l'argent. Certes, il y en avait en abondance, Niall le savait pertinemment. Mais son seul but était de protéger le véritable Trésor qu'il avait sous les yeux.

Une coupe toute simple, un linceul avec ses secrets ensevelis dans ses replis, un trône païen, une magnifique et mystérieuse bannière, ainsi qu'un texte ancien écrit dans un mélange de grec et d'hébreu, qui parlait d'un pouvoir au-delà de toute imagination.

— Je pourrais y retourner, reprit Niall.

Il leva son regard de guerrier impitoyable vers Valcour et continua :

— Tuer Philippe et Clément et empêcher que tout cela n'arrive. Nos frères resteraient en vie.

— Non, répondit Valcour.

Il avait les traits tirés, l'expression lointaine de celui qui a dépassé l'horreur et la fatigue.

— Pour notre propre bien, nous ne devons pas prendre le risque d'être découverts. Et le pouvoir décrit dans ce texte ne doit être employé que pour le service de Notre-Seigneur.

— Existe-t-Il seulement ? répliqua Niall d'une voix amère. Ou ne sommes-nous que des fous ?

La main décharnée et exsangue de Valcour se posa doucement sur la tête de Niall, comme pour le bénir et l'apaiser. Il sentit la chaleur qui émanait des muscles tendus du guerrier. Niall venait d'ôter son heaume et portait encore sa lourde armure. Si seulement il possédait une once de la puissance du jeune homme, songea Valcour, épuisé. L'Écossais était comme le fer : il ne rompait ni ne cédait, quelles que soient les épreuves. Son bras ne connaissait pas la fatigue, sa volonté était inébranlable. Dieu n'aurait pas meilleur défenseur à son service que cet Écossais redoutable, dont les veines bâtardes charriaient un sang royal, ce sang qui lui avait valu son admission dans l'Ordre. D'ordinaire, la légitimité de la naissance était une condition essentielle, mais le grand maître avait décidé avec beaucoup de sagesse que, dans ce cas particulier, les liens du sang étaient plus importants que les règles.

Et ce sang jouerait encore en faveur de Niall. Clément V ne pourrait étendre ses mains avides et sanglantes sur l'Écossais, qui serait à l'abri dans les montagnes escarpées des Highlands.

— Nous croyons en Dieu et nous lui avons consacré nos vies, répondit enfin Valcour. Par le sang de tes frères, tu dois jurer de consacrer le reste de ton existence à la protection de ces saintes reliques.

— Je jure de les protéger, fit Niall férocement. Mais je le ferai pour mes frères. Plus jamais pour Lui.

Le regard de Valcour se troubla. La perte de la foi était une chose terrible, et si fréquente en ces jours d'horreur ! Tous les frères n'étaient pas restés fidèles. Certains avaient tourné le dos à l'Ordre, ainsi qu'au Dieu qu'ils avaient fidèlement servi et qui avait permis une telle tragédie. Des amis, des frères avaient été torturés, démembrés, brûlés vifs, l'Ordre avait volé en éclats... À cause de la cupidité de quelques-uns. En cette période de désespoir, il était difficile de croire à autre chose qu'à la trahison et à la vengeance.

Valcour essayait pourtant de conserver une petite part de lui-même pure de toute haine, pour y enfouir sa foi. Car s'il cessait de croire, il lui faudrait accepter que tant d'hommes valeureux étaient morts en vain, et il en était incapable. Alors, parce que l'alternative était insupportable, il croyait. Il aurait voulu que Niall ait ce réconfort, mais l'Écossais était trop entier, trop intransigeant. Sur les innombrables champs de bataille qu'il avait foulés, le choix était simple : tuer ou être tué. Il n'y avait pas de place en lui pour les demi-mesures.

L'Ordre avait besoin de Niall pour remplir sa plus grande et sa plus secrète mission. Si la Confrérie était anéantie, son devoir sacré subsistait, et Niall avait été choisi pour l'assumer.

— Quelles que soient tes motivations, murmura Valcour, protège ces reliques sans faillir, car elles sont les véritables richesses du Très-Haut. Si elles tombent entre les mains du démon, le sang de nos frères aura été versé en vain. Alors, si tu ne le fais pas pour Lui, que ce soit pour eux.

— Sur ma vie, promit Niall d'Écosse.

Décembre 1309
Creag Dhu, Écosse

— Trois autres chevaliers sont arrivés depuis ta dernière visite, annonça Niall à son frère tandis qu'ils s'installaient devant le feu.

Une grosse chandelle posée sur la table ajoutait sa lueur à celle des flammes de la cheminée, mais, autour des deux hommes, la chambre était plongée dans la pénombre. La pièce était délicieusement chaude. On avait recouvert les murs de tapisseries épaisses et soigneusement colmaté les fissures, si bien qu'aucun courant d'air glacé ne s'immisçait entre les jointures des murs. La porte de la chambre de Niall était solide et une poutre passée en travers en bloquait l'ouverture. Pourtant, les deux hommes parlaient en français pour ne pas être compris. Les domestiques de Niall ne connaissaient pas cette langue, contrairement à la plupart des membres de la noblesse. Dans cette forteresse imprenable au fin fond des Highlands, les deux frères n'étaient entourés que de serviteurs et d'hommes d'armes.

Leurs lourds gobelets étaient remplis d'un délicat vin français. Robert sirotait distraitement le sien, assis dans un large fauteuil en bois sculpté. Niall, lui, avait tiré un banc et faisait face à son visiteur, le dos à la cheminée. Robert regardait danser les flammes tout en buvant son vin. Lorsqu'il releva les yeux, il réalisa soudain pourquoi Niall avait installé son banc de cette façon. Enfermé dans son propre château, à l'abri de sa chambre, en compagnie de son frère, Niall agissait encore en guerrier. Dans cette position, il avait un large champ de vision. Si un ennemi surgissait brusquement, il ne serait pas pris au dépourvu.

Cette constatation arracha un sourire désabusé à Robert. Après plusieurs années passées à combattre les Anglais, il avait appris à être aux aguets, nuit et jour. Pourtant, ici, dans cet endroit sûr, il s'était permis un moment de détente. Pas Niall. Son frère était toujours sur le qui-vive.

— Ils n'ont pas trouvé d'autre refuge ?

— Non. Mais ils savent qu'ils devront bientôt partir, car leur nombre grandissant risque d'attirer sur Creag Dhu l'attention qu'ils souhaitent tellement éviter.

Niall scrutait le visage de son frère.

— Dis-moi, as-tu l'intention d'appliquer l'édit de Clément contre nous ? ajouta-t-il gravement.

Stupéfait, Robert sursauta.

— Tu oses me poser la question ! grommela-t-il en gaélique, la colère lui ayant fait oublier son français.

Imperturbable, Niall soutint le regard furieux de son frère.

— Tu as besoin de cette alliance avec la France, poursuivit-il. Si Philippe découvrait mon identité, il ne reculerait devant rien pour me capturer. Il n'hésiterait pas un instant à unir ses forces à celles d'Édouard. Tu ne peux pas prendre un tel risque.

Robert inspira profondément.

— Oui, admit-il en français, ce serait un sale coup. Mais j'ai déjà perdu trois frères dans cette boucherie contre les Anglais. Ma femme, ma fille et notre sœur sont captives depuis trois ans, et je ne sais même pas si je les reverrai vivantes. Je ne veux pas te perdre aussi.

— Tu me connais à peine.

— On ne se voit pas très souvent, c'est vrai. Pourtant, je te connais, protesta Robert.

Il connaissait Niall et l'aimait. Aucun de ses autres frères n'était de taille à lui disputer la couronne, mais lui et son père avaient compris depuis longtemps que Niall avait l'étoffe d'un roi, qu'il possédait l'intelligence et l'audace qui faisaient la valeur de Robert. En ces temps troublés, l'Écosse n'aurait jamais pu supporter une lutte fratricide. Par bonheur, Niall avait montré une fidélité à toute épreuve et un dévouement indéfectible à son demi-frère et roi, bien que sa personnalité hors du commun lui eût certainement rallié le soutien inconditionnel de leur peuple. Les circonstances de sa naissance avaient été tenues cachées. Cependant, malgré toutes les précautions, les secrets trouvent toujours le moyen de s'exprimer. Un beau jour, Niall était venu trouver Robert et lui avait demandé effrontément s'ils étaient frères.

Nombre d'héritiers avaient coutume d'éclaircir leur chemin vers la couronne en faisant assassiner les autres prétendants potentiels, mais cette idée avait révolté Robert et son père, le comte de Carrick. La mort du jeune garçon les aurait privés de lumière. La vitalité qui brûlait en Niall attirait les gens à lui comme un aimant. Il avait toujours été à la tête des gamins avec lesquels il jouait, les entraînant dans les espiègleries les plus hardies et subissant seul les remontrances lorsqu'ils se faisaient prendre.

Quand il eut quatorze ans, les filles, les yeux brillants et le corps souple, commencèrent à rechercher sa compagnie. Sa voix était déjà profonde, ses épaules larges. La virilité s'était emparée sans effort de ce corps vigoureux. Il s'était très vite montré d'une rare habileté au maniement des armes, et la pratique constante des lourdes épées avait décuplé ses forces. Robert doutait que le jeune homme ait alors passé beaucoup de nuits seul.

Mais la tragédie qui s'était abattue sur les Templiers l'avait changé. Si son magnétisme n'avait pas faibli, il semblait plus dur et ses yeux noirs restaient sombres, même lorsque ses lèvres souriaient. Adolescent, il était habité d'une énergie inépuisable. Maintenant qu'il avait mûri, c'était un redoutable guerrier. Il avait appris l'art de la patience, et son calme était celui du prédateur guettant sa prochaine proie.

— L'Écosse ne se joindra pas à la persécution des Templiers, déclara posément Robert.

Le regard de Niall plongea dans le sien comme une épée acérée.

— Je t'en suis reconnaissant, répondit-il, et je vais te le prouver.

Robert haussa les sourcils.

— Me le prouver ? répéta-t-il en buvant une gorgée de vin.

Il était curieux de savoir ce que son frère avait en tête. Il n'osait pas espérer... Niall allait peut-être lui donner de l'or. L'Écosse avait avant tout besoin d'argent pour lutter contre la domination anglaise.

— Les frères sont les meilleurs soldats du monde. Je ne vois aucune raison de laisser leurs talents inemployés.

— Ah...

Robert contempla le feu d'un air songeur. La proposition de Niall était tentante. Il lui offrait l'entraînement et l'expérience, un cadeau presque aussi précieux que de l'argent. Les arrogants chevaliers excommuniés ne portaient plus la croix rouge des Templiers, mais ils étaient restés ce qu'ils étaient avant que le pape et le roi de France ne les détruisent : les meilleurs guerriers du monde. Cette interminable guerre contre l'Angleterre épuisait l'Écosse à tel point que ses armées se battaient parfois à mains nues. Si courageux que soient ses hommes, en particulier les Highlanders, Robert savait qu'il leur fallait plus pour vaincre. Plus de fonds, plus d'armes, plus d'entraînement...

Les Templiers ! L'idée était étourdissante. La perspective d'avoir de tels soldats sous ses ordres faisait battre son sang de guerrier. Mais comment une poignée d'hommes, même bien entraînés, pourraient-ils renverser la situation ?

— Combien sont-ils ? demanda-t-il, sceptique. Cinq ?

— Cinq chez moi, répondit Niall, et des centaines en quête d'un refuge.

Des centaines. Niall lui proposait de faire de l'Écosse la terre d'asile des Templiers éparpillés et cachés dans toute l'Europe. Quand on les arrêtait, ils avaient le choix entre trahir leurs frères ou subir la torture avant de finir sur le bûcher. Certains avaient coopéré et n'en avaient pas moins perdu la vie.

— Tu peux les faire venir ?

— Oui.

Niall se dressa devant le feu. Ses larges épaules assombrirent la pièce. Ses épais cheveux noirs flottaient librement sur ses épaules. Deux fines tresses à la mode celte encadraient son visage. En kilt et tunique blanche, un couteau glissé dans sa large ceinture, il offrait l'image même de l'indomptable Highlander. Son visage était impénétrable.

— Je ne pourrai pas me joindre à eux, ajouta-t-il.

— Je comprends, fit doucement Robert. Je ne te demande pas d'explications, mais je devine que tu cours un danger bien plus grand que ceux que tu cherches à protéger, et pas seulement parce que tu es mon frère. Quelle que soit la mission dont l'Ordre t'a chargé, je sais qu'aucun autre homme n'aurait pu l'accomplir à ta place. Si tu as besoin de mon aide ou de celle des Templiers que tu mets à mon service, tu n'auras qu'à dire un mot.

Niall acquiesça, mais Robert savait que ce jour n'arriverait jamais. Dans la région la plus reculée et la plus sauvage des Highlands, Niall avait bâti une véritable forteresse. Il s'était entouré de chevaliers et d'hommes d'armes disciplinés et défendrait Creag Dhu envers et contre tout.

Les paysans s'étaient rapprochés du château pour bénéficier de sa protection, ce qui ne les empêchait pas de murmurer au sujet de leur suzerain. Ils le surnommaient Niall le Noir. Certes, les Écossais avaient tendance à attribuer cette couleur à toute créature dotée de cheveux sombres, mais les rumeurs précisaient que le cœur de Niall était aussi noir que sa crinière et ses yeux.

Robert, qui connaissait les origines de Niall, avait été frappé par la ressemblance entre son demi-frère et son meilleur ami, Jamie Douglas, l'infâme Douglas le Noir. Le même surnom et les mêmes cheveux noirs le mettaient mal à l'aise. La mère de Niall était née Douglas, lui et Jamie étaient donc cousins germains. Jamie était grand et large d'épaules, bien que de constitution moins robuste. Si on les voyait côte à côte, remarquerait-on la ressemblance ? Remarquerait-on aussi que Niall possédait la stupéfiante force physique des Bruce, ainsi que la beauté ténébreuse qui avait fait la célébrité de Nigel, un autre frère de Robert ? Les sangs des Bruce et des Douglas s'étaient unis pour donner naissance à un homme d'une beauté et d'une puissance exceptionnelles, ce genre d'homme qui ne se rencontre qu'une fois par siècle. Niall ne passait pas inaperçu. Pour sa propre sécurité comme pour le succès de la mission dont l'Ordre l'avait chargé, personne ne devait jamais savoir que Niall le Noir était le bien-aimé demi-frère du roi d'Écosse et le fils bâtard de la belle Catriona Douglas, car le mari de celle-ci vivait encore et rien ne l'empêcherait de tuer le fruit de l'infidélité de sa femme.

Niall était aussi un Templier, excommunié et condamné à mort par ordre papal. Apparemment, sa vie ne tenait qu'à un fil.

Mais il fallait être fou pour tenter de briser les défenses de Creag Dhu. L'Ordre avait parfaitement choisi son champion.

Robert soupira. Il ne pouvait rien faire d'autre pour son frère que respecter son secret et offrir à ses compagnons persécutés l'abri de son royaume. C'était bien peu en échange de ce que l'Écosse allait y gagner.

— Cette fois, je pars, fit-il en vidant son gobelet. Il se fait tard, et la belle qui t'attend risque de s'impatienter et de chercher un autre lit.

Depuis deux ans, Niall avait totalement abandonné ses vœux de pauvreté, de chasteté et d'obéissance. Robert se demandait à présent comment un homme tel que lui avait pu supporter huit années sans femme.

— Peut-être, répliqua Niall sans la moindre trace de doute dans la voix.

Trop heureuse de son statut de favorite, Meg ne risquait pas de lui préférer un autre homme.

Robert éclata de rire et tapa sur l'épaule de son frère.

— À cheval dans la nuit glaciale, je vais envier ta chevauchée, mon cher. Que Dieu soit avec toi.

Niall se rembrunit. Robert comprit immédiatement que cette brusque froideur était due à sa dernière remarque. Troublé, il resserra la main sur l'épaule de son frère. Niall avait rejeté Dieu, tout comme l'Église lui avait tourné le dos.

Mais il n'y avait rien à dire. Aucune parole ne saurait le réconforter, si ce n'est la promesse qu'il lui avait déjà faite.

— Fais-les venir, murmura-t-il doucement. Je les accueillerai.

Sur ces mots, Robert Bruce, roi d'Écosse, appuya sur une certaine pierre à gauche de l'imposante cheminée et une partie du mur pivota. Il prit la torche qu'il avait laissée à l'intérieur du passage secret et la tendit vers le feu pour ranimer sa flamme. Et il quitta Creag Dhu comme il y était entré, à l'insu de tous.

Niall regarda le pan de mur se refermer et se fondre totalement dans la cloison. Le visage impénétrable, il ramassa le gobelet que son frère avait utilisé, essuya le bord et le remplit de vin. Son propre gobelet était presque plein. Il les déposa tous les deux près du lit, puis déverrouilla la porte pour partir à la recherche de Meg. Malgré l'asile que Robert avait offert aux Templiers fugitifs, son humeur s'était assombrie. La rage était toujours là, parfaitement maîtrisée mais bien vivace. Maudits soient Clément et Philippe, maudit soit le Dieu que les Templiers avaient fidèlement servi et qui les avait abandonnés au moment où ils avaient le plus besoin de lui ! Il voulait bien aller en enfer pour un tel blasphème. De toute façon, il ne croyait plus à l'enfer. Il ne croyait plus à rien.

Sa colère se libérerait entre les bras de Meg. Plus l'amour était violent, plus elle aimait ça.

La trouver ne fut pas difficile. La jeune femme traînait en bas du large escalier en pierre. Dès qu'elle le vit apparaître en haut des marches, elle se dirigea vers lui, un sourire aux lèvres. Niall s'arrêta et l'observa. Meg releva sa jupe et grimpa prestement l'escalier, la lumière des torches dansant sur son visage. Sans plus l'attendre, Niall fit demi-tour vers sa chambre. Des pas légers et rapides le suivirent. Il percevait même la respiration haletante de Meg dans son dos.

À peine eut-elle franchi le seuil de la chambre qu'elle rejeta son châle et commença à délacer son corsage. Il referma la porte et regarda la jeune femme se débarrasser fiévreusement de ses vêtements, lui révélant la souplesse voluptueuse de son corps. Un désir dur et violent l'envahit aussitôt.

Elle aperçut les deux gobelets de vin et un sourire ravi se dessina sur ses lèvres. Niall savait qu'elle les prendrait pour une marque d'attention à son égard. Elle pouvait penser ce qu'elle voulait, songea-t-il, il ne fallait surtout pas qu'elle soupçonne la présence d'un visiteur secret, encore moins celle du roi d'Écosse lui-même.

Une fois nue, la jeune femme porta un des gobelets à ses lèvres et but une gorgée, heureuse de découvrir un breuvage délicat qui n'avait rien à voir avec la boisson amère à laquelle elle était habituée. Les flammes jouaient sur ses seins, caressaient les courbes de ses hanches, assombrissaient la toison bouclée entre ses cuisses.

Niall ne voulait pas attendre. Il s'approcha d'elle, lui enleva le gobelet des mains et le posa brutalement sur la table, faisant déborder le liquide grenat sur le bois. Meg eut un petit hoquet de surprise quand il la souleva pour la jeter sur le grand lit et se mit à glousser lorsqu'il s'allongea au-dessus d'elle.

Il lui écarta les cuisses.

— Tu ne vas même pas enlever tes bottes ? demanda-t-elle en pouffant.

Elle leva la main pour défaire les lacets de sa tunique.

— Pourquoi ? répondit-il calmement. Elles sont sur mes pieds, pas sur mon sexe.

Meg éclata de rire. Niall écarta les pans de son kilt et la pénétra brusquement, frémissant de soulagement tandis que le rire de Meg mourait sous la puissance de l'assaut.

Ses ténèbres intérieures se dissipèrent avec le plaisir qui l'envahissait. Quand il tenait une femme dans ses bras, il oubliait la trahison divine, et le fardeau de ses responsabilités était moins lourd à porter.

1

27 avril 1996

Un vrombissement sourd annonça à plusieurs kilomètres à la ronde le retour de Kristian Sieber. Le jeune homme rentrait de l'université au volant de la Chevelle 1966 qu'il avait amoureusement retapée. La carrosserie de sa voiture, provenant d'autres Chevelle moins chanceuses, était un patchwork de couleurs. Quand on osait une remarque sur la polychromie stupéfiante de son véhicule, Kris répondait invariablement qu'il s'en occupait. En réalité, l'aspect extérieur l'intéressait peu. Il lui suffisait que le moteur rugisse comme à ses débuts. Selon les obscures convictions de bon nombre de garçons de son âge, il était persuadé que le ronflement des chevaux enfermés sous le capot triompherait de son air de premier de la classe et que toutes les filles tomberaient à ses pieds en le suppliant de les emmener faire un tour dans son splendide véhicule.

Ce n'était encore jamais arrivé, mais Kris ne désespérait pas.

Alors que la voiture tournait devant sa maison, Grace St. John avala rapidement une dernière bouchée du ragoût qu'elle avait préparé pour le dîner.

— Kristian est rentré, déclara-t-elle en quittant la table.

— Sans blague, plaisanta Ford. Je n'avais rien entendu.

Il lui lança un clin d'œil tandis qu'elle attrapait la souple sacoche en cuir contenant son ordinateur portable et la liasse de documents qu'elle devait traduire. Les poches latérales, bourrées de feuilles et de disquettes, fermaient à peine. Grace avait débranché son modem un peu plus tôt et enroulé le cordon autour. D'un geste vif, elle cala le sac et le modem sous son bras et s'approcha de Ford pour un baiser bref mais passionné.

— J'en ai au moins pour deux heures, dit-elle. Quand Kris aura trouvé le problème, il voudra sûrement me montrer ses nouveaux programmes.

— Piratés, commenta distraitement Brian.

Ils avaient l'habitude de prendre leurs repas ensemble. Lorsque Brian et Grace avaient hérité de la maison de leurs parents, ils l'avaient aménagée en duplex. Grace et Ford vivaient d'un côté, Brian de l'autre. Tous trois travaillaient pour la même fondation archéologique, mais Ford et Brian étaient amis depuis le lycée. C'était Brian qui avait présenté Ford à sa sœur, et il se félicitait encore du résultat de cette rencontre.

— Tu es jaloux parce que tu n'es pas aussi doué que lui, lança Grace en riant.

Brian grommela.

Comme elle était chargée, Ford se leva pour lui ouvrir la porte de la cuisine. Il se pencha vers elle pour l'embrasser une nouvelle fois.

— N'oublie pas l'heure, murmura-t-il.

Ses yeux noisette étaient éloquents. Grace frémit. Huit années de mariage n'avaient pas émoussé le désir qu'elle éprouvait pour son mari.

— Pas question, répondit-elle avant de se glisser dehors.

Elle fit immédiatement demi-tour.

— J'ai oublié mon sac à main.

Ford alla le chercher et lui passa la lanière par-dessus la tête.

— Tu en as besoin ?

— Mon chéquier est dedans, expliqua-t-elle en rejetant une mèche de cheveux qui tombait devant ses yeux.

Elle payait toujours Kris pour ses interventions, bien qu'elle sût qu'il était prêt à les faire pour le seul plaisir de s'amuser avec l'ordinateur de quelqu'un d'autre. Ses talents dépassaient la simple habileté des informaticiens qu'elle avait pu rencontrer. Il méritait vraiment un salaire.

— Et je vais sans doute lui offrir une pizza.

— Avec tout ce qu'il avale, il devrait peser deux cents kilos, intervint Brian.

— Il a dix-neuf ans. C'est normal qu'il mange beaucoup.

— Je ne crois pas avoir jamais mangé autant. Qu'est-ce que tu en penses, Ford ? Quand on avait son âge, on s'empiffrait comme ça ?

Son beau-frère lui lança un regard incrédule.

— Tu me poses la question, alors que c'est toi qui prenais treize pancakes et trois assiettes d'œufs au bacon au petit déjeuner ?

— Moi ? fit Brian en fronçant les sourcils. Je ne m'en souviens pas... Et toi ? Il me semble que tu avais l'habitude de commander quatre hamburgers et quatre portions de frites à la fois.

— On aurait cru que vous aviez le ver solitaire, conclut Grace, mettant un terme à leur conversation.

Le rire heureux de Ford résonna longtemps à ses oreilles.

L'herbe était souple et épaisse sous ses pieds. Elle traversa leur jardin et coupa à travers celui des Murchison. Leurs voisins, en vacances pour un mois en Caroline du Sud, ne reviendraient pas avant la fin de la semaine. Dommage qu'ils aient manqué un temps aussi magnifique dans leur propre région, se dit Grace en pressant le pas.

Le mois d'avril avait été particulièrement chaud à Minneapolis. Le printemps, tel un merveilleux feu d'artifice, avait littéralement explosé. L'herbe abondante était d'un magnifique vert sombre et luisant, les arbres s'étaient parés de leurs plus belles feuilles, les fleurs bourgeonnaient. Le soleil s'était déjà couché. Les dernières lueurs du crépuscule traînaient dans le ciel pur, mais l'air était encore chaud et parfumé. Grace inspira avec délices. Elle adorait le printemps. En fait, elle aimait toutes les saisons. Chacune lui apportait des joies différentes.

Kristian, qui l'avait vue arriver, l'attendait à la porte de derrière.

— Salut, fit-il avec empressement.

Il était toujours impatient à l'idée de poser les mains sur son ordinateur.

Il n'avait pas allumé la lumière. Grace pénétra dans la buanderie plongée dans la pénombre, puis traversa la cuisine. Audra Sieber, la mère de Kristian, glissait un plat dans le four. Elle leva les yeux et sourit à la jeune femme.

— Bonsoir, Grace. Nous avons des côtes d'agneau, ce soir. Ça vous tente ?

— Merci, mais je viens juste de finir mon dîner.

Audra était une petite femme potelée qui frisait la cinquantaine et les soixante-cinq kilos. Grace appréciait sa gentillesse et sa compréhension de l'obsession de son fils pour les logiciels et les cartes mères. Physiquement, Kris était le portrait de son père, Errol : grand, mince, les cheveux noirs, des yeux bleus de myope et une pomme d'Adam proéminente. Kris n'aurait pu ressembler davantage à un crack en informatique.

— Ça peut attendre la fin du dîner, Kris, dit Grace en se rappelant l'appétit du jeune homme.

— Non, non, assura-t-il en lui prenant l'ordinateur des mains pour le serrer tendrement contre lui. Je mangerai plus tard. Ça ne te gêne pas, maman ?

— Pas du tout. Vas-y et amuse-toi.

Audra leur adressa un sourire serein. Kristian pivota sur ses talons pour se précipiter à l'étage et transporter son précieux butin dans son repaire bourré d'électronique.

Grace lui emboîta le pas plus calmement, tout en songeant qu'il était temps qu'elle perde les dix kilos qu'elle avait pris depuis son mariage. Mais son travail de linguiste spécialiste des langues mortes était des plus sédentaires. Elle passait la majeure partie de la journée une loupe à la main, penchée sur des copies de manuscrits ou de parchemins. Elle avait rarement accès aux originaux, trop fragiles et trop précieux pour être manipulés. Le reste du temps, elle travaillait sur ordinateur, utilisant un logiciel de traduction qu'elle avait amélioré avec Kris. Dans ces conditions, difficile de brûler beaucoup de calories.

Aujourd'hui, lorsqu'elle avait voulu se connecter à la bibliothèque de l'université pour y chercher certaines informations, son ordinateur s'était bloqué. Ne sachant pas si le problème venait de la machine ou du modem, elle avait appelé Kris à midi et lui avait demandé si elle pouvait passer dans la soirée.

Ce contretemps l'avait rendue malade de frustration. Elle était fascinée par les documents qu'elle devait traduire pour son employeur, la Fondation Amaranthine Potere[1], un riche et puissant organisme de recherche archéologique. Elle aimait passionnément son travail, mais cette mission était si spéciale

1. Du latin *potere*, pouvoir, et *amarante*, plante légendaire aux fleurs éternelles, emblème d'immortalité (*N.d.T.*).

qu'elle avait presque du mal à croire à l'exactitude de ses traductions. Ces textes la troublaient et l'attiraient étrangement. La nuit dernière, Ford l'avait interrogée sur leur contenu. Elle lui en avait peu parlé, et avec réticence. D'habitude, elle discutait volontiers de son travail avec son mari. Pourtant, cette fois-ci, c'était différent. Elle s'était montrée très évasive, comme s'il ne s'agissait que de documents très ordinaires et sans grand intérêt.

En réalité, c'était tout le contraire. Même si elle ne comprenait pas encore pourquoi, elle devinait qu'il s'agissait de textes très particuliers. Elle n'avait traduit qu'un dixième de l'ensemble, mais ce qu'elle entrevoyait la rongeait d'impatience. Et elle était sûre d'une chose : le ciel pouvait bien lui tomber sur la tête, elle irait jusqu'au bout et reconstituerait ce puzzle magnifique et stupéfiant.

À l'étage, elle se dirigea vers la chambre de Kris. Un fouillis de câbles et de matériel électronique envahissait la pièce, ne laissant qu'un espace réduit pour le lit, le bureau et deux chaises. Il y avait quatre lignes de téléphone : une pour l'ordinateur portable, deux pour les deux ordinateurs qui trônaient sur son bureau, la quatrième pour un fax. Deux imprimantes complétaient l'équipement. Une partie d'échecs se déroulait sur un des écrans. Kristian y jeta un coup d'œil, grommela et déplaça la souris pour bouger son fou. Il étudia le résultat un instant, avant de cliquer sur la souris et de revenir à la tâche qui l'attendait. Il poussa une pile de papiers sur le côté, en mit une autre sur le lit et posa la sacoche de Grace sur l'espace du bureau ainsi dégagé.

— Qu'est-ce qui s'est passé ? demanda-t-il en ouvrant le sac pour sortir le portable.

— Absolument rien, répondit-elle en s'asseyant. Il n'a pas bronché.

Kris débrancha les câbles d'alimentation de son propre modem et de son portable pour les installer sur l'ordinateur de Grace. Il appuya sur une touche et la machine commença à ronronner, puis l'écran s'illumina d'un bleu pâle et tremblotant.

— Quand j'ai voulu me connecter à la bibliothèque de l'université, ce matin, plus rien ne marchait. Je ne sais pas si ça vient de l'ordinateur ou du modem.

— On va voir ça.

Kris connaissait son portable aussi bien qu'elle. Il cliqua sur l'icône du téléphone qui venait d'apparaître et composa le numéro de la bibliothèque électronique. Dix secondes plus tard, la connexion était établie.

— C'est le modem, déclara-t-il. Qu'est-ce que tu cherches ?

Grace se pencha vers l'écran.

— Histoire médiévale, les croisades...

Kris fit défiler la liste des entrées.

— Là, fit Grace.

Il cliqua et une table des matières s'afficha.

— Tiens, débrouille-toi pendant que je m'occupe de ton modem, dit-il en se levant.

Elle s'installa à sa place devant l'ordinateur. Kris alluma sa lampe de bureau, chaussa ses lunettes et entreprit d'ouvrir le petit boîtier noir.

Plusieurs mots-clefs faisaient référence aux ordres religieux militaires de l'époque, les Hospitaliers et les Templiers. Grace cliqua sur le chapitre consacré aux Templiers et les informations défilèrent sur l'écran.

Elle lut avec attention, à l'affût d'un nom qui n'apparut pas. Le texte était une chronique et une analyse de la participation des Templiers aux croisades mais, à l'exception de quelques grands maîtres, aucun nom n'était cité.

Ils furent interrompus par Audra, qui apportait son repas à son fils. Kris posa le plateau à côté du modem démonté et commença à manger goulûment, sans cesser de travailler. Grace revint à la table des matières et choisit un autre texte.

Au bout d'un certain temps, sentant Kris regarder pardessus son épaule, elle comprit qu'il avait terminé son dîner et la réparation du modem. Elle s'arracha avec peine aux intrigues médiévales. Le Moyen Âge était tellement plus fascinant que ce monde moderne et aseptisé !

— Tu y es arrivé ? demanda-t-elle.

— Bien sûr, répondit-il d'une voix absente, les yeux fixés sur l'écran. C'était juste un faux contact. C'est qui, ces Templiers ?

— Un ordre religieux militaire du Moyen Âge. Tu n'en as jamais entendu parler ?

Il remonta ses lunettes sur son nez et sourit.

— La vie a commencé en 1946, déclara-t-il.

— Il y avait une vie avant les ordinateurs.

— Une vie analogique, tu veux dire. La préhistoire.

— Quel genre de jauges trouve-t-on dans ce pot de peinture que tu appelles ta voiture ?

S'entendre dire que sa voiture chérie, avec ses jauges analogiques, était définitivement démodée parut peiner le jeune homme.

— J'y travaille, grommela-t-il en haussant ses maigres épaules. Pour en revenir à ces Templiers, pourquoi ont-ils fini sur le bûcher comme les sorcières, alors qu'ils étaient moines ?

— Pour hérésie, murmura Grace. Le feu était le châtiment pour de nombreux crimes, pas seulement pour la sorcellerie.

— La religion avait beaucoup d'importance, à cette époque, fit Kris en fronçant les sourcils devant la représentation très réaliste de trois hommes attachés à un poteau, les jambes léchées par les flammes.

Les trois condamnés portaient des tuniques blanches ornées d'une croix sur la poitrine. Leurs bouches étaient des trous noirs ouverts sur leurs hurlements d'agonie.

— Encore aujourd'hui, on assassine au nom de la religion, dit Grace en frémissant d'horreur. Au Moyen Âge, la religion était au centre de la vie des gens. Tous ceux qui la contestaient constituaient une menace pour les autres. La religion ne leur apportait pas seulement les règles de la vie sociale, elle fournissait aussi une explication, même irrationnelle, à une foule de choses inconnues et inquiétantes. Ils étaient terrifiés par les éclipses, les comètes, la maladie qui frappe et tue sans prévenir... des choses que nous trouvons normales maintenant, mais qu'ils n'avaient aucun moyen de comprendre à l'époque. Imagine ce qu'une appendicite pouvait représenter pour eux, ou une crise cardiaque. Ils ne savaient pas ce qui arrivait, pourquoi ça arrivait et comment l'éviter. La religion leur offrait une sorte de protection contre ces événements effrayants. De toute façon, après la mort, Dieu se chargeait d'eux et les forces maléfiques étaient vaincues.

Kris fronça les sourcils, effaré par une telle ignorance.

— La télévision leur aurait fichu une sacrée trouille, pas vrai ? fit-il.

— Surtout *Les feux de l'amour*, plaisanta-t-elle. C'est ça, l'esprit du mal, aujourd'hui.

Kris gloussa, remonta ses lunettes sur son nez et se pencha à nouveau sur l'écran.

— Tu as trouvé ce que tu voulais ?

— Non, je cherche un Templier en particulier... Enfin, à supposer qu'il ait fait partie de cette confrérie.

— Tu ne peux pas faire de recoupements ?

— Je ne connais même pas son nom de famille.

Niall d'Écosse... Elle avait trouvé son prénom plusieurs fois dans certains documents en ancien français.

Pourquoi son nom n'était-il jamais mentionné, à une époque où la famille et l'héritage étaient si importants ? D'après le peu qu'elle avait déjà traduit, cet homme avait beaucoup compté pour les Templiers. Puisqu'il était chevalier, comme elle l'avait découvert, cela signifiait qu'il était noble. Une partie des textes était en gaélique, resserrant le lien mystérieux avec l'Écosse. Elle avait lu l'histoire de l'Écosse dans l'encyclopédie, mais l'article ne faisait aucune allusion à ce mystérieux Niall.

— C'est l'impasse, dit gaiement Kristian, décidant apparemment qu'ils avaient passé assez de temps sur un type mort depuis des siècles.

Il rapprocha sa chaise, les yeux brillants.

— Tu veux voir le super logiciel de comptabilité que j'ai mis au point ?

— Je ne crois pas que les termes « super » et « comptabilité » puissent cohabiter dans une même phrase, décréta Grace, très sérieuse.

Kristian lui adressa un regard outré et cligna plusieurs fois des yeux, ce qui lui donna l'air d'une grue courroucée.

— Tu plaisantes ? fit-il. Il est génial ! Attends de voir... Je sais que tu plaisantes.

— Ah, oui ? Et comment le sais-tu ? demanda-t-elle en quittant le site de la bibliothèque.

— Tu te pinces les lèvres pour ne pas sourire.

Il jeta un coup d'œil à sa bouche, mais se détourna aussitôt en rougissant légèrement.

Grace se sentit rougir, elle aussi, et garda prudemment les yeux rivés sur l'écran. Kristian s'était entiché d'elle, un béguin essentiellement basé sur son intérêt pour le portable dernier cri qu'elle possédait. Il lui était arrivé de laisser échapper des réflexions ambiguës ou d'esquisser des gestes trahissant une réelle attirance physique.

Grace en était toujours aussi déconcertée. Elle avait trente ans, se considérait comme quelqu'un de très ordinaire et ne voyait pas ce qui en elle pouvait éveiller la concupiscence d'un garçon de dix-neuf ans. Si Kristian était le stéréotype de l'informaticien gauche et boutonneux, elle était persuadée qu'elle était l'image même de l'intellectuelle timide : des cheveux brun foncé, désespérément raides, qu'elle avait depuis longtemps renoncé à faire friser et qui retombaient dans son dos en une lourde tresse ; des yeux bleus, presque gris, généralement protégés par des lunettes ; pas de maquillage parce qu'elle ne savait pas en mettre ; des vêtements pratiques, pantalons larges et chemises en jean. Bref, elle n'était pas le genre de femme à inspirer des rêves torrides.

Mais Ford avait toujours dit qu'elle possédait la bouche la plus désirable qu'il eût jamais vue et le regard que Kris venait de lui lancer la troublait malgré elle.

— D'accord, dit-elle enfin, voyons ce programme.

Elle espérait que la Chevelle bariolée comblerait bientôt les espoirs du jeune garçon, en attirant dans son orbite une charmante jeune fille éprise de mécanique et d'ordinateurs.

Kris ouvrit une boîte en plastique et en sortit une disquette qu'il inséra dans le lecteur. Grace se poussa un peu pour lui laisser le clavier. Après quelques ronronnements, un menu apparut sur l'écran.

— Tu es à quelle banque ? demanda-t-il.

Grace lui répondit, tout en examinant le menu d'un œil perplexe. Kristian le fit défiler, puis il cliqua et l'écran changea encore.

— Bingo ! s'exclama-t-il lorsqu'un nouveau menu s'afficha à l'écran. Alors, tu ne trouves pas ça génial ?

Grace reconnut le menu des services de sa banque.

— C'est illégal, oui, protesta-t-elle en le voyant choisir une autre icône, cliquer dessus et faire apparaître son nom, Grace St. John.

Un résumé de ses transactions bancaires apparut aussitôt à l'écran.

— Mais c'est mon compte ! Tu as piraté le système de la banque ! Sors vite de là avant d'avoir des ennuis ! Je suis sérieuse, Kris ! C'est un crime. Tu m'avais parlé d'un programme de comptabilité, pas d'un logiciel pirate pour fourrer ton nez dans toutes les banques du pays !

— Tu ne veux pas savoir comment j'ai fait ? demanda-t-il, déçu de voir qu'elle ne partageait pas son enthousiasme. Je ne vole pas, ni rien de ce genre. Certaines banques ne débitent les chèques qu'une fois par semaine. Tu peux mieux gérer ton compte si tu sais de combien de temps tu disposes avant qu'un chèque ne soit débité. De cette façon, si tu as un compte rémunéré, cela te permet d'échelonner tes paiements pour que ta moyenne ne tombe pas en dessous du minimum.

Grace le dévisageait avec stupéfaction. Pour elle, les histoires d'argent se résumaient à une équation des plus basiques : les rentrées d'un côté, les débits de l'autre, la somme des débits ne devant jamais excéder celle des rentrées. Elle avait depuis longtemps décidé que l'espèce humaine se divisait en deux catégories, les forts en maths et les autres. Elle était intelligente, possédait un doctorat, mais les complexités des mathématiques, en matière de finance ou de physique quantique, ne l'avaient jamais attirée. Les mots, par contre… Elle s'en délectait, savourait les nuances de sens les plus subtiles, se nourrissait de leur magie. Ford avait une sainte horreur des chiffres, c'était d'ailleurs pour cette raison qu'elle avait le chéquier. Brian, lui, lisait régulièrement les articles économiques et financiers du journal, était abonné à des magazines d'investissement – pour le cas peu probable où il aurait de l'argent à investir – mais il n'était vraiment pas doué. Après quinze minutes de barbotage dans ses revues, il les posait de côté et tendait la main vers quelque chose, n'importe quoi, pourvu que ce fût en rapport avec l'archéologie.

Contrairement à eux, Kristian était un matheux. Grace ne doutait pas une seconde qu'il serait millionnaire à trente ans. Il créerait un logiciel brillant, investirait judicieusement ses bénéfices et, une fois rentier, pourrait se consacrer à des programmes beaucoup plus amusants.

— Je suis sûre que ça intéresserait beaucoup de monde, mais c'est parfaitement illégal. Tu ne peux pas le vendre.

— Oh, ce n'est pas pour le grand public ! C'était simplement pour rigoler un peu. Je n'ai encore trouvé aucun système de sécurité qui me résiste.

Grace posa le menton sur sa main et l'observa quelques secondes.

— Mon garçon, dit-elle d'un ton solennel, ou tu seras célèbre ou tu finiras en prison.

Kris hocha la tête en souriant.

— J'ai autre chose à te montrer, déclara-t-il en tapotant sur le clavier pour quitter les fichiers de la banque.

Grace vit l'écran changer rapidement de couleur.

— Ils ne vont pas s'apercevoir que tu es entré dans leurs dossiers ? s'inquiéta-t-elle.

— Pas avec ça. Regarde, j'ai utilisé leur propre mot de passe. Ils ne sauront jamais que le loup est entré dans la bergerie.

— Comment as-tu fait pour avoir ce mot de passe ?

— En furetant. Tu peux utiliser tous les codes que tu veux, il y a toujours une porte dérobée. Mais ta banque n'a pas un dispositif de protection très performant, fit-il, légèrement désapprobateur. Si j'étais toi, j'en changerais.

— J'y penserai, promit-elle.

— Et ce n'est qu'une partie du programmc. Voilà le système de comptabilité.

Grace approcha sa chaise de l'écran. Comprenant que c'était un bon système, désespérément simple à utiliser, elle regarda et écouta avec attention. Kris l'avait programmé pour comparer les dépenses d'un même compte. Si l'on tapait cent quinze dollars au lieu de quinze dollars, par exemple, le programme vous prévenait que ce montant n'entrait pas dans la fourchette de vos dépenses habituelles et demandait automatiquement une confirmation.

— Pas mal, dit Grace.

Elle avait toujours payé ses factures comptant et tenait ses comptes à l'ancienne, avec papier et stylo. Étant par ailleurs très à l'aise avec les ordinateurs, elle n'avait aucune raison de ne pas changer ses habitudes.

Kristian rayonnait.

— Je savais que ça te plairait.

Il copia aussitôt le programme sur le disque dur de Grace.

— Juste une chose, fit-elle en riant. Le jour où tu te feras prendre en train de pénétrer dans les fichiers de la banque, ne leur dis pas que j'ai une copie du programme, d'accord ?

— Ne t'inquiète pas, c'est sans danger. Quand la banque changera de mot de passe, tu ne pourras plus entrer, mais moi si. Attends, je vais te donner une liste des mots de passe.

— Non, merci, dit-elle rapidement.

Kristian ignora ses protestations. Il fouilla dans la pile de papiers posée sur son bureau, en sortit trois feuilles imprimées et les fourra dans la sacoche de Grace.

— Voilà. Comme ça, en cas de besoin, tu les auras.

Il s'interrompit pour regarder son propre ordinateur. L'écran affichait de nouveau la partie d'échecs. Son adversaire avait fait un mouvement. Kris étudia le résultat, la tête légèrement inclinée sur le côté, puis il se mit à glousser.

— Ah, ah ! Je connais ce gambit, ça ne marche pas !

Il déplaça un cavalier et cliqua dessus en jubilant.

— Contre qui joues-tu ?

— Je ne sais pas, répondit-il distraitement. Il se fait appeler Fishman.

Grace contempla l'écran, les yeux écarquillés. Fishman... Non, c'était impossible, songea-t-elle. Kristian jouait sans doute avec quelqu'un qui avait pris ce nom pour tromper les gens. Le vrai Bobby Fisher ne surfait sûrement pas sur Internet pour disputer des parties d'échecs avec des inconnus, alors qu'il pouvait jouer n'importe où, avec n'importe qui, et pour des millions de dollars.

— Qui est-ce qui gagne, d'habitude ?

— On est presque à égalité. Mais il est bon, fit Kristian en allumant son autre ordinateur.

Grace ouvrit son sac pour prendre son chéquier.

— Tu veux une pizza ?

— Et comment ! s'exclama-t-il. Je meurs de faim.

— Alors, commande. C'est moi qui régale.

— Tu manges avec moi ?

Elle secoua la tête.

— Non, désolée... J'ai déjà dîné et j'ai du travail qui m'attend à la maison, ajouta-t-elle en rougissant légèrement, songeant que Ford aurait éclaté de rire s'il l'avait entendue.

Elle remplit un chèque de cinquante dollars et sortit un billet pour la pizza.

— Merci, mon vieux, tu me sauves la vie.

Kristian sourit en découvrant le montant du chèque.

— C'est rentable, non ?

Grace lui rendit son sourire.

— Oui, tant que tu ne te fais pas arrêter.

Elle glissa son portable dans sa sacoche et le modem réparé dans son sac à main. Kristian porta galamment son ordinateur et la raccompagna en bas. Au rez-de-chaussée, les détonations et crissements de pneus qui parvenaient du salon la dissuadèrent d'aller saluer Audra et Errol. Les Sieber étaient des fans inconditionnels de Schwarzenegger. La galanterie de Kristian s'arrêta à la cuisine, où la proximité de la nourriture lui rappela qu'il n'avait pas commandé sa pizza. Grace lui prit sa sacoche des mains tandis qu'il décrochait le téléphone mural.

— Merci, Kris, murmura-t-elle.

Elle pénétra dans la buanderie toujours plongée dans le noir et quitta la maison par la porte de derrière. Une fois dans le jardin, elle s'arrêta quelques secondes pour habituer ses yeux à l'obscurité. Des nuages avaient envahi le ciel et le chant des criquets s'était tu. Le vent qui s'était levé apportait avec lui une odeur de pluie.

À trois cents mètres sur la droite, la fenêtre de sa cuisine brillait comme un phare. Ford l'attendait. Une vague de chaleur l'envahit, et elle sourit à l'idée de le retrouver. Elle avança avec précaution, attentive à ne pas trébucher sur quelque obstacle imprévu. L'herbe grasse étouffait le bruit de ses pas.

Elle était dans le jardin des Murchison quand elle vit une silhouette passer rapidement devant la fenêtre de sa cuisine. Elle s'immobilisa et fronça les sourcils. Cet homme n'était ni Ford ni Brian.

Elle soupira, déçue. Ils avaient de la visite. Quelqu'un de la Fondation venu discuter un peu, ou un étudiant aux prises avec une traduction délicate qui nécessitait les conseils éclairés de la spécialiste qu'elle était. Mais, ce soir, elle n'avait pas envie de parler boutique. Tout ce qu'elle voulait, c'était aller au lit avec son mari.

L'espace d'un instant, elle hésita à rentrer, puis se ravisa. Elle n'avait pas le choix. Elle n'allait tout de même pas attendre dehors, dans le noir, que leur visiteur parte. Cela pouvait durer des heures. Elle tourna à droite pour tenter d'apercevoir la voiture du mystérieux personnage. Sans doute serait-ce celle d'un ami de Brian. Dans ce cas, elle ferait signe à son frère d'emmener son copain chez lui.

La Buick familiale était dans l'allée, à côté de la jeep de Brian. Le 4×4 cabossé dont Ford se servait pour les fouilles était garé sur le trottoir. Il n'y avait pas d'autre véhicule.

Pourtant, quelqu'un était avec eux, c'était certain : l'homme qu'elle avait entrevu était blond, alors que Ford et Brian étaient bruns tous les deux. Et Grace aurait juré que l'inconnu n'était pas un de leurs voisins, car aucun d'entre eux ne ressemblait à l'homme qu'elle avait aperçu. Comment cet étranger était-il donc venu jusqu'ici ?

Grace haussa les épaules. Une fois chez elle, elle saurait le fin mot de l'histoire. Elle fit un pas vers la maison et s'arrêta brusquement, scrutant l'obscurité. Quelque chose avait bougé entre elle et la porte d'entrée. Une forme sombre et furtive.

Un frisson lui parcourut l'échine. Des idées effrayantes et complètement stupides lui traversèrent l'esprit : un gorille s'était échappé du zoo, un énorme chien furetait dans leur jardin…

Il y eut un autre mouvement, vers la porte de derrière. Un mouvement affreusement discret. Grace était décontenancée. Pourquoi quelqu'un rôderait-il dans le jardin, au lieu de sonner à la porte d'entrée ? Un voleur ? Mais un voleur prendrait-il le risque de pénétrer dans une maison éclairée, de toute évidence occupée par ses habitants ?

À cet instant, la porte de derrière s'ouvrit. Elle comprit que son cambrioleur imaginaire avait dû frapper, bien qu'elle n'eût rien entendu. Un autre homme sortit sur le perron, un homme qu'elle connaissait. Il tenait une arme à la main, un pistolet au canon long et curieusement épais.

— Rien, fit le premier à voix basse.

— Bon sang ! grommela l'autre en s'écartant pour laisser passer son comparse. Tant pis, on doit continuer.

Ils rentrèrent dans la maison. Hébétée, Grace fixa la porte. Que faisait Parrish Sawyer, son patron, chez elle, une arme à la main ? S'il avait téléphoné pour les prévenir de sa visite, Ford l'aurait appelée chez Kris pour lui dire de rentrer. Ils étaient en bons termes avec lui, même s'ils n'avaient jamais vraiment sympathisé. Parrish fréquentait les gens riches et pourvus de solides relations, un cercle fermé dont ne faisait pas partie la famille de Grace.

« On doit continuer », avait dit Parrish. Continuer quoi ? Perplexe et mal à l'aise, Grace quitta l'ombre du jardin des Murchison et se dirigea vers sa maison. Elle ne savait pas ce qui se tramait, mais elle avait bien l'intention de le découvrir.

Quand elle avait préparé le dîner, elle avait ouvert la fenêtre de la cuisine pour profiter de la douceur printanière et ne l'avait pas refermée. Elle entendit distinctement Ford qui disait : « Bon Dieu, Parrish, qu'est-ce que ça veut dire ? »

La voix de son mari était rude et coléreuse. La peur la paralysa instantanément, un pied sur la première marche du perron.

— Où est-elle ? demanda Parrish, ignorant la question de Ford.

Son ton indifférent et froid lui fit dresser les cheveux sur la tête.

— Je vous l'ai dit, à la bibliothèque.

Ford mentait délibérément. Grace resta immobile, tentant d'imaginer ce qui se passait de l'autre côté du mur. Elle ne voyait rien, mais savait qu'il y avait au moins quatre personnes à l'intérieur. Où étaient Brian et l'homme qu'elle avait vu pénétrer dans la maison en compagnie de Parrish ?

— Ne me raconte pas d'histoires. Sa voiture est là.

— Elle est partie avec une amie.

— Son nom ?

— Serena, Sabrina, quelque chose comme ça. Je ne l'avais jamais vue avant ce soir.

Ford avait toujours su répondre du tac au tac. Les prénoms qu'il avait choisis étaient assez particuliers pour donner un peu de crédibilité à son mensonge. Elle ne comprenait pas pourquoi il mentait, mais elle lui faisait confiance. Parrish avait une arme et Ford ne voulait pas qu'il sache où elle se trouvait : le problème était grave.

— Parfait, fit Parrish avec un soupir. À quelle heure rentre-t-elle ?

— Elle a dit qu'elle avait du travail. À l'heure de la fermeture, j'imagine.

— Et elle a emporté tous les documents avec elle ?

— Ils étaient dans la sacoche de son portable.

— Son amie est-elle au courant de leur existence ?

— Je ne sais pas.

— Aucune importance.

Parrish paraissait légèrement contrarié.

— Nous ne pouvons pas prendre ce risque. Très bien, levez-vous, tous les deux, ajouta-t-il.

Grace entendit les chaises grincer sur le carrelage. Elle se glissa silencieusement sur sa droite et jeta un coup d'œil par la fenêtre, tout en restant en retrait pour qu'on ne puisse pas la voir de l'intérieur.

Elle aperçut Brian, torse nu, les cheveux mouillés. Apparemment, il sortait de la douche. Elle en conclut que Parrish et son acolyte n'étaient pas là depuis longtemps. Le visage de son frère était tiré et pâle, son regard étrangement vide. Grace se déplaça de quelques centimètres et découvrit quatre autres personnes.

Il y avait Ford, aussi pâle que Brian. Ses yeux semblaient briller de rage. Parrish, élancé et élégant, ses cheveux blonds soigneusement coiffés, était dos à la fenêtre, à côté de l'homme qu'elle avait vu dans le jardin. Un autre homme se tenait devant la porte qui donnait sur le salon. Il était armé. Son pistolet, comme celui de Parrish, était muni d'un silencieux. Le troisième homme devait aussi avoir une arme, songea Grace.

Elle ne savait pas ce qui se passait, mais elle était sûre d'une chose : elle avait besoin de la police. Elle allait retourner chez les Sieber pour téléphoner. Lentement, avec mille précautions, elle commença à reculer.

À cet instant, elle entendit Parrish ordonner :

— Dans la chambre, tous les deux. Et n'essayez pas de vous échapper. C'est très douloureux de recevoir une balle, alors ne m'obligez pas à tirer.

Pourquoi les envoyer dans la chambre ? Grace n'y comprenait plus rien. Elle en avait assez entendu pour savoir que c'était elle que Parrish cherchait et qu'il voulait récupérer les documents qu'il lui avait donnés à traduire.

S'il voulait ces documents, il n'avait qu'à le dire. Il était son patron, et elle travaillait sur les missions qu'il lui confiait. Cela lui briserait le cœur d'abandonner des textes aussi passionnants, mais elle ne pourrait pas l'empêcher de les reprendre. Pourquoi ne lui avait-il pas simplement demandé de les rapporter le lendemain ? Pourquoi venir chez elle armé, avec deux voyous pour lui prêter main-forte ? Tout cela n'avait aucun sens.

Une intuition la poussa à faire le tour de la maison pour regarder par la fenêtre de sa chambre. Elle attendit en vain que la lumière s'allume, que les voix pénètrent dans la pièce, avant de réaliser brusquement que Parrish avait conduit son frère et son mari dans la chambre de Brian, de l'autre côté de la maison.

Elle revint sur ses pas aussi vite que possible, prenant bien soin de rester dans l'ombre du jardin. Elle enjamba le tuyau d'arrosage enroulé comme un long serpent autour du robinet. C'était sa maison, elle en connaissait tous les petits pièges : quelles lattes du plancher craquaient, les endroits du jardin où saillaient les racines...

La lumière brillait déjà dans la chambre de Brian. Grace se colla au mur et se glissa jusqu'au montant de la fenêtre. Un des hommes approchait de la vitre. Elle recula vivement et s'immobilisa, n'osant même plus respirer. L'homme ferma les rideaux, coupant le rai de lumière sur la pelouse.

Son pouls battait à ses oreilles. Une vague terreur l'envahit, et elle se sentit suffoquer. Si l'homme l'avait vue, il n'aurait eu qu'à se baisser pour l'attraper, car elle était incapable de bouger.

— Asseyez-vous sur le lit, dit la voix de Parrish.

Grace inspira profondément pour se calmer, puis elle se pencha une nouvelle fois vers la fenêtre.

Le rideau n'était pas parfaitement tiré. Elle avança encore, de façon à voir Ford et Brian.

Parrish leva tranquillement son arme et la pointa sur Ford. Il tira en pleine tête et visa aussitôt Brian, qu'il assassina tout aussi froidement. Son frère était mort avant même que le corps de son mari ne tombe sur le côté.

Non. Non ! Grace était paralysée, incapable de la moindre réaction, de la moindre pensée. Un voile noir s'abattit devant ses yeux.

Des voix déformées lui parvenaient de la chambre de son frère.

— Vous auriez dû attendre. Les heures des morts ne vont pas correspondre.

— Aucune importance, fit Parrish. Dans une affaire de meurtre suivie d'un suicide, il arrive que le meurtrier – enfin, la meurtrière, en ce qui nous concerne – attende plusieurs heures avant de se donner la mort. Le choc, tu comprends. Quelle pitié, son mari et son frère entretenaient une relation homosexuelle sous son nez ! Pas étonnant qu'elle ait perdu la tête.

— Et son amie ?

— Ah, oui... Serena-Sabrina. La pauvre, elle va avoir un regrettable accident en rentrant chez elle. Je vais attendre Grace ici. Vous deux, vous vous planquez dans la voiture. Vous suivrez son amie.

La vision de Grace s'éclaircit progressivement. Elle aurait préféré rester dans le brouillard. Elle aurait préféré mourir là, que son cœur s'arrête. À travers l'ouverture du rideau, elle voyait son mari étendu sur le dos, les yeux ouverts mais aveugles, ses cheveux noirs pleins de sang.

Le son sortit de sa poitrine malgré elle. Un gémissement presque silencieux qui monta dans sa gorge comme le frémissement lointain du vent, sombre et désespéré. La douleur la foudroya. Elle tenta de retenir sa plainte, mais elle surgit entre ses lèvres, primitive, incontrôlable. Parrish tourna vivement la tête. Durant une fraction de seconde, elle crut que leurs yeux se croisaient, elle crut son regard capable de plonger par la petite ouverture du rideau. Il dit quelque chose d'une voix cassante et bondit vers la fenêtre.

Grace plongea dans l'obscurité.

2

Grace avait besoin d'argent.

Elle observait le distributeur de billets éclairé dans la nuit pluvieuse. L'appareil était à moins de trois cents mètres. Il ne lui faudrait que deux minutes pour l'atteindre, glisser sa carte, taper son code et obtenir l'argent.

Elle voulait vider son compte courant, mais le distributeur n'avait certainement pas assez de billets. Elle devrait donc en trouver un autre, puis un autre, augmentant chaque fois ses chances d'être repérée.

Les caméras du distributeur allaient la filmer et la police saurait où elle se trouvait, et quand. L'image de Ford allongé, sans vie, le regard fixe, envahit son cerveau. Une souffrance insupportable battait à ses tempes. La plainte inhumaine enfla de nouveau dans sa gorge, vibrant contre ses dents serrées. Le son qui s'échappa de ses lèvres fit se pétrifier le chat solitaire qui traversait la rue. Ses poils se hérissèrent et, après une seconde de stupéfaction, il fila dans la nuit, loin de la créature effondrée d'où émanait ce gémissement si déchirant.

Grace se balançait d'avant en arrière, repoussant sa souffrance au plus profond d'elle-même, se forçant à réfléchir. Ford avait donné sa vie pour elle. Si elle prenait les mauvaises décisions, ce sacrifice aurait été inutile.

Elle ne pouvait pas retourner chez elle. Revenir bien après l'heure des meurtres ne ferait que confirmer sa culpabilité apparente. Kristian se souviendrait de l'heure de son départ, or Ford et Brian avaient été tués quelques minutes plus tard. Parrish, avec sa minutie habituelle, avait tout prévu. On retrouverait les corps à moitié nus dans la chambre de Brian. N'importe quel policier comprendrait qu'elle avait surpris son frère et son mari en flagrant délit et qu'elle les avait tués avant de s'enfuir.

De toute évidence, les hommes qui accompagnaient Parrish étaient des professionnels. Ils n'avaient certainement laissé aucun indice derrière eux. Aucun voisin n'aurait vu de voiture inconnue, pour la simple raison qu'ils avaient pris la précaution de se garer loin de chez elle. Il n'y avait aucun témoin, aucune preuve pour la disculper. Tout l'accusait.

Même si, par miracle, elle parvenait à convaincre la police de son innocence, Parrish ne serait pas inquiété. Il avait tué deux hommes sous ses yeux, mais rien ne le prouvait. En outre, selon les raisonnements de la police, il n'avait pas de mobile, contrairement à elle. Quels indices pouvait-elle fournir ? Une liasse de documents écrits des siècles auparavant, dans des langues aujourd'hui incompréhensibles, qu'elle avait à peine commencé à traduire et que son patron n'avait qu'à lui demander pour les obtenir ?

Non, Parrish n'avait aucun mobile. Et si elle réapparaissait, il récupérerait ses papiers et l'éliminerait. Elle en était sûre. Il se débrouillerait pour la faire pendre dans sa cellule ou mourir d'overdose, ce qui provoquerait un bref scandale sur la circulation de drogue en prison, mais le résultat serait le même : Parrish aurait gagné.

Elle devait à tout prix rester en vie et fuir la police. C'était sa seule chance de savoir pourquoi Parrish avait tué Ford et Brian. Sa seule chance de les venger.

Il fallait donc qu'elle aille au distributeur automatique, que cela lui donne l'air coupable ou non.

La police aurait certainement besoin d'une autorisation judiciaire pour geler son compte en banque. Cela lui donnait un répit, qu'elle était en train de gaspiller à hésiter derrière cette poubelle, au lieu de traverser la rue pour tirer tout ce qu'elle pouvait de ce fichu distributeur.

Mais elle se sentait engourdie, incapable de bouger.

Le pavé mouillé reflétait les lumières de la ville : les néons brillants, la lueur jaune des lampadaires, la monotonie des feux de circulation qui scandaient un trafic inexistant. À 2 heures du matin, les voitures étaient rares. Grace n'en avait vu passer aucune depuis cinq minutes. C'était le moment d'y aller.

Mais elle restait accroupie, cachée, à moitié abritée par le rebord de la poubelle. Ses cheveux étaient collés sur son front, sa natte dégoulinait dans son dos. La pluie avait trempé ses vêtements et, bien que la nuit fût exceptionnellement chaude pour Minneapolis, l'humidité la faisait trembler de froid.

Elle serra le sac-poubelle contre elle. C'était un petit sac, du genre que l'on utilise pour les poubelles des parcs et des arrêts de bus. Elle l'avait subtilisé dans les toilettes de la bibliothèque. Son ordinateur et ses précieux documents étaient à l'abri dans la sacoche, mais elle avait été prise de panique à l'idée qu'ils puissent se faire mouiller et n'avait rien trouvé d'autre que ce sac plastique pour les protéger de la pluie.

Ce n'était pas très malin d'être allée à la bibliothèque. Les employés la connaissaient et l'avaient peut-être aperçue. Par ailleurs, les policiers ne penseraient sans doute pas à la chercher là-bas. Parrish avait certainement deviné qu'elle les observait, même s'il ne l'avait pas vue à travers la fente du rideau. Lui et ses hommes devaient être à ses trousses, mais ils n'imagineraient pas qu'elle ait pu retourner se cacher à la bibliothèque, où elle était censée se trouver avant les meurtres.

Et si la police n'avait pas encore été prévenue ? songea-t-elle dans un sursaut d'espoir. Grâce au silencieux, les voisins n'avaient sûrement rien entendu, et Parrish ne prendrait pas le risque d'avertir les autorités et de décliner son identité, ce qui le mêlerait automatiquement à l'affaire.

Non. La police savait. Parrish ne pouvait pas se permettre de laisser s'écouler plusieurs jours avant la découverte des... cadavres. Cette image lui donna un haut-le-cœur, mais elle se força à poursuivre son raisonnement. Les médecins légistes avaient-ils un moyen de découvrir qu'on avait tiré avec un silencieux ? Elle en doutait. En réalité, Parrish n'avait qu'à décrocher le téléphone, à parler d'un « bruit suspect comme une détonation » dans tel quartier résidentiel de la ville, et le tour était joué.

Parrish, ses tueurs et la police étaient à sa recherche. Et elle était allée à la bibliothèque, instinctivement, bêtement. Sous l'horreur du choc, la bibliothèque, aussi familière que sa propre maison, lui était apparue comme un refuge. L'odeur des livres, ce mélange de papier, d'encre et de cuir, l'avait réconfortée. Hébétée, elle avait commencé par errer dans les allées, essayant de retrouver le sentiment de sécurité qu'elle éprouvait toujours dans cet endroit. En vain.

Finalement, elle était allée aux toilettes et avait contemplé son reflet dans le miroir, stupéfaite. Ce n'était pas elle, cette femme au visage décomposé et au regard hagard. Ce ne pouvait être la Grace St. John qu'elle connaissait, la femme aux yeux bleus rieurs, la femme amoureuse au sourire insouciant et heureux. Car elle avait été heureuse. Malgré ses kilos en trop, Ford l'avait aimée.

Et Ford était mort.

C'était impossible. Ce n'était pas vrai. Rien de ce qui s'était passé n'était vrai. Si elle fermait les yeux, elle se retrouverait peut-être dans son lit. En se réveillant, elle réaliserait que tout cela n'était qu'un affreux cauchemar, ou qu'elle était devenue folle. Oui, c'était un bon marché, s'était-elle dit en serrant très fort les paupières. Sa santé mentale contre la vie de Ford.

Elle avait retenu sa respiration, tentant de se persuader qu'elle faisait un cauchemar, qu'elle allait se réveiller chez elle et que tout serait comme avant. Mais, quand elle avait rouvert les yeux, rien n'avait changé. Elle était toujours dans les toilettes de la bibliothèque, et Ford était toujours mort. Ford et Brian. Son mari et son frère, les deux êtres qu'elle aimait le plus au monde et qui la chérissaient. Ils étaient partis. C'était définitif, irrévocable. Rien ne les ferait revenir. Et elle avait disparu avec eux. Elle ne ressentait plus qu'un vide immense et se demandait pourquoi ce vide ne l'engloutissait pas à son tour.

Puis, lorsqu'elle avait relevé les yeux sur le visage étranger qui la regardait dans le miroir, elle avait compris. Elle n'était pas aussi vide qu'elle l'avait cru. Il y avait en elle quelque chose de sauvage et d'inépuisable, un nœud de terreur et de haine pure. Elle devait se battre contre Parrish. Si lui ou la police l'attrapait, il aurait gagné, et cette idée lui était insupportable.

Elle avait à peine commencé à traduire les textes. Elle ne savait pas ce qu'ils contenaient ou ce que Parrish croyait qu'ils contenaient. Mais il avait assassiné son mari et son frère et cherchait à la tuer pour récupérer les documents. Pourquoi ? Peut-être craignait-il qu'elle n'ait découvert quelque chose au cours de ses traductions, car il ne voulait pas seulement retrouver ces papiers, il voulait aussi effacer toute trace de leur existence et de leur contenu. Que renfermaient-ils donc de si précieux pour avoir coûté la vie à son mari et à son frère ?

Elle devait protéger son portable. Ses notes, ses logiciels de traduction et son journal se trouvaient dans son ordinateur. Il lui suffisait d'une prise téléphonique pour se connecter par modem à toutes les sources dont elle avait besoin pour continuer son travail. Elle découvrirait pourquoi Parrish tenait tant à récupérer ces documents.

Et elle avait besoin d'argent liquide pour réussir.

Il fallait qu'elle avance jusqu'à ce fichu distributeur. Ensuite, quand elle l'aurait vidé, elle en trouverait un autre.

La température avoisinait les 18 °C, mais ses doigts étaient engourdis par le froid.

Malgré le désespoir qui l'écrasait, elle eut un sursaut d'énergie qui la dressa sur ses jambes. Debout, les genoux faibles et tremblants, elle s'appuya un instant contre le mur mouillé, puis elle s'élança et fit quelques pas trébuchants. Elle serra son sac plastique contre elle, rassurée par le poids de son ordinateur. La pluie ruisselait sur son visage et un lourd chagrin lui comprimait la poitrine. Ford, Brian…

Elle avançait, à peine consciente de ses mouvements. Son sac ballottait sur son épaule et lui frappait la hanche. Elle ralentit, s'arrêta. « Idiote ! » songea-t-elle. C'était un miracle qu'elle ne se soit pas encore fait agresser, à errer au milieu de la nuit dans les ruelles les plus sombres de la ville, son sac à main bien en vue.

Elle retourna dans l'ombre, vers la poubelle, le cœur battant de panique. Elle resta un moment paralysée, redoutant de faire le moindre geste, sentant peser sur elle les regards des prédateurs nocturnes qui hantaient la ville. L'allée étroite était silencieuse. Elle cessa de retenir sa respiration. Elle était seule. Finalement, elle avait peut-être de la chance qu'il pleuve. Les vagabonds, drogués et autres voyous avaient dû s'abriter quelque part.

Un ricanement sinistre s'échappa de ses lèvres. Elle avait grandi à Minneapolis et n'avait aucune idée des endroits à éviter. De la ville, elle ne connaissait que son quartier, les trajets pour aller à l'université, aux bibliothèques, à la poste et au supermarché, chez le docteur ou le dentiste. Pour les besoins de son travail, elle et Ford avaient parcouru une multitude de pays, mais elle réalisait brusquement que sa propre ville lui était totalement inconnue.

Si elle voulait survivre, elle avait intérêt à se montrer beaucoup plus dégourdie. Elle devait être prête à toute éventualité, prête à se défendre et se battre. Il fallait qu'elle apprenne à penser et à agir comme les délinquants qu'elle croisait autrefois en tremblant, sinon elle ne tiendrait pas une semaine.

Elle glissa sa carte de crédit dans sa poche et se rapprocha de la poubelle. Après avoir déposé son sac plastique et son précieux contenu entre ses pieds, elle ouvrit son sac à main et le fouilla fébrilement. Elle en sortit tout son argent liquide, qu'elle rangea dans une poche de la sacoche sans le compter. Elle n'avait pas plus de quarante ou cinquante dollars, car elle ne gardait jamais beaucoup de liquide sur elle. Elle hésita quelques secondes à prendre son carnet de chèques, puis le jeta dans le sac plastique. Laisser une trace écrite était dangereux, mais elle ne se servirait du chéquier qu'en cas d'urgence et l'abandonnerait dans les prochaines heures, avant de quitter la ville. Ensuite, utiliser ses chèques ou sa carte de crédit mettrait aussitôt la police sur ses traces.

Les pochettes plastiques de son portefeuille contenaient plusieurs photos. Grace n'avait pas besoin de les regarder pour savoir qui elles représentaient. Les doigts tremblants, elle les retira de leurs enveloppes et les jeta à leur tour dans le sac plastique.

Quoi d'autre ? Son permis de conduire, sa carte de sécurité sociale. À quoi lui serviraient-ils ? Emporter son permis était ridicule. Pour peu qu'on le trouve sur elle, elle serait aussitôt identifiée. Quant à la carte de sécurité sociale... Elle eut un petit rire amer. De toute façon, elle ne vivrait pas assez longtemps pour en avoir besoin.

Les pièces d'identité qu'elle laissait derrière elle seraient ramassées et utilisées par les vagabonds, ce qui compliquerait sérieusement les recherches de la police. Elle abandonna ses cartes puis, sur une impulsion, ressortit son chéquier du sac plastique et le remit dans son sac à main, après avoir détaché un chèque qu'elle glissa dans une poche de la sacoche.

Elle se débarrassa de son baume à lèvres, mais prit son peigne. Un autre ricanement sans joie lui échappa. Son mari et son frère venaient de se faire assassiner, la police était à ses trousses, et elle s'inquiétait de ne pouvoir se coiffer ? Tant pis. Le peigne rejoignit les photos dans le sac plastique.

Ses doigts fébriles tâtonnèrent dans le sac à main et touchèrent plusieurs feutres et stylos. Elle en attrapa deux au hasard. Ils étaient aussi essentiels à son travail que son ordinateur. Parfois, lorsqu'elle se heurtait à un passage particulièrement obscur, le simple fait d'écrire les mots créait un déclic. Elle remarquait alors certaines similitudes avec une autre langue, un autre alphabet, et quelques mots au moins s'éclairaient d'un sens nouveau. Elle ne pouvait pas se passer de stylos.

Restait son gros agenda. Elle l'ignora. Il contenait tous les menus détails d'une vie qui n'existait plus : listes, pense-bêtes, dîners chez des amis. Elle ne voulait pas tomber sur le prochain rendez-vous de Ford chez le dentiste ou sur le petit cœur qu'il avait dessiné sous la date de son anniversaire.

Elle abandonna les mouchoirs en papier, le spray pour nettoyer ses lunettes, ses comprimés contre les maux de tête, les tablettes de chewing-gum. Elle mit sa loupe dans la sacoche et glissa sa lime à ongles métallique dans sa poche. Ce n'était pas grand-chose, mais c'était la seule arme qu'elle possédait. Les clefs de voiture ? Non, c'était stupide. Elle laissa les clefs. Son adresse étant inscrite sur le trousseau, un petit malin irait peut-être lui emprunter son véhicule et tromper un peu plus la police.

Chewing-gums, pansements... Pourquoi transportait-elle autant de cochonneries dans son sac ? Elle ne pouvait se permettre de s'encombrer d'objets inutiles. Elle ne garderait que le strict nécessaire et ne perdrait plus une seconde de son temps précieux. Chaque minute comptait. Elle devait agir, sans aucune hésitation, sinon Parrish gagnerait.

Elle enfonça résolument son sac à main dans la poubelle, se remit en route tant bien que mal et quitta l'allée jonchée de détritus.

Comme elle atteignait le trottoir, les phares d'une voiture la figèrent sur place. Le véhicule passa devant elle, les pneus crissant sur le pavé humide, sans que son conducteur prête la moindre attention à la silhouette immobile, debout entre deux immeubles.

La voiture tourna à droite et disparut dans la nuit. Grace fixa le distributeur de billets, prit une profonde inspiration et avança. Elle était si concentrée sur l'appareil qu'elle trébucha, se tordant douloureusement la cheville, mais elle continua à marcher. Si les athlètes enduraient la souffrance tous les jours, elle pouvait en faire autant.

Pas à pas, elle approcha du distributeur. Elle aurait voulu rebrousser chemin et se précipiter dans l'ombre rassurante de l'allée qu'elle venait de quitter. Elle avait l'impression de progresser en terrain découvert, telle une proie s'offrant malgré elle aux rapaces nocturnes. N'importe qui pouvait l'observer, attendre qu'elle ait terminé sa transaction et se jeter sur elle pour lui voler son argent, peut-être même la tuer. Mais elle n'avait pas le droit de faire demi-tour.

Elle essaya en vain de se rappeler le montant de son compte courant. Tant pis, elle retirerait de l'argent jusqu'à ce que le distributeur refuse de lui en donner.

Ce qu'il fit, à trois cents dollars.

Grace contempla l'écran avec stupéfaction. « Transaction refusée », disait l'appareil. Certes, elle ne se rappelait pas le montant exact de son compte, mais elle savait avec certitude qu'il dépassait les deux mille dollars. Et elle avait absolument besoin de cet argent si elle voulait survivre. Pourquoi donc la machine s'était-elle arrêtée à la deuxième opération ?

Il n'y avait peut-être pas assez de billets dans l'appareil. Elle tapa son code une nouvelle fois et ne demanda que cent dollars.

« Transaction refusée. »

La panique lui noua l'estomac. La police n'avait pas pu geler son compte bancaire aussi vite.

Non, c'était impossible. Les banques étaient fermées, rien ne pouvait être fait avant le matin. Le distributeur était simplement à court de billets.

Elle glissa rapidement les trois cents dollars dans ses poches, séparant les billets pour ne pas tout perdre si elle se faisait attaquer. Pourvu qu'on ne s'en prenne pas à son ordinateur ! Elle donnerait son argent sans discuter, mais elle se battrait pour son portable et ses précieux dossiers. Sans eux, elle n'aurait plus aucun moyen de savoir pourquoi Ford et Brian étaient morts. Se venger ne lui suffirait pas. Avant tout, elle voulait comprendre.

Soutenue par son désespoir, elle s'éloigna d'un pas vif. Il fallait qu'elle trouve un autre distributeur, mais où ? Elle avait toujours utilisé le même. Les centres commerciaux, si toutefois ils en possédaient, étaient fermés. Elle s'efforça de réfléchir à des endroits ouverts la nuit et disposant de distributeurs de sa banque. Les gares, peut-être ? Elle se souvint qu'à l'ouverture de son compte, son agence lui avait fourni un livret répertoriant tous les distributeurs automatiques de la ville. Malheureusement, elle l'avait jeté sans le lire.

— File-nous ton fric.

Ils avaient surgi si vite qu'elle n'eut pas le temps de réagir. Ils étaient deux, un Blanc et un Noir, aussi effrayants l'un que l'autre. Le Blanc brandissait un couteau à cran d'arrêt dont la lame brillait à la lueur des lampadaires.

— Te fous pas de moi, souffla-t-il d'un ton bien plus menaçant que son arme. File-moi ton fric.

Il lui manquait quelques dents et pas mal de matière grise.

Sans un mot, Grace sortit une liasse de billets de sa poche. En d'autres circonstances, elle aurait été morte de peur, mais l'étonnement humain devait avoir un seuil de tolérance qu'elle avait depuis longtemps franchi. Au-delà de cette limite, le cerveau n'enregistrait plus le danger, tout simplement.

Le Noir lui arracha l'argent, tandis que l'autre approchait son arme vers son visage. Grace recula la tête de justesse.

— On t'a vue, sale garce. File le reste.

Au temps pour sa ruse. Elle plongea la main dans son autre poche et se débrouilla pour ne sortir qu'une partie des billets qu'elle y avait glissés. Le Noir les lui prit des mains.

Puis ils s'évanouirent dans la nuit. Ils n'avaient même pas jeté un regard à son sac plastique. Ils voulaient du liquide, rien d'autre. Grace ferma les yeux et lutta pour ne pas s'effondrer sur le trottoir. Au moins, ils n'avaient pas volé son portable. Elle avait perdu son mari et son frère, mais il lui restait ce fichu ordinateur.

Le cri rauque et sauvage la surprit. Il lui fallut un moment pour comprendre qu'il venait d'elle, un autre pour réaliser qu'elle avait recommencé à marcher. La pluie ruisselait sur son visage, se mêlant à ses larmes.

Oui, il lui restait son ordinateur.

Ordinatcur... Kristian !

Elle devait le prévenir. Si Parrish avait le moindre soupçon à son sujet, il n'hésiterait pas à le tuer.

Par bonheur, les téléphones publics étaient moins rares que les distributeurs de billets. Elle fouilla fébrilement dans ses poches et y trouva quelques pièces. Serrant désespérément son sac plastique contre elle, elle courut à perdre haleine pour mettre le plus de distance possible entre elle et ses agresseurs. Les rues étaient horriblement désertes. Ses pas martelaient le pavé, sa respiration, inégale et difficile, lui semblait résonner dans la nuit. Dans sa fuite, elle voyait à peine quelques fenêtres allumées. Seigneur, elle était si loin de ces gens bien au chaud dans leurs appartements douillets !

À bout de souffle, elle s'arrêta devant un téléphone. Ce n'était pas une véritable cabine, simplement un abri fait de panneaux en plastique au-dessus et de chaque côté de l'appareil. Grace déposa son précieux fardeau sur l'étagère métallique placée à droite du téléphone. Elle ne parvenait pas à se souvenir du numéro de Kristian, mais ses doigts volèrent sur les touches sans hésiter, comme s'ils possédaient leur propre mémoire. La première sonnerie retentissait encore à ses oreilles lorsqu'elle fut brusquement interrompue par la voix de Kristian.

— Allô ?

Il avait l'air tendu et parfaitement réveillé, malgré l'heure tardive.

— Kris...

Sa voix était un coassement. Elle s'éclaircit la gorge.

— Kris, fit-elle, c'est Grace.

— Ô mon Dieu, Grace ! Les flics sont partout, ils racontent que...

Il s'interrompit et reprit à voix basse. Son murmure était énergique, presque féroce.

— Tu vas bien ? Où es-tu ?

Si elle allait bien ? Comment aurait-elle pu aller bien ? Ford et Brian étaient morts. Plus jamais elle n'irait bien. Puis elle réalisa que Kris voulait seulement savoir si elle était blessée. À sa question, elle comprit aussi que Parrish avait prévenu la police. Leur voisinage si tranquille devait être en pleine ébullition.

— Je les ai vus, dit-elle d'une voix qu'elle ne reconnut pas. Ils vont raconter que c'est moi, mais je n'ai rien fait, je le jure. C'est Parrish. Je l'ai vu.

— Parrish ? Parrish Sawyer, ton patron ? Ce Parrish ? Tu es sûre ? Que s'est-il passé ?

Grace attendit que le flot de questions se calme.

— Je l'ai vu, répéta-t-elle. Écoute-moi. La police t'a déjà interrogé ?

— Un peu. Ils m'ont demandé à quelle heure tu étais partie.

— As-tu parlé des documents sur lesquels je travaille ?

— Non. Je leur ai dit que tu étais venue m'apporter ton modem à réparer. C'est tout.

— Bien. Quoi que tu dises, ne mentionne jamais les documents. Si on te pose la question, réponds que tu n'as vu aucun papier.

— D'accord, mais pourquoi ?

— Pour que Parrish ne te tue pas.

Ses dents se mirent à claquer. Elle avait si froid ! Le vent s'engouffrait dans la cabine à moitié ouverte et soufflait sur ses vêtements mouillés.

— Je ne plaisante pas. Promets-moi de ne dire à personne que tu sais sur quoi porte mon travail actuel. J'ignore encore ce que contiennent ces papiers, mais je suis sûre que Parrish a l'intention de se débarrasser de tous ceux qui connaissent leur existence.

Kris resta un instant silencieux.

— Il ne veut pas qu'on sache quoi que ce soit sur ce Templier que tu traques dans toutes les bibliothèques du monde, c'est ça ? reprit-il, stupéfait. Grace, c'est de la folie ! Ce type vivait il y a sept cents ans, si tant est qu'il ait jamais existé ! Qui s'intéresse à lui aujourd'hui ?

— Parrish.

Et elle avait bien l'intention de découvrir pourquoi.

— Parrish, répéta-t-elle d'une voix étouffée.

— Très bien, je ne dirai rien. Promis.

Il marqua une pause, puis demanda :

— Tu as besoin d'aide ? Tu veux ma voiture ?

Elle parvint presque à rire. Pour une femme poursuivie par la police et des tueurs à gages impitoyables, le monument automobile de Kris n'était pas un modèle de discrétion.

— Non, merci, réussit-elle à dire. Il me faut de l'argent, mais le distributeur que j'ai trouvé n'avait plus de billets, et comme j'ai été dévalisée tout de suite...

— Ça m'étonnerait, fit-il.

Qu'elle se soit fait dévaliser ?

— Quoi ?

Elle était à bout de forces et avait du mal à réfléchir, mais ce n'était certainement pas ce qu'il avait voulu dire.

— Ça m'étonnerait qu'il soit vide, répondit-il d'une voix ferme. Combien d'argent as-tu retiré ?

— Trois cents. Ce n'est pas la limite autorisée par transaction ? Je me souviens que mon banquier m'avait dit quelque chose à propos de trois cents dollars, quand j'ai ouvert mon compte.

— C'est la limite autorisée par jour, pas par transaction, expliqua patiemment Kris. Tu peux faire autant de transactions que tu veux, tant que tu ne dépasses pas trois cents dollars par jour. Chaque banque décide du plafond. Celui de la tienne est de trois cents dollars.

Grace était effondrée. Même si elle trouvait un autre distributeur, elle ne pourrait rien retirer avant vingt-quatre heures. Et attendre un jour entier à Minneapolis reviendrait à signer son arrêt de mort. Non, elle devait quitter la ville, chercher un endroit sûr où elle continuerait sa traduction et découvrir pourquoi Parrish avait assassiné Ford et Brian. Mais elle avait besoin d'argent, de tout son argent.

— Je suis fichue, fit-elle à voix basse.

— Non ! s'écria Kris. Non, je peux t'aider, reprit-il plus posément. Combien as-tu sur ton compte ?

— Je ne sais pas. Environ deux mille dollars.

— Trouve un autre distributeur, ordonna-t-il. Je vais pirater l'ordinateur de ta banque, changer le montant du retrait pour... cinq mille dollars. Vide ton compte. Ensuite, je reviendrai au montant d'origine. Ils n'en sauront jamais rien.

En l'entendant, Grace sentit l'espoir renaître en elle, sensation étrange après cette nuit de cauchemar. Restait à dénicher un autre distributeur, ce qui était plus facile à dire qu'à faire.

— Regarde dans l'annuaire, reprit Kris. Toutes les agences de ta banque ont un distributeur automatique. Choisis celle qui est le plus proche.

Évidemment. Il fallait vraiment qu'elle soit exténuée pour ne pas y avoir pensé.

— Ça marche.

Heureusement, l'annuaire était toujours fixé à sa chaîne. Grace l'ouvrit et découvrit qu'il n'en restait qu'une partie, mais la plus importante : celle des pages jaunes. Elle les fit défiler jusqu'à la rubrique des banques, trouva la sienne et vit qu'elle possédait soixante agences. Elle estima qu'elle mettrait une demi-heure pour arriver à la plus proche.

— Je pars tout de suite, fit-elle. J'y serai dans trente, trente-cinq minutes. À moins qu'il ne m'arrive quelque chose.

Elle pouvait être arrêtée par la police, attaquée une nouvelle fois, ou encore rattrapée par Parrish et ses hommes, qui devaient sillonner la ville à sa recherche.

— Rappelle-moi, dit Kris d'une voix pressante. Je vais rentrer immédiatement dans le système de ta banque, mais rappelle-moi pour me dire que tout va bien.

— D'accord, promit-elle.

Elle était si épuisée que le trajet lui prit presque une heure. Son ordinateur se faisait un peu plus lourd à chaque pas, et elle courait se cacher à la moindre voiture. Un véhicule de patrouille déboucha même devant elle à un croisement, ses gyrophares tournoyant dans un silence plus effrayant que toutes les sirènes du monde.

Sa connaissance de la ville se limitait à des quartiers précis. À un moment, elle se trompa de direction et perdit plusieurs minutes avant de réaliser son erreur et de revenir sur ses pas. L'aube n'était pas loin, l'heure où les gens se lèveraient, allumeraient leur télé ou leur radio et apprendraient le double meurtre dont on l'accusait. La police aurait trouvé des photos d'elle, et son visage serait diffusé sur des centaines de milliers d'écrans. Elle devait se mettre à l'abri avant.

Elle arriva enfin au distributeur. Elle était trop fatiguée pour se soucier de la caméra ou de l'éventualité d'une autre paire de voyous prêts à fondre sur elle quand elle aurait retiré son argent. Qu'ils viennent donc, songeait-elle. Cette fois, elle se défendrait. Elle n'avait rien à perdre. Cet argent était sa seule chance de survie. Elle se dirigea droit vers l'appareil, sortit sa carte, suivit les instructions qui s'affichaient sur l'écran et demanda deux mille dollars.

La machine obéissante régurgita la somme en billets de vingt dollars.

Dès que la transaction fut terminée, Grace se glissa dans l'ombre d'une porte d'immeuble et fourra à la hâte les cent billets dans la sacoche de son ordinateur, dans ses poches, son soutien-gorge et ses chaussures, sans cesser d'épier les environs de sa retraite. Les rues étaient vides et tranquilles. Les prédateurs nocturnes, à l'approche de l'aube, s'étaient retirés dans leurs tanières, rendant la ville à ses habitants diurnes.

Enfin, peut-être. Elle ne pouvait prendre aucun risque. Et elle avait besoin d'une arme quelconque. Les yeux baissés, elle regarda autour d'elle, dans l'espoir de découvrir un bâton, mais ne vit que des morceaux de verre brisé et quelques cailloux. Elle ramassa les plus gros et les glissa dans ses poches, en gardant un qu'elle serra dans son poing. C'était mieux que rien.

À présent, elle devait téléphoner à Kristian et quitter Minneapolis. Son corps douloureux réclamait quelques instants de repos, mais c'était un luxe qu'elle ne pouvait pas s'offrir. Elle remonta rapidement la rue, dans l'aube naissante de son premier jour de cavale.

3

— On ne devrait pas avoir de mal à la trouver, murmura Parrish Sawyer en s'adossant confortablement à son siège, tout en martelant de ses doigts soigneusement manucurés les accoudoirs en bois. Je suis profondément déçu par la police de Minneapolis. Notre petite Grace n'a pas de voiture, elle n'est pas débrouillarde pour un sou, pourtant elle leur échappe toujours. Je suis vraiment très surpris. Je m'attendais qu'elle se précipite chez un voisin en hurlant. Au lieu de ça, elle s'envole. C'est très ennuyeux, mais elle ne fait que repousser l'inévitable. Si la police est incapable de la retrouver, je compte sur vous pour y arriver.

— Oui, répondit sobrement Conrad.

Parrish connaissait Conrad depuis des années. C'était un homme digne de confiance et un redoutable professionnel. Conrad pouvait aussi bien être son nom que son prénom, personne ne le savait. Il était trapu, musclé et n'avait pas l'air très malin. Ses cheveux noirs coupés court, plantés bas sur le front, lui donnaient une allure simiesque qu'accentuaient les petits yeux noirs et les arcades sourcilières proéminentes. Mais cette apparence était trompeuse. Son corps trapu était capable d'une vitesse et d'une agilité stupéfiantes, et son expression fruste cachait une intelligence acérée. Et, ce que Parrish appréciait par-dessus tout, il était totalement dépourvu de principes moraux. Il obéissait aux ordres avec l'admirable efficacité d'une machine. Ce qu'il en pensait, il le gardait pour lui.

— Quand vous l'aurez trouvée, poursuivit Parrish, apportez-moi immédiatement l'ordinateur et les papiers.

Il ne donna aucune précision sur le sort réservé à Grace St. John. Conrad n'en avait pas besoin.

L'homme inclina la tête, puis il quitta silencieusement la pièce. Une fois seul, Parrish soupira. Ses doigts toujours en mouvement trahissaient son mécontentement. L'affaire avait inexplicablement mal tourné. Rien ne s'était déroulé comme prévu. Toute la famille aurait dû être là, Grace, son mari et son frère. Il avait vérifié que les trois voitures étaient garées devant la maison avant de pénétrer à l'intérieur. Mais Grace ne s'y trouvait pas, les documents et son ordinateur non plus. Ford et Brian s'étaient montrés très bons menteurs. Parrish ne s'y attendait pas, et il n'aimait pas être surpris. Qui aurait imaginé que deux archéologues minables puissent comprendre la situation en un clin d'œil et inventer un mensonge plausible aussi vite ?

Mais ils l'avaient fait, et Parrish avait commis une très grosse erreur en les croyant. Une telle crédulité ne lui ressemblait pas, et il ne supportait pas l'idée d'être tombé dans le panneau.

Et il aurait juré que Grace, à l'extérieur de la maison, avait tout vu. Ce petit bruit étrange qu'il avait entendu derrière la fenêtre de la chambre venait certainement d'elle. Qu'il y ait eu un interstice, même minuscule, entre les rideaux avait été une autre erreur inexplicable.

Lui et l'équipe de Conrad s'étaient retirés rapidement, ne laissant aucune empreinte ni aucun signe de leur présence. La scène dans la chambre était exactement celle qu'il avait planifiée. N'importe quel policier débarquant sur les lieux et découvrant deux hommes à moitié nus, ensemble dans un lit, tous deux abattus d'une balle en pleine tête, n'aurait aucun mal à comprendre ce qui s'était passé, surtout quand il apprendrait que la femme d'une des victimes avait disparu. La police de Minneapolis avait réagi comme il l'avait prévu. Elle se montrait circonspecte, ne donnant que peu de détails aux médias, mais Grace était son suspect numéro un. Et le seul.

Croyant qu'elle irait immédiatement chercher de l'aide, Parrish était rentré dans sa luxueuse propriété de Wayzata pour attendre en toute quiétude la suite des événements. Il ne s'inquiétait pas des accusations que la jeune femme pourrait porter contre lui. Pourquoi aurait-il tué deux personnes pour voler des documents qu'il lui suffisait de demander ? Cela n'avait aucun sens.

D'ailleurs, Parrish Sawyer était un homme au-dessus de tout soupçon. Il était respecté et comptait de nombreuses relations parmi les membres influents de la communauté. Il contribuait, généreusement et régulièrement, au soutien financier de plusieurs associations caritatives, et de nombreuses familles fortunées du Minnesota nourrissaient l'espoir – vain, naturellement – de le voir épouser une de leurs filles.

Même si on osait le soupçonner, sa gouvernante, Antonetta Dolk, lui fournirait l'alibi qui le disculperait définitivement. Elle jurerait qu'il avait travaillé toute la nuit dans son bureau et qu'elle lui avait servi du café. Antonetta pouvait affronter n'importe quel détecteur de mensonge avec succès, qualité très utile chez une gouvernante, et qu'il appréciait bien plus que sa méticulosité. Naturellement, elle était au service de la Fondation. Parrish avait pris soin de s'entourer de personnes dévouées.

Dire que les documents avaient refait surface après tant de temps ! Ils avaient été trouvés dans un chantier insignifiant du sud de la France, des fouilles si peu productives qu'elles étaient passées inaperçues. L'homme chargé de découvrir et de lui rapporter tous les éléments intéressants n'avait rien vu de très particulier dans ces papiers vieux de plusieurs siècles. Il allait devoir s'occuper de lui – un autre travail pour Conrad. Si cet imbécile avait correctement évalué les documents, jamais ils n'auraient été photographiés, enregistrés, et les photos envoyées à Grace St. John pour la traduction de routine. Aujourd'hui, les papiers seraient entre ses mains, au lieu de se balader Dieu sait où dans la sacoche de Grace.

Ironie du sort, c'était Ford qui avait attiré son attention sur le contenu de ces obscurs documents, provoquant ainsi sa propre mort. Ses remarques naïves sur le travail de Grace – il avait malencontreusement appris à Parrish que ces textes concernaient les Templiers – avaient tout déclenché.

Parrish avait consulté ses registres et remonté la piste jusqu'à Paris, où les documents étaient conservés. Les Français se montraient parfois si tatillons pour laisser sortir des originaux, même pas très anciens, que Parrish avait envoyé ses hommes sur place pour les dérober. Mais ils étaient rentrés bredouilles : les documents avaient été mystérieusement détruits dans un incendie. Les originaux ainsi que les négatifs des photos étaient partis en fumée.

À présent, les seules copies au monde s'étaient évanouies dans la nature avec Grace. S'il se fiait au registre des missions, elle n'avait commencé la traduction que depuis trois jours. Grace était douée, elle était même sa meilleure spécialiste. Il ne pouvait prendre le risque qu'elle en ait déchiffré assez pour comprendre ce qu'elle avait sous les yeux. Elle devait être éliminée, comme tous ceux qui connaissaient l'existence de ces documents.

Il avait du mal à croire que Grace se soit montrée plus coriace que Ford et Brian. Depuis combien de temps travaillait-elle pour lui ? Neuf ans ? Dix ans ? Timide et effacée, un peu ronde, elle était l'archétype parfait de l'intellectuelle sans attraits, avec ses cheveux noués en natte et ses vêtements informes. Son manque complet de style était un affront à sa propre sensibilité. Ne serait-ce que pour cela, il avait plusieurs fois été tenté de la séduire. Les femmes l'ennuyaient. Grace aimait son mari et lui était fidèle. Avec sa morale ridicule de classe moyenne, elle représentait un défi. Elle, avait une peau merveilleuse, comme une porcelaine translucide, et la bouche la plus incroyablement sensuelle qu'il eût jamais vue. À l'idée de tout ce qu'il aurait pu exiger de cette bouche si pulpeuse, Parrish sentit le désir monter en lui. Ce pauvre vieux Ford n'en avait certainement pas profité autant qu'il l'aurait pu !

Elle avait dû se trouver aussi démunie qu'une enfant, dans les rues sombres et effrayantes de Minneapolis. Et il avait pu se passer n'importe quoi au cours de cette interminable nuit. Peut-être même était-elle déjà morte.

Si un voyou ou un drogué l'avait tuée, un de ses problèmes serait résolu. Mais il espérait sincèrement que Grace était encore en vie, car son meurtrier aurait certainement volé l'ordinateur et jeté les papiers. Engloutis dans le monde de la nuit, les documents pouvaient très bien ne jamais refaire surface. Avec eux disparaîtrait l'information si longtemps recherchée. Alors, la Fondation n'aurait plus de but et ses plans seraient anéantis.

Cela ne devait pas arriver. Il fallait qu'il retrouve ces papiers. Par tous les moyens.

Malgré sa fatigue, Grace ne pouvait pas dormir. Chaque fois qu'elle fermait les yeux, elle voyait Ford, l'horreur qui avait empli son regard quand la balle lui avait ôté la vie, sa chute sur le lit.

Il pleuvait toujours. Elle était assise dans une remise, cachée derrière une vieille tondeuse à gazon, une boîte à outils graisseuse, des pots de peinture rouillés et plusieurs boîtes en carton moisies où était inscrit : « Décorations de Noël ». La porte de la remise n'était pas fermée, mais elle ne contenait rien qui vaille la peine d'être volé.

Grace ne savait pas très bien où elle se trouvait. Elle avait simplement marché vers le nord, jusqu'à tomber d'épuisement. Ne voyant aucune voiture dans le garage de cette vieille maison, elle avait supposé qu'il n'y avait personne. Par bonheur, aucun voisin n'avait remarqué la petite silhouette aux vêtements trempés qui traversait le jardin et ouvrait la porte de la remise. En tout cas, personne n'avait hurlé ni prévenu la police.

Elle s'était frayé un chemin parmi les objets entassés dans la cabane et s'était écroulée au fond, sur le ciment sale. Elle était restée des heures dans un état de stupeur hébétée, incapable de réfléchir. À un moment, elle avait entendu une voiture arriver et plusieurs portes claquer. Des cris d'enfants, la voix irritée d'une femme leur disant de se taire, puis la porte de la maison qui se refermait sur un univers familial chaud et accueillant.

Grace posa la tête sur ses genoux. Elle était à bout de forces, elle avait faim. Et elle ne savait pas quoi faire.

Ford et Brian seraient enterrés sans elle.

Une vague de souffrance la terrassa. Elle commença à se balancer d'avant en arrière et serra les bras autour d'elle, comme pour s'empêcher de perdre pied.

Elle n'avait jamais pris le nom de Ford, Wessner. Elle avait conservé le sien, St. John, pour des raisons pratiques. La paperasserie l'avait rebutée. Son permis de conduire, ses diplômes, sa carte de sécurité sociale auraient dû être refaits. De plus, Minneapolis était à l'avant-garde du politiquement correct. Elle aurait eu l'air idiote d'abandonner son nom de jeune fille pour celui de son mari.

Seigneur, cette souffrance était insupportable ! Ford était mort pour elle, mais elle avait refusé de porter son nom. Il ne le lui avait jamais demandé, n'y avait jamais fait allusion. Connaissant Ford, elle savait qu'il s'en moquait. Ce qui comptait pour lui, c'était leur mariage, pas le nom qu'elle portait. Pourtant, tout à coup, ce détail lui paraissait d'une importance cruciale. Avoir le même nom que Ford aurait créé un lien supplémentaire entre eux.

Jamais non plus elle n'aurait d'enfants de lui. Ils avaient prévu d'en avoir deux. Ils en avaient parlé, mais avaient choisi de donner la priorité à leurs carrières. À Noël, ils avaient décidé d'attendre encore un an. Et Ford était mort.

Cette souffrance était insoutenable. Elle devait faire quelque chose, ou elle allait devenir folle. Elle se sentait capable de extirpa en hurlant et d'attendre au milieu de la route qu'on l'arrête ou qu'on la tue.

Brusquement, elle extirpa son ordinateur du sac plastique. La lumière dans la remise était trop faible pour travailler sur les papiers, mais elle avait déjà scanné une partie des documents sur des disquettes et pouvait les étudier. Peu importait sa fatigue. Elle avait désespérément besoin de quelques instants de distraction. Elle s'était toujours plongée corps et âme dans son travail. Cette fois, il allait la sauver.

Elle poussa les caisses de décorations, en plaça une devant elle et posa son ordinateur dessus. L'appareil produisait trop de chaleur pour qu'elle le garde sur ses genoux. Elle fixa la souris, puis souleva le couvercle et mit l'ordinateur en route. L'écran s'alluma et la machine commença à ronronner. Lorsque le menu s'afficha, elle cliqua sur le programme voulu. Ensuite, elle fouilla dans les poches de sa sacoche et en sortit une disquette, celle qui contenait le mystérieux passage sur les Templiers. Il était en ancien français, une langue qu'elle possédait parfaitement.

Elle inséra la disquette dans le lecteur et ouvrit le fichier. Les lettres qui apparurent étaient pâles, étrangement dessinées, et l'orthographe fantaisiste. Les copistes médiévaux étaient pleins d'imagination. À l'époque, l'orthographe n'était pas codifiée, et il pouvait y avoir autant de graphies d'un même mot que de scribes.

Grace fixait l'écran et faisait défiler le texte au fur et mesure de sa lecture. Malgré l'horreur qu'elle venait de vivre, elle sentait son intérêt s'éveiller et le pouvoir du texte agir sur elle. Soudain, devant ses yeux, le nom surgit à nouveau : « Niall d'Écosse ». Elle sursauta. Elle s'installa plus confortablement sur le sol froid et se rapprocha de son ordinateur, tout en plongeant instinctivement la main dans sa sacoche, à la recherche du stylo et du carnet qu'elle transportait toujours avec elle.

Niall d'Écosse avait été le plus puissant guerrier de l'Ordre. Grace parcourut le texte en prenant des notes sur les passages difficiles ou les mots qui lui étaient le moins familiers, fascinée par la vie mouvementée d'un moine qui était mort presque sept cents ans plus tôt.

Niall était « de très haute stature », disait le texte. Au Moyen Âge, la taille des individus, dépendant de la nourriture dont ils avaient bénéficié en bas âge, était extrêmement variable. Certains chevaliers étaient ridiculement petits, leurs armures et costumes semblant être prévus pour des enfants de dix ans, alors que d'autres atteignaient les standards modernes.

Selon ce texte élogieux, Niall restait invaincu à l'épée, comme dans les autres armes. Les récits de ses combats étaient dithyrambiques. On ne comptait plus les Sarrasins qu'il avait abattus et les chevaliers qu'il avait sauvés. Grace avait l'impression de lire la légende d'un héros mythique plus que la biographie d'un Templier.

Le texte s'interrompait brusquement sur une lettre signée par un certain Valcour. Il s'inquiétait de la sécurité du « Trésor » et demandait à son correspondant de protéger ce qui « valait plus que l'or ».

Grace s'étira. Elle avait les pieds engourdis et la nuque raide. Elle se rappelait avoir lu quelque chose à propos d'un trésor chez Kristian. Malheureusement, occupée à rechercher le nom de Niall, elle n'y avait pas prêté attention. Elle savait que les Templiers étaient très riches, à tel point qu'il leur était arrivé de prêter de l'argent aux rois et aux papes. Mais comment leur trésor pouvait-il « valoir plus que l'or » ?

La fatigue, oubliée le temps de sa lecture, s'abattit de nouveau sur ses membres endoloris. Avec des gestes que l'épuisement rendait maladroits, elle quitta le programme, éjecta la disquette qu'elle rangea dans sa pochette protectrice, puis elle éteignit l'ordinateur et étendit ses jambes avec un gémissement involontaire.

Elle se redressa et s'allongea contre les boîtes de décorations. Le sommeil l'envahit, telle une vague bienfaisante à laquelle elle s'abandonna sans résister. Elle avait désespérément besoin de ce sursis. Ses paupières trop lourdes se fermèrent. Sa dernière pensée fut pour Niall. Avant de perdre conscience, elle crut l'entrevoir, grand et puissant, maniant une lourde épée, le bras protégé par son bouclier tandis que les ennemis tombaient autour de lui.

*

* *

1321

Six cent soixante-quinze ans plus tôt, Niall se réveilla, les sens en alerte. Seuls une bougie et le feu mourant dans la cheminée éclairaient sa chambre. Il dormait depuis une heure, estima-t-il en voyant la taille de la bougie. Quelque chose l'avait tiré du sommeil, un faible soupir étrangement peu inquiétant. D'habitude, lorsqu'un bruit le réveillait, si ténu soit-il, il bondissait, la dague au poing, prêt à se battre alors qu'il venait à peine d'ouvrir les yeux. Cette fois, il n'avait même pas tendu la main vers son arme. Son instinct n'avait pas détecté de danger.

Mais quelque chose l'avait réveillé, un son assez proche de lui pour qu'il l'ait entendu. Il regarda la femme endormie à ses côtés. Le bruit de sa respiration était infime. Ce n'était pas elle qui l'avait dérangé.

Ils étaient seuls dans la chambre. La porte épaisse était bien fermée et l'entrée du passage secret totalement invisible. D'ailleurs, Robert ne venait jamais sans envoyer de message. Niall avait pourtant l'impression qu'un intrus avait pénétré dans la pièce.

Il se déplaça avec tant de précautions qu'Eara resta profondément endormie. Bien qu'il ne vît personne d'autre que la femme allongée dans son lit, il fit le tour de la chambre, à l'affût d'une odeur, d'un murmure, de quelque chose qui trahirait une présence tapie dans l'ombre.

Rien. Il retourna se coucher et tenta en vain de retrouver le sommeil. Eara ronflait doucement. Une certaine irritation l'envahit. Il aurait dû la renvoyer dans ses quartiers. Il aimait dormir avec une femme, sentir sa peau douce contre lui, la chaleur de son corps à côté du sien mais, cette nuit, il aurait préféré être seul. Il aurait voulu se concentrer sur le bruit imperceptible qui l'avait réveillé, et la présence d'Eara le gênait.

Il s'efforça de se souvenir précisément de ce qu'il avait entendu. Un son doux, comme un soupir.

Quelqu'un avait prononcé son nom.

*

* *

1996

Conrad attrapa le punk par ses cheveux graisseux et lui tira la tête en arrière pour examiner le résultat de son travail. Les yeux gonflés étaient presque entièrement fermés, le nez écrasé saignait abondamment et la mâchoire avait perdu un certain nombre de dents. Mais ce n'était que de l'intimidation. La véritable persuasion avait débuté quand il lui avait cassé les doigts et les côtes.

— Tu l'as vue, dit-il doucement. Tu l'as détroussée.

— Non, vieux...

Les mots étaient presque inintelligibles.

Ce n'était pas la réponse que Conrad attendait. Il soupira et tordit un des doigts cassés. Le punk hurla et se cambra. De larges bandes de sparadrap maintenaient ses poignets et ses chevilles attachés à la chaise en bois.

— Tu l'as vue, répéta Conrad patiemment.

— On n'a plus l'argent ! fit le punk dans un sanglot pitoyable.

— Je me fiche de l'argent. Où est-elle allée ?

— Eh, qu'est-ce que tu crois, qu'on lui a demandé ?

Conrad réfléchit un instant. Le punk disait probablement la vérité. Il jeta un coup d'œil au corps étendu derrière la chaise. Dommage que le jeune Noir ait eu la mauvaise idée de sortir son cran d'arrêt. Il aurait peut-être noté un détail que son crétin de copain n'avait pas vu. Hélas, il était trop tard pour l'interroger.

Il tordit un autre doigt et attendit que les cris cessent.

— Où est-elle allée ? demanda-t-il à nouveau.

— J'en sais rien, j'en sais rien, j'en sais rien !

Conrad hocha la tête, le visage impassible.

— Comment était-elle habillée ?

— J'en sais rien...

Conrad tendit la main vers un autre doigt et le punk hurla.

— Non, arrêtez, non ! cria-t-il, le nez dégoulinant de sang. Il pleuvait, ses fringues étaient sombres...

— Jupe ou pantalon ? demanda Conrad.

Il ne se faisait pas d'illusions. Cet idiot n'avait certainement pas remarqué la couleur des vêtements de Grace, surtout s'ils étaient trempés.

— J'en sais... Un pantalon. Oui, peut-être un jean.

— Avait-elle un manteau ? Une veste ?

Le temps avait subitement changé. Si la chaleur printanière de la veille était inhabituelle, le froid qui s'était abattu sur la ville depuis le matin était plus conforme au climat de Minneapolis.

— J'crois pas.

— Manches longues ou courtes ?

— C... courtes, je crois. Pas sûr. Et elle portait un sac-poubelle.

Pas de veste et en manches courtes. Elle était restée sous la pluie pendant des heures et était trempée jusqu'aux os. Conrad ne posa pas de question sur le contenu du sac-poubelle. Mettre les papiers à l'abri tombait sous le sens. M. Sawyer serait content.

Ces deux imbéciles s'étaient empressés de lui arracher les billets qu'elle avait retirés au distributeur. Elle n'avait pas d'argent et aucun moyen d'en obtenir. Conrad pensait pouvoir la localiser en vingt-quatre heures, sauf si elle décidait d'aller se confier à la police. Bien que M. Sawyer eût un parfait alibi pour la nuit du crime, il préférait la trouver d'abord. Ce serait plus facile.

Il regarda le déchet humain avachi sur la chaise. Le punk n'avait aucune qualité pour le racheter. Aucun talent, aucune morale, aucune valeur.

Il ne méritait pas qu'on gaspille une balle pour lui. Conrad serra ses mains gantées autour de la gorge du jeune garçon et lui écrasa la trachée d'un geste habile. Le laissant suffoquer derrière lui, il quitta la maison abandonnée. Il se déplaçait vite et en silence. Dans ce quartier malfamé, les cris étaient monnaie courante. Personne n'y prêterait attention.

4

La distance, comme l'apprenait Grace, était relative. Eau Claire, dans le Wisconsin, n'était pas si loin de Minneapolis. En voiture, il suffisait d'une heure ou deux selon la circulation. En avion, ce n'était rien de plus qu'un saut de puce. Mais, à pied et de nuit, il lui avait fallu trois jours.

Elle n'avait pas osé prendre le bus. Avec ses longs cheveux et son ordinateur, elle était facilement repérable. De toute façon, la police devait surveiller tous les transports publics quittant Minneapolis.

Elle avançait dans le vide. Tout ce qu'elle avait considéré comme acquis, la nourriture, l'eau, la chaleur, des toilettes, était problématique. Au moins avait-elle de l'argent. Elle se servait dans des commerces ouverts la nuit, bien qu'ils soient, la plupart du temps, équipés de caméras. Mais la nourriture n'était pas vraiment un problème. Elle avait perdu l'appétit.

En trois jours, elle était devenue une vagabonde. Elle avait marché en direction du nord un moment, avant de couper vers l'est, loin des voies principales. Elle n'avait jamais réalisé combien la route était déserte entre Minneapolis et Eau Claire. Si elle avait pris la nationale, elle aurait croisé des camions et aperçu les enseignes lumineuses des motels. En empruntant les petites routes, elle ne vit que quelques habitations et de rares stations-service.

À 22 h 30, sa deuxième nuit de cavale, elle pénétra dans une station-service et demanda la clef des toilettes. Le pompiste releva des yeux excédés et l'envoya au diable. Il lui fallut plus d'une heure pour trouver une autre station. Le second pompiste ne fut pas plus poli et la menaça de téléphoner à la police si elle ne déguerpissait pas immédiatement.

Seigneur, elle voulait simplement aller aux toilettes ! Sans répondre, elle fit demi-tour et s'éloigna. Elle traversa le parking, sentant dans son dos le regard hostile du pompiste. Au moment où elle allait poser le pied sur l'accotement de la chaussée, elle se retourna et vit que l'homme s'était replongé dans le magazine qu'il lisait lorsqu'elle était arrivée. Elle revint sur ses pas, longea le parking et passa derrière la station. Il était hors de question qu'elle reparte sans se soulager.

Le gravier crissa soudain sous les pas d'un nouveau client. Elle entendit une voix masculine dire quelque chose au pompiste, l'autre lui répondre, mais elle ne comprenait pas leurs paroles. Abritée contre le mur de derrière, elle déposa son précieux sac-poubelle hors d'atteinte des éclaboussures et fit glisser la fermeture Éclair de son jean.

Des pas approchaient.

Il n'y avait aucun endroit où se cacher. Avec ces lampes fixées au-dessus des portes des toilettes, elle ne pouvait même pas se blottir dans l'ombre. Elle n'avait plus qu'à courir, en espérant que le client ne la verrait pas de trop près.

Elle attrapa son sac plastique et son regard glissa sur la porte des toilettes pour dames. Elle était ouverte !

Le client allait surgir d'un instant à l'autre. Grace n'hésita pas. Laissant son sac-poubelle dehors, elle bondit vers la petite pièce et pénétra à l'intérieur. Elle n'eut même pas le temps de refermer la porte. Le client passait déjà devant elle. Une seconde plus tard, la lumière filtrait sous la cloison. La porte claqua.

Grace soupira. La pièce minuscule ne contenait qu'un W-C et un lavabo. Les murs étaient en béton, le sol en ciment, l'odeur désagréable.

Elle n'alluma pas et ne ferma pas complètement la porte. Au moment où la chasse d'eau retentissait dans l'autre petite pièce, elle fit fonctionner la sienne. Puis elle resta immobile, attendant que l'homme s'éloigne. Elle poussa un soupir de soulagement en entendant ses pas tourner au coin du bâtiment.

L'odeur n'émanait pas seulement des toilettes. Elle ne s'était pas lavée depuis trois jours. Ses vêtements mouillés avaient séché sur elle. Pourtant, ce n'était pas ce qui la dérangeait le plus. Sur les terrains de fouilles, la poussière et la sueur étaient le lot quotidien des archéologues, et elle était habituée aux vêtements crasseux. Mais, dans ces cas-là, elle se lavait chaque soir.

Elle entrouvrit la porte pour laisser entrer un peu plus de lumière. Un distributeur de serviettes en papier était fixé au-dessus du lavabo. Sur le côté trônait un flacon de savon liquide.

La tentation était irrésistible. Elle ne pouvait rien contre l'odeur de ses vêtements, mais elle pouvait se laver. Elle tourna légèrement le robinet pour faire couler un mince filet d'eau puis, le plus silencieusement possible, elle entreprit de faire sa toilette. Elle se sentit aussitôt plus fraîche. Quand elle eut terminé, elle mit ses mains en coupe pour boire quelques gorgées. L'eau froide lui parut plus délicieuse que n'importe quel grand cru.

— Qu'est-ce que c'est que ça ?

Un éclair de panique la transperça. Sans prendre la peine de fermer le robinet, elle pivota sur ses talons. Le pompiste fouillait dans le sac-poubelle qui contenait tous ses documents. Elle émit un grondement sourd et bondit hors de sa cachette. Lui tournant le dos, l'homme tenait le sac ouvert et regardait dedans.

Il se retourna dès qu'il l'entendit. Une lueur mauvaise traversa son regard lorsqu'il la reconnut.

— Je t'ai dit de te barrer d'ici, espèce de souillon. C'est une propriété privée.

Il l'attrapa par le bras et la tira sans ménagement vers la lumière. Grace vacilla et tomba sur le genou droit. Un caillou s'enfonça dans sa peau. L'homme ne lui laissa pas le temps de se relever. Un coup dans le dos l'envoya à terre.

— Sale garce, fit l'homme en prenant son élan pour la frapper une nouvelle fois. Puisque tu ne fiches pas le camp quand on te le dit, je vais te mettre dehors à coups de pied.

Le pompiste était maigrelet, mais doté de la hargne et de la vivacité d'un roquet. Grace rampa pour éviter un coup qui lui aurait certainement brisé les côtes. L'homme trébucha, ce qui ne fit qu'accroître sa rage. Grace se traîna frénétiquement sur le côté pour se mettre hors de sa portée. En vain.

Il était trop près. Jamais elle ne pourrait lui échapper. Désespérée, elle jeta le pied en avant et le frappa au genou. Il perdit l'équilibre et tomba lourdement, entraînant le sac plastique dans sa chute.

Grace sauta sur ses pieds, mais ne fut pas assez rapide. L'homme s'était déjà relevé en jurant. Le sac était entre eux. D'un coup d'œil, elle tenta d'estimer la distance qui la séparait de son précieux bagage.

— Espèce de traînée, éructa le pompiste, le visage empourpré. Je vais te tuer.

Il avança vers elle, les mains tendues. Sans réfléchir, Grace se laissa retomber sur le sol et lui lança les deux pieds dans le ventre. Le droit l'atteignit à la cuisse, l'autre dans les testicules. Bloqué net dans son élan, l'homme lâcha un cri aigu, puis il se recroquevilla, les deux mains sur son entrejambe. Grace se releva, attrapa son sac plastique et s'éloigna en courant. Elle contourna le bâtiment, traversa le parking et s'élança sur la route. Elle ne ralentit que quand la station ne fut plus qu'un minuscule point lumineux derrière elle.

Elle s'arrêta enfin. Son cœur battait à tout rompre, elle respirait difficilement. Le pompiste devait avoir prévenu la police. Certes, comme rien n'avait été volé et que le seul dommage concernait les parties intimes du plaignant, elle doutait que les policiers s'intéressent beaucoup à l'affaire. Mais si une voiture patrouillait dans les environs, ils lui poseraient certainement des questions. Le plus sage était de se cacher au moindre bruit de moteur.

Sa rapide toilette lui avait rendu un semblant de propreté, mais la terre qui maculait à présent ses mains, son visage et ses vêtements avait réduit tous ses efforts à néant. Elle était encore plus sale qu'à son arrivée dans la station-service.

Il fallait qu'elle change de tactique. Elle n'utiliserait les toilettes publiques que pour se laver. Si elle ne voulait pas essuyer à nouveau le genre de réaction qu'elle venait d'affronter, elle devait au moins avoir l'air propre et correcte. Elle abandonnerait aussi son sac plastique. Il protégeait efficacement son ordinateur et ses papiers, mais il la désignait comme une sans-abri, et la plupart des commerçants refuseraient de la servir.

Elle devait trouver un autre endroit pour se laver, se rendre aussi présentable que possible, puis elle irait dans un supermarché et achèterait quelques vêtements et un grand sac bon marché. Cela lui faciliterait considérablement la vie. Elle pourrait ainsi s'arrêter dans une station-service sans qu'on la jette dehors à coups de pied. Elle aurait surtout eu besoin d'une voiture, mais c'était hors de question. Même si elle avait été capable d'en voler une, cela aurait aussitôt attiré l'attention sur elle.

Elle avait du mal à croire à ce qu'elle avait fait. Elle qui n'avait jamais frappé personne venait de gagner une bataille. Un sentiment sauvage de triomphe s'empara d'elle. Elle s'était défendue et, surtout, elle avait appris qu'elle pouvait gagner. Là où il n'y avait auparavant que peur et faiblesse, la force avait germé.

Une lueur jaune éclaira les feuilles des arbres devant elle, lui signalant l'arrivée d'une voiture. Elle glissa aussitôt sur le bas-côté. Dans sa hâte, elle ne sentit pas le sol se dérober sous ses pieds et tomba brusquement dans l'herbe, son épaule droite heurtant la masse dure de son ordinateur. Elle tourna la tête et vit surgir la voiture.

Elle s'enfonça dans l'herbe, espérant qu'elle était assez haute pour la dissimuler.

Elle avait l'impression d'être prise dans la lumière des phares, mais la voiture passa sans ralentir, la laissant dans l'ombre, ses vêtements à nouveau trempés, le visage sali et l'épaule douloureuse. Elle se releva péniblement.

Chaque pas l'éloignait un peu plus de Minneapolis, de son foyer, de ce qui avait été sa vie. Chaque pas la mettait un peu plus en sécurité, loin de Parrish. Elle reviendrait l'affronter lorsqu'elle en serait capable.

Elle ignora résolument le froid et la douleur, ses ecchymoses, ses muscles raides et le grand vide qui avait pris la place de son cœur, et se remit à marcher.

Les scanners étaient une invention formidable. Conrad apprenait beaucoup en écoutant la fréquence de la police. Il connaissait les codes et le jargon des policiers sur le bout des doigts. Comprendre leur façon de penser était essentiel, aussi avait-il passé beaucoup de temps à les étudier. Un homme bien informé devait être au courant de ce qui se passait dans la police, car les médias ne répercutaient que les événements les plus accrocheurs, ceux qui étaient susceptibles de retenir l'attention des spectateurs ou des lecteurs. Conrad connaissait les endroits où les policiers revenaient sans cesse pour arbitrer des querelles domestiques, il savait où se vendait la drogue et quels coins de rue abritaient les prostituées. Il savait aussi quand ils répondaient à des appels hors du commun. Leurs voix étaient tout à coup plus sèches, leurs questions plus précises. Il écoutait alors de toutes ses oreilles.

Le métro n'était jamais tranquille. Il y avait toujours un problème à régler. Dans les quartiers tranquilles ou en proche banlieue, le climat était plus calme et, la plupart du temps, les scanners ne diffusaient que des messages de routine. De même, les informations glanées dans les banlieues plus lointaines étaient rares. Mais, en homme avisé, il avait investi dans des appareils plus puissants, capables de capter les messages les plus éloignés. Rien ne lui échappait dans un rayon de cent kilomètres autour de la ville.

Conrad aimait se coucher en écoutant le flot continu de ces informations. Ce son ininterrompu l'apaisait et le reliait à l'univers qu'il avait délibérément choisi : celui du crime. Ses appareils restaient branchés toute la nuit, et n'importe quel code d'urgence le tirait immédiatement du sommeil.

Mais il ne dormait pas beaucoup. Il se reposait dans une sorte de veille semi-consciente, heureux de sentir sur sa peau le souffle léger de l'air et le contact des draps, les seules caresses qu'il appréciait, peut-être parce qu'elles n'avaient rien de sexuel. Le sexe le laissait complètement indifférent. Il considérait toute activité sexuelle comme une faiblesse. Ni les femmes ni les hommes ne l'attiraient, et il n'aimait pas cette promiscuité sordide qui dépravait la société.

Conrad ferma les yeux et concentra ses pensées sur Grace St. John. La pauvre femme n'avait aucune idée des règles qui gouvernaient le monde dont il captait les pulsations sur ses scanners, nuit après nuit. Où était-elle allée après s'être fait dévaliser ? Avait-elle trouvé une cachette, ou était-elle tombée entre les griffes d'un autre voyou ? Il n'avait pas encore relevé sa trace, mais ne doutait pas d'y parvenir tôt ou tard. Il avait des antennes dans toute la ville. Conrad était confiant. Jamais personne ne lui avait échappé.

L'espèce d'inquiétude qu'il éprouvait pour elle le surprenait. Elle n'était qu'une femme ordinaire, comme des millions d'autres. Elle avait vécu tranquillement, aimé son mari et son travail, fait les courses et la lessive. Elle s'était malheureusement trouvée impliquée dans une affaire qui la dépassait et elle allait mourir. Conrad le regrettait, mais il n'y avait pas d'autre solution.

Un des scanners se mit en marche.

— Le pompiste de Brasher s'est fait agresser par une vagabonde qui refusait de quitter les lieux.

Une femme ? Conrad tendit l'oreille.

Quelques instants plus tard, une voiture de patrouille répondit.

— Ici 1-12, je suis dans le coin. La femme est encore là ?

— Non. Le type n'est pas blessé.

— Il a donné un signalement ?

— Femme, cheveux noirs, environ vingt-cinq ans. Pantalon noir, chemise bleue. Un mètre soixante-dix, soixante-dix kilos.

— Grassouillette, commenta la voiture de patrouille. On va chez Brasher prendre sa déposition, mais c'est sans doute pas grand-chose.

Et le pompiste avait probablement menti, se dit Conrad en repoussant les couvertures. Il alluma sa lampe de chevet et s'habilla calmement. Il voulait laisser à la patrouille le temps de prendre la déposition du pompiste et de repartir.

Un mètre soixante-dix, soixante-dix kilos ? Si l'homme avait perdu la bagarre, il n'allait pas reconnaître qu'il s'était fait battre par une femme d'un mètre soixante-cinq et de soixante kilos. Il aurait l'air moins ridicule en ajoutant cinq centimètres et dix kilos. Les cheveux, l'âge, les vêtements, tout correspondait. Conrad devait vérifier.

Il arriva à la station-service une heure plus tard, vers minuit. Tout était tranquille. Il n'y avait pas un seul client. Conrad se dirigea vers le petit bureau mal éclairé. Debout, le pompiste l'observait, un mélange incongru de suspicion et d'impatience sur son mince visage de furet. Comme beaucoup, il n'aimait pas l'allure de Conrad, mais il brûlait de raconter son aventure à quelqu'un, et cet individu antipathique valait mieux que pas de public du tout.

Conrad prit son portefeuille dans sa poche et en sortit un billet de vingt dollars. Il voulait des informations, pas de l'essence.

En voyant l'argent, le pompiste se détendit.

Conrad étala le billet sur le comptoir et posa la main dessus.

— Une femme est venue ce soir, commença-t-il. Vingt dollars pour répondre à quelques questions.

Le pompiste loucha sur le billet, puis releva les yeux vers Conrad.

— Vingt, c'est pas grand-chose.

— Comme mes questions.

L'homme lui jeta un autre coup d'œil et comprit qu'il n'obtiendrait rien de plus de cet homme à face de singe.

— Qu'est-ce que vous voulez savoir ? marmonna-t-il de mauvaise grâce.

— Décrivez-moi ses cheveux.

— Ses cheveux ?

Il haussa les épaules.

— Il faisait sombre. J'ai déjà raconté tout ça aux flics.

Conrad réprima son envie d'écraser une nouvelle trachée. Mais cet imbécile n'était pas un misérable vagabond, comme les deux jeunes punks. S'il mourait, on se poserait des questions, et Conrad ne voulait pas mettre la police sur la piste de Grace St. John.

— Ses cheveux, ils étaient longs ?

— Ils étaient attachés... Comment on appelle ça ?

— Une tresse, suggéra Conrad.

— Oui, c'est ça.

— Merci.

Conrad ôta sa main du billet et retourna tranquillement à sa voiture. D'autres questions auraient été superflues. Cette femme était Grace St. John, et elle cherchait à quitter Minneapolis. Elle se dirigeait vers l'est, sans doute vers Eau Claire, la seule agglomération importante dans cette direction. Elle se sentirait plus en sécurité dans une ville, où elle attirerait moins l'attention.

En faisant le chemin de nuit, elle avait l'avantage de pouvoir se fondre dans l'obscurité à la moindre alerte. Elle marchait peut-être aussi pendant la journée, mais il en doutait. Elle devait se reposer et n'oserait pas se montrer en plein jour. Ferait-elle de l'autostop ? C'était peu probable. Elle était issue de la classe moyenne, élevée dans la crainte de ramasser quelqu'un sur le bord de la route ou de faire elle-même de l'auto-stop. Et elle était intelligente : elle ne prendrait pas le risque qu'un automobiliste curieux la remarque.

Le pompiste l'avait certainement provoquée. Jamais elle ne l'aurait attaqué. Elle devait avoir froid, être épuisée, peut-être blessée. Elle s'était sans doute réfugiée quelque part, essayant de se réchauffer, en pleurs, trop découragée pour continuer. Elle n'était pas loin, il le savait, mais il n'avait aucun moyen de la retrouver sans ameuter la police et le voisinage.

Grace mettrait au moins deux jours pour atteindre Eau Claire, si toutefois il ne lui arrivait rien en chemin. Étant donné la direction qu'elle avait prise, elle aurait le choix entre deux routes pour pénétrer dans la ville. Il avait besoin d'aide. Quelqu'un qui avait la tête froide et saurait réagir en cas d'imprévu. Il passa mentalement ses hommes en revue et son choix se porta sur Paglione. Un type un peu bête, mais sérieux. De toute façon, comme il dirigeait lui-même les opérations, Conrad ne se faisait pas de souci. Paglione n'aurait qu'à suivre les ordres.

Pauvre Mme St. John. Pauvre petite femme.

5

En approchant d'Eau Claire, Grace décida de trouver quelque chose à manger. Elle n'avait pas faim, mais elle se sentait faiblir.

Le froid était un handicap supplémentaire. Le souffle printanier des derniers jours s'était envolé, laissant place à un vent glacial, signe que l'hiver n'était pas terminé. Grace tremblait constamment. Par bonheur, il ne neigeait pas. Comme tous les gens de la rue, elle s'était protégée avec des journaux et des sacs plastiques et avait survécu.

Oui, elle était vivante. Vivante mais affreuse. Elle ne pouvait pas continuer ainsi. Plus encore que ses conditions de vie précaires, l'impossibilité de travailler la faisait cruellement souffrir. Si elle ne consacrait pas un peu de temps à la traduction des documents, elle ne découvrirait jamais pourquoi Parrish voulait la tuer. « Savoir, c'est pouvoir », songea-t-elle. Dans son cas, c'était aussi le plus sûr moyen d'accès à la vengeance. Mais, pour cela, elle avait besoin d'électricité et de longues heures de tranquillité ininterrompue. Elle devrait aussi renouer avec le monde civilisé. Il était temps de mettre sa stratégie en œuvre.

Avant tout, il fallait qu'elle se lave. Elle chercha une station-service et contourna le bâtiment en surveillant le pompiste du coin de l'œil. Si la porte des toilettes était fermée – ce qui arrivait une fois sur deux –, elle irait ailleurs. Ses quelques jours de cavale lui avaient appris que la plupart des gardiens de nuit laissaient les portes ouvertes, sans doute pour ne pas être dérangés. Par conséquent, les toilettes étaient d'une saleté repoussante, mais elle s'en moquait. Tout ce qu'elle voulait, c'était un peu d'eau et de tranquillité.

Heureusement, la porte était ouverte. Grace pénétra dans la petite pièce délabrée. Cette fois, elle alluma la lumière. Une ampoule nue pendait misérablement au plafond décrépit. Sans la moindre émotion, elle contempla son reflet dans le miroir taché. Cette femme aux yeux cernés, aux traits tirés et aux cheveux décoiffés n'avait que peu de ressemblance avec elle. Après avoir fermé le verrou, elle se déshabilla et commença à se laver. Il n'y avait ni serviette ni savon, mais elle avait pris ses précautions et volé dans une autre station des serviettes en papier et un morceau de savon usé.

Elle défit sa natte et passa vigoureusement le peigne dans ses cheveux. Leur saleté avait beau la répugner, elle devrait attendre un moment plus propice pour les laver. Elle les tressa rapidement et rejeta sa natte dans son dos d'un coup sec.

Elle ne pouvait pas faire grand-chose pour ses vêtements. Elle humidifia néanmoins une serviette et la passa sur les taches les plus voyantes, sans grand succès. Elle jeta le morceau de papier froissé en haussant les épaules. Il y avait pire que de porter des vêtements sales. Être agressée près d'un distributeur de billets, par exemple, tabassée par un pompiste vicieux, poursuivie par des chiens enragés, voir son frère et son mari se faire assassiner sous ses yeux…

En quelques jours, Grace avait appris à repousser sa souffrance au fond d'elle-même, si violente soit-elle. Elle ignora ses pensées morbides et se concentra sur les problèmes pratiques. Où acheter des vêtements neufs ? Dans un supermarché ouvert la nuit. Il y en avait beaucoup, et personne ne ferait attention à elle.

Mais elle ne connaissait absolument pas Eau Claire et n'avait aucune idée de la direction à suivre pour se rendre au magasin le plus proche. Impossible de prendre un taxi, c'était trop cher. Elle allait devoir demander son chemin. À cette idée, la panique lui noua l'estomac. Elle n'avait pas prononcé un mot depuis sa rencontre avec le pompiste. Seule, l'esprit occupé à trouver sans cesse des moyens de survivre, elle n'avait parlé à personne depuis deux jours.

Il était temps de rompre le silence. Elle fit le tour de la station et observa l'employé affalé dans son fauteuil. L'homme ne lui inspira pas confiance, et elle préféra passer son chemin sans lui adresser la parole. Elle décida de couper à travers champs pour rejoindre une autre route. Dans l'obscurité, elle heurta une vieille clôture. Elle n'était ni barbelée ni électrifiée, et son état de délabrement indiquait que le champ était vide. Au moins n'aurait-elle pas à affronter de taureau enragé.

Au moment où elle posait le pied de l'autre côté, un chien aboya sur sa droite. Elle se précipita vers la gauche, sachant que certains chiens se taisaient dès que leur territoire n'était plus menacé. Peine perdue. Les aboiements se firent de plus en plus proches.

Elle se pencha et chercha à tâtons quelques cailloux. La pauvre bête ne faisait que répondre à l'instinct qui la poussait à chasser les intrus, mais elle ne voulait pas se faire mordre. Une pierre jetée avec conviction provoquerait peut-être sa retraite. Elle en lança une en direction des aboiements.

— Abruti ! cria-t-elle en tapant du pied sur le sol.

Elle imagina le mouvement de recul du chien dans la nuit, tout en répétant son geste et son insulte. L'animal se tut. Grace repartit.

Ce n'était qu'un chien, mais elle avait rompu le silence.

— Je crois l'avoir vue, déclara Paglione sur son téléphone portable. Je suis presque sûr que c'était elle. J'ai aperçu quelqu'un qui se faufilait derrière une station-service.

— Tu as vu où elle allait ? demanda Conrad en démarrant.

Pour entrer dans Eau Claire, Grace aurait le choix entre les routes 12 et 40. Il s'était attribué la 12, la plus fréquentée, laissant Paglione surveiller la 40.

— Je l'ai perdue. Je crois qu'elle a coupé à travers champs. Je n'ai pas pu la repérer.

— Elle va vers Eau Claire, suis-la. Elle devra bien prendre une route pour entrer en ville.

Conrad coupa la communication et posa son téléphone sur le siège. Une étrange excitation l'envahit. Elle n'était pas loin, il le savait. Son habileté inattendue à lui échapper rendait sa tâche beaucoup plus intéressante, mais il n'allait pas tarder à la rattraper et sa mission serait accomplie. Il aurait encore gagné. Il s'autorisa à goûter le frisson de la victoire quelques secondes, puis il se ressaisit. Rien ne devait le distraire de son travail.

L'enseigne lumineuse d'un supermarché trouait la nuit devant elle. Grace avait pris à travers champs, traversé des jardins, franchi des clôtures et affronté d'autres chiens, dont les aboiements avaient plus d'une fois failli la faire repérer.

Au fond du parking du supermarché se trouvait un container de l'Armée du Salut, entouré de meubles abandonnés et d'objets détériorés. Elle le contourna résolument. Elle cherchait un endroit sûr pour cacher son sac, mais le laisser dans ce fatras était hors de question. Trop de gens fouillaient parmi ces dons.

Elle se dirigea vers l'arrière du bâtiment, en prenant soin de rester dans l'ombre. À côté de l'entrée des livraisons se trouvait une pile de cartons vides. Malheureusement, l'endroit était en pleine lumière. Impossible d'y dissimuler son sac. Elle poursuivit son chemin vers la section jardinage du magasin. Au fond, des sacs de terreau et de graines diverses étaient entassés contre le grillage. La porte extérieure était fermée pour la nuit, mais certains clients bravaient le froid pour acheter les derniers modèles de jardinières.

Grace se baissa à côté des gros sacs de terreau et poussa son précieux chargement contre le grillage. Le sol était noir et l'ombre suffisante pour le dissimuler aux regards curieux, mais l'idée de laisser son sac sans surveillance la paniquait. Accroupie, elle regarda longuement autour d'elle. Personne ne l'observait. Rien ne bougeait sur le parking. Dans le petit bosquet d'arbres derrière elle, le chant tranquille et monotone des criquets était rassurant. Eau Claire n'était pas Minneapolis, songea-t-elle. La ville étant plus petite, les dangers étaient moindres.

Elle se releva et se dirigea d'un pas assuré vers l'entrée du magasin. Elle avait le droit d'être là, d'entrer et de faire des courses, comme n'importe quel citoyen.

Un employé posté à l'entrée examinait les clients. Il jeta un regard suspicieux à Grace et se tourna vers le bureau. Sans doute allait-il la faire suivre par un vigile. Elle prit un chariot d'un air dégagé.

— Nous signalons à notre aimable clientèle que le magasin ferme ses portes dans quinze minutes, lancèrent les haut-parleurs d'une voix métallique.

Grace dirigea son chariot vers les vêtements pour femme. Elle attrapa un jean, un pull et une veste en jean, puis fonça vers les sous-vêtements. Plusieurs culottes tombèrent dans le chariot, suivies d'un lot de chaussettes. En regardant les panneaux au-dessus des allées, elle repéra ensuite le coin des chaussures.

Elle prit une casquette de base-ball en passant devant les articles pour homme. Arrivée au rayon des chaussures, elle opta pour une paire de baskets blanches, plus confortables que ses mocassins.

Il lui fallait un sac. Les bagages se trouvaient à l'entrée du magasin, entre les articles de sport et la pharmacie. Elle choisit rapidement le moins cher et le plus résistant des modèles de taille moyenne. En allant vers les caisses, elle prit enfin une brosse à dents, du dentifrice et un flacon de shampooing.

Ses courses avaient duré moins de dix minutes. En posant ses achats sur le tapis de caisse, elle ne releva pas les yeux pour voir si on l'observait. Devant les paquets de chewing-gums et autres barres de chocolat, son estomac se mit à gargouiller. Elle devait manger quelque chose. Elle adorait le chocolat, mais la seule pensée d'en avaler lui donnait la nausée.

Des cacahuètes salées, voilà ce qu'il lui fallait. Elle en attrapa un paquet et l'ajouta à ses courses.

— Cent trente-deux dollars dix-sept, annonça la caissière d'une voix éteinte.

Cent trente-deux dollars ! Grace sentit sa gorge se nouer. Elle avait besoin de tous les articles qui étaient là. Sans dire un mot, elle tendit son argent à la caissière. En attendant sa monnaie, elle rangea ses affaires dans son grand sac.

Avant de quitter le magasin, elle acheta une boisson au distributeur qui se trouvait devant les portes et la rangea dans son sac. Elle se dirigea vers la section jardinage, le cœur battant. L'endroit était désert, à l'exception d'un employé qui couvrait les plantes pour la nuit. Dès qu'il eut le dos tourné, Grace s'accroupit derrière les sacs de terreau. Elle chercha à tâtons sur le sol froid, mais ses doigts ne rencontrèrent que le vide. Une vague de peur l'envahit. On l'avait volée ! On l'avait épiée et volée ! Les yeux écarquillés dans l'obscurité, elle se força à respirer profondément et à réfléchir. Le voleur avait dû se cacher dans les arbres pour l'observer. Y était-il retourné ? Pouvait-elle le retrouver ? Qu'allait-elle faire ? Se jeter sur tous ceux qui portaicnt un sac-poubelle ? Oui, s'il le fallait.

Mais avait-elle cherché assez loin ? Les lumières vives du magasin avaient altéré sa vision nocturne. Sans doute n'avait-elle pas fouillé au bon endroit. Elle se débarrassa de ses achats et rampa le long du grillage, palpant le sol à l'aveuglette, espérant de toutes ses forces s'être trompée. Soudain, ses doigts effleurèrent un morceau de plastique. Son sac !

Un soupir de soulagement lui échappa. Elle tira le sac vers elle, s'adossa à la grille et le serra contre elle. Tout était là, l'ordinateur, les papiers, les disquettes.

Elle revint rapidement vers ses affaires, glissa son portable dans le sac en toile neuf et reprit la route. Elle attendit de s'être enfoncée dans les arbres pour ouvrir son sachet de cacahuètes et sa canette de boisson fraîche.

Une fois restaurée, elle observa les alentours. Le supermarché avait fermé. Un peu plus loin devant elle brillaient les lumières d'un fast-food et d'une épicerie. Elle n'avait aucune envie de manger un hamburger, mais à l'épicerie elle trouverait du pain et du beurre de cacahuète, des articles si courants que personne ne se souviendrait d'elle.

« Vas-y », se dit-elle. Elle avait renoué avec la civilisation, fait des courses, acheté des vêtements. La nuit, la clientèle n'était pas la même qu'en plein jour. Elle avait souvent entendu les commerçants parler des gens bizarres qui arrivaient après une certaine heure. Elle ne serait qu'un étrange individu de plus. Elle remonta la lanière de son sac sur son épaule et se dirigea d'un pas décidé vers l'épicerie.

Mais son sac était trop voyant pour qu'elle le garde avec elle. Elle resta à l'écart et surveilla les lieux. L'épicerie donnait sur une rue bordée de voitures et de pavillons résidentiels. À trente centimètres du sol, une chaîne métallique entourait les trois autres murs du magasin. Des cartons vides, abri salutaire contre le froid pour les gens comme elle, s'amoncelaient à côté de l'entrée des livraisons.

Elle pensa au blouson en jean dans son sac. Pourquoi ne l'avait-elle pas enfilé ? Parce qu'elle était sale et que la veste était neuve et propre, songea-t-elle aussitôt. C'était stupide, mais ses principes avaient la vie dure.

Demain, se promit-elle, elle se débrouillerait pour prendre un bain, un vrai bain, et se laver les cheveux. Demain, elle mettrait ses vêtements neufs. Pour l'instant, elle allait s'acheter de quoi faire des sandwichs et filer.

Elle ne traversa pas immédiatement la rue, préférant remonter jusqu'au carrefour suivant avant de revenir sur ses pas à l'ombre des grands arbres. Enfin, elle arriva derrière l'épicerie. Elle se sentait mal à l'aise, sans savoir pourquoi. Peut-être cette vague inquiétude était-elle due à la chaîne, qui réduisait ses possibilités de fuite. Elle jugea plus prudent de déposer son sac le plus près possible du magasin. L'arrière du bâtiment était désert. Les voitures des employés devaient être vers l'entrée principale.

Grace jeta un coup d'œil au parking. Quand tout fut calme, elle se glissa derrière la première voiture. Le capot était froid. Le véhicule devait être garé là depuis des heures. C'était sans doute la rangée réservée aux employés. Elle glissa son sac entre les pneus avant. Le magasin n'avait pas fermé à 21 heures, il serait donc ouvert jusqu'à 22 heures, sinon toute la nuit. Elle serait de retour bien avant le propriétaire de la voiture.

Toujours prudente, elle avança courbée jusqu'aux deux dernières voitures, puis elle se releva pour affronter les lumières de l'épicerie.

— Je l'ai, annonça Paglione. Je croyais l'avoir perdue, mais elle a resurgi sur le parking d'une épicerie. Elle est à l'intérieur.

— Explique-moi où tu es, demanda Conrad d'une voix posée.

Après plus d'une journée passée à sillonner la ville, les deux acolytes la connaissaient par cœur. En écoutant les indications de Paglione, Conrad comprit qu'il était à moins d'une minute de sa proie. Il sourit.

Grace se déplaçait discrètement dans les allées éclairées, à la recherche de deux articles : du pain et du beurre de cacahuète. Elle n'avait pas le moindre appétit et aucun autre produit ne l'attirait.

Comme d'habitude, le beurre de cacahuète se trouvait à côté de la moutarde et du ketchup. Elle attrapa le plus gros pot et se dirigea vers le pain, réalisant brusquement qu'elle avait aussi besoin d'un couteau. Avant, elle se serait contentée d'un paquet de couverts en plastique, mais ils étaient trop fragiles. Il lui faudrait en racheter, donc prendre un autre risque. Un vrai couteau serait plus pratique et finalement moins cher. Elle retourna sur ses pas et choisit un couteau affûté et sans dents – plus facile à nettoyer – puis elle se dépêcha d'aller chercher du pain.

Un coup d'œil à sa montre lui indiqua qu'elle était entrée dans l'épicerie une minute et quarante-cinq secondes plus tôt, un record personnel en matière de courses, mais que son ordinateur était resté sans surveillance depuis aussi longtemps.

Deux caisses étaient ouvertes. À la première, un homme âgé fouillait dans son porte-monnaie pour régler un tube d'aspirine. À l'autre, un étudiant déposait tranquillement une dizaine d'articles sur le tapis roulant. Grace se plaça derrière le vieil homme.

— Ma femme a mal à la tête, expliquait celui-ci, avec un aimable sourire au caissier qui lui tendait son ticket. On n'avait plus d'aspirine à la maison. Elle qui a toujours des comprimés pour toutes les maladies possibles et imaginables, ce soir, elle n'avait rien.

Il tourna la tête vers Grace, sans cesser de sourire. Les vagabonds et les pauvres ne lui faisaient pas peur.

Le caissier s'occupait déjà des trois articles de Grace.

— Douze dollars trente-sept. Vous préférez abattre un arbre ou étouffer un oiseau ?

— Je... Quoi ? bredouilla-t-elle en comptant sa monnaie.

— Sac en papier ou en plastique ? traduisit le caissier en souriant.

— Plastique, souffla Grace.

L'équipe de nuit était un peu spéciale. Les employés étaient souvent plus détendus qu'en pleine journée. Un léger sursaut d'amusement secoua le cœur dévasté de Grace. Ses lèvres esquissèrent un faible sourire, qui s'effaça aussi vite qu'il était apparu ; mais la vie avait repris ses droits, l'espace d'une seconde. Elle tourna la tête vers le vieil homme qui approchait des portes automatiques et vit deux hommes sortir d'une Dodge beige garée au milieu du parking.

L'homme qui se tenait le plus près du magasin attendit que l'autre le rejoigne. Il était trapu, sombre, puissant, avec un visage vaguement simiesque. Son compagnon était plus petit, brun, d'une allure parfaitement ordinaire. Ils portaient tous deux des pantalons et des vestes passe-partout. Aucun d'eux n'aurait attiré le regard dans la foule, même pas l'homme à tête de singe. Un type un peu trop chevelu, un peu trop costaud, mais sans rien d'anormal.

Ils avançaient dans les pas l'un de l'autre, comme s'ils avaient une mission commune.

— Voilà votre monnaie.

Grace prit les pièces et les glissa distraitement dans sa poche. Parce qu'ils étudiaient les hommes et leurs lieux de vie, archéologues et anthropologues s'interrogeaient sur les gens, leurs habitudes, leurs coutumes. Grace avait vécu avec deux d'entre eux, son frère et son mari. Au fil des années, leurs conversations et leur mode de raisonnement lui étaient devenus familiers.

Deux hommes, marchant ensemble dans un but défini. Les êtres humains ne se déplaçaient pas ainsi, à moins de fonctionner en équipe pour une raison précise. Leur démarche n'avait rien de la nonchalance des mâles désirant attirer l'attention des femelles. C'étaient les hommes de Parrish, Grace l'aurait juré.

Elle arracha son sac des mains du caissier stupéfait et retourna à l'intérieur du magasin. Elle jeta un bref coup d'œil en direction des deux hommes. Ils l'avaient vue et s'étaient mis à courir.

Elle se cacha derrière les rayons et descendit l'allée en pente, sachant qu'une fois en bas, ils ne pourraient plus la voir. Son cœur battait à tout rompre. Elle était prise au piège. Les deux hommes allaient la coincer, sauf si elle se montrait plus rapide qu'eux. Ses chances de leur échapper étaient minces. Parrish n'avait certainement pas hésité à leur ordonner de lui tirer dans le dos.

À l'autre bout de l'allée, une femme était plongée dans la contemplation des bouteilles de soda. Elle tournait le dos à son chariot. Son sac était posé sur le siège enfant, un pull rouge vif par-dessus. Grace avança vers elle d'un pas rapide, mais sans courir. Au moment où la femme attrapait une bouteille de jus d'orange, Grace saisit le pull rouge et s'éloigna dans l'allée suivante.

Elle l'enfila immédiatement, laissant ses cheveux en dessous. Avec ce pull voyant et sa natte camouflée, elle réussirait peut-être à tromper la vigilance de ses poursuivants.

Elle cala son sac plastique sous son bras comme un sac à main et avança tranquillement vers la sortie du magasin, imitant l'expression absorbée d'une cliente passant devant les rayons.

Plus loin, elle entendait la voix du caissier. Sans doute était-il en train d'expliquer qu'une femme était retournée à l'intérieur avec ses achats, au lieu de sortir du magasin.

Le petit homme brun d'allure quelconque surgit soudain devant elle, au bout de l'allée. Son regard glissa sur elle. Malgré la panique qui faisait bondir son cœur dans sa poitrine, Grace conserva une attitude calme. Après quelques secondes, l'homme disparut, mais elle ne se sentit pas plus rassurée. Peut-être l'avait-il reconnue et attendait-il au rayon suivant qu'elle vienne se jeter dans ses bras.

Ses jambes flageolaient, ses genoux tremblaient. Encore trois pas et elle arriverait aux caisses. Elle ne tourna pas la tête, mais sa vision périphérique capta le mouvement d'un homme qui s'éloignait dans la direction opposée en examinant toutes les allées.

« Cours ! » lui criait son instinct, mais ses jambes étaient trop faibles pour lui obéir. Chaque seconde de gagnée était une seconde de plus pour se cacher. Elle se faufila entre les chariots qui bloquaient le passage aux caisses et tourna à gauche, en direction des portes les plus proches de la rangée de voitures où elle avait déposé son ordinateur. Les panneaux automatiques coulissèrent avec un soupir pneumatique et l'air froid lui fouetta le visage.

Elle s'élança vers le parking en courant, se glissa sous la première voiture et se nicha entre les pneus, son ordinateur contre elle.

Le gravier lui rentrait dans la peau malgré ses vêtements. L'odeur d'huile et d'essence était lourde, presque insupportable, mais elle resta immobile, attentive au moindre bruit.

Les pas ne tardèrent pas. Les deux hommes marchaient sans précipitation. Ils ne faisaient rien pour attirer l'attention. Ils ne criaient pas, ne portaient visiblement pas d'arme, se contentaient simplement de chercher. Grace écouta leurs pas se rapprocher puis repartir. Elle se serra un peu plus contre le pneu. Apparemment, les hommes passaient le parking en revue, espérant la débusquer entre les voitures.

— Elle n'a quand même pas filé, fit une voix plus déçue que furieuse.

— Elle est incroyablement rapide, remarqua l'autre.

Les voix s'éloignèrent, avant de revenir à nouveau vers elle.

— Elle nous a eus, mon vieux. J'arrive pas à y croire. Un regard, et hop ! Elle a dû filer par les livraisons, le type ne l'aura pas vue.

— Peut-être, fit son acolyte d'un ton posé, presque indifférent. Tu disais qu'elle avait un sac quand tu l'as vue dans la rue.

— Ouais.

— Elle ne l'avait pas dans le magasin.

— Elle a dû le planquer quelque part. Tu penses qu'elle reviendra le chercher ?

— J'en suis certain. Elle l'a probablement caché près du magasin, dans un endroit assez sûr pour pouvoir le laisser sans crainte pendant qu'elle faisait ses courses.

— Qu'est-ce qu'on fait ?

— On se replie et on évite de discuter de nos plans en public.

— Oh, ouais.

Une voiture démarra peu après, sans doute la Dodge beige, mais Grace ne se risqua pas à vérifier. La retraite des deux hommes était peut-être une ruse. Ils pouvaient se garer ailleurs et revenir à pied attendre qu'elle se montre. Recroquevillée sur le sol froid, elle écouta les allées et venues sporadiques des clients. Elle s'engourdissait. Le pull était épais. Pour la première fois depuis trois jours, elle avait relativement chaud. Il lui était de plus en plus difficile de ne pas s'endormir. Ses paupières étaient lourdes, mais elle luttait pour rester éveillée. À aucun prix elle ne devait baisser sa garde.

Son corps était épuisé. Après trois jours de fuite, presque sans se reposer ni manger, toutes les émotions qu'elle avait endurées finissaient par avoir raison d'elle. À bout de forces, elle oscillait entre la veille et le sommeil.

À minuit, la brusque extinction des lumières du parking la réveilla. L'épicerie fermait. Elle ouvrit les yeux, perdue, incapable de se rappeler où elle se trouvait. L'environnement lui était parfaitement étranger. Elle était collée contre quelque chose de gros et de sombre, qui dégageait une odeur d'huile de vidange… Elle était sous une voiture. Reprenant soudain ses esprits, elle jeta des regards paniqués autour d'elle, mais personne ne quittait le magasin. Les employés faisaient peut-être du nettoyage avant de partir.

Combien de temps avait-elle dormi ? Elle n'en savait rien. Son imprudence l'effraya. Et si le propriétaire de la voiture était parti plus tôt ?

Elle rassembla ses affaires, refusant d'imaginer les conséquences qu'aurait pu entraîner son laisser-aller. S'inquiéter pour ce qui n'était pas arrivé était stérile. Le plus discrètement possible, elle quitta l'abri de la voiture.

Elle espérait avoir dormi assez longtemps pour décourager les hommes de Parrish. De toute façon, elle n'avait pas le choix. Elle devait abandonner sa cachette et affronter la nuit.

Les muscles raidis par le froid et sa position inconfortable, toujours courbée en deux, elle remonta la rangée de voitures. Puis il n'y eut plus devant elle qu'une grande étendue à découvert. Elle prit une profonde inspiration et, presque en courant, le sac ballottant sur sa hanche, elle s'élança de l'autre côté et se fondit dans les ombres de la nuit.

6

Grace pénétra dans une maison.

Elle avait choisi une cachette bien avant l'aube, dans un quartier populaire où il ne risquait pas d'y avoir de systèmes d'alarme. Elle avait observé les maisons, repérant celles qui n'avaient ni tricycles ni jouets dans le jardin. Elle cherchait une maison sans enfants, une maison où mari et femme travaillaient toute la journée et où elle serait tranquille. Les enfants étaient synonymes d'imprévu : ils pouvaient tomber brusquement malades et bouleverser les projets de leurs parents, les obligeant à rester à la maison pour les garder.

L'obscurité se dissipait à peine que déjà les maisons s'animaient. Les lumières brillaient aux fenêtres, et des odeurs alléchantes de bacon et de café parvenaient jusqu'à elle, accompagnées par le son étouffé des radios et des téléviseurs.

Les gens commencèrent à partir. Les voitures faisaient de petits nuages de fumée en démarrant, avant de disparaître dans l'air vif du matin. Grace prenait consciencieusement note du nombre de personnes quittant chaque maison.

Elle choisit sa cible. Le mari sortit en premier, suivi de sa femme, vingt minutes plus tard. Les enfants du voisinage apparurent à leur tour, cartable au dos et livres sous le bras. Ils s'interpellaient en criant et en riant. Le froid des derniers jours n'avait pas altéré leur enthousiasme. Les vacances n'étaient pas loin, le temps serait plus chaud, un long et bel été les attendait. Grace envia la simplicité de leur joie.

Le bus scolaire arriva et la rue retrouva son calme. Quelques habitants chanceux, dont la journée de travail ne débutait pas à 8 heures, partaient peu à peu, fermaient leur maison et faisaient démarrer leur voiture.

Elle devait agir maintenant. Le quartier n'était pas complètement désert, il y avait assez d'agitation et de mouvement pour que les gens ne remarquent pas le bruit de la vitre qu'elle allait briser.

Elle se glissa derrière la maison qu'elle avait repérée. Comme elle l'avait espéré, la partie supérieure de la porte de derrière était vitrée. Derrière la haie bien taillée, la maison de gauche était toujours animée, mais les rideaux étaient tirés. Quant à la maison de droite, elle était dissimulée par un mur de plusieurs mètres de haut.

Elle regarda autour d'elle, en quête d'un endroit où les habitants auraient pu cacher une clef de secours, mais il n'y avait ni pot de fleurs ni paillasson. Briser la vitre se révéla moins facile qu'elle ne l'avait imaginé. Elle voulut la casser d'un coup de coude, comme dans les films, et ne réussit qu'à se faire un bleu. Elle chercha une arme plus solide, mais le jardin, très bien entretenu, n'offrait pas le moindre caillou. Enfin, son regard s'arrêta sur des briques soigneusement entassées.

Elle enveloppa une brique dans le pull rouge, afin d'étouffer le bruit, et frappa la vitre jusqu'à ce qu'elle se brise. Puis elle replaça la brique avec un soupir de soulagement, glissa son bras par l'ouverture et tira le verrou.

Elle avait les nerfs à vif. Pénétrer dans une maison inconnue et silencieuse était une épreuve. En franchir le seuil constituait un délit.

Mais elle n'était pas là pour voler quoi que ce soit, sauf de l'eau chaude et un peu d'électricité. Il fallait absolument qu'elle change d'allure. Elle ne pouvait plus avoir l'air d'une souillon, elle devait ressembler à tout le monde. Se fondre dans la masse ou mourir.

Elle se déshabilla et mit ses vêtements sales dans le lave-linge, le cœur battant. Si elle s'était trompée ? Si les habitants n'étaient pas partis pour la journée ? Au mieux, ils appelleraient la police pour leur dire qu'une étrangère prenait une douche chez eux. Au pis...

Elle n'avait pu se résoudre à louer une chambre dans un motel. De toute façon, personne ne l'aurait acceptée, même si elle avait payé comptant. Et les hommes de Parrish devaient certainement vérifier les hôtels de la région. N'importe quel réceptionniste se serait souvenu d'elle. Elle voulait reprendre figure humaine là où personne ne la verrait. Elle pourrait ensuite utiliser les laveries automatiques, aller dans les magasins et acheter tout ce dont elle aurait besoin pour modifier son apparence et se noyer dans l'océan de la respectabilité.

Elle entra dans la douche, décidée à se laver rapidement. Mais, dès que l'eau se mit à couler, toutes ses bonnes résolutions s'envolèrent. Elle resta sous le jet brûlant, savourant la sensation d'être enfin propre. Elle se fit deux shampooings, se frotta la peau jusqu'à ce qu'elle soit presque rose et ne sortit que lorsqu'il n'y eut plus une goutte d'eau chaude.

Elle se sentait si bien que les larmes lui montèrent aux yeux. Avait-elle pleuré pour Ford, pour Brian ? Elle était incapable de s'en souvenir. De nombreux détails de cette horrible nuit s'étaient gravés dans sa mémoire, mais elle ne se rappelait pas les larmes. Et si elle n'avait pas pleuré pour son mari et son frère, elle n'allait pas le faire pour une douche.

Elle se sécha énergiquement, puis enroula la serviette humide autour de ses cheveux. Elle ne voulait pas abuser de l'hospitalité involontaire des occupants de la maison et se refusa le luxe d'utiliser deux serviettes de toilette.

Les mains tremblantes, elle ouvrit son sac pour en sortir ses vêtements neufs et prit son couteau pour couper les étiquettes. La lame trancha les liens en plastique sans le moindre effort, et Grace la contempla avec un étonnement satisfait.

Elle se brossa les dents. Son reflet dans le miroir la surprit. Elle avait changé. Ce n'était pas cette atroce pâleur, non. C'était quelque chose de plus profond, d'indéfinissable... Elle secoua la tête. Elle devait se concentrer sur les détails pratiques, au lieu de perdre son temps en introspection stérile.

Sa natte était trop facilement repérable. Elle pouvait la couper. Elle songea à chercher des ciseaux, mais ne bougea pas. Ford aimait ses longs cheveux, il jouait avec...

Une douleur foudroyante la déchira. Elle s'adossa contre le mur, serrant les dents pour retenir le gémissement qui montait dans sa gorge.

Elle était brisée, anéantie. Hormis son désir sauvage de vengeance, elle n'avait plus aucune raison de vivre. Mais son cœur, ce muscle stupide et obstiné, poursuivait sa course, indifférent à sa souffrance.

Les bras serrés autour d'elle, elle tenta de se ressaisir. Elle n'avait pas le droit de se laisser aller. Elle s'occuperait de son chagrin quand elle en aurait terminé avec Parrish. Alors, la souffrance pourrait la submerger. Pas avant.

Elle se redressa et se sécha les cheveux, puis elle s'habilla. Le jean était beaucoup trop grand. Elle vérifia la taille, perplexe. Non, elle ne s'était pas trompée.

Soit la coupe était exceptionnellement large, soit elle avait perdu plusieurs kilos. Bien sûr ! Après trois jours sans manger ni dormir, à marcher toute la nuit, il était évident qu'elle avait maigri.

Il fallait qu'elle mange. Après avoir mis le lave-linge en marche, elle s'installa à la table de la cuisine et étala du beurre de cacahuète sur une tranche de pain. L'idée d'ingurgiter la moindre miette lui nouait la gorge. Elle se servit un verre d'eau et entreprit de mâcher consciencieusement. Son estomac se rebella, mais elle se concentra pour ne pas vomir. Si elle ne se nourrissait pas, elle ne pourrait pas continuer. C'était aussi simple que ça.

Elle attendit une minute avant de prendre une autre gorgée d'eau et une autre bouchée de pain, puis recommença l'opération.

Elle termina son sandwich au moment où la machine essorait. Elle se leva, lava son verre, ramassa soigneusement les miettes sur la table et remit son pain et son pot de beurre de cacahuète dans son sac. Restait à ranger son couteau… Grace suspendit son geste. Elle pourrait en avoir besoin pour se défendre.

Garder le couteau dans sa poche sans protection était dangereux. Elle devrait se procurer un étui, ainsi qu'une ceinture, car son pantalon ne cessait de lui tomber sur les hanches.

Brusquement, elle réalisa le chemin qu'elle avait parcouru en quelques jours. Ce n'était pas seulement une question de distance. Quatre jours plus tôt, elle n'aurait jamais songé à utiliser un couteau contre quiconque, même pour se défendre. Aujourd'hui, elle n'aurait pas une seconde d'hésitation.

Finalement, elle retourna à la cuisine, enveloppa son couteau dans du papier absorbant et le glissa dans la poche avant de son jean, le manche dissimulé sous son pull. En cas de besoin, elle n'aurait qu'un geste à faire. Elle devrait simplement veiller à ne pas se blesser.

Cette question réglée, elle mit ses vêtements dans le sèche-linge et retourna à la salle de bains pour s'occuper de ses cheveux. En passant devant son grand sac ouvert sur le sol, elle chercha machinalement son ordinateur des yeux. La vue de la sacoche rebondie l'arrêta. Un besoin irrépressible de travailler s'empara d'elle. Elle brûlait de se plonger dans ses textes, de prendre des notes, de chercher dans ses logiciels de traduction, de lire et relire les passages incompréhensibles jusqu'à leur arracher leur secret… Elle brûlait de savoir ce qui était arrivé à Niall d'Écosse, près de sept cents ans plus tôt.

Sa batterie était presque à plat. Elle n'avait pas pensé à la mettre en charge en arrivant, mais elle pouvait encore se brancher sur le secteur et travailler en attendant que ses vêtements soient secs.

Elle hésita. Elle aurait peut-être à partir brusquement et elle ne voulait rien oublier derrière elle. Si elle se lançait dans la traduction, elle risquait de perdre la notion du temps, ce qui lui arrivait souvent quand elle entreprenait un travail. En outre, elle avait des choses plus urgentes à faire. Il fallait qu'elle change d'apparence et de stratégie. Jusqu'ici, elle avait voyagé la nuit et s'était terrée le jour, mais cela aussi allait changer. Les hommes de Parrish qui la poursuivaient la nuit en seraient pour leurs frais.

Avec les pinces à cheveux trouvées dans la salle de bains, elle se fit un chignon sur le haut du crâne, qu'elle maintint solidement en place grâce à la casquette de base-ball. Ce n'était pas grand-chose, mais sans sa natte et avec ses nouveaux vêtements, elle n'avait plus la même allure. Des lunettes de soleil et une perruque compléteraient parfaitement le tableau.

Si ses poursuivants s'attendaient qu'elle poursuive son chemin, ils se trompaient. Une fois qu'elle aurait trouvé une perruque, elle irait louer une chambre dans un motel où elle resterait deux jours. Elle avait besoin de repos, de tranquillité et de temps pour travailler.

Son plan établi, elle nettoya la maison, effaçant toute trace de son passage. Enfin, elle sortit et referma la porte.

Il lui fallut un certain temps pour dénicher un magasin de postiches, et aussi longtemps pour réussir à glisser discrètement une perruque blonde et frisée sous son pull. Elle en acheta une autre, couleur acajou. Si les hommes qui la traquaient étaient vraiment malins, ils pourraient remonter jusqu'à la perruque acajou, mais ils ne sauraient jamais rien de la blonde.

Ce fut une Grace blonde qui prit une chambre dans un motel bon marché. La plomberie était en bon état et le lit, malgré son matelas mou et ses draps sales, lui parut d'un confort divin. En dépit de son épuisement, elle ne résista pas à l'étrange fascination que les textes exerçaient sur elle et s'immergea avec délices dans les subtilités d'une langue disparue bien avant la naissance de Christophe Colomb.

Elle installa son portable sur la table branlante de la chambre. Elle aimait son travail, adorait se plonger dans la reconstitution fidèle des pensées, des coutumes, des rêves des hommes d'autrefois, au temps où l'écriture n'était encore qu'une exception. Lorsqu'elle se penchait sur un morceau de pierre dépoli recouvert de caractères mystérieux, elle s'interrogeait toujours sur l'homme qui avait tracé ces lettres à peine visibles aujourd'hui. Qui était-il ? Quel était le message qu'il avait écrit ? Et pourquoi avait-il jugé si important de le transmettre, au point de rester des heures accroupi, le dos et les bras douloureux à force de graver des signes sans autre outil qu'un malheureux bout de caillou affûté ?

Les documents concernant Niall étaient beaucoup plus élaborés. Il s'agissait de parchemins écrits à l'encre, des manuscrits incroyablement bien conservés. Grace aurait aimé poser les mains sur les originaux, les toucher, même s'il était toujours plus pratique de travailler sur des reproductions. De plus, ces parchemins étaient trop récents pour offrir un réel intérêt aux yeux d'un archéologue. Pour une science vouée à déchiffrer la vie sur des millions d'années, sept cents ans ne représentaient qu'une durée infime. Mais ces documents dégageaient quelque chose de spécial, quelque chose qu'elle n'aurait su expliquer.

Cette multitude de textes, bien qu'ils aient été rédigés en six langues différentes – ancien anglais, ancien français, latin, anglais, hébreu et gaélique –, semblaient unis par un lien étroit. Grace connaissait assez peu le gaélique, et déchiffrer les passages dans cette langue lui demanderait du temps et des recherches considérables. Elle était meilleure en hébreu, plus encore en grec et tout à fait à l'aise avec les trois autres langues.

Elle avait déjà survolé les passages en ancien français. Cette fois, elle s'intéressa aux textes écrits en latin, une langue très nette, très structurée, extrêmement efficace et facile à comprendre.

Cinq minutes plus tard, concentrée sur sa tâche, elle réalisa qu'elle avait sous-estimé d'un siècle l'âge de ces documents. Le plus ancien des passages en latin devait remonter au XIIe siècle, ce qui leur donnait près de huit cents ans. Elle murmura une phrase, les mots jouant sur sa langue :

— *Pauperes commilitones Christi templique Salomonis*.

Un frisson lui parcourut l'échine. « Les pauvres chevaliers du Christ et du temple de Salomon », traduisit-elle en silence. Les chevaliers du Temple. Les Templiers.

Ce qu'elle avait lu dans les fichiers de la bibliothèque lui revint en mémoire. Les Templiers avaient été l'organisation la plus riche de la société médiévale. Leur fortune dépassait celle des rois et du pape. Ils avaient même instauré le premier système bancaire au monde, avec des transferts de fonds et des prêts aux monarques. Au début, l'Ordre avait été fondé pour protéger les pèlerins en route vers la Terre sainte. Les moines guerriers étaient vite devenus les mieux entraînés, les mieux équipés et les meilleurs des soldats de leur époque. Ils inspiraient une telle crainte et un tel respect à leurs adversaires que, quand les Musulmans les faisaient prisonniers, ils les tuaient sans réclamer de rançon.

Ils étaient restés un certain temps sur le site du temple de Salomon, à Jérusalem. Durant cette période, ils s'étaient de toute évidence livrés à des fouilles. Jusqu'à sa destruction, l'Ordre avait été la force la plus riche et la plus puissante d'Europe. Leur trésor, que l'on suppose arraché aux ruines du Temple, passait pour fabuleux.

Ce fut pourtant lui qui causa leur perte. Philippe le Bel, grand débiteur des Templiers, imagina un moyen radical de régler ses dettes : fomenter avec le pape Clément V l'arrestation de tous les chevaliers et leur condamnation à mort pour hérésie, accusation permettant par ailleurs la confiscation des biens des inculpés. La nuit du vendredi 13 octobre 1307, des milliers de chevaliers et leurs serviteurs furent arrêtés par surprise, mais aucun trésor ne fut découvert, à supposer qu'il y en eût jamais.

Peu de temps avant cet événement, le grand maître du Temple avait ordonné la destruction de la majeure partie des archives de l'Ordre. Apparemment, les documents qu'elle étudiait avaient échappé à sa vigilance.

Le nom lui sauta aux yeux. Niall d'Écosse. Elle transcrivit la phrase d'une écriture frémissante : « Il fut décidé que Niall d'Écosse, de sang royal, serait le Gardien. »

De sang royal ? Si ce Niall avait été de souche royale, son nom aurait été mentionné dans l'histoire de son pays, or il n'apparaissait nulle part dans l'article que l'encyclopédie consacrait à l'Écosse. Et de quoi était-il le Gardien ? Était-ce une distinction politique ou militaire ?

Elle avait besoin d'une bibliothèque. Sans téléphone, elle ne pouvait se connecter par modem. Le lendemain, elle irait à la bibliothèque d'Eau Claire et commencerait ses recherches sur place. Elle y trouverait au moins les références des ouvrages à consulter. Il lui fallait aussi un dictionnaire de gaélique, car les documents écrits dans cette langue étaient certainement les plus riches en informations sur Niall. Mais elle doutait que la bibliothèque municipale de la ville possédât un livre aussi exotique.

Quand elle pourrait utiliser son modem, elle se connecterait au site de la bibliothèque de Chicago. Elle aurait plus de chances d'y dénicher un dictionnaire de gaélique, étant donné les origines irlandaises d'une grande partie de la population.

Elle éjecta sa disquette et la rangea soigneusement avant d'éteindre son portable. L'ordinateur était une bonne chose, mais elle voulait sentir le papier, se donner l'illusion qu'elle tenait l'original entre ses mains. Elle sortit l'épaisse liasse de feuilles et les parcourut.

Elle s'arrêta sur un passage en ancien français et prit sa loupe pour déchiffrer les signes effacés par le temps. L'écriture était fine, minuscule, les mots serrés les uns contre les autres comme si l'auteur avait cherché à économiser le plus de place possible. Il s'agissait du récit d'une bataille.

« Bien que les ennemis soient à cinq contre lui, frère Niall les écrasa tous. Aucun frère ne manie l'épée avec autant d'adresse que lui. Il se fraya un chemin dans la bataille jusqu'à frère Ambroise, qui était gravement blessé, et hissa son camarade sur son épaule.

Ainsi chargé, il décima encore trois ennemis avant de s'échapper pour conduire frère Ambroise en lieu sûr. »

Grace se passa nerveusement la main dans les cheveux et s'adossa à sa chaise. Comment un simple mortel avait-il pu réaliser un tel exploit ? Seul contre cinq, Niall était non seulement sorti vainqueur de la bataille, mais il s'était aussi porté au secours de son camarade. Ensuite, un homme sur l'épaule, alourdi par sa cotte de mailles et son armure, il s'était débrouillé pour tuer encore trois adversaires et s'enfuir avec un fardeau qui devait atteindre les cent vingt kilos.

Quelle sorte d'homme avait-il été ? Autoritaire ou bienveillant, mesquin ou généreux, gai ou austère, calme ou violent ? De quoi était-il mort et, surtout, quelle avait été sa vie ? Pourquoi était-il devenu moine guerrier ? Avait-il survécu à la destruction de l'Ordre ?

Grace aurait volontiers poursuivi sa lecture, mais la fatigue engourdissait ses membres et ses yeux se fermaient malgré elle. Elle regarda sa montre et constata qu'elle avait travaillé pendant plus de trois heures. L'après-midi était bien avancé et elle ne tenait plus debout.

Pourquoi veiller ? Derrière sa perruque, elle était plus en sécurité qu'elle ne l'avait été depuis quatre jours. Elle avait de l'eau potable, du chauffage, de quoi manger et une salle de bains en état de marche. Une porte solide et fermée à clef la protégeait du monde extérieur, luxe qui la fit frissonner d'aise.

Cédant à la tentation, elle rangea son portable et ses documents dans sa sacoche, s'assura que son argent était bien caché, puis elle éteignit les lumières et ôta ses chaussures. Elle ne pouvait pas se mettre plus à l'aise, pas après les quatre jours qu'elle venait de vivre, mais c'était suffisant.

Avec un léger soupir, elle s'allongea sur le lit et sentit ses muscles douloureux se détendre aussitôt.

Elle se tourna sur le côté, ramena ses genoux contre elle et sombra dans le sommeil.

Elle rêva de Niall. Un rêve d'abord confus, tumultueux, plein d'épées et de champs de bataille. Puis le combat disparut, cédant la place à un château imposant et sombre dont la simple vue était effrayante. Des rumeurs couraient au sujet de cette demeure et du seigneur qui l'habitait. On racontait qu'il était cruel, que c'était un guerrier féroce qui abattait sans la moindre pitié quiconque osait le défier. Les bonnes familles tenaient leurs filles loin de lui, car il exerçait sur les femmes un charme extraordinaire, et les jeunes filles étaient prêtes à lui offrir leur vertu même sans espoir de mariage.

Enfin, elle le vit, assis devant la grande cheminée de la salle principale, posant sur ses hommes un œil noir et impénétrable. Il avait les cheveux longs et épais. Deux petites nattes encadraient son visage.

Une jeune femme délurée vint effrontément se jucher sur ses genoux. Dans son rêve, Grace retint sa respiration, redoutant la réaction de Niall. Mais il se contenta de sourire, d'un sourire qui lui coupa le souffle. Puis l'image s'effaça et elle dormit plus calmement.

Niall se rembrunit. Quelqu'un le regardait, il en était sûr. Il repoussa la jeune fille qui s'était installée sur ses genoux, lui promettant de la retrouver au lit plus tard. Ses yeux à l'affût parcouraient déjà la vaste pièce. Qui l'observait, et pourquoi ? En tant que seigneur des lieux, il avait l'habitude d'être le point de mire de bien des regards interrogateurs, approbateurs ou simplement curieux de connaître son humeur. Mais, cette fois, c'était différent.

Tout paraissait normal. L'air était enfumé, les hommes bruyants. Les rires et les plaisanteries fusaient de tous côtés. Les serveuses passaient les plats, remplissaient les coupes, répondaient aux avances avec des sourires ou des froncements de sourcils. Oui, tout était normal.

Cette mystérieuse présence était pourtant palpable. Une certaine douceur en émanait, l'inclinant à penser qu'il s'agissait d'une femme. Elle le trouvait peut-être à son goût, sans oser le lui dire. Sans doute était-elle trop timide pour se jeter à son cou, contrairement à certaines lorsqu'elles voulaient une bonne nuit d'amour. Celle-là se contentait de l'observer et de le désirer.

Mais aucune femme ne correspondait à une telle description autour de lui. Il jura tout bas. S'il l'avait vue, il aurait au moins pu lui donner un nom. De toute évidence, son attitude discrète et dissimulée n'était due qu'à son attirance pour lui. Cependant, Niall n'oubliait jamais le Trésor qu'il avait juré de protéger. N'importe quel événement hors du commun l'alarmait. Sa main serra machinalement le poignard qui ne quittait jamais sa ceinture. Ses yeux noirs scrutèrent une nouvelle fois la salle, ses recoins sombres, les expressions de ses hommes, les comportements des femmes, sans rien noter d'inhabituel.

Il s'était pourtant senti observé à deux reprises, ce soir-là et quelques jours plus tôt, pendant la nuit. Et cette présence n'était pas le fruit de son imagination. Il avait livré assez de batailles contre des ennemis visibles ou invisibles pour savoir qu'il pouvait faire confiance à son instinct.

Dans la pièce, on avait remarqué son regard inquisiteur et de nombreuses voix s'étaient calmées. Hommes et femmes l'examinaient avec un certain malaise. Niall connaissait les légendes qui couraient sur son compte. Il était Niall le Noir, le guerrier redoutable et invaincu, si rusé qu'il n'était jamais pris au dépourvu. Ses propres hommes, avec qui il s'entraînait quotidiennement, savaient qu'il avait des bleus lorsqu'il était frappé, qu'il saignait lorsqu'il se blessait, comme tout un chacun, mais ils ne pouvaient s'empêcher de se poser des questions. D'où lui venait une telle vigueur, à l'âge où beaucoup d'autres commençaient à perdre leurs dents ? Le temps ne semblait pas l'atteindre. Ses cheveux étaient toujours aussi noirs, son corps aussi fort et robuste, ses réflexes aussi prompts.

Il se demandait parfois, avec une vague inquiétude, si Valcour ne l'avait pas condamné à l'éternité en lui confiant la charge de ce Trésor qui avait coûté la vie à tant de frères.

Cette idée lui déplaisait. Il faisait son devoir et tenait parole, mais avec amertume. Il veillait sur le Trésor de Dieu, alors que Dieu n'avait pas veillé sur ses guerriers. En quinze ans, il n'avait pas prié une seule fois, ni écouté une seule messe. Sa foi était morte par une sombre nuit d'octobre, avec ses compagnons qui avaient donné leur vie pour ce Dieu sans pitié. Et c'était uniquement pour eux qu'il restait fidèle à sa promesse, pour que leur sacrifice ne soit pas vain.

Sa bouche se tordit en un rictus amer. Il se leva nerveusement. Son regard chercha la jeune fille qui lui avait murmuré des mots si audacieux à l'oreille, quelques minutes plus tôt. D'un signe de tête, il lui ordonna de se diriger vers l'escalier. Comme toujours quand il était d'humeur exécrable, il ne trouverait de soulagement que dans le corps d'une femme.

Une femme s'était approchée pour lui prendre sa coupe. Dans son dos, il l'entendit l'appeler à voix basse.

— Qu'y a-t-il, Alice ? demanda-t-il sans bouger.

— Méfie-toi d'elle, grommela-t-elle.

Il se retourna et lui lança un regard amusé.

— Pourquoi ? fit-il.

Il aimait beaucoup Alice. Elle travaillait pour lui depuis qu'il était revenu de France. C'était alors une veuve qui avait désespérément besoin d'un abri pour elle et sa famille, même le plus misérable. Elle était plus âgée que lui et déjà grand-mère. Frappé par son énergique bon sens, il l'avait engagée. Au fil des années, elle avait peu à peu pris la charge d'intendante du château, et il s'en félicitait chaque jour.

Elle rajusta son bonnet sur ses cheveux gris avant de répondre.

— Elle dit qu'elle se fera épouser dès que tu l'auras engrossée.

Le regard de Niall se durcit. Se marier et avoir des enfants ne l'intéressaient pas. Sa vie était vouée à la protection du Trésor. Les femmes qui partageaient sa couche savaient à quoi s'en tenir, et il ne se distrayait qu'avec celles qui connaissaient les moyens d'éviter les grossesses. Qu'une femme, si belle et délurée soit-elle, pense le piéger de cette façon l'irritait. Prévenu par Alice, il prendrait ses précautions.

Il acquiesça rapidement, puis se dirigea vers l'escalier. Avant de quitter la salle, il jeta un dernier coup d'œil alentour, espérant découvrir celle qui l'espionnait.

Toujours rien. Pourtant, il avait senti sa présence. Et il la trouverait.

7

La femme qui descendit du bus de Chicago n'avait rien de particulier. Ni l'agent qui lui avait vendu son billet, ni le chauffeur, ni les autres passagers, absorbés par leurs propres préoccupations, ne lui avaient prêté la moindre attention.

Elle avait des cheveux blonds et bouclés, une de ces permanentes qui ne demandent pas beaucoup d'entretien. Ses vêtements étaient propres mais quelconques : un jean large, des chaussures de sport banales, un pull bleu marine.

Elle avait gardé ses lunettes de soleil durant tout le trajet, ce qui aurait pu sembler bizarre si certains passagers n'en avaient pas fait autant malgré les vitres teintées.

Au dépôt de Chicago, Grace présenta son ticket au conducteur et reprit son sac sans un mot. Elle aurait préféré garder son ordinateur avec elle, mais c'était un détail que les gens avaient tendance à remarquer, aussi y avait-elle renoncé.

Une semaine s'était écoulée depuis la terrible nuit où son univers avait basculé. Une nouvelle vie avait commencé. Elle ne se sentait plus la même. Ses réflexions, son état d'esprit avaient changé. Son petit couteau était attaché dans un étui fixé à sa ceinture et camouflé par son pull. Le tournevis qu'elle avait pris dans la remise lors de sa première nuit de cavale était dissimulé dans sa chaussette droite. Ce n'était pas une arme aussi efficace que le couteau, mais elle l'avait aiguisé à l'aide d'une pierre jusqu'à obtenir un résultat satisfaisant.

À la bibliothèque d'Eau Claire, elle avait parcouru tous les ouvrages concernant les Templiers. Elle avait appris beaucoup de choses, dont l'origine d'une superstition : l'Ordre avait été détruit un vendredi 13. Elle avait cherché une quelconque référence à Niall dans les récits sur les Templiers ou dans l'histoire de l'Écosse. Sans succès.

Il fallait qu'elle aille voir plus loin. Chicago, avec son importante bibliothèque, lui avait paru un bon début. D'ailleurs, rester un jour de plus à Eau Claire aurait été risqué. Les hommes de Parrish avaient certainement ratissé les environs de la ville mais, ne trouvant aucune trace d'elle, ils avaient dû revenir sur leurs pas. N'importe quel malfrat doué d'un minimum de jugeote commencerait par faire le tour des motels d'Eau Claire et, bien qu'elle ait pris soin de modifier son apparence, ils auraient forcément fini par la retrouver.

Elle se sentait plus forte. La panique avait cédé la place à une maîtrise totale de tous ses gestes. Même si elle restait constamment sur le qui-vive, la moindre de ses décisions était pesée et réfléchie avant d'être mise en œuvre. Elle avait dormi et s'était forcée à avaler au moins un sandwich au beurre de cacahuète par jour. Il lui était toujours difficile de manger et son jean flottait de plus en plus sur ses hanches, malgré la ceinture qu'elle avait achetée dans un autre supermarché d'Eau Claire. Mais elle n'avait pas l'intention de s'offrir de nouveaux vêtements. Elle se contenterait de ce qu'elle avait, quel que soit son poids.

Elle avait mis un plan au point. Plutôt que de dépenser tout son argent liquide, elle travaillerait. Un travail non déclaré, plongeuse dans un restaurant ou femme de ménage, lui conviendrait parfaitement. De cette façon, elle pourrait partir du jour au lendemain sans donner d'explication. Ce genre d'emploi était mal payé, et elle devrait chercher un jour ou l'autre quelque chose de plus rémunérateur. Mais il lui faudrait alors une autre identité.

La bibliothèque d'Eau Claire lui avait fourni toutes les informations nécessaires sur les moyens de changer d'identité. Cela demandait un certain temps, mais semblait relativement simple. Elle devrait d'abord dénicher une morte née à peu près à la même date qu'elle, décédée suffisamment jeune pour qu'il n'y ait pas de dossier universitaire, d'histoires de carrière ou d'infractions susceptibles de la rattraper. Une fois qu'elle aurait trouvé la candidate idéale, elle écrirait à l'état civil pour obtenir un extrait de naissance. Grâce à ce papier, elle pourrait avoir un numéro de sécurité sociale, un permis de conduire, un compte en banque et devenir quelqu'un.

Elle déposa son sac à la consigne, glissa la clef dans sa poche et s'engouffra dans une cabine téléphonique. Après avoir recopié la liste des cimetières fournie par l'annuaire, elle arrêta un manutentionnaire qui lui indiqua le cimetière le plus proche, puis elle s'adressa à un autre employé et lui demanda la direction.

Deux heures plus tard, après avoir pris cinq bus différents, elle revenait au dépôt.

Elle acheta le journal local, trouva un siège, mit ses lunettes et commença à étudier les offres de location. Elle élimina les trois quarts des propositions, rejetant les annonces trop chères comme celles qui promettaient un loyer défiant toute concurrence, car elle avait besoin d'un minimum de confort pour travailler. Dans le quart restant, elle sélectionna deux pensions. Deux coups de téléphone plus tard, elle se dirigeait vers la ligne de métro que lui avait indiquée sa seconde interlocutrice.

L'avantage des grandes villes, songea-t-elle, c'était leur réseau de transport en commun. Le trajet en métro dura une demi-heure. Grace ressortit à l'air libre et emprunta un bus qui arriva à l'arrêt en même temps qu'elle. Cinq minutes après, elle remontait une rue à la recherche du bon numéro.

Il s'agissait d'un petit immeuble carré de trois étages, dont la façade aurait supporté sans mal une nouvelle couche de peinture. Une barrière de piquets délabrée d'un mètre de haut séparait la maigre pelouse du trottoir défoncé. Il n'y avait pas de portail. Grace monta les marches du perron et sonna.

— Ouais ?

La voix était la même que celle qui lui avait répondu au téléphone : grave et râpeuse, mais féminine.

— Je vous ai téléphoné pour la...

— Ouais, c'est bon, lança brusquement la femme.

Grace attendit que les pas lourds arrivent jusqu'à la porte. Grâce au Ciel, elle avait gardé ses lunettes de soleil, songea-t-elle quand elle se retrouva face à la créature la plus stupéfiante qu'elle eût jamais vue.

— Eh bien, reste pas plantée là, fit la femme avec impatience.

Grace pénétra dans la maison en silence. Sans un mot, la logeuse referma derrière elle et repartit dans le couloir. Grace lui emboîta le pas.

Souple et élancée, la femme devait mesurer un bon mètre quatre-vingts. Ses cheveux décolorés à l'eau oxygénée étaient jaune citron et coupés en brosse, sa peau lisse marron pâle. Un énorme tournesol pendait à son oreille droite, tandis qu'une rangée d'anneaux ourlait la gauche sur toute sa longueur. Elle avait des épaules larges et osseuses, des pieds et des mains démesurés. Ses chaussures de marche et ses chaussettes épaisses accentuaient encore la taille impressionnante de ses pieds. L'ensemble se complétait d'un short moulant agrémenté de bandes vert fluorescent sur les côtés et d'un large tee-shirt noir surmonté d'un débardeur jaune très lâche.

Elle précéda Grace dans un bureau minuscule, si petit qu'il devait à l'origine servir de placard. Il contenait une petite table en bois, un vieux fauteuil de bureau au cuir râpé, un meuble à tiroirs et une chaise de cuisine. Le tout était scrupuleusement rangé. Les deux stylos, l'agrafeuse, le registre et le téléphone étaient alignés sur la table comme des soldats s'apprêtant à subir l'inspection de leur général.

— Tu travailles ? demanda la femme en s'installant dans le fauteuil.

— Pas encore, répondit Grace en ôtant ses lunettes.

Elle aurait préféré les garder, mais cela aurait paru incongru. Elle s'assit sur la chaise de cuisine et posa son sac à côté d'elle.

— Je viens d'arriver en ville. J'ai l'intention de chercher du travail dès demain.

La logeuse alluma une longue et fine cigarette et observa Grace à travers le nuage de fumée bleue. Une bague ornait chacun de ses doigts, et Grace se surprit à regarder les mouvements étrangement gracieux de ses grandes mains.

— Ça m'étonnerait, fit soudain la femme. Excuse-moi, chérie. Pour moi, le travail, c'est le trottoir, et tu n'as pas le genre, malgré ta perruque bon marché. Pas de maquillage et une alliance. Tu as quitté ton mari ?

Grace baissa les yeux sur ses mains et fit tourner doucement l'anneau en or que Ford lui avait passé au doigt le jour de leur mariage.

— Non, murmura-t-elle.

— Il est mort, hein ?

Stupéfaite, Grace releva les yeux.

— Si tu avais divorcé, tu ne porterais pas ton alliance.

Un regard vert sagace la jaugea d'un coup d'œil.

— En plus, elle t'est trop grande, continua la logeuse. Et tu flottes dans tes fringues. Tu as perdu quelques kilos, hein ? Le malheur coupe l'appétit, c'est connu.

Grace se sentait à la fois terrifiée et soulagée. En moins de deux minutes, cette étrange jeune femme l'avait percée à jour, remarquant des détails que personne d'autre n'avait notés.

— Oui, répondit-elle platement.

La femme sembla soudain prendre une décision.

— Je m'appelle Harmony, déclara-t-elle en lui tendant la main par-dessus le bureau. Harmony Johnson. Il y a plus de Johnson que de Brown ou de Jones, tu le savais ?

Grace eut l'impression de serrer une main d'homme.

— Julia Wynne, répondit-elle, donnant le nom qu'elle avait relevé sur une tombe mal entretenue.

L'enfant était née cinq ans avant Grace et morte juste après son onzième anniversaire. L'inscription disait : « À notre ange d'éternité. »

— C'est soixante-dix dollars la semaine, annonça Harmony Johnson. Pas de drogue, pas de fêtes, pas de prostituées. J'en suis revenue et je n'en veux pas chez moi. Tu nettoies la salle de bains après toi. Je peux faire le ménage dans ta chambre, mais c'est dix dollars de plus. La plupart des locataires le font eux-mêmes.

— Je ferai le ménage, dit Grace.

— C'est bien ce que je pensais. Tu as droit à une plaque chauffante et à une cafetière dans ta chambre, mais c'est tout. Je fais de bons petits déjeuners. En général, les autres le prennent avec moi. Ce que tu manges le reste de la journée, c'est ton problème.

Elle lança un autre regard pénétrant à Grace.

— Pour l'instant, tu dois te moquer pas mal de la bouffe, mais le temps arrangera les choses.

— Il y a le téléphone dans les chambres ?

— Tu m'as bien regardée ? J'ai l'air stupide ?

— Non, admit Grace en réprimant une brusque envie de rire. Est-ce que je pourrai faire installer une ligne ? Je travaille sur ordinateur et j'utilise parfois un modem.

Harmony haussa les épaules.

— C'est ton fric.

— Quand est-ce que je peux m'installer ?

— Dès que tu auras déposé ta caution et monté ton sac.

— Dites-moi, Conrad, fit Parrish d'une voix faussement désinvolte, ses doigts pianotant nerveusement sur les accoudoirs en cuir, comment se fait-il que Grace St. John vous échappe depuis une semaine ?

Il était de très mauvaise humeur. Conrad piétinait et, malgré un mandat d'amener en bonne et due forme et les recherches intensives de la police, Grace restait introuvable. Une pauvre fille, une minable spécialiste des langues mortes les tenait en échec.

— Écoutez-moi bien, je me fiche de cette fille, mais elle a mes papiers et je veux les récupérer, Conrad. Je les veux.

Le visage de Conrad était impassible.

— Elle s'est débrouillée pour vider son compte en banque, donc elle a du liquide, répondit-il. D'après la police, elle a pénétré dans le système informatique de la banque, mais les programmateurs n'ont relevé aucune trace de son passage.

Parrish balaya ces détails d'une main paresseuse.

— Le comment ne m'intéresse pas. Ce que je veux, c'est la retrouver, et vous n'avez toujours pas réussi.

« Imbécile », songea Conrad, imperturbable. Le comment était essentiel, au contraire. Quand une chose avait fonctionné une fois, les gens recommençaient toujours et se faisaient repérer. Ensuite, Conrad n'avait plus qu'à les cueillir.

— Au début, elle se déplaçait la nuit, mais je crois qu'elle a changé de tactique. Elle avait un sac quand Paglione l'a vue à Eau Claire, ce qui signifie qu'elle s'est procuré d'autres vêtements. On n'a donc aucune idée de ce qu'elle porte à présent. Par ailleurs, une femme correspondant grossièrement à son signalement a acheté une perruque rousse à Eau Claire, ajouta-t-il.

— C'est facile à repérer.

— Oui. À moins qu'il ne s'agisse d'une ruse.

Conrad en était même certain, et son admiration pour Grace St. John ne cessait de croître. La petite femme qu'il avait crue sans ressources se révélait être une proie des plus intéressantes.

— Nous n'avons relevé aucune piste valable à propos d'une rousse. Peut-être a-t-elle volé une autre perruque sans que le vendeur s'en aperçoive. Elle a pu aussi se couper les cheveux, les faire teindre ou n'importe quoi d'autre pour modifier son apparence.

— Alors, comment avez-vous l'intention de retrouver sa trace ? lança Parrish, à bout de patience.

— Sa destination la plus probable après Eau Claire est Chicago. Elle se sentira plus en sécurité dans une grande ville. Comme elle est prudente, elle essaiera de ne pas toucher à son argent, sauf en cas d'urgence. Je pense qu'elle cherchera du travail, mais pas dans sa branche parce qu'elle ne peut pas utiliser son numéro de sécurité sociale. Un boulot au noir, mal payé. Je vais mettre des hommes sur le coup, promettre une récompense pour toute information la concernant. Je la trouverai.

— Il vaudrait mieux.

Parrish se leva et se dirigea vers la fenêtre, signe que l'entretien était terminé. Conrad quitta la pièce aussi silencieusement que d'habitude.

Le jardin était beau, se dit Parrish en contemplant les roses sous sa fenêtre. Le coup de froid n'avait pas été trop sévère. Il n'y avait pas eu de gel. Les journées étaient de plus en plus chaudes. Cette fois, le printemps s'installait pour de bon. La pauvre Grace avait sûrement souffert du froid, malgré son petit matelas de graisse. Cet excès de poids lui allait si bien ! Avec elle, on ne devait pas avoir l'impression de chevaucher un squelette.

Vraiment bizarre qu'il soit attiré par elle, songea Parrish en posant les mains sur les vitres froides. Il avait toujours préféré les femmes minces, mais la petite Grace, bien qu'elle ait quelques kilos en trop, était si inconsciemment sensuelle qu'il en aurait volontiers profité.

Peut-être devrait-il dire à Conrad de la laisser en vie, le temps d'assouvir ses fantasmes.

Cette idée le fit sourire.

8

Grace détacha son tablier et le posa dans le panier avec lassitude. C'était son sixième jour de travail comme plongeuse et esclave à la pizzeria Orel. Elle se disait parfois qu'elle n'arriverait jamais à se débarrasser de l'odeur d'ail qui imprégnait ses cheveux et ses vêtements. Être en contact permanent avec la nourriture n'avait pas amélioré son appétit. Le personnel n'était pas rationné pour le déjeuner, mais elle n'avait encore rien mangé. L'idée même de s'asseoir devant un plat de pâtes lui donnait la nausée.

— Tu reviens demain ? demanda Orel.

Il sortit une enveloppe d'un tiroir fermé à clef pour la payer. Environ un tiers des bénéfices de la journée finissait dans ce tiroir. Orel employait trois personnes à temps partiel et aucune n'avait de contrat ou de fiche de paie. Il les payait chaque soir en liquide. Et si elles ne revenaient pas le lendemain, il trouvait quelqu'un d'autre. « Au diable la paperasserie ! » répétait-il en comptant les billets.

— Je serai là, répondit Grace.

Ce travail avait beau être épuisant, il lui convenait parfaitement. Orel lui tendit trois billets de dix dollars. Trente malheureux dollars pour sept heures de travail. Cent quatre-vingts dollars au bout de six jours. Après avoir payé ses soixante-dix dollars à Harmony, il lui en restait cent dix. Ses dépenses étaient minimes.

Elles se résumaient à deux tickets de bus par jour et quelques vêtements supplémentaires. Elle s'était résolue à acheter deux jeans, d'une taille en dessous de celle qu'elle prenait d'habitude, et deux tee-shirts. Mais faire la vaisselle était un travail harassant et ses nouveaux pantalons furent vite trop grands, eux aussi. Elle maigrissait à vue d'œil.

Elle plia les billets et les enfouit dans sa poche, puis sortit son ordinateur du placard où elle le rangeait à l'abri des éclaboussures d'eau et de graisse. Elle avait raconté à Orel qu'elle suivait des cours du soir, et personne ne lui avait posé de question. Ses collègues n'étaient pas bavards. Ils se contentaient de faire leur travail sans se mêler de la vie des autres.

Elle poussa la porte de derrière et se retrouva dans l'allée jonchée de détritus. Le vent soufflait, rafraîchissant l'atmosphère. Elle inspira profondément, heureuse de ne plus sentir les relents d'ail et d'huile chaude.

Elle jeta un coup d'œil prudent à droite et à gauche, une main tenant fermement son ordinateur contre elle, l'autre posée sur la poignée de son couteau.

Elle longea deux pâtés de maisons et arriva à l'arrêt de bus. Le ciel de la fin d'après-midi était bleu sombre. La journée avait été fraîche mais douce, et les gens semblaient marcher d'un pas plus léger. Le printemps s'était définitivement installé. La température atteignait maintenant les 20 °C. Grace se souvint de la joie qu'elle avait éprouvée en traversant le jardin des Murchison. Il y avait combien de temps ? Une, deux semaines ? Plutôt deux, songea-t-elle, la gorge serrée. Aujourd'hui, l'insouciance et la gaieté de cette belle journée de printemps ne la touchaient pas. Son cœur restait froid et sec, sans couleur.

Après dix minutes d'attente, le bus arriva. Grace grimpa et jeta sa pièce dans le réceptacle transparent. Le chauffeur lui adressa un signe de tête. Elle n'empruntait cette ligne que depuis six jours, mais il la reconnaissait déjà. Il faudrait qu'elle change bientôt d'itinéraire.

Elle descendit à la bibliothèque de Newberry, une des bibliothèques de recherche les plus réputées au monde. En une semaine, elle avait parcouru des centaines de textes sur l'histoire médiévale, à la recherche d'une quelconque information sur Niall d'Écosse. Elle avait appris plus de choses sur cette époque et ce pays qu'en dix ans d'études, sans rien découvrir sur ce moine guerrier du XIVe siècle. Mais elle ne se décourageait pas. Elle savait qu'elle n'avait fait qu'effleurer la surface des documents disponibles.

Elle se dirigea directement vers la salle consacrée au Moyen Âge et reprit ses recherches au point où elle les avait abandonnées la veille. Elle sélectionna plusieurs livres qu'elle posa sur une table de lecture à l'écart. Ses lunettes de vue sur le nez, elle commença à feuilleter les ouvrages, concentrée sur le nom qui ne cessait de lui échapper : Niall d'Écosse.

Elle faillit ne pas le voir. Elle travaillait depuis plus de deux heures et son esprit agissait de façon mécanique. Son cerveau n'enregistra pas immédiatement l'information et, durant quelques secondes, elle poursuivit sa lecture. Puis la similitude entre les noms la frappa brusquement et elle revint en arrière pour relire le paragraphe :

« Un chevalier fier et invincible fut choisi comme Gardien, un Écossais de sang royal, Niel Robertsoune. »

Les battements de son cœur s'accélérèrent. Ce devait être Niall ! Les noms étaient trop semblables pour que ce soit une coïncidence, et la référence au Gardien était un signe.

Avait-elle lu le nom de Niel sans s'y arrêter à cause de la différence d'orthographe ? Non, elle savait combien les règles étaient souples à l'époque. Elle avait fait attention à n'importe quel prénom commençant par un *n*. Elle entreprit de vérifier toutes les variantes possibles de son nom : Niel, Neil, Neal, et tout ce qui se rapprochait de Robertson.

Elle n'aboutit à rien. Il y avait des Roberts et des Robertson, et même deux Neal, mais aucun n'était le moine guerrier qu'elle recherchait. Les mains tremblant d'énervement, elle referma les livres, se retenant pour ne pas hurler de frustration. La violence de sa réaction la stupéfia. Ce genre de désagrément lui était déjà arrivé au cours de sa carrière, mais jamais elle n'avait réagi avec autant de passion. L'intense sentiment de désespoir qui l'envahissait, balayant l'armure d'insensibilité qu'elle s'était forgée depuis deux semaines, la remplit d'effroi. Elle ne voulait rien éprouver d'autre que la rage et la soif de vengeance. Sinon, elle allait s'effondrer.

Mais, depuis le premier regard qu'elle avait jeté sur les documents couverts d'une écriture difficilement déchiffrable, elle ne pouvait s'empêcher de ressentir un intérêt passionné pour Niall. Ce qui s'était passé ces dernières semaines n'y avait rien changé. Au contraire, jour après jour, page après page, sa fascination pour cet homme n'avait fait qu'augmenter.

Elle avait fini par croire que Niall d'Écosse n'était qu'un mythe, bien que sa présence dans l'histoire des Templiers contredît cette hypothèse. Aujourd'hui, la mention de ce Niel Robertsoune confirmait son existence. Il avait vécu, il avait été un homme de chair et de sang. Après la destruction de l'Ordre, il avait peut-être échappé à la persécution et retrouvé une vie normale, une famille, un rôle dans la société… Le vrai Niall d'Écosse ne ressemblait sans doute en rien au guerrier sombre qui hantait ses rêves, mais elle avait besoin de ce dérivatif émotionnel. Ses rêves étaient la preuve qu'elle n'était pas totalement morte, que des lambeaux de Grace St. John subsistaient malgré tout au fond d'elle-même.

Et Niall d'Écosse avait existé. Avec une détermination renouvelée, elle repoussa les gros ouvrages de référence. Si Niall avait fait partie des chevaliers les plus importants, il avait dû mener une vie discrète après la dissolution de l'Ordre, afin d'échapper aux menaces qui pesaient sur lui. Son nom ne serait donc pas cité dans des documents officiels. Tout ce qu'elle apprendrait sur lui se trouvait dans la copie des textes qu'elle devait traduire.

Copie... Son esprit dériva.

Pourquoi Parrish voulait-il les copies, alors qu'il pouvait avoir les originaux ? Pourquoi n'avait-il pas hésité à tuer pour les récupérer ?

Elle ne voyait que deux explications, aussi difficiles à admettre l'une que l'autre. Soit Parrish ignorait où se trouvaient les originaux, soit ceux-ci avaient été détruits. Cependant, dans les deux cas, il pouvait toujours se rabattre sur les microfilms. Car ces documents avaient dû être enregistrés et photographiés, et les microfilms conservés quelque part.

Là encore, il y avait deux possibilités. Soit ces microfilms avaient également disparu et elle possédait les uniques copies au monde. Soit Parrish ne voulait pas seulement les microfilms, mais aussi toutes les copies en circulation. Dans ce cas, il chercherait à éliminer toute trace de leur existence... et de l'existence de ceux qui en avaient entendu parler.

Quoi qu'il en soit, Parrish avait l'intention de la tuer. Et la cause de cette folie meurtrière était enfouie dans ces textes.

Ses recherches n'étaient qu'une perte de temps. Elle devait se concentrer sur la traduction de ces pattes de mouche presque illisibles, et l'intimité de sa chambre chez Harmony serait plus adaptée à cette tâche qu'une bibliothèque publique.

Elle rangea rapidement les livres sur les étagères et rassembla ses affaires. Machinalement, elle regarda autour d'elle, à l'affût d'un détail inhabituel, mais les gens tranquillement penchés sur leur travail ne lui prêtaient pas la moindre attention.

Elle mit sa sacoche en bandoulière, la main gauche serrée sur la poignée, la main droite sur le manche de son couteau. Pour ne pas avoir à lâcher son portable, elle avait glissé son ticket de bus dans la poche droite de son jean.

Dehors, il faisait presque nuit. Elle pressa le pas. Le souffle frais du vent lui fouetta le visage au moment où elle arriva à l'arrêt du bus. Deux personnes attendaient déjà sur le trottoir, une jeune femme noire un peu ronde au visage agréable et un petit garçon turbulent aux grands yeux écarquillés. Il montait et descendait du trottoir, retenu par sa mère qui gardait fermement sa main dans la sienne. Grace songea que le rôle de mère n'était pas de tout repos, mais la jeune femme s'acquittait de sa tâche avec une patience remarquable.

Brusquement, elle se sentit projetée en avant et vacilla. Son agresseur surgit face à elle et tira sur la lanière de sa sacoche. La jeune femme noire poussa un hurlement, prit son enfant dans ses bras et s'enfuit en courant. L'homme, voyant que le sac lui résistait, lâcha une bordée d'injures. Grace serra désespérément la main sur la poignée et tenta de retrouver son équilibre. Avec un autre juron, l'homme brandit la lame acérée d'un couteau sous son nez et voulut trancher la lanière. Grace pivota et le couteau lui lacéra l'avant-bras. Elle vit les yeux de l'homme, petits et vicieux, au moment où il s'apprêtait à l'attaquer à nouveau.

Sans réfléchir, elle lui lança la sacoche en pleine figure. Surpris, son agresseur recula et la reçut sur la main. Le couteau tournoya dans les airs et retomba sur le trottoir avec un bruit métallique. Désarmé, l'homme eut un instant d'hésitation, puis il s'enfuit à toutes jambes.

Grace sentit alors une vague de rage l'envahir. L'homme n'avait pas fait trois pas qu'elle fondait sur lui, lançant un pied en avant pour l'arrêter. Il s'étala sur le trottoir en criant, entraînant Grace dans sa chute. Serrant les poings, elle se mit à le frapper furieusement, cherchant ses yeux, son nez, ses oreilles, tout ce qui était à sa portée et qu'il n'avait pas le temps de protéger. Se souvenant du pompiste, elle voulut lui envoyer un coup dans l'entrejambe, mais il la fit rouler sur le côté. Rugissant de colère, Grace l'agrippa par les cheveux et tira de toutes ses forces. L'homme hurla et lui donna un coup de poing dans l'estomac. La respiration coupée, momentanément paralysée, Grace ne lâcha pourtant pas prise. L'homme la frappa une nouvelle fois, l'obligeant à desserrer son étreinte. Un autre coup l'atteignit à la mâchoire. Il profita de son avantage pour se libérer et se remettre sur pied. Grace se redressa aussi vite qu'elle put, mais l'homme était déjà parti.

Haletante, elle le regarda bousculer des passants indifférents. Son sac était toujours en bandoulière. Le couteau de son agresseur était resté sur le trottoir. La lame devait mesurer douze centimètres. Il avait l'air bien plus efficace que son couteau de cuisine. Comme elle se penchait pour le ramasser, une violente douleur traversa tous ses membres. Elle s'accroupit en gémissant, ramassa l'arme et contempla avec étonnement la tache sombre sur la lame. Ce ne fut qu'à ce moment qu'elle vit le sang qui coulait de son bras et l'entaille qui barrait son avant-bras.

Elle devrait se faire recoudre, constata-t-elle sans la moindre émotion. Mais elle n'avait pas envie de dépenser deux ou trois cents dollars pour cela, ni de répondre aux questions que les policiers ne manqueraient pas de lui poser. Elle saurait bien s'en occuper toute seule.

Une chose était sûre : si son agresseur avait été un homme de Parrish, il lui aurait tranché la gorge avant de voler sa sacoche. Mais elle avait attiré l'attention sur elle. Certains passants l'observaient d'un œil méfiant, d'autres, charitables, semblaient vouloir la secourir. Elle décida de ne pas prendre le bus. Le chauffeur se souviendrait trop facilement d'une passagère au bras ensanglanté. Il se rappellerait sans peine la station où elle était montée et celle où elle était descendue. Grace glissa le couteau dans une des poches latérales de sa sacoche, traversa rapidement la rue et partit dans la direction opposée, loin des regards curieux.

Son bras commençait à la faire souffrir. Le sang coulait sur sa sacoche. Avec une grimace, elle pressa sa main droite sur la blessure. Elle avait agi avec une stupidité consternante. Elle s'était sentie sûre d'elle et protégée par un minable couteau de cuisine dont elle n'avait même pas eu la présence d'esprit de se servir.

« Regarde-toi maintenant, espèce d'imbécile ! » se dit-elle, furieuse. Elle pouvait croiser un policier à tout moment et se faire embarquer au commissariat. Plus grave encore : tout le monde se retournait sur elle, notant son signalement au passage. Parrish avait les moyens de lever une armée pour la retrouver. Il avait certainement poussé ses recherches jusqu'à Chicago. Elle devait donc prévoir le pire et changer immédiatement d'apparence.

À quelques pas devant elle, un couple pénétrait dans un restaurant animé. Sans ralentir, Grace les suivit à l'intérieur. À la réception, elle se tint derrière eux, le corps de l'homme dissimulant son bras ensanglanté tandis que la serveuse les accueillait en souriant.

— Fumeurs ou non-fumeurs ? demanda-t-elle en prenant trois menus.

— Non-fumeurs, répondit l'homme.

L'hôtesse vérifia le registre des réservations, opina légèrement du bonnet et les guida parmi les tables.

Grace repéra le sigle des toilettes au fond d'une petite salle et tourna discrètement dans cette direction.

Les toilettes pour dames étaient petites, sombres et désertes. La lumière faible était absorbée par le carrelage noir des murs et du sol. Suspendu au-dessus du miroir, un néon rose et violet en forme de flamant conférait un teint résolument sinistre aux clientes venues rectifier leur maquillage ou leur coiffure. Mais Grace n'était pas là pour se poudrer le nez. Elle prit plusieurs serviettes en papier et se lava rapidement les mains et le bras. Le sang réapparut aussitôt.

— Bon sang de bon sang, grommela-t-elle entre ses dents.

Elle jeta un coup d'œil au miroir et vit que sa perruque était de travers. D'une main, elle défit les épingles qui la retenaient encore et l'enleva, libérant la masse de ses longs cheveux noirs.

Elle avait besoin de ses deux mains. Elle déchira plusieurs feuilles de papier qu'elle pressa contre sa blessure jusqu'à ce qu'elles adhèrent à la peau. La tache rouge s'étendit rapidement, mais le sang ne coulait plus. Elle fourra la perruque dans son sac, puis remonta ses cheveux et se fit un chignon rapide. Enfin, elle enfonça sa casquette de base-ball sur sa tête, inclinant la visière sur ses yeux.

Bouger son bras la faisait souffrir de plus en plus. Le papier imbibé de sang commençait à tomber. Elle l'enleva et le jeta dans la cuvette des toilettes, avant d'en remettre une nouvelle couche. Serrant les dents, elle aperçut son reflet dans le miroir. Elle était livide, mais sa blessure était superficielle. Niall, lui, n'y aurait même pas prêté attention. Il aurait continué le combat.

Elle ne se laisserait pas abattre. Niall serait fier d'elle.

Elle sursauta.

— Ça y est, je deviens folle, dit-elle à voix haute.

Penser à un guerrier du Moyen Âge en ces termes… Elle avait dû perdre plus de sang qu'elle ne l'avait cru. Elle ferait mieux de trouver un moyen de stopper l'hémorragie et de bander son bras avant de tourner de l'œil.

L'idée lui vint en regardant ses pieds. Tenant le paquet de serviettes dans sa main gauche, elle se servit de la droite pour défaire son lacet. Elle se déchaussa, ôta sa chaussette, la mit sur le bord du lavabo et étala quelques serviettes dessus. Puis elle posa le bras sur ce pansement de fortune et, à l'aide de ses dents et de sa main libre, elle noua le lacet autour en serrant de toutes ses forces. Ce bandage improvisé tiendrait au moins jusqu'à la pension.

Une heure plus tard, elle poussait la porte du petit immeuble. Elle avait eu l'intention de monter discrètement, mais elle rencontra Harmony dans le couloir.

— En voilà une allure, fit celle-ci en voyant la casquette de base-ball, les cheveux noirs et le bras ensanglanté de Grace.

— Merci, murmura Grace.

— Tu as le bras qui saigne, observa Harmony.

— Je sais, fit Grace en montant les premières marches.

— Pas la peine de déguerpir. Je tiens à être informée des problèmes de mes locataires, au cas où les flics débarqueraient chez moi en plein milieu de la nuit.

La logeuse était sur ses talons.

— J'ai été attaquée, expliqua rapidement Grace. Plus exactement, on a tenté de me voler.

— Oh, mince ! Et tu l'as fait fuir avec le couteau de dînette que tu trimballes partout avec toi ?

— Je n'y ai même pas pensé, avoua-t-elle piteusement, tout en se demandant comment Harmony savait qu'elle portait un couteau sur elle.

— Tant mieux. N'importe quelle petite frappe te l'aurait fait avaler avant que tu aies eu le temps de t'en servir.

Harmony attendit que Grace ouvre la porte de sa chambre, puis elle la suivit à l'intérieur. Après avoir observé la propreté spartiate de la pièce, elle regarda Grace et fit :

— Très bien, Wynne, montre-moi ton bras.

Grace s'était suffisamment habituée à son pseudonyme pour ne plus hésiter avant de répondre. Une semaine lui avait également suffi pour comprendre qu'Harmony régnait en véritable despote sur son domaine. Tout ce qui arrivait entre ses murs la concernait.

Elle défit silencieusement la chaussette tachée de sang. En dessous, le paquet de serviettes n'était plus qu'un lambeau rougi. Elle l'enleva avec précaution et laissa Harmony examiner la blessure.

— Faut recoudre, déclara enfin celle-ci. À quand remonte ton dernier rappel de tétanos ?

— Moins de deux ans, répondit Grace après quelques secondes de réflexion. Mais il est hors de question que j'aille à l'hôpital.

— Ben voyons ! rétorqua Harmony. N'importe quel clochard peut aller chez le docteur, mais pas toi. J'ai plutôt l'impression que tu ne veux pas qu'on te pose trop de questions. Très bien, oublions l'hôpital. Si tu n'as pas peur de souffrir, je peux m'en occuper.

— C'est vrai ? s'exclama Grace, stupéfaite.

— Bien sûr ! Attends ici, je vais chercher mes affaires.

Perplexe, Grace regarda sa logeuse s'éloigner. Avec ses manières brusques, son style excentrique et sa taille hors du commun, Grace doutait qu'Harmony ait eu beaucoup de succès en tant que prostituée. Ce soir-là, elle portait des collants de danse violets et un tee-shirt sans manches qui révélaient des jambes et des bras musclés. Les hommes qui fréquentaient les prostituées ne recherchaient certes pas la séduction, mais combien choisissaient une femme plus grande et plus masculine qu'eux ? Grace aurait pu la prendre pour un travesti ou un transsexuel, si Harmony n'avait pas un jour fait une remarque sur la fausse couche qui, à quinze ans, l'avait privée de tout espoir d'être mère.

Le bras douloureux, Grace sortit la perruque blonde et le couteau taché de son sac. Elle déposa le couteau sur la petite table ronde où elle mangeait matin et soir et secoua la perruque avant de la mettre sur le lit.

Harmony revint avec une flasque de whisky, une boîte noire et une bouteille aérosol. Une serviette blanche était pliée sur son bras. Elle regarda un instant le couteau, avant de le repousser pour étaler la serviette à sa place.

— C'est à toi ? demanda-t-elle en désignant l'arme du menton.

— Maintenant, oui. Je le lui ai pris des mains, répondit Grace.

Épuisée, elle se laissa tomber dans un des fauteuils et étendit son bras sur la serviette.

— Eh bien, il a dû être surpris, fit Harmony en haussant les sourcils.

Elle s'assit dans l'autre fauteuil, déboucha la bouteille de whisky et la tendit à Grace.

— Ça ne t'empêchera pas d'avoir mal, mais tu y feras moins attention, déclara-t-elle.

Grace regarda la bouteille avec suspicion. Elle n'avait jamais bu de whisky et n'avait aucune idée de la façon dont elle allait réagir. Étant donné sa fatigue et le fait qu'elle était à jeun depuis le matin, il allait certainement lui donner le coup de grâce. Mais quelle importance, après tout ? Elle prit la bouteille et porta le goulot à ses lèvres.

Le whisky était riche et savoureux dans sa bouche, mais quand il coula dans sa gorge, elle eut l'impression d'avaler de la lave en fusion. Elle en eut le souffle coupé. Son visage s'empourpra, et les larmes lui montèrent aux yeux tandis qu'elle s'efforçait de retrouver sa respiration. Tout son corps se révoltait. Son nez se mit à couler, une quinte de toux la plia en deux, son estomac se contracta. Peu à peu, la crise s'apaisa. Grace reprit la bouteille et but une autre gorgée.

Harmony attendait sans sourciller.

— Tu n'as pas l'habitude de boire, hein ? observa-t-elle d'une voix neutre.

— Non, répondit Grace avant d'avaler une nouvelle gorgée.

Cette fois, elle ne réagit pas. Le feu s'était répandu dans ses veines et la chambre commençait à vaciller légèrement devant ses yeux.

— Je continue ? demanda-t-elle.

Une lueur d'amusement traversa les yeux verts d'Harmony.

— Tout dépend du degré de conscience que tu souhaites garder.

Supposant qu'elle n'avait pas encore ressenti tous les effets de l'alcool, Grace reposa la bouteille et la reboucha.

— C'est bon, tu peux y aller.

— Attendons encore quelques minutes.

Harmony s'appuya au dossier du fauteuil et étendit les jambes.

— J'imagine que ce type en voulait à ton ordinateur.

Grace acquiesça, sans se rendre compte qu'elle dodelinait de la tête.

— Il m'a agressée juste devant la bibliothèque. Il y avait des témoins, mais personne n'a réagi.

— S'il était armé, ça n'a rien d'étonnant.

— Même après que je l'ai fait tomber, que je l'ai rattrapé et tabassé, personne n'est venu m'aider, acheva Grace, la voix gonflée d'indignation.

Harmony la contempla quelques secondes, les yeux écarquillés, puis elle partit d'un formidable éclat de rire. Elle se balançait d'avant en arrière, des larmes involontaires coulaient de ses yeux, elle avait du mal à respirer, mais elle riait encore. Lorsqu'elle réussit enfin à reprendre son souffle, elle s'essuya les joues d'un revers de manche.

— Ma petite chérie, articula-t-elle entre deux hoquets, à l'heure qu'il est, ils ont sans doute plus peur de toi que de cette espèce de minable.

Grace considéra cette idée un instant et son visage s'éclaira.

— Je m'en suis bien sortie, hein ? fit-elle.

— Tu as surtout eu de la chance de t'en sortir vivante, répondit Harmony en martelant les mots. Ma fille, si tu veux te battre, quelqu'un doit t'apprendre à le faire. J'aimerais bien m'en charger, mais je n'ai pas le temps. Je vais te présenter un ami qui te montrera tous les coups bas qu'il connaît. C'est ce qu'il te faut. Vu ton gabarit, tu n'as pas les moyens de te battre à la loyale.

Cette proposition, peut-être à cause du whisky, parut formidable à Grace. Elle hocha la tête avec empressement.

— Plus de bagarres à la loyale, répéta-t-elle avec conviction.

D'ailleurs, ce n'était certainement pas dans les manières de Parrish, ni dans celles des voyous qu'elle ne manquerait pas de croiser sur son chemin. Elle devait donc apprendre à se défendre par tous les moyens possibles.

À l'aide d'une compresse alcoolisée, Harmony nettoya le bras de Grace, examinant la balafre sous tous les angles.

— Pas trop profond, déclara-t-elle.

Elle ouvrit un petit flacon d'antiseptique qu'elle versa directement dans la plaie. Grace retint sa respiration, s'attendant à une brûlure semblable à celle du whisky, mais ne sentit qu'un faible tiraillement. Harmony avait pris la bouteille aérosol et étendait une buée froide sur la blessure, d'un geste d'infirmière confirmée.

Avec un calme olympien, Grace regarda sa logeuse préparer une petite aiguille de chirurgie et se pencher sur son bras. Harmony rapprocha délicatement les bords de la plaie de la main gauche et commença à coudre de l'autre main. Chaque point de suture était douloureux mais supportable, grâce au whisky et au spray analgésique répandu sur la blessure. Grace luttait contre la fatigue. Ses paupières se fermaient malgré elle.

— Voilà, fit Harmony en tirant sur le dernier point. Ne la mouille pas et prends de l'aspirine si ça fait mal.

Grace contempla la rangée de petits points nets. Elle en compta dix.

— Tu aurais dû être médecin, dit-elle, admirative.

— J'ai pas la patience de m'occuper des imbéciles.

Tout en rangeant sa trousse de secours, Harmony lui lança :

— Pourquoi tu évites les flics ? Tu as tué quelqu'un ?

Grace secoua la tête en signe de dénégation. Ce fut une erreur. Elle dut attendre que la pièce cesse de tourner avant de répondre.

— Non, je n'ai tué personne.

— Mais tu es en cavale.

C'était une affirmation, pas une question. Nier n'aurait servi à rien. Elle pouvait donner le change à d'autres, mais Harmony n'était pas dupe.

— Oui, admit-elle à voix basse. S'ils me retrouvent, ils me tueront.

— C'est qui, « ils » ?

Grace hésita, mais elle n'était pas ivre au point de tout dévoiler à Harmony.

— Moins tu en sais, mieux ça vaut, dit-elle enfin. Si on te pose des questions, tu ne sais rien de moi, tu n'as jamais vu d'ordinateur, je ne t'ai jamais parlé de mon travail. D'accord ?

Un éclair de colère brilla dans les yeux verts d'Harmony. Grace demeura immobile, attendant que sa nouvelle amie devienne une ancienne amie et la mette à la porte. Harmony n'aimait pas être contrariée et elle détestait, avec raison, rester dans le noir. Elle soupesa la situation en silence, puis sembla prendre sa décision.

— D'accord, dit-elle avec un bref hochement de tête. J'aime pas ça, mais d'accord. Tu n'as confiance en personne, hein ?

— Je ne peux pas, souffla Grace. Si Par... S'il a le moindre doute sur toi, il te tuera.

— Tu me protèges, c'est ça ? fit Harmony avec un petit rire. N'importe quel gosse du quartier est plus coriace que toi ! On dirait que tu sors tout droit d'un couvent. Je sais que c'est pas ton style, mais tu te ferais des masses de fric sur le trottoir, avec cet air-là.

Grace sursauta, surprise par l'abrupt changement de sujet. Elle, une prostituée courue ? La tranquille, lisse et quelconque Grace St. John ? Elle aurait voulu éclater de rire à la face d'Harmony.

— Ouais, je sais, reprit sa logeuse, lisant visiblement dans ses pensées. Tu es mal habillée, tu ne te maquilles pas, mais ces trucs-là, ça s'apprend vite. Porte des fringues moulantes au lieu des sacs à patates qui te servent de pantalons. Tu ne veux pas qu'on puisse t'attraper ? Alors, ne donne pas prise ! Avec ta petite gueule d'ange, tu as l'air si innocente que ça doit rendre dingues pas mal de mecs, à l'idée d'être les premiers à t'apprendre tout un tas de cochonneries. Un peu de maquillage calmera leurs foutues pulsions éducatives. Sans parler de ta bouche. Les top models paieraient des millions pour en avoir une comme ça. Quant à ta perruque, je comprends pourquoi tu l'as achetée, mais, excuse-moi de tc le dire, elle est vulgaire, ma fille.

La tirade d'Harmony était un curieux mélange de genres, un argot des rues prononcé avec une pointe d'accent traînant du Sud, auquel se mêlaient des termes plus recherchés témoignant d'une certaine éducation. Quelles que soient ses origines, il était évident qu'elle était intelligente et avait l'esprit vif. Parmi ses commentaires sur son apparence, Grace avait saisi un ou deux conseils avisés.

— Ça se voit tellement, que je porte une perruque ? demanda-t-elle.

— Pas pour la majorité des hommes, mais elle est blonde. Le blond et le roux, ça se remarque. Achètes-en une châtain, mi-longue, banale. Et trouves-en une de bonne qualité. Elle tiendra plus longtemps et fera plus vraie.

Elle se leva brusquement, sa trousse de secours à la main, et se dirigea vers la porte.

— Dors, on dirait que tu vas tomber de ta chaise.

Épuisée et assommée par le whisky, Grace pensait s'endormir rapidement. Elle se trompait. Plusieurs heures après le départ d'Harmony, les effets de l'alcool dissipés et la tête lourde de fatigue, elle n'avait toujours pas fermé l'œil. Évitant soigneusement de bouger son bras douloureux, elle se redressa dans son lit et tira son ordinateur sur les couvertures. Elle essaya de travailler, sans réussir à éclaircir une seule phrase de l'écriture archaïque qui recouvrait les pages qu'elle tentait de déchiffrer. Finalement, elle ouvrit son journal intime et en relut certains passages. Elle avait l'impression étrange de lire le journal de quelqu'un d'autre, retraçant la vie d'une autre femme. Sa propre existence était donc si loin ?

Les références à Ford, à Brian et à leur vie commune la déchiraient. Elle ne s'y attarda pas, fermant son esprit au flot des souvenirs qui menaçait de la submerger. À la page du 26 avril, elle constata avec soulagement qu'il n'y était question que des documents qu'elle commençait à traduire. Elle avait tapé le nom de Niall en lettres majuscules, suivi de la question : « Mythe ou réalité ? »

Aujourd'hui, elle connaissait la réponse. Oui, Niall avait réellement vécu, bien qu'il n'ait laissé que peu de traces de son passage sur terre. Qu'avait-il fait du fabuleux trésor des Templiers ? Il était plus riche que les rois, il aurait pu réaliser tous ses désirs, inscrire son nom dans l'histoire de l'humanité, mais il s'était évanoui.

Ses doigts coururent sur le clavier.

« Où es-tu allé, Niall ? Qu'as-tu fait ? Que contiennent ces papiers pour causer la mort de tous ceux qui s'en approchent ? Pourquoi ne puis-je m'empêcher de penser à toi, de rêver sans cesse de toi ? Que ferais-tu si tu étais là ? »

Étrange question, songea-t-elle en relisant ce qu'elle venait d'écrire. Mais il était presque logique qu'elle rêve de Niall. Elle s'était lancée à corps perdu dans ses recherches, en quête de n'importe quelle information concernant ce guerrier mystérieux, et son nom s'était profondément gravé en elle. Depuis la mort de Ford et de Brian, elle n'avait plus qu'un seul but : découvrir la raison de leur disparition. Il était normal qu'elle rêve de ses recherches.

Mais elle ne rêvait pas de son travail, des Templiers, des textes anciens ou des bibliothèques, corrigea-t-elle. Non, elle ne rêvait que de Niall. Son imagination lui avait donné un visage, une silhouette, une voix, une présence. Depuis les meurtres, chacun de ses rêves était empli de Niall.

Qu'aurait-il fait à sa place ? C'était un guerrier parfaitement entraîné. Aurait-il fui pour se cacher ou aurait-il affronté l'ennemi ?

Toujours choisir la tactique la plus efficace pour atteindre son but.

Grace sursauta et releva vivement les yeux. Quelqu'un venait de parler, dans la chambre. Elle fouilla les moindres recoins à la recherche de l'intrus. Personne. Retenant sa respiration, elle scruta la pièce vide, à l'affût du moindre pas, bruit ou souffle d'air trahissant la présence que ses yeux ne pouvaient déceler. Rien. La pièce était parfaitement silencieuse.

Mais elle l'avait entendue, une voix grave, un peu râpeuse, avec un accent appuyé sur les *r*. Elle frissonna. Sous son tee-shirt, les pointes de ses seins se durcirent.

— Niall ? murmura-t-elle.

Seul le silence lui répondit. Elle se sentit stupide. Son imagination lui jouait des tours.

Elle revint pourtant à son clavier, les doigts fébriles.

« Je vais apprendre à me battre. Je ne peux pas rester passive et attendre, en me contentant de réagir aux actions des autres. Je dois prendre l'initiative et devancer Parrish. C'est ce que tu ferais, Niall, et c'est exactement ce que je vais faire. »

9

Parrish but une gorgée de vin avec un hochement de tête approbateur. Cette bouteille était particulièrement bonne, bien qu'il ne s'agît pas de son cépage favori. Bayard « Skip » Saunders, son hôte, se prenait pour un fin œnologue et, sans regarder à la dépense, il ouvrait ses meilleures bouteilles pour impressionner Parrish. Les membres de la Fondation se donnaient beaucoup de mal pour plaire au directeur. Parrish aurait préféré une coupe de champagne, un Martini sec ou même un bon whisky, mais en public, il se montrait très sensible aux efforts de ses subalternes.

Skip – un surnom ridicule pour un adulte, selon Parrish – était l'un des membres les plus riches et les plus influents de la Fondation. Il vivait à Chicago, ce qui était la seule raison de la présence de Parrish chez lui. Conrad avait été incapable de trouver la moindre trace de Grace, mais il était convaincu qu'elle s'était installée à Chicago et Parrish avait confiance en lui. Grâce à ses relations et à son argent, Skip Saunders apporterait une aide non négligeable aux recherches. Si la capture de Grace faisait trop de bruit, Skip glisserait quelques mots dans une oreille ou deux et l'affaire serait tout bonnement classée. Un avantage que Parrish appréciait à sa juste valeur.

Il aurait également apprécié, songea-t-il en croisant le regard de Calla Saunders, une demi-heure en tête à tête avec elle. L'adorable Mme Saunders était un témoignage vivant du pouvoir séducteur de l'argent. La première femme de Skip, mère de deux rejetons excessivement gâtés, avait malheureusement cinquante ans et n'était par conséquent plus assez jeune ni assez sexy pour satisfaire l'ego de son époux. Parrish avait rencontré la première Mme Saunders, lorsqu'elle était encore mariée à Skip, et avait été charmé par son esprit et son intelligence. Dans n'importe quel problème un peu délicat, il aurait de loin préféré l'avoir à ses côtés. Mais s'il était question de sexe, son choix se porterait incontestablement sur la deuxième épouse, la charmante Calla. Saunders était un idiot. Il aurait dû garder sa merveilleuse compagne comme femme et réserver Calla pour ses loisirs. Quand les hommes pensaient avec leur libido, ils faisaient rarement des choix judicieux.

Calla était extrêmement appétissante. Le savoir-vivre interdisait à Parrish de la dévisager ouvertement, mais chacun de ses regards était un examen minutieux. Grande et élancée, la femme de Skip était impeccablement vêtue d'un fourreau bleu nuit qui ne laissait rien ignorer des courbes de son corps – courbes qui devaient beaucoup à la chirurgie esthétique. Son décolleté dévoilait une gorge généreuse où s'étalait une fortune en diamants et saphirs. Son teint doré et ses yeux d'un bleu de porcelaine en faisaient une femme étonnante ; mais ce qui attirait le plus Parrish, c'était la masse de ses longs cheveux qui ondulaient dans son dos. Calla était maligne. Elle avait parfaitement conscience du pouvoir de ses cheveux sur les hommes, de la manière aérienne et gracieuse dont ils soulignaient ses mouvements. Ils n'étaient pas aussi longs que ceux de Grace, se dit froidement Parrish, ni aussi noirs, pourtant…

Calla était plus grande et plus mince que Grace. Elle n'avait probablement pas rougi depuis l'âge de huit ans, et son regard provocant était totalement dénué de la candeur qui brillait dans les yeux de Grace. Sa bouche pulpeuse n'avait pas le velouté et l'inconsciente sensualité des lèvres de Grace. Mais ses cheveux... Il voulait y enfouir les mains, s'y accrocher pendant qu'il prenait son plaisir avec elle. Il fermerait les yeux, imaginant qu'elle était plus petite et plus ronde, que les cheveux qu'il tenait entre ses doigts étaient lisses et brillants, épais et sombres comme du vison.

Plus tard, peut-être, songea-t-il en la gratifiant d'un regard entendu. Deux sourcils soigneusement épilés se dressèrent pour lui répondre et le coin d'une bouche aguicheuse se retroussa en un sourire complaisant et satisfait. Une fois encore, Calla avait attiré l'homme le plus riche et le plus influent de la soirée. Apparemment, elle en était ravie.

Ce détail réglé, Parrish revint au mari de sa nouvelle conquête.

— Excellent, fit-il en voyant que Skip attendait son verdict avec une certaine anxiété. En général, je ne bois pas de merlot, mais celui-ci est exceptionnel.

Saunders rougit de plaisir.

— Il n'en reste que trois bouteilles au monde. J'en ai deux, ne put-il s'empêcher d'ajouter.

— Je crois que vous devriez acheter la troisième, suggéra Parrish en dissimulant la satisfaction perverse que lui procurait la certitude de lancer son hôte dans une quête coûteuse et épuisante.

Il donna une tape amicale sur l'épaule de Saunders.

— Si vous pouviez abandonner vos invités quelques instants, j'aimerais vous parler en privé.

Comme il s'y attendait, Saunders se raidit immédiatement.

— Allons dans mon bureau. Tu n'y vois pas d'inconvénient, n'est-ce pas, chérie ?

— Bien sûr que non, répondit Calla d'une voix posée.

Elle connaissait parfaitement son rôle et se moquait éperdument de savoir où se trouvait et ce que faisait son mari. Elle détourna son attention de Skip pour s'occuper des autres invités, une cinquantaine des citoyens les plus fortunés de Chicago.

Skip et Parrish disparurent dans un couloir. Quand ils pénétrèrent dans le bureau, Skip se dirigea aussitôt vers la fenêtre, une immense baie vitrée qui donnait sur le lac Michigan.

— La vue est magnifique, n'est-ce pas ? demanda-t-il avec une fierté évidente.

— Magnifique, admit Parrish.

Certes, le panorama était spectaculaire, mais il n'avait aucune raison d'être jaloux. Il préférait les abords plus calmes de Wayzata et appréciait sa retraite dans le Minnesota, loin de la perpétuelle agitation des grandes villes. Ses voisins n'étaient pas curieux et, tant qu'il donnait l'impression d'être socialement et politiquement fréquentable, personne ne cherchait à en savoir plus.

Les deux hommes sortirent sur le balcon. La température était encore élevée, et le vent venu du lac apportait une fraîcheur agréable. Parrish jeta un coup d'œil autour de lui, vérifiant qu'aucune oreille indiscrète ne risquait de l'entendre.

— Nous sommes à la recherche d'une femme, Grace St. John, commença-t-il. Elle est accusée du meurtre de son mari. Elle détient une information vitale pour nous, et il faut que nous la trouvions avant la police.

— Bien sûr, murmura Saunders. Si je peux faire quelque chose...

— Mes hommes sont sur sa trace, mais si les choses devaient mal tourner, j'aimerais que vous preniez les choses en main. Votre présence en ville est nécessaire. J'espère que cela ne contrarie pas de projet de vacances.

Parrish savait pertinemment que Saunders et sa femme avaient prévu une escapade d'un mois en Europe. Skip annulerait l'audience papale organisée de longue date pour se mettre au service de Parrish. L'influence de la Fondation était moins visible que celle du Vatican, mais son pouvoir bien plus grand.

— Aucun problème, assura Saunders avec empressement.

— Parfait. Je vous appellerai si j'ai besoin de vous.

Lorsqu'il se retourna pour rentrer dans le bureau, Parrish surprit Calla derrière la porte vitrée. Il s'arrêta, se demandant ce qu'elle avait entendu de sa conversation avec Skip. Quel dommage si cette belle jeune femme devait tomber du balcon !

— Chéri, appela-t-elle en se glissant sur le balcon. Excuse-moi de te déranger, mais le sénateur Trikoris vient d'arriver. Il te réclame.

Le sénateur exigeait sans vergogne courbettes et attentions diverses en échange des faveurs que sa position lui permettait d'octroyer. La Fondation était en train de rassembler des documents sur lui. Lorsque le dossier serait bouclé, ce serait à Trikoris de s'incliner, songea Parrish avec satisfaction. Alors, le sénateur ne travaillerait plus que pour le bénéfice exclusif de la Fondation. Jusqu'à ce jour, Parrish était ravi de le laisser entre les mains de Saunders. Il congédia Skip d'un mouvement de tête et celui-ci disparut.

Calla s'adossa contre la vitre, le regard froid, brillant et calculateur. Le vent soulevait légèrement ses cheveux. Dans la nuit, ils semblaient aussi noirs que ceux de Grace. Peut-être coucherait-il avec elle avant de la jeter par le balcon, se dit Parrish en sentant son corps répondre favorablement à cette suggestion.

— Je suis au courant pour la Fondation, murmura la jeune femme sans le quitter des yeux. Skip est stupide, il laisse traîner ses papiers n'importe où. Vous feriez mieux de vous débarrasser de lui et de travailler avec moi.

Parrish haussa les sourcils. Elle avait raison : Skip était stupide et bien trop négligent. Il faudrait qu'il s'occupe sérieusement de lui. Mais cette chère Calla, elle, n'était pas idiote, et il devait régler son sort en premier.

Il s'appuya contre la rambarde, mince et élégant dans son pantalon en soie noire et sa veste blanche. Son allure raffinée, à la fois très étudiée et complètement naturelle, était l'écran derrière lequel se dissimulait la froide réalité. Il sentait que Calla, contrairement à la majorité des gens, l'avait percé à jour et qu'elle avait conscience de jouer avec le feu. Mais le danger l'excitait. Ses seins pointaient sous le tissu léger de sa robe.

— C'est Skip qui a les contacts et l'argent, remarqua-t-il d'une voix neutre.

La situation l'excitait autant qu'elle. Grace était la seule autre femme à avoir instinctivement décelé sa vraie nature, et elle avait résisté à son charme. Calla ne faisait aucun effort pour lui résister, mais la similitude était assez forte pour le stimuler. Bien sûr, ce ne serait pas comme posséder Grace. Celle-ci avait une innocence, une honnêteté qu'il aurait un plaisir indescriptible à souiller. Il doutait de trouver en Calla une once de territoire vierge, mais elle était la version corrompue de Grace et il voulait la posséder.

— Il a le pouvoir parce qu'il a l'argent, répondit Calla avec un sourire cruel. Moi, je connais des secrets qui valent dix fois plus que toutes les relations de Skip.

— Vous employez le verbe « connaître » au sens biblique, je présume ? fit Parrish.

— La Fondation détient le véritable pouvoir, continua Calla, ignorant l'insinuation. Oublions les accords traditionnels, les partis... D'une manière ou d'une autre, ils sont tous liés à la Fondation, n'est-ce pas ? Quelle que soit la couleur politique du président, vous êtes en relation directe avec la Maison-Blanche.

Oui, en général, pensa-t-il. En réalité, la Fondation n'avait pas eu de chance avec les deux derniers présidents républicains, ni avec le démocrate qui les avait précédés. Heureusement, le vent avait tourné trois ans plus tôt, et Parrish avait vite rattrapé les pertes de seize années de mise à l'écart. Il travaillait dur pour que ces liens survivent aux prochaines élections. Le jeu politique était ennuyeux mais nécessaire, au moins pour l'instant. S'il récupérait les documents détenus par Grace, il n'aurait plus besoin de manipuler les hommes politiques pour installer un occupant raisonnable à la Maison-Blanche. Le président viendrait à lui, comme les dirigeants du monde entier.

La Fondation attendait depuis des siècles la réapparition de ces documents. Ils avaient resurgi et ils lui appartenaient, se répétait sans cesse Parrish avec une jubilation sauvage. Ces textes renfermaient un pouvoir inimaginable, qui mettrait le monde entier à sa merci. Techniquement, l'argent et le pouvoir reviendraient à la Fondation et seraient transmis à son successeur, mais il en aurait la jouissance totale et indiscutée toute sa vie.

Il se moquait de jouer un rôle politique ou de déclencher des guerres qui ne menaient à rien. Non, l'argent était le seul vrai pouvoir. Celui qui contrôlait l'argent contrôlait le monde.

Voilà ce que contenaient les documents tombés entre les mains de Grace : le moyen d'accéder à une richesse illimitée. Au cours des siècles, des légendes s'étaient répandues, mentionnant un pouvoir surnaturel dont les Templiers auraient eu le secret. Mais Parrish, contrairement à certains membres de la Fondation, s'était secrètement moqué de cette idée.

Pour lui, ce n'était qu'une superstition ridicule. Si les Templiers avaient eu un tel pouvoir, pourquoi se seraient-ils laissé anéantir aussi facilement ? Le seul pouvoir qu'ils avaient jamais possédé était matériel, un trésor fabuleux qui avait excité la convoitise d'un roi et causé leur perte. Le pouvoir des Templiers avait été celui de l'argent, en quantité incroyable, certes, mais sans la moindre magie, Parrish en était persuadé. Ceux qui prétendaient le contraire n'étaient que de stupides imbéciles.

Et il n'était pas plus sentimental que superstitieux. Si Calla croyait qu'il allait succomber à son charme et se laisser embobiner, elle allait être déçue.

— Je veux travailler avec la Fondation, insista-t-elle devant son silence. Mes atouts sont bien plus utiles que ceux de Skip.

— Personne ne travaille avec la Fondation, corrigea Parrish. On travaille *pour* elle.

— Pas même toi ? fit-elle.

Parrish haussa les épaules. Si le tutoiement ne le dérangeait pas, il tenait à conserver certaines limites. Il *était* la Fondation, mais Calla n'avait aucun besoin de le savoir. Il aurait été délicieux de l'introduire dans la Fondation pour l'avoir à sa portée jusqu'à ce qu'il se lasse d'elle, mais il n'allait pas laisser un personnage aussi rusé et avide que cette femme rôder si près du cœur du pouvoir. Avec elle à ses côtés, il devrait être constamment sur ses gardes, car elle n'hésiterait pas à le poignarder dans le dos à la première occasion.

Elle humidifia ses lèvres sans le quitter des yeux.

— Je crois que tu es au centre de tout ça. Tu as tous les pouvoirs... Tu fais ce que tu veux, tu as ce que tu veux. Et je peux t'aider.

Il la rejoignit en trois enjambées et se pencha vers elle, un léger sourire aux lèvres. Calla resta parfaitement immobile, son visage parfait éclairé par la lumière du bureau. Dans un geste inconscient, elle passa une nouvelle fois sa langue sur ses lèvres.

— Ici ? murmura-t-elle. Certaines personnes ont des télescopes, tu sais.

Il s'arrêta. S'il s'était contenté de coucher avec elle, il se serait bien moqué de savoir qui les regardait. Mais il ne souhaitait aucun témoin à la longue descente vertigineuse qui suivrait leur partie fine.

Il recula en souriant et lui indiqua la porte. Elle rit en passant devant lui.

— Je t'aurais cru plus audacieux, fit-elle en entrant dans le bureau.

— Audacieux, ma chère, ne signifie pas stupide.

Il donna un tour de clef à la porte et appuya sur l'interrupteur, plongeant la pièce dans l'obscurité. Calla l'attendait patiemment. Les lumières de la ville scintillaient sur les pierres qui ornaient son cou et ses oreilles.

Parrish ôta sa veste et la plia sur le dossier d'un fauteuil. Sa chemise, elle, n'échapperait pas aux taches de maquillage, mais elle serait dissimulée par sa veste et il la ferait nettoyer dès son retour à son hôtel. Ultime précaution, il glissa son mouchoir dans la poche de son pantalon.

Debout devant elle, il fit remonter le tissu soyeux de sa robe sur ses hanches. Elle ne portait pas de culotte, comme il s'y attendait. Il la hissa sur le bureau et elle s'allongea sur la surface polie, sans un mot. Ils savaient parfaitement ce qui allait se passer, et aucun d'eux n'avait besoin de préliminaires romantiques. C'était un jeu purement sexuel, bien que Parrish fût le seul à connaître le véritable but de la partie.

Il défit son pantalon et se glissa entre ses cuisses ouvertes. Sa pénétration savamment contrôlée arracha un gémissement de plaisir à Calla. Il commença à aller et venir plus rapidement en elle. C'était sa dernière aventure, autant la combler, se dit-il sans émotion.

Les longs cheveux de Calla s'étalèrent sur le bureau. Parrish ferma les yeux et évoqua l'image de Grace, la sensualité de sa bouche innocente. Un jour, elle serait à la place de Calla. Elle aussi mourrait ensuite, mais peut-être pas immédiatement. Il en profiterait un peu avant.

Calla se cambra en criant. Sa réaction lui parut un peu trop théâtrale et il s'interrompit pour l'observer. Elle avait les paupières mi-closes, sa tête était rejetée en arrière, ses lèvres entrouvertes étaient humides. Ainsi abandonnée, elle offrait un tableau ravissant, mais totalement faux. Elle simulait, elle se moquait de lui ! Elle devait probablement agir ainsi avec tous ses amants, remuant et gémissant pour leur faire croire qu'ils étaient des dieux alors qu'elle se payait leur tête, n'éprouvant que du mépris pour des benêts aussi faciles à manipuler.

Cette fois, ce ne serait pas le cas.

Il fit glisser un de ses escarpins, qui tomba sur la moquette avec un bruit sourd. Puis il se pencha en avant et caressa son clitoris d'un pouce expert. Elle suffoqua et tenta de se libérer, mais Parrish la maintint fermement contre lui, la pénétrant brutalement sans cesser de la caresser.

— Que se passe-t-il ? demanda-t-il d'une voix railleuse, rythmée par ses secousses régulières. Ne me dis pas que tu préfères la simulation au véritable plaisir ! Jouir est une humiliation que ton ego ne supporte peut-être pas ?

— Espèce de fumier, fit-elle en enfonçant ses ongles dans ses bras.

Elle essayait de résister, mais sa respiration s'accélérait malgré elle. Ses yeux furieux brillaient dans l'obscurité.

— Tu aimes le pouvoir que tu as sur les hommes, n'est-ce pas ? Tu aimes les voir devenir des pantins entre tes jambes, hein ? C'est ça qui fait durcir tes seins ou tu te les pinces quand personne ne regarde ?

L'éclair qui traversa les prunelles bleues de Calla était presque aussi étincelant que celui des diamants à ses oreilles.

— Je les pince. Un homme capable de me faire cet effet ? Laisse-moi rire !

— Alors, qu'est-ce qui te fait de l'effet ? Les femmes ?

Il continuait de la caresser et de la pénétrer, calmement, sûr de son pouvoir. L'hostilité de Calla était beaucoup plus excitante que sa complaisance. Sans sa ressemblance, même superficielle, avec Grace, il l'aurait déjà jetée par-dessus la rambarde. Mais son venin, son mépris lui plaisaient et le stimulaient.

— Ça calmerait ton ego si j'étais lesbienne, hein ? Eh bien, non. Je me contente de haïr les hommes, ces pauvres minables, et je me fais plaisir toute seule.

— Jusqu'à maintenant.

Il jubila ouvertement en constatant à quel point elle était humide. Elle haletait. Il accéléra ses mouvements, lui arrachant un cri de jouissance, puis il continua, triomphant, tandis qu'elle se cambrait vers lui pour plus de plaisir. Lorsqu'il se sentit sur le point de succomber, il s'écarta brusquement et se libéra dans le mouchoir qu'il avait sorti de sa poche.

Elle se redressa, les traits tordus de rage. Non seulement il l'avait fait jouir contre son gré, mais il lui avait refusé la satisfaction de le faire jouir elle-même, la rejetant dans le rôle humiliant qu'elle avait l'habitude de réserver aux hommes.

Parrish replia tranquillement son mouchoir. Il le rangea dans sa poche, ferma son pantalon, rajusta sa tenue et aida Calla à descendre du bureau. Elle remit sa robe en place sans prononcer un mot.

— Ne boude pas, fit-il, ce n'est pas beau. Tu devrais apprendre à être bonne perdante, ma chère. Et à mieux juger les hommes que tu choisis pour t'amuser, car j'ai bien peur que tu n'aies très mal évalué la situation, cette fois-ci.

Elle lui lança un regard haineux et se pencha pour ramasser sa chaussure. Parrish la prit par le coude pour l'arrêter.

— Pas encore, fit-il en l'assommant d'un coup de poing dans la mâchoire.

Il la rattrapa à temps. Elle n'avait pas perdu connaissance, mais était suffisamment étourdie pour ne pas réagir. Il la transporta rapidement sur le balcon.

— Tu m'excuseras pour le bleu, dit-il en la déposant contre la rambarde, mais personne ne s'en apercevra, crois-moi.

Puis il se baissa, la saisit par les chevilles et la jeta pardessus bord.

Elle ne cria même pas. Parrish ne s'attarda pas à contempler sa chute. Ils étaient au cinquante-sixième étage, et elle mettrait plusieurs secondes avant de s'écraser au sol. Il retourna dans le bureau, ramassa la chaussure et ressortit sur le balcon. Au moment où il s'apprêtait à lancer l'escarpin dans le vide, il se ravisa. Quelqu'un pourrait s'étonner du délai entre la chute du corps et celle de la chaussure. Il s'accroupit et appuya de tout son poids sur le talon aiguille pour le faire céder. Sa tâche accomplie, il alla récupérer sa veste et quitta le bureau. Il ne lui restait plus qu'à attendre l'arrivée des policiers venant apprendre la tragique nouvelle à Skip. Cela prendrait assez de temps pour que les gens oublient quand il s'était absenté. D'ailleurs, les vins et les cocktails étaient généreusement servis depuis plus d'une heure, et il était prêt à parier que personne n'avait rien remarqué.

Il était seulement désolé d'avoir sali son mouchoir.

10

Le gaélique était une vraie torture. Grace avait passé deux semaines sur des textes presque illisibles pour un très maigre résultat. Celui qui avait photocopié les originaux avait assombri les tirages pour faire ressortir le plus de détails possible, et les reproductions, si elles manquaient de clarté, montraient parfaitement les bords en lambeaux des vieux parchemins. Ces textes étaient moins bien conservés que les documents en latin. Peut-être le papier d'origine n'était-il pas d'aussi bonne qualité, peut-être les pages avaient-elles souffert de l'humidité… Quoi qu'il en soit, une excellente copie n'aurait rien changé à l'affaire.

Grace avait acheté un dictionnaire de gaélique et plusieurs ouvrages de syntaxe, mais aucun ne traitait de la langue telle qu'on la parlait au XIVe siècle. Il y avait de quoi s'arracher les cheveux. L'alphabet gaélique ne comprenait que dix-huit lettres, ce qui aurait dû lui faciliter la tâche. Malheureusement, les Écossais et les Irlandais avaient corrigé cette restriction par une orthographe franchement délirante. Traduire une seule ligne de gaélique lui demandait deux fois plus de temps qu'une page entière de latin ou d'ancien anglais.

Malgré toutes ces difficultés, elle avait réussi à déchiffrer quelques passages où l'auteur relatait les exploits d'un certain Niall le Noir, renégat des Highlands. Qu'on ait retrouvé ces documents au milieu des autres laissait supposer que Niall le Noir et Niall d'Écosse n'étaient qu'un seul et même homme. Mais Grace, en chercheuse avisée, ne le tint pas immédiatement pour acquis. Elle avait déjà vu le même nom écrit selon diverses orthographes. À l'inverse, pourquoi deux personnages distincts ne se cacheraient-ils pas sous la même orthographe ? De nombreux Niall avaient vécu en Écosse. Celui qu'elle cherchait était Niall d'Écosse, de sang royal. Quel lien pouvait-il avoir avec un renégat des Highlands ? De plus, ces chroniques en gaélique différaient des autres textes : le style, l'écriture et le papier n'étaient pas les mêmes. Ces documents avaient pu être mélangés aux autres par erreur, précisément à cause de la similitude des noms.

Depuis son agression, Grace partageait son temps entre les aventures de ce mystérieux héros et l'ami d'Harmony, Mateo Boyatzis, un jeune garçon d'origine mexico-polonaise et d'apparence incroyablement fragile. Malgré son âge, Mateo était plus retors que n'importe quel conseiller en communication. Par amitié pour Harmony, il avait accepté d'apprendre à « Julia » quelques techniques de base pour remporter un combat. Grace ne se faisait aucune illusion sur la lenteur de ses progrès. Elle comptait simplement sur l'effet de surprise pour se protéger.

Elle se frotta les yeux, repoussa les pages en gaélique et se pencha sur les passages en ancien français qui s'affichaient sur l'écran de son ordinateur.

Le nom la frappa presque aussitôt. *Niall le Noir*.

Niall le Noir et Niall d'Écosse semblaient donc n'être qu'un seul et même homme, se dit-elle en hochant lentement la tête. Mais pourquoi des textes en ancien français racontaient-ils la vie d'un obscur Écossais ? Sans doute n'était-il pas si obscur que ça... Un Templier de souche royale, excommunié, encourant la peine de mort hors des frontières écossaises, Gardien du Trésor de surcroît, aurait volontairement choisi de vivre dans l'ombre. Mais certaines personnes, peut-être des Templiers qui avaient survécu à la persécution, avaient voulu retracer son histoire après sa mort.

Restait un autre problème : pourquoi présentait-on Niall comme un homme de sang royal ? Elle avait étudié les arbres généalogiques à la bibliothèque de Newberry, sans trouver le moindre Niall à cette époque.

— Qui étais-tu ? murmura-t-elle.

Entre elle et cet homme mort depuis des siècles s'était tissé un lien infime, par-delà le temps et par la seule force de son imagination. Elle ne laissait personne l'approcher de trop près, pas même Harmony, mais elle n'avait rien à craindre d'un homme qui ne vivait plus que dans ses rêves. Avec lui, elle n'avait pas besoin d'être sur ses gardes, de cacher son identité, de se déguiser.

Les pages qu'elle avait sous les yeux racontaient comment il avait poursuivi et anéanti une bande de soudards à lui seul. Apparemment, Niall avait affronté tous les dangers pour protéger sa forteresse. Un autre détail la frappa soudain : si Niall avait été de sang royal, il aurait eu un titre et un château. Jamais des pillards sortis de nulle part n'auraient osé le défier sur son fief. Pourtant, selon les textes en gaélique, Niall s'était approprié un château isolé au fin fond des Highlands, qu'il avait ensuite défendu à la seule force de son épée. Un membre de la famille royale pouvait-il être traité de renégat ? Et s'il avait été renié par les siens, au point que son nom était rayé de tous les registres officiels, Robert Bruce, le roi d'Écosse, aurait-il toléré une telle insolence dans son propre royaume ?

Les papiers en gaélique éclaircissaient sans doute ce mystère, mais elle était incapable de s'y replonger ce soir. Elle fouilla dans ses documents, à la recherche des textes en ancien anglais.

Encore une fois, le nom lui sauta aux yeux : Niall le Noir, un guerrier écossais intrépide et cruel dont le nom faisait trembler tous les Highlands. Sa forteresse, Creag Dhu, ne fut jamais violée, sauf par une « femme qui y pénétra par la ruse de la sorcellerie ». Cette précision arracha un sourire à Grace. Naturellement, pour les hommes du Moyen Âge, aucune femme n'aurait pu accomplir un tel exploit sans avoir recours à la sorcellerie !

— Elle t'a eu, hein, mon bonhomme ? murmura-t-elle à Niall, songeant à la stupeur qu'il avait dû éprouver en voyant ses défenses renversées par une femme.

Niall, fou de rage qu'on ait réussi à tromper sa vigilance, ses gardes qui l'évitaient... Grace grimaça. Une fois encore, son imagination l'emportait. Elle avait beau rêver de lui, cet homme était quand même mort plus de six siècles avant sa propre naissance !

Poursuivant sa lecture, elle apprit que Niall avait capturé l'intruse. Elle n'avait finalement rien gagné à pénétrer à l'intérieur de ce sanctuaire bien gardé, si ce n'est l'attention du guerrier. C'était peut-être ce qu'elle cherchait, d'ailleurs. Les feuillets ne disaient pas ce que Niall avait fait d'elle ensuite. Sans doute l'avait-il mise dans son lit, songea Grace. Les documents ne faisaient pas mystère de sa réputation de séducteur. Niall avait été un homme plein de vigueur, dont la vie n'avait rien eu de monacal.

Un autre passage attira son attention. « Niall le Noir, le MacRobert... » Grace regarda avec stupéfaction les pièces du puzzle se mettre brusquement en place.

Robertsoune ou MacRobert, ces deux noms signifiaient la même chose : fils de Robert. Niel Robertsoune, un grand chevalier dans un ordre réputé pour l'efficacité de ses combattants… Niall MacRobert, un guerrier si redoutable que son château ne fut jamais violé, à l'exception de l'intrusion mystérieuse d'une femme audacieuse… Niall d'Écosse, le Gardien de sang royal… Fils de Robert… Fils de Robert Bruce ?

Le cœur battant, Grace vérifia rapidement les dates. Son enthousiasme retomba rapidement. Elle ne connaissait pas l'année de naissance de Niall, mais il était adulte quand l'Ordre avait été condamné, en 1307. Robert Ier d'Écosse, le Bruce le plus célèbre, était alors trop jeune pour être son père. Grace se replongea rapidement dans ses notes sur la généalogie des rois d'Écosse. Le père de Robert Bruce, le comte de Carrick, s'appelait aussi Robert.

Niall le Noir était-il le frère de Robert Bruce ? L'histoire n'avait gardé la trace que de quatre frères de Robert : Édouard, Nigel, Thomas et Alexandre. Le lien qui unissait Niall aux Bruce devait donc être illégitime.

— C'est ça, souffla Grace en s'adossant à son fauteuil.

Les implications étaient énormes. Elle se leva et arpenta sa petite chambre, laissant les détails s'imbriquer les uns dans les autres pour former une théorie cohérente. Au Moyen Âge, avoir un frère bâtard n'était pas inhabituel, ni même très important, à moins que l'héritier illégitime ne prétende au trône. La royauté écossaise avait toujours été différente des autres monarchies européennes. Ailleurs, la bâtardise de Niall l'aurait définitivement écarté du trône, mais en Écosse la couronne était à la portée du plus puissant des descendants. Si Robert Ier Bruce avait été un guerrier et un adversaire redoutable, l'adresse de Niall aux armes avait été légendaire. Son existence même représentait une menace pour Robert.

C'était un miracle qu'il n'ait pas été assassiné. Par ailleurs, il était entré dans l'Ordre : ses ambitions avaient peut-être été plus religieuses que politiques. Sans doute se moquait-il du pouvoir temporel. Non, songea aussitôt Grace. Ses recherches lui avaient assez démontré que Niall n'avait rien d'un homme d'Église. Alors, pourquoi était-il devenu Templier ? Pour l'aventure, la richesse ? Elle comprenait que ces deux perspectives aient pu attirer Niall le Noir, mais comment son ardeur et son indépendance avaient-elles supporté les restrictions qu'imposait la vie monacale ?

Quelles qu'aient été ses raisons d'entrer dans l'Ordre, ce choix avait parfaitement convenu au futur roi d'Écosse. Un moine ne représentait aucun danger pour le trône. Son vœu de chasteté lui interdisait d'avoir des héritiers, donc d'assurer la perpétuation de la lignée.

Cependant, la destruction de l'Ordre avait relevé Niall de ses vœux. Il avait apparemment respecté ses engagements durant sa vie de Templier, mais quand il avait quitté l'Ordre, il avait pris la vie – et les femmes – à pleines mains. Il n'était pas devenu pour autant une menace pour le trône d'Écosse : en tant que Templier, il ne pouvait apparaître au grand jour sans risquer la mort.

Soudain, tout s'éclaircissait. Niall, demi-frère du roi, avait pu conserver Creag Dhu sans que le roi s'en offusque. Ces liens familiaux expliquaient aussi pourquoi Bruce avait été le seul monarque européen à ne pas soutenir la sentence de mort que le pape avait lancée contre les Templiers, allant même jusqu'à offrir protection et asile aux chevaliers persécutés. Et il était logique que Niall, de sang royal, ait été choisi comme Gardien. Le grand maître de l'Ordre connaissait ses origines. Il savait parfaitement que le Trésor serait en sécurité en Écosse, avec Niall.

Grace respira profondément. Elle prenait brusquement conscience de ce qu'impliquait son raisonnement.

Le Trésor.

Ford et Brian étaient morts parce que ces stupides papiers indiquaient la cachette du fameux trésor des Templiers : Creag Dhu.

Le mobile de Parrish Sawyer était l'argent. Parce qu'on avait confié les documents à Grace par erreur, il avait supposé qu'elle en avait découvert le contenu et qu'elle en avait informé Ford et Brian.

Un gémissement presque inhumain monta dans sa gorge. Elle avait cru que son chagrin serait plus facile à supporter quand elle saurait pourquoi son mari et son frère étaient morts.

Elle s'était trompée.

Conrad était allongé sur le lit. La chambre était plongée dans le noir, mais les lumières de la ville projetaient par intermittence leur lueur blafarde sur les murs de la pièce.

Il était serein et détendu. Attendre ne l'ennuyait pas. Grace St. John n'irait nulle part, du moins pour l'instant. Elle s'était cachée quelque part à Chicago et y resterait tant qu'elle se sentirait en sécurité. C'était une intellectuelle, une chercheuse, elle avait des documents passionnants en main. Les bibliothèques de Chicago étaient réputées. Oui, il était convaincu qu'elle ne quitterait pas la ville avant quelque temps. Et il allait la trouver.

M. Sawyer avait une petite armée qui arpentait les rues, mais Conrad ne nourrissait aucun espoir de ce côté-là. Premièrement, les gens qui travaillaient au noir ne répondaient jamais franchement aux questions. Deuxièmement, Grace s'était révélée douée dans l'art du déguisement. Elle avait pu se raser la tête, ou encore s'habiller de cuir de la tête aux pieds. Il était donc parfaitement inutile de se baser sur une quelconque description.

Conrad préférait ses méthodes personnelles. Pour s'installer, un fuyard avait besoin d'une identité. Parfois, il suffisait de changer de nom. Si on n'avait pas besoin de carte de crédit, de permis de conduire ou de numéro de sécurité sociale, cela faisait l'affaire. En revanche, une fuite prolongée nécessitait l'établissement d'une pièce d'identité, ce qui était plus difficile. Mais Grace St. John l'avait déjà impressionné par son intelligence.

Le processus était simple. Néanmoins, il demandait un certain temps. Il fallait d'abord se procurer un extrait de naissance à partir d'un nom réel. Emprunter le nom d'une personne encore en vie pouvait être risqué. Le mieux était d'aller dans un cimetière étudier les plaques mortuaires et trouver quelqu'un qui soit né environ à la même date que vous, mais mort jeune. Dans ces cas-là, on trouvait souvent le nom des parents gravé sur la tombe à côté de celui de l'enfant, et le tour était joué.

Un simple extrait de naissance n'était pas difficile à obtenir. Quand on habitait Chicago, il suffisait de s'adresser à Springfield, Pour l'étape suivante – obtenir un numéro de sécurité sociale –, il fallait s'armer de patience. Le gouvernement fédéral n'était pas rapide.

Grâce aux moyens de la Fondation, avoir accès au système informatique central de l'État de l'Illinois fut l'affaire d'un coup de téléphone. Mais Conrad avait été surpris par le nombre de demandes d'extraits de naissance.

Il avait éliminé d'office les prénoms masculins. Malheureusement, beaucoup de personnes avaient un prénom ambigu. Shelley, par exemple : était-ce un homme ou une femme ? Et que dire de Lynn, ou de Terry ? Il les avait gardés sur sa liste en attendant de les vérifier.

Il ne connaissait pas non plus les dates des demandes. Grace avait peut-être fait la sienne le lendemain du jour où ils l'avaient aperçue à Eau Claire, mais elle avait aussi bien pu attendre une semaine ou deux. Contrôler toutes les demandes était un travail titanesque, et la liste s'accroissait chaque jour. Parmi ceux qui avaient réclamé un extrait de naissance, certains avaient déménagé, d'autres étaient en vacances, mais Conrad ne les éliminait qu'après avoir retrouvé leur trace. Grace pouvait se cacher derrière n'importe lequel de ces noms, même le plus improbable. Il avait appris à ne pas la sous-estimer.

— Ma vieille, tu as l'air d'une épave, observa cordialement Mateo en s'étirant sur le canapé.

— Merci, fit Grace d'une voix à peine audible.

Ses nuits de veille sur les textes en gaélique l'épuisaient. Elle avait mal aux yeux, disposait d'autant d'énergie qu'une limace et s'était brûlée en prenant une casserole pour la laver alors qu'elle sortait du four. Harmony l'avait soignée avec force jurons et avait exigé de l'accompagner à sa « leçon » chez Mateo, craignant qu'il ne lui arrive encore quelque malheur.

— Un vrai squelette, renchérit Harmony. Elle ne mange rien. Elle a dû perdre cinq kilos depuis qu'elle a mis les pieds chez moi. C'est pas elle que je prendrais pour faire la pub de ma pension, tu peux me croire !

Grace baissa les yeux sur ses mains et découvrit avec stupéfaction ses poignets osseux. Elle savait qu'elle avait beaucoup maigri durant la semaine qui avait suivi les meurtres de Ford et de Brian. Pourtant, malgré les réflexions d'Harmony, elle n'avait pas réalisé qu'elle continuait à perdre du poids. Elle était maigre et flottait dans son jean. Même ses sous-vêtements étaient trop grands.

— Je lui ai dit d'abandonner les sacs à patates qui lui servent de fringues, poursuivit Harmony. Mais tu crois qu'elle m'écoute ? Dis-lui, toi.

— Harmony a raison, déclara Mateo d'un air sévère. Des vêtements lâches, c'est autant de prises pour ton agresseur. Dans ces conditions, tu as peu de chances de t'en tirer. Tu m'écoutes ?

Ce n'était pas son genre de se faire du souci pour les autres, mais Julia l'inquiétait. Il lui était arrivé quelque chose de moche et elle était toujours en cavale. Il était habitué aux coups, à la violence des gangs, aux overdoses, aux gosses abandonnés avec de grands yeux pleins d'effroi et d'incompréhension. Mais Julia le touchait particulièrement. Peut-être était-ce dû à cette fragilité qui émanait d'elle. Il avait parfois l'impression de voir à travers elle, à travers la tristesse qui l'enveloppait comme une cape. Elle ne souriait jamais. Ses grands yeux bleus semblaient vides, presque absents.

— Oui, répondit sagement Grace. Je vous écoute, tous les deux, mais je n'ai pas de quoi me payer de nouveaux vêtements.

— T'as jamais entendu parler des fringues vendues au poids ? demanda Harmony. Sors un peu ton nez de tes bouquins. On trouve des jeans pour quatre ou cinq dollars. Tu peux même t'en tirer pour un seul dollar, si tu te plains assez.

— J'irai voir, promit Grace.

Des ventes au poids... Pourquoi pas ? Si elle pouvait avoir un jean à sa taille pour un dollar, elle n'allait pas s'en priver. Elle commençait à en avoir assez des épingles à nourrice et des culottes trop grandes.

— Assez parlé chiffons, fit Mateo avec impatience. J'essaie de t'apprendre comment rester en vie. Alors, fais attention.

Mateo ne dispensait pas son enseignement dans les gymnases. Selon lui, vous aviez peu de chances de vous faire attaquer dans ce genre d'endroits. La plupart des agressions avaient lieu dans la rue, ou même chez vous quand vous vous y attendiez le moins. Il avait plusieurs fois emmené Grace dans une allée, où il l'avait attaquée de toutes les façons possibles, l'obligeant à se débarrasser de lui comme elle le pouvait. Il lui avait montré où frapper avec les pieds et les poings et quels objets utiliser pour se défendre. Ses armes improvisées allaient du morceau de bois à la bouteille cassée. Il lui avait également appris à se servir de son couteau sans se blesser.

Mateo voyait des armes partout. Entre ses mains, un stylo devenait mortel, un livre causait de sérieux dommages, une salière ou une poivrière mettaient votre adversaire à votre merci. Lampe de poche, presse-papiers, allumettes, oreiller, drap, veste... tout pouvait se transformer en arme. Dans ce genre de combat, la loyauté était une notion ridicule. Une chaise devenait un bélier. Une batte de base-ball ou un club de golf servaient à frapper la tête, des patins à glace à trancher la peau. Bref, les possibilités étaient infinies. Grace ne regarderait plus jamais un salon du même œil. Avant, les pièces n'étaient que... des pièces. Aujourd'hui, grâce aux leçons de Mateo, elles étaient devenues de véritables arsenaux.

Il l'attaqua par surprise. Ses bras étonnamment vigoureux l'entourèrent et la renversèrent au sol. Étourdie par sa chute, Grace n'en eut pas moins le réflexe de lui lancer un coup de pied dans le tibia, tout en serrant son poing qu'elle lui envoya dans la figure. Les dents de Mateo claquèrent avec un bruit sec. Il secoua vivement la tête pour retrouver ses esprits, mais Grace ne s'arrêta pas. Se battant comme si sa vie en dépendait, elle lui donnait des coups de tête, fonçait sur lui, tentait de lui écraser les testicules, de lui arracher les yeux.

Mateo ne se contentait pas de la laisser frapper. Cela ne lui aurait pas appris grand-chose. Il lui donnait des conseils, commentait ses tentatives, l'obligeait à travailler ses réflexes. Il évitait adroitement ses assauts, mais elle parvint à lui assener deux ou trois coups qui atteignirent leur but et lui arrachèrent des grognements de douleur. Sur le canapé, Harmony avait l'air satisfaite.

Grace s'épuisa rapidement. À bout de souffle, elle s'effondra sur le sol. Mateo se releva et se pencha sur elle, les sourcils froncés.

— Tu es trop faible, déclara-t-il. Plus que la semaine dernière. Je ne sais pas ce qui te ronge, Julia, mais tu ferais mieux de manger parce que tu n'as aucune résistance.

Il s'essuya les lèvres d'un revers de main et regarda avec intérêt le sang qui tachait ses doigts.

— Du cran, mais pas de résistance, ajouta-t-il.

Grace se redressa. Elle avait attribué sa fatigue au manque de sommeil et n'avait pas réalisé à quel point son organisme s'était affaibli.

— Je mangerai, dit-elle, comprenant qu'elle n'avait pas le choix.

Se nourrir étant devenu une corvée, elle choisirait des aliments très nutritifs. Cette trêve ne durerait pas éternellement. Les hommes de Parrish finiraient bien par la retrouver. Ce jour-là, elle devrait fuir et elle avait intérêt à être en forme.

Un sentiment d'urgence l'envahit soudain. Pourquoi attendre d'être repérée ? Son répit avait assez duré. Il était temps de partir. Plus vite elle brouillerait les pistes, plus elle serait en sécurité. L'extrait de naissance de Julia Wynne et son nouveau numéro de sécurité sociale en poche, elle pouvait passer son permis de conduire, acheter un véhicule bon marché et se déplacer librement. Avec des papiers en règle, la police n'y verrait que du feu.

Harmony se leva et s'étira paresseusement.

— Je vais commencer à la nourrir dès ce soir, dit-elle à Mateo. Elle devrait peut-être aussi faire quelques exercices de gym, qu'est-ce que tu en penses ?

— Elle doit d'abord manger, répliqua fermement Mateo. Si tu veux construire un mur, tu as besoin de briques. Prépare-lui de la viande, des spaghettis, des boulettes, ce genre de trucs.

À la mention des spaghettis, Grace réprima un haut-le-cœur. Depuis son travail chez Orel, elle ne supportait plus l'odeur de l'ail et de la sauce tomate.

— On verra, fit Harmony en surprenant l'expression écœurée de Grace.

Elle comprenait sans peine le dégoût de Grace. Elle-même avait travaillé trois mois dans une buvette au bord de la mer, à confectionner et à vendre des beignets, et ne pouvait sentir l'odeur de la friture sans avoir la nausée.

Quand la leçon fut terminée, Grace et Harmony repartirent vers l'arrêt de bus. Grace avait pris l'habitude de regarder autour d'elle, et Harmony la vit avec satisfaction vérifier les environs.

— Tu apprends vite, remarqua-t-elle tranquillement. Maintenant, dis-moi ce qui te tracasse.

Harmony était la personne la plus observatrice que Grace eût jamais rencontrée. Elle n'essaya même pas d'éluder la question.

— Je pense qu'il est temps que je m'en aille.

Harmony haussa lentement les sourcils.

— C'est à cause de moi ? J'ai dit un mot de travers ?

— Non, non, pas du tout, commença Grace. C'est… Je ne sais pas, une intuition.

— Alors, il vaut mieux que tu fasses ton sac, répondit Harmony, imperturbable. Je n'ai pas l'intention de me mettre en travers de tes intuitions, ma vieille.

Elle regarda la rue.

— Tiens, voilà le bus.

Grace se mordit la lèvre inférieure. Elle comprenait soudain combien Harmony était seule, tout comme elle. Leurs secrets respectifs les avaient empêchées d'être vraiment intimes, mais elles avaient été amies. L'affectueuse brusquerie de sa logeuse allait lui manquer.

— Reste encore deux jours si tu peux, reprit Harmony en regardant fixement le bus. Laisse-moi te retaper un peu. Et trouve-toi des fringues. J'ai aussi deux ou trois trucs à te montrer qui pourraient te servir.

— D'accord. Je reste jusqu'à la fin de la semaine.

Harmony se contenta de hocher la tête sans un mot, mais Grace surprit son sourire.

Ce soir-là, assise à la table de la cuisine tandis qu'Harmony leur préparait à manger, Grace se plongea dans une impressionnante pile de journaux. Harmony lisait les nouvelles chaque matin, en vidant consciencieusement une cafetière entière. Au lieu de jeter les journaux, elle les entassait sur une chaise. Grace, qui avait rompu tout lien avec le reste de la planète depuis plusieurs semaines, parcourait les titres avec un curieux sentiment d'étrangeté.

Elle avait feuilleté la moitié de la pile lorsqu'une photo attira son attention. Elle eut l'impression de recevoir un coup en plein cœur. La respiration bloquée, les oreilles bourdonnantes, elle contemplait le visage de Parrish.

Elle entendit vaguement Harmony lui dire quelque chose, puis une main sur sa nuque la força à pencher la tête sur ses genoux. Le bourdonnement de ses oreilles s'estompa et le voile devant ses yeux se dissipa.

— Ça va, fit-elle d'une voix étouffée.

— Ben tiens, rétorqua Harmony, sarcastique.

Elle relâcha son étreinte et lui arracha le journal des mains.

— Fais voir. Qu'est-ce qui t'a fait tomber dans les pommes ? Les pourparlers de paix en Israël ? Ça m'étonnerait. « Le coût de la corruption pour la ville » ? Ouais, ça me rend dingue, mais je ne vais pas m'évanouir pour autant. Voyons le reste… « Mort accidentelle de la femme d'un industriel. » Il y a même une photo du pauvre type éploré. Ouais, on dirait bien que c'est ça.

Elle jeta le journal sur la table, l'index pointé sur la photo.

— Lequel est-ce que tu connais ?

Grace prit une profonde inspiration avant de regarder le cliché. Elle éprouva à nouveau un choc devant le visage séduisant de Parrish, mais se força à observer ceux qui l'entouraient. Il y avait le mari, les traits tordus de souffrance. À côté de lui se trouvait un homme qui lui parut vaguement familier. Un rapide coup d'œil à la légende lui apprit qu'il s'agissait du sénateur Trikoris et que le veuf était Bayard « Skip » Saunders, un riche industriel de Chicago. Trois autres hommes se tenaient derrière eux, parmi lesquels se trouvait Parrish. Aucun d'eux n'était nommé. Parrish affichait une compassion qu'elle savait totalement hypocrite.

Elle lut rapidement l'article qui accompagnait la photo. Calla Saunders était apparemment tombée du balcon de son appartement, au cinquante-sixième étage d'une tour de la ville. Tout portait à penser qu'elle avait été victime d'un tragique accident. Un de ses escarpins, le talon cassé, avait été retrouvé sur la terrasse. Les inspecteurs supposaient que ce talon s'était brisé, déséquilibrant la jeune femme et provoquant sa chute. De toute évidence, elle était seule au moment des faits.

Les enquêteurs ne connaissaient pas le véritable visage de Parrish, songea Grace en frissonnant. Cette mort n'avait rien d'accidentel.

Elle avait oublié combien il était séduisant. La photo noir et blanc rendait parfaitement l'harmonie de ses traits, son élégance et sa silhouette élancée. Comme d'habitude, il était impeccablement vêtu. Il avait l'air parfaitement civilisé.

Elle vérifia la date du journal. L'enterrement de Calla Saunders avait eu lieu un peu moins de deux semaines plus tôt. Parrish était à Chicago. Elle n'était plus en sécurité. Il fallait qu'elle parte.

— Fais voir, dit Harmony devant le silence de Grace. C'est pas le sénateur, c'est un minable. Saunders, c'est une loque. Les trois autres... mmm... Celui-là ressemble à un flic, t'as vu son costume ?

Harmony procédait par élimination, avec une redoutable acuité. Pour lui éviter de perdre son temps, Grace posa le doigt sur le visage de Parrish.

— Et maintenant, oublie-le, conseilla-t-elle d'une voix tendue. S'il s'imagine que tu sais la moindre chose à mon sujet, il te tuera.

Harmony étudia le visage de Parrish, les yeux plissés, puis elle leva sur Grace un regard froid et dur.

— Ce type est diabolique, déclara-t-elle. Tu ferais mieux de te tirer.

Les deux jours suivants furent bien remplis. Grace travailla d'arrache-pied sur les textes en gaélique, car elle n'aurait pas le temps de traduire une ligne pendant son voyage. Harmony fit le tour des ventes de vêtements pour elle et revint avec des jeans à la bonne taille, des tee-shirts moulants et une paire de solides chaussures de marche. Lorsqu'elles étaient ensemble, Harmony lui parlait. Grace l'écoutait avec attention.

Son amie lui expliquait comment semer un poursuivant, se déplacer sans laisser de trace, trouver un faux permis de conduire et même un faux passeport, si elle ne pouvait s'en procurer légalement. Toutes ces précieuses informations étaient son cadeau à Grace.

Le vendredi, elle loua une voiture et conduisit Grace jusqu'à Michigan City, dans l'Indiana, où celle-ci avait prévu de prendre le car. Grace préféra taire sa destination à son amie et Harmony ne lui posa aucune question.

— Fais bien attention, dit Harmony d'une voix bourrue, en serrant Grace contre elle. Et n'oublie pas ce que Mateo et moi avons tenté de t'enfoncer dans le crâne.

— Ne t'inquiète pas, répondit Grace en lui rendant son étreinte.

Puis elle rassembla ses affaires et pénétra dans la gare routière. Harmony regarda la frêle silhouette disparaître à l'intérieur. Elle cligna des paupières pour chasser ses larmes et s'éloigna.

— Que Dieu te protège, murmura-t-elle en remontant dans sa voiture.

Grace vit son amie partir, les yeux secs en dépit de l'émotion qui lui serrait la gorge. Elle se demandait combien d'adieux elle pourrait supporter. Elle ferait peut-être mieux de ne pas rester trop longtemps dans la même ville, pour ne pas s'attacher aux gens qu'elle rencontrerait.

Mais elle avait encore beaucoup de travail et elle devait chercher un endroit sûr pour finir sa traduction. Elle étudia la carte des bus et opta pour Indianapolis. Une fois sur place, elle repartirait aussitôt. Et sa prochaine destination serait totalement inattendue. Parrish n'était pas venu à Chicago par hasard. Elle s'était montrée bêtement prévisible. Si elle n'avait pas quitté la ville, ses hommes l'auraient très vite retrouvée.

Cela ne se reproduirait plus. Elle allait disparaître dans un endroit où ils ne penseraient pas à la chercher. L'évidence lui apparut brusquement. La seule ville au monde où elle serait en sécurité, où elle aurait l'œil sur Parrish, où ils n'imagineraient jamais qu'elle se soit cachée, c'était... Minneapolis.

11

Au cimetière de Minneapolis, Grace releva le nom de Louisa Patricia Croley. Elle ne demanda pas d'extrait de naissance. Elle suivit les conseils d'Harmony et, l'après-midi même, elle était en possession d'un numéro de sécurité sociale, d'une adresse et d'un permis de conduire. Seul le numéro de sécurité sociale était vrai, c'était celui de la défunte Louisa Patricia Croley. L'obtenir avait été un jeu d'enfant.

Le lendemain matin, elle était propriétaire d'un 4×4 beige cabossé mais à la mécanique impeccable. Comme elle avait payé comptant, le vendeur lui avait offert quatre cents dollars de remise. L'acte de vente en main, elle fit enregistrer les papiers au nom de Louisa Croley.

Grace remonta dans son véhicule avec un intense sentiment de satisfaction. Elle avait une voiture. Elle pouvait se déplacer sans passer par un quelconque guichet de gare, sans s'inquiéter de l'impression qu'elle laisserait à un employé soupçonneux. Elle était libre.

Elle loua une chambre bon marché près du centre-ville. Des recherches rapides lui permirent de trouver un travail dans une société qui recrutait des femmes de ménage, cuisinières et autres jardiniers pour les maisons cossues de Wayzata. Elle savait que Parrish avait une domestique à temps plein, comme d'autres propriétaires de son quartier, mais un certain nombre d'entre eux faisaient appel à des sociétés de services. En travaillant chez les voisins de l'homme qui avait assassiné son mari, elle serait bien placée pour récolter des informations. De plus, personne ne faisait attention aux employés de maison.

Ce soir-là, après son travail, elle s'allongea sur son lit et songea aux derniers passages qu'elle venait de traduire. En 1321, un homme répondant au nom de Morvan de Hay avait tenté d'assassiner Niall le Noir, mais il avait perdu la vie dans l'aventure. Son père, un chef de clan dont les terres s'étendaient à l'est, s'était lancé dans une guerre ouverte contre Creag Dhu. Durant ce conflit, Niall avait été fait prisonnier et enfermé dans les cachots de Hay, d'où il s'était mystérieusement échappé la nuit même.

Niall... Grace concentra ses pensées sur lui, refusant de laisser ses idées noires reprendre le dessus. S'installer à Minneapolis se révélait plus difficile qu'elle ne l'avait cru. C'était la ville où elle avait vécu avec Ford, la ville où son mari et son frère étaient enterrés. Elle aurait voulu se rendre sur leurs tombes, mais c'était trop dangereux. En outre, elle n'était pas sûre de pouvoir le supporter. À quand remontait leur mort ? Deux mois ? Oui, deux mois et trois jours, exactement. C'était encore si proche... si désespérément proche.

Penser à Niall lui permettait de survivre.

Il lui faisait l'amour.

Grace n'était pas totalement endormie. Elle avait conscience de rêver, mais ne pouvait s'arracher aux images qui défilaient sous ses paupières closes. Lors de ses précédents rêves, elle s'était contentée d'observer. Cette fois, elle participait.

Son rêve était vague, insaisissable. Pourtant, elle savait qu'elle était couchée avec lui. Le lit était large, recouvert de fourrures, incroyablement accueillant.

Seule dans cet immense lit, elle se serait sentie minuscule et insignifiante. Avec lui, elle n'avait aucune notion de l'espace qui les entourait. Il s'allongea sur elle, et elle découvrit qu'ils étaient nus, sa peau chaude contre la sienne. Elle était presque écrasée sous son poids, mais elle était si heureuse de sentir un corps d'homme contre le sien qu'elle referma les bras autour de lui avec un indicible contentement. Des bras forts qui l'entouraient, un parfum viril et excitant, une bouche pressante contre la sienne, cela lui avait tellement manqué !

Elle fit courir ses doigts dans son dos, effleurant les muscles frémissants sous la peau tendue. Sa crinière de cheveux noirs était aussi luisante que sa peau. Il dégageait une odeur forte, sauvage, celle d'un homme dévoré de désir… de désir pour elle. Elle acceptait ses caresses avec avidité, impatiente de prendre tout ce qu'il pourrait lui offrir.

Puis il la pénétra et un plaisir déchirant la traversa. Il était si puissant, si adroit et si généreux qu'elle jouit presque immédiatement.

Ses spasmes de plaisir l'éveillèrent peu à peu. Le corps parcouru de sensations voluptueuses, elle respira profondément, frémissant encore des derniers tressaillements de l'abandon. Niall venait juste de la quitter, songea-t-elle, assoupie. Elle sentait encore sa chaleur en elle. Elle voulait se blottir dans ses bras. Elle tendit la main et rencontra… le vide.

Elle ouvrit les yeux, le souffle brusquement coupé, et s'assit dans son lit, scrutant l'obscurité de la chambre vide. Quand elle comprit ce qui venait de se passer, un sentiment d'horreur l'envahit. Elle serra les dents, pleine de rage, de désespoir et de dégoût.

Non !

Elle se haïssait. Elle haïssait son corps stupidement affamé d'avoir cédé à son imagination déréglée. Comment osait-elle rêver que Niall lui faisait l'amour ? Ford était le seul homme à l'avoir touchée, aimée, explorée. Elle ne s'était déshabillée que devant lui, n'avait aimé que lui et, deux mois après sa disparition, elle rêvait d'un autre, se donnait à lui et y trouvait du plaisir !

Elle remonta ses genoux sous son menton, le cœur serré. Elle avait trahi son mari. Ce n'était qu'un rêve, mais une trahison restait une trahison. Elle aurait dû rêver de lui, l'homme qui était mort pour elle.

Éveillée, il lui semblait que sa sensualité était morte avec Ford. Elle n'éprouvait ni désir, ni frustration, ni attirance. Mais, dans l'abandon du sommeil, son corps se souvenait et exigeait. Elle avait adoré faire l'amour. Tout lui plaisait : les odeurs, les bruits, les frottements délicieux de leurs corps enfiévrés, la façon dont Ford la caressait quand elle se tendait vers lui, le moment magique où ils s'unissaient enfin dans l'amour. Lorsque Ford était en déplacement sur un chantier de fouilles, elle attendait son retour avec un désir impatient. Et il rentrait toujours à la maison en souriant, parce qu'il savait que cinq minutes plus tard, ils seraient enfermés dans leur chambre.

Grace serra ses genoux contre elle, les yeux perdus dans l'obscurité. Elle refusait d'être à nouveau la proie de ce genre de rêve. À partir d'aujourd'hui, elle ne penserait plus aux documents en se couchant. Elle réfléchirait plutôt à sa vengeance. C'était plus sûr. Non seulement elle souhaitait la mort de Parrish, mais elle voulait aussi que le monde sache qui il était, ce qu'il avait fait, et que justice lui soit rendue. Si la loi ne se rangeait pas de son côté, elle se vengerait seule.

Elle finit par se recoucher. Elle se levait à 7 heures et son travail était harassant. Elle avait besoin de sommeil, de manger et de… Un sanglot la secoua tout entière. Seigneur, comme elle avait besoin de Ford, de Brian et de la vie qu'ils menaient tous les trois !

Mais elle était seule dans le lit étroit et vide d'une chambre anonyme, s'efforçant de trouver un moyen d'utiliser ses découvertes contre Parrish.

Niall se réveilla en sursaut. Il repoussa les épaisses couvertures avec un juron. Son corps moite vibrait d'un désir inassouvi.

Il avait rêvé d'une femme, rêvé qu'il se perdait délicieusement en elle. Un tel rêve était surprenant, étant donné les heures qu'il venait de passer avec Jeanne, une veuve qui avait trouvé refuge à Creag Dhu et travaillait aux cuisines.

Il n'avait pas rêvé de Jeanne, ni d'aucune femme de sa connaissance. Pourtant, la compagne de son rêve lui était familière, même s'il n'avait pas vu son visage. Elle semblait fragile, prête à se casser en deux au moindre contact, mais elle avait repoussé ses prévenances et s'était accrochée à lui avec un désir aussi intense que le sien. Ses hanches étaient venues à sa rencontre dès qu'il l'avait pénétrée. Sa surprenante douceur, son étroitesse lui avaient arraché un grognement de pur plaisir. Les gémissements impatients de sa compagne avaient envoyé un feu liquide dans ses veines, exacerbant encore la violence de son désir. Sur le point de succomber, il s'était brusquement réveillé dans son lit vide, fou de frustration.

L'aube était trop proche pour se rendormir. De mauvaise humeur, Niall tâtonna à la recherche de la pierre à briquet et alluma sa chandelle. Puis il se leva et, accroupi devant la cheminée, entreprit de relancer le feu. L'air froid caressait sa peau, mais il ne frissonnait pas. Il était en nage. Son désir n'avait pas faibli et son sexe tendu était douloureux. Il sentait cette femme contre lui, aussi nettement que s'il venait de quitter son étreinte.

Son corps gardait le souvenir de sa compagne de rêve, de la douceur de ses cheveux, de son parfum. Ses narines frémirent, tentant instinctivement de capturer cette odeur légère, tentante et fleurie, sous laquelle perçait la senteur plus musquée de son excitation.

Malgré la frustration qui avait suivi son réveil, ce rêve avait été merveilleux. Il riait rarement, car la vie ne l'amusait pas beaucoup, mais il esquissa un sourire lorsqu'il baissa les yeux sur son anatomie. Cette femme imaginaire l'avait plus excité qu'aucune de celles qu'il avait possédées, et elles étaient nombreuses. S'il posait un jour les mains sur elle, il y perdrait la santé. Au souvenir des sensations qu'il avait éprouvées lorsqu'il l'avait pénétrée, de sa tiédeur, de sa douceur, son sexe se durcit encore. Son visage s'illumina. Il souriait de sa propre sottise et de la violence de son plaisir, réel ou non. Continuer à penser à ce rêve était un tourment, mais un tourment délicieux.

Le feu commençait à lécher les brindilles qu'il avait déposées sur les braises encore chaudes, aussi s'empressa-t-il d'ajouter une bûche dans l'âtre. Il enroula son plaid autour de ses hanches nues, serra sa ceinture autour de sa taille et jeta le pan de tissu restant par-dessus ses épaules. Puis il mit ses épaisses chaussettes en laine et enfila les bottes en cuir qu'il préférait aux grossiers *brogaich* que portaient ses hommes. Enfin, il glissa un petit couteau dans sa botte, un autre plus large à sa ceinture et prit son épée. Même dans son propre château, il n'était jamais désarmé. Il terminait ses préparatifs quand on frappa à sa porte.

Il fronça les sourcils, alarmé. Le soleil n'était pas encore levé. Qu'on le dérange à cette heure ne pouvait annoncer que des ennuis.

— Entrez, lança-t-il.

La porte s'ouvrit et Eilig Wishart, le capitaine de la garde de nuit, passa la tête par l'entrebâillement. Il eut l'air soulagé de voir Niall déjà vêtu.

— Des pillards, fit-il en écossais.

Originaire du clan de Keith, Eilig parlait plus volontiers l'écossais que le gaélique, surtout quand il était tendu.

— Où ?

— À l'est. Ce pourrait être les Hay.

Niall grommela en sortant de sa chambre.

— Réveille les hommes, ordonna-t-il d'une voix que la fureur assourdissait.

Depuis des années, Huwe de Hay nourrissait une haine sournoise pour le renégat de Creag Dhu. Niall contrôlait des terres qu'il avait longtemps considérées comme siennes. Huwe s'était plaint au roi, prétendant que la présence de cette bande de renégats venus de l'Écosse entière ne pouvait qu'apporter des troubles dans la région. Au cours d'une de ses visites nocturnes, Robert avait mis Niall en garde contre son voisin, mais l'avertissement était superflu. Niall se méfiait de tout.

Il s'occupa lui-même des chevaux et se rendit aux cuisines pour demander qu'on leur prépare des provisions. De grosses miches de pain étaient déjà au four en prévision du repas et une énorme marmite de porridge bouillait doucement sur le feu.

Il arracha un morceau de pain d'une miche de la veille et le trempa dans une chope de bière. Entre chaque bouchée, il jetait des ordres à ses hommes. Jeanne et les autres femmes s'activaient autour de lui, rassemblant des sacs d'avoine, enveloppant pain, fromage et poisson fumé dans des torchons en lin. Elles étaient effrayées, mais regardaient Niall avec confiance. En quatorze ans, il n'avait jamais failli à son devoir de protection.

La cour intérieure grouillait de paysans qu'on avait accueillis en catastrophe dans l'enceinte du château. La lumière des torches éclairait une agitation indescriptible. Les hommes de Niall sortaient leurs chevaux, retournaient aux cuisines chercher des provisions et se livraient aux derniers préparatifs avant le combat. Des blessés gisaient là où ils étaient tombés, parfois piétinés par une foule affolée. Une vieille femme pleine d'énergie s'efforçait de les rassembler dans un coin afin qu'on puisse s'occuper d'eux. Les hommes juraient et grondaient. Quelques femmes sanglotaient sur ceux qu'elles avaient perdus, maris et enfants, et sur ce qu'elles avaient enduré entre les mains des pillards. D'autres restaient silencieuses, prostrées, leurs vêtements déchirés racontant l'histoire que leurs lèvres refusaient d'exprimer. Les enfants se serraient contre les jupes de leurs mères ou erraient seuls en hurlant.

C'était la guerre. Niall avait vu son ignoble visage un nombre incalculable de fois. Il s'y était habitué, sans jamais réussir à l'accepter.

Il jaugea rapidement la situation. La vieille femme qui tentait de ramener un peu d'ordre dans ce chaos semblait débrouillarde. Il la rejoignit en quelques enjambées, posa la main sur son bras rebondi et la tira vers lui.

— C'était quand ? demanda-t-il brusquement. Combien d'hommes ?

La femme leva les yeux vers le géant qui la dominait, vit la crinière noire flottant sur les larges épaules, les yeux aussi noirs et froids que les portes de l'enfer et comprit immédiatement à qui elle avait affaire.

— Il y a moins de deux heures. Ils devaient être trente ou plus.

Trente pillards représentaient une véritable armée, alors que ce genre d'attaque était en général le fait de quelques hommes isolés. En quatorze ans, Niall n'avait jamais laissé Creag Dhu sans la moitié de ses hommes. Mais aujourd'hui, s'il voulait combattre ses assaillants, sa troupe habituelle ne suffirait pas.

Une offensive de cette ampleur était un défi, un affront qu'il ne pouvait ignorer. Huwe de Hay savait que Niall riposterait immédiatement. Cette attaque avait peut-être même été préparée pour attirer Niall et la plus grande partie de ses hommes hors du château.

Niall fit signe à Artair, qui abandonna aussitôt son cheval aux mains d'un palefrenier pour rejoindre le seigneur du château. Les deux hommes s'éloignèrent un peu de la foule. Artair, le seul Templier à être resté à Creag Dhu, était un homme solitaire et dévoué qui n'avait jamais perdu la foi, même à la mort du grand maître, sept ans auparavant. Malgré ses quarante-huit ans et ses cheveux gris, il montrait autant d'endurance au combat qu'un jeune homme. Comme Niall, il s'entraînait chaque jour. Il n'avait oublié aucune des stratégies de bataille qu'il avait apprises à l'Ordre.

— Je flaire une ruse pour nous attirer hors du château, lui confia Niall.

Ses lèvres étaient serrées, son regard dur.

— Hay attaquera dès qu'il nous croira partis. Je ne pense pas qu'il soit assez près pour nous observer. Je vais prendre quinze hommes avec moi. Les autres resteront ici, sous ton commandement. Sois prudent.

Artair acquiesça, l'air inquiet.

— Seulement quinze ? J'ai entendu parler de trente pillards...

— Oui, mais nos soldats sont des hommes de valeur, non ? À deux contre un, nous avons encore l'avantage.

Artair eut un sourire désabusé. Grâce à Niall, les soudards de Hay allaient se battre contre des hommes aussi bien entraînés que les Templiers eux-mêmes. La majorité des Écossais se jetaient dans le combat comme des brutes, leur seule ambition étant de démolir tout ce qui leur tombait sous la main. Les hommes sans clan de Creag Dhu se battaient avec une discipline qui aurait fait la fierté d'une légion romaine. La stratégie et le maniement des armes leur avaient été enseignés par le guerrier le plus redoutable de la Chrétienté, Niall lui-même. Personne dans les Highlands n'avait jamais vaincu Niall le Noir, et tous étaient fiers de servir sous ses ordres. Leur dévouement à leur maître était tel qu'ils mourraient sans hésiter pour lui.

Certain que Creag Dhu serait bien défendu, Niall choisit quinze hommes et s'élança avec eux à la poursuite des pillards. Les soldats de Huwe cherchaient à l'éloigner le plus possible de son fief, mais il allait les rattraper plus vite qu'ils ne l'imaginaient. Les hommes du clan de Hay avaient commis une erreur fatale en volant, violant et tuant sur une terre que Niall considérait comme sienne. Il s'était emparé de Creag Dhu, avait restauré et fortifié le château pour servir ses desseins. Cette terre lui appartenait. Le Trésor y était à l'abri et personne ne le lui prendrait.

Huwe avait beau être un imbécile, c'était un homme dangereux. Il était irascible, d'un orgueil démesuré et trop stupide pour savoir quand renoncer. Niall, chevalier dans l'âme, méprisait la cupidité et la bêtise de Huwe, car elles allaient inutilement coûter des vies. D'ordinaire, Niall essayait de ne pas provoquer de tumulte dans les Highlands, pour ne pas obliger Robert à prendre parti. Il savait que les problèmes rejailliraient sur son demi-frère, mais sa patience était à bout. En attaquant Creag Dhu, Hay menaçait le Trésor. Sa stupidité allait causer sa perte.

Un bon cheval pouvait faire la différence entre la défaite et la victoire, et Niall avait toujours offert à ses hommes les plus belles montures de la région. En ne s'arrêtant que pour faire boire les chevaux, lui et sa troupe rattrapèrent les fuyards au milieu de la matinée.

Ils étaient dans une clairière, retardés par le butin et les bêtes qu'ils emportaient avec eux. Le soleil matinal transperçait par endroits la brume qui flottait comme un voile. Les pillards n'avaient aucun endroit où se réfugier. Quand Niall et ses hommes surgirent des bois, ils furent pris de panique.

La vieille femme avait vu juste, constata Niall. Ils étaient environ quarante, ce qui faisait monter la cote à presque trois contre un, mais la moitié d'entre eux étaient à pied. En voyant le petit nombre de leurs poursuivants, ils allaient certainement se retourner pour les affronter, une décision qu'ils regretteraient bien vite.

Comme il l'avait prévu, des cris vigoureux rassemblèrent la troupe de Hay, qui se lança à l'assaut en hurlant.

— Attendez, ordonna Niall. Laissez-les venir.

Ses hommes élargirent les rangs pour ne pas être attaqués par le flanc et attendirent. Leurs chevaux, excités par les cris ennemis, piétinaient et tiraient sur leurs rênes.

Plus de trois cents mètres séparaient les deux troupes, une longue distance pour des hommes fatigués par le manque de sommeil et une marche de plusieurs heures. Ceux qui étaient à pied ne tardèrent pas à ralentir, certains finissant même par s'arrêter. Les hommes qui continuaient, épuisés, ne criaient plus.

Finalement, Niall et ses hommes ne furent attaqués que par un groupe de cavaliers à peine plus important que le leur. Niall repéra un jeune homme qui chevauchait en tête, sa longue chevelure blonde flottant au vent. Ce devait être Morvan, la brute désagréable qui tenait lieu de fils aîné à Hay. Il était aussi laid que son père.

Niall brandit son épée. La plupart des hommes devaient la prendre à deux mains, mais sa force hors du commun lui permettait de manier la lourde lame d'une seule main, libérant l'autre pour une deuxième arme. Les rênes entre les dents, il s'empara de sa hache. Son cheval parfaitement entraîné frémissait sous lui, obéissant à la moindre de ses impulsions. Lorsque Morvan et ses hommes ne furent plus qu'à trente mètres d'eux, Niall donna l'ordre d'attaquer.

Le choc fut violent. Il avait autrefois combattu avec armure et bouclier, alourdi par cinquante kilos de cotte de mailles, mais aujourd'hui, il était libre, léger et galvanisé par la rage. Il bloqua une lame avec sa hache, les yeux brûlant d'une lueur sauvage, et transperça l'homme avec son épée. Au contraire des autres guerriers qui hurlaient, grognaient, ahanaient, Niall se battait toujours en silence, anticipant l'attaque suivante alors qu'il était encore en pleine action.

Il retira son épée d'un geste sec, pivota légèrement, fit tournoyer sa hache et bloqua un autre coup. Les armes résonnèrent avec un fracas métallique. Le coup de son adversaire l'obligea à reculer son bras. Une jambe puissante poussa sa monture et son cheval tourna, le mettant face à son ennemi. Morvan de Hay tenta de se presser contre lui, comptant sur son poids considérable pour désarçonner Niall.

Celui-ci écarta habilement son cheval. Le fils de Huwe se redressa en poussant un juron et tendit aussitôt l'épée pour un nouvel assaut.

— Sale bâtard ! hurla-t-il.

Ignorant l'insulte, Niall esquiva l'attaque et enfonça sa hache dans le crâne du rustre, le fendant presque en deux. Sans perdre une seconde, il libéra son arme d'une secousse et se retourna, en quête d'un autre adversaire, mais il n'y en avait plus. Ses hommes avaient été aussi efficaces que lui. Les cavaliers du clan de Hay étaient étendus dans l'horreur de la mort, éventrés. La puanteur familière du sang se répandait déjà dans l'air.

Niall contrôla sa troupe d'un coup d'œil. Deux de ses hommes étaient blessés, dont un sérieusement. Il fit signe à celui qui avait été atteint à la jambe.

— Clennan, lança-t-il. Occupe-toi de Leod.

Sur ces mots, lui et ses treize cavaliers valides chargèrent les hommes à pied, provoquant une véritable débâcle parmi le reste des pillards. Même les chevaux, lancés à vive allure, servaient d'armes, écrasant ceux qui ne s'écartaient pas assez vite. Tournoyant, frappant, sautant, poussant, revenant à la charge, Niall se battait comme quatre. Dans ce ballet mortel, étrangement fascinant, son épée semait la mort sur son passage.

Le carnage dura deux minutes. Puis le calme retomba dans la clairière, le fracas des armes remplacé par des gémissements sporadiques. Niall passa rapidement ses hommes en revue. Le jeune Odar, étendu sur le corps de son adversaire, était mort. Ses yeux bleu clair fixaient le ciel. Sim avait pris un coup d'épée au côté et jurait effroyablement, tout en essayant d'étancher le sang qui coulait de sa blessure. Niall estima qu'il était capable de remonter à cheval. Goraidh, le front ensanglanté, gisait à terre, inconscient. Tous souffraient de bleus et d'égratignures superficielles, lui comme les autres. Sur dix hommes en bonne santé, deux resteraient en arrière pour s'occuper des blessés et ramener le bétail volé à Creag Dhu.

— Muir et Crannog, vous restez avec Sim et Clennan pour aider les blessés et ramener les bêtes.

Les deux hommes qu'il venait de désigner obéirent sans broncher.

Leurs chevaux étant épuisés, Niall fit aller ses hommes au pas. Le vent soulevait ses longs cheveux, séchait sur sa peau la sueur du combat. Ses cuisses enserraient fermement sa monture. Son épais kilt en laine lui donnait une sensation de liberté que des braies, des chausses et des sous-vêtements en peau de mouton lui avaient longtemps refusée, et il exultait.

Il avait abandonné sans remords l'accoutrement des Templiers. De retour chez lui, il avait laissé pousser ses cheveux, rasé sa barbe, jeté la détestable peau de mouton. Certes, les idéaux des Templiers l'avaient attiré. Pourtant, même s'il avait épousé les règles de l'Ordre et partagé la foi de ses compagnons, l'Écosse était toujours restée présente au fond de lui. Il n'avait jamais oublié la liberté qui régnait dans son pays, son paysage sauvage, ses montagnes et sa brume.

Oui, il était rentré chez lui. Mais un fardeau bien plus lourd dirigeait sa vie, à présent. Pourquoi Valcour et le grand maître l'avaient-ils choisi, lui ? Avaient-ils pressenti la facilité et l'impatience avec lesquelles il rejoindrait son ancienne vie ? Avaient-ils su qu'il dissimulerait son passé de Templier, protégeant ainsi encore mieux le Trésor ? Avaient-ils deviné le soulagement secret de Niall quand on l'avait relevé de ses vœux ?

Pourquoi n'avaient-ils pas choisi Artair ? Le vieux guerrier s'était rasé et avait laissé pousser ses cheveux parce que sa vie en dépendait, mais il était resté fidèle aux vœux qu'il avait prononcés. Artair ne doutait pas, n'accusait pas Dieu de la destruction de l'Ordre, ne s'était jamais détourné de la foi. S'il avait éprouvé de la haine, son cœur s'était depuis longtemps apaisé, trouvant le réconfort dans la prière et le combat. Artair était un soldat valeureux, un bon compagnon, un ami fidèle.

Mais il n'aurait pas fait un bon Gardien.

Niall n'avait pardonné ni à l'Église ni à Dieu. Il haïssait, doutait, maudissait Valcour et le serment qu'il avait prêté, mais il en revenait toujours à la même chose : il était le Gardien et le resterait. Valcour et le grand maître avaient fait le bon choix.

Pour protéger le Trésor, Niall était prêt à affronter Huwe de Hay. Une lutte sans merci allait déchirer la région. Huwe voulait la guerre ? Il l'aurait.

DEUXIÈME PARTIE
Niall

12

— *Fear-gleidhidh,* murmura Grace en déplaçant les mots inscrits sur l'écran de son ordinateur pour donner un sens à la phrase.

Fear-gleidhidh signifiait « gardien ». Ce mot lui était devenu assez familier pour qu'elle le reconnaisse au premier coup d'œil. Au cours des derniers mois, elle avait passé tellement de temps sur les passages en gaélique qu'elle avait appris à reconnaître beaucoup de mots, en dépit d'une orthographe souvent farfelue. Elle avait même acheté une série de cassettes à deux cents dollars promettant de lui enseigner tous les secrets du gaélique. Malgré cela, la syntaxe du gaélique médiéval lui restait obscure et la traduction de quelques phrases lui demandait toujours plusieurs heures de concentration.

Qu'est-ce que *cunhachd* pouvait bien signifier ? Si elle traduisait correctement, la phrase était : « Le Gardien a le *Cunhachd.* » Grace changea à nouveau l'ordre des mots, se demandant pour la millième fois si elle avait mal lu le verbe ou fait une erreur de grammaire. Elle s'améliorait peut-être en gaélique, mais il y avait loin de la coupe aux lèvres.

Elle décida de vérifier sur ses copies. Sa loupe à la main, elle se pencha sur les papiers. Non, le verbe et la syntaxe étaient justes. Elle butait sur *cunhachd.* Elle observa le mot avec attention et remarqua que le *n* était sale. Pouvait-il s'agir d'un *m* ? Elle chercha *cumhachd* dans le dictionnaire et poussa un cri de triomphe. La traduction de *cumhachd* était « pouvoir ».

« Le Gardien a le Pouvoir. »

Elle se passa les mains dans les cheveux, perplexe. De quelle sorte de pouvoir était-il question ? Du pouvoir sur le Trésor, de son contrôle absolu ? L'argent était une forme de pouvoir, mais les chroniques mentionnaient un Trésor bien plus considérable que l'or. Par conséquent, si un trésor matériel existait réellement, ce n'était pas à celui-ci que cette phrase faisait allusion.

Alors, quel était ce Trésor ? Quel pouvoir le Gardien en tirait-il ? Si Niall le Noir avait été en possession d'une telle puissance, pourquoi avait-il vécu comme un renégat au fin fond des Highlands ? Et pourquoi un Templier, un homme qui avait consacré sa vie à Dieu, avait-il été aussi réputé pour ses conquêtes féminines que pour ses combats ?

Deux heures de travail supplémentaires ne lui apportèrent aucune réponse. Selon les textes, le Trésor était une « manifestation de la volonté divine ». Il possédait le pouvoir de « faire plier les rois et les nations devant lui » et de « vaincre le mal ».

Ce Trésor et ce Pouvoir n'étaient-ils qu'une légende, un mythe religieux ? De toute évidence, Parrish était persuadé que l'or existait. Grace ne pouvait s'empêcher de penser que le Trésor n'était pas qu'un amas, si considérable soit-il, de métal précieux. Malheureusement, aucun Templier n'avait trahi le secret, même sous la torture. D'ailleurs, la majorité d'entre eux ne savaient probablement rien. Le grand maître avait emporté le secret du Trésor dans la tombe, maudissant le pape et le roi de France.

Grace relut à voix haute les mots affichés sur son écran : « Le Gardien devra passer au-delà des frontières du temps – ou des saisons – comme Notre-Seigneur Jésus-Christ et livrer Son combat contre le Serpent. » Apparemment, la mission du Gardien était de reproduire la lutte de Jésus contre Satan. Elle paraphrasa lentement la phrase : « Le Gardien franchira le temps pour vaincre le mal. » Employer des termes plus contemporains l'aidait parfois à trouver une meilleure traduction. Elle essaya autre chose : « Le Gardien devra passer par une période de combat contre le mal. » Quelle période ? Les années suivant la destruction de l'Ordre ? Le Gardien était-il censé combattre Philippe et Clément pour le compte de l'Ordre ? Si c'était le cas, Niall s'était contenté de livrer bataille au lit et dans les montagnes écossaises.

Tout cela n'avait aucun sens, et elle était trop épuisée pour continuer. Elle enregistra son travail, éteignit son ordinateur et commença à se déshabiller.

En sept mois, elle avait traduit toutes les batailles et conquêtes de Niall le Noir relatées dans les documents en latin, français et anglais, mais les textes en gaélique la tenaient toujours en échec. Certains passages en latin restaient également obscurs. Par exemple, cet étrange régime : pourquoi parlait-on d'une consommation de sel soigneusement dosée dans une chronique des Templiers ? Et que signifiait cette histoire de volume d'eau à absorber selon son poids ? Elle avait trouvé ces mystérieux conseils en plein milieu d'un passage sur les devoirs du Gardien intitulé *Victus rationem temporis*. Littéralement, le régime du temps ou pour le temps.

Elle s'immobilisa. *Le temps*. Ce sujet revenait en latin et en gaélique. Elle avait même traduit quelque chose de semblable dans les documents en français. Elle revint rapidement à la table bancale qui lui servait de bureau et fouilla parmi ses papiers. « Il devra se libérer des chaînes du temps », disait un texte en ancien français.

Franchir le temps, se libérer des chaînes du temps, le régime du temps… Le temps était le dénominateur commun à tous ces passages, mais quelle conclusion en tirer ? Était-ce une métaphore ?

Elle ne parviendrait pas à bout de ce puzzle en se posant des questions. Il fallait d'abord qu'elle achève son travail. Encore trois semaines, peut-être un mois, et elle aurait traduit tous les textes en gaélique.

Après avoir enfilé sa chemise de nuit, elle rangea son ordinateur et ses papiers dans la sacoche qu'elle posa à côté du lit, à portée de main. Si elle devait se lever précipitamment, elle ne voulait pas perdre de temps à tout rassembler.

Elle éteignit la lumière et s'étendit sur le lit étroit, les yeux fixés sur la fenêtre. Derrière la vitre, la neige tombait à gros flocons. Les saisons s'étaient succédé, l'été cédant la place à l'automne, puis à l'hiver triste et désolé. Elle survivait déjà depuis huit mois.

Son cœur était aussi froid et désolé que la nouvelle saison. Sa haine pour Parrish étouffait sa souffrance, mais le chagrin était toujours là, prêt à resurgir et à l'anéantir.

Elle remerciait Harmony tous les jours. Elle avait un passeport au nom de Louisa Croley, au cas où elle devrait quitter le pays. Après l'avoir obtenu, elle avait changé de nom et de travail. Marjory Flynn avait vécu deux mois, puis Grace avait déménagé et était devenue Paulette Bottoms. Un autre emploi sous-payé, une autre chambre miteuse. Minneapolis était assez vaste pour qu'elle ne rencontre jamais d'anciennes connaissances. Suivant les conseils d'Harmony, elle ne se liait avec personne. Elle économisait chaque centime et avait amassé presque quatre mille dollars, moins l'argent qu'elle avait dépensé pour son 4×4. Il était hors de question qu'elle se retrouve un jour aussi démunie qu'elle l'avait été après les meurtres.

Elle avait acquis de l'expérience. Son visage arborait à présent une expression froide et distante, et elle marchait avec une vivacité et une assurance prouvant qu'elle n'était pas une proie facile. La nuit, seule, elle faisait les exercices que Mateo lui avait appris.

Elle n'était jamais désarmée. Elle passa mentalement en revue les armes qu'elle gardait sur elle : le petit revolver qu'elle avait acheté à Minneapolis, le couteau rangé dans un étui et dissimulé sous sa chemise, le tournevis aiguisé dans sa botte, l'épingle à chapeau glissée dans le poignet de sa chemise et le stylo dans sa poche. Trouver un endroit pour s'exercer au tir n'avait pas été facile. Finalement, elle avait dû s'éloigner dans la campagne. Si elle n'était pas devenue une fine gâchette, elle avait réussi à se familiariser avec son arme.

Même si elle rencontrait un de ses anciens amis, elle doutait qu'il la reconnaisse. Elle ne relâchait ses longs cheveux que dans l'intimité de sa chambre. Le reste du temps, elle portait une perruque châtain clair ou se faisait un chignon qu'elle camouflait sous sa casquette de base-ball. Elle ne pesait guère plus de cinquante kilos et ses pommettes saillaient au-dessus de ses joues creuses. Elle se débrouillait pour ne plus maigrir et entretenir ses forces, mais manger lui était toujours aussi difficile. Elle mettait des jeans moulants, des bottes noires et un blouson en jean doublé de fourrure synthétique pour se protéger de l'hiver rigoureux du Minnesota. Comme le lui avait conseillé Harmony, elle avait acheté un peu de maquillage et avait appris à se servir de mascara, de blush et de rouge à lèvres.

Deux hommes s'étaient intéressés à elle, mais un visage fermé et un refus laconique avaient suffi à les décourager. Elle ne pouvait même pas envisager de boire un café en compagnie d'un homme. Sa sensualité ne s'éveillait que dans ses rêves. Niall était tellement ancré dans ses pensées qu'elle était incapable de le chasser de son inconscient. Il vivait dans ses rêves, combattant et lui faisant l'amour, inflexible, magnifique, terriblement viril, parfois si menaçant qu'elle se réveillait en tremblant de peur, bien que ses colères ne fussent jamais dirigées contre elle.

Lorsqu'elle rêvait de lui, elle se sentait revivre. Quand elle abandonnait le masque d'indifférence qui la protégeait dans la journée, elle souffrait, désirait et frémissait sous ses caresses. Elle avait rarement rêvé qu'ils faisaient l'amour, mais cela l'avait bouleversée à chaque fois.

D'autres rêves étaient apparus, des rêves de guerre, qui survenaient régulièrement depuis quatre mois. Niall chargeait, frappait, tranchait, se démenant au milieu des corps ensanglantés et mutilés. Les images étaient si vives qu'il lui semblait entendre le fracas des armes, les gémissements des blessés et les hurlements désespérés des agonisants. À ces visions de carnage, elle aurait encore préféré rêver que Niall lui faisait l'amour, si elle n'avait pas été hantée par cet affreux sentiment de culpabilité envers Ford.

Une heure après s'être couchée, elle soupira, se résignant à une nuit sans sommeil. Elle était fatiguée, mais son cerveau refusait de se reposer. Les documents passaient et repassaient devant ses yeux. Elle songeait à Niall et s'efforçait d'élaborer sa vengeance contre Parrish. Elle avait espéré trouver un élément contre lui au cours de sa traduction, en vain. D'ailleurs, son travail la fascinait tant qu'elle était incapable de dépasser sa propre obsession. Non, si elle voulait se venger de Parrish, elle devrait s'y prendre de façon plus directe. Le tuer, par exemple.

Elle se leva et alluma la lumière. En huit mois, elle avait appris qu'elle pouvait se battre pour se défendre, voire tuer si on l'agressait, mais elle ne savait pas si elle serait capable d'abattre un homme de sang-froid.

Elle arpenta la pièce, les bras serrés autour d'elle. Aurait-elle le cran de tuer Parrish, d'avancer jusqu'à lui, de tendre le bras et de tirer ?

Elle ferma les yeux, revoyant l'air d'indifférence de Parrish quand il avait assassiné Ford, le vide qui avait brusquement envahi le visage de son mari, le mouvement de son corps qui tombait sur le lit, ses yeux ouverts sur le néant...

Elle serra les dents, ses poings se refermèrent. Oh, oui, elle était capable de tuer Parrish.

Alors, pourquoi ne le faisait-elle pas ?

Elle avait plusieurs fois observé les alentours de sa maison lorsqu'elle travaillait pour l'entreprise de nettoyage, mais elle ne l'avait jamais vu, pas plus que sa voiture. De toute façon, il devait ranger sa voiture au garage, et ce n'était pas le genre de personnage à aimer le jardinage. Elle ne savait rien de ses occupations, ne l'avait ni espionné ni suivi. En réalité, elle s'était protégée, sans rien faire pour venger les siens. Elle s'était concentrée sur les documents, se persuadant qu'elle y trouverait quelque chose contre Parrish. Pendant des mois, elle s'était perdue dans ses traductions pour ne pas avoir à agir.

Mais le temps des illusions était terminé. Si elle ne se vengeait pas de Parrish, elle passerait le reste de ses jours à fuir et à pleurer.

Elle allait le traquer et le tuer.

Sa décision était prise. Parrish voulait la guerre, il l'aurait.

Avec le jour, elle prit conscience que son plan n'était pas réalisable. Elle devait travailler. Elle ne pouvait pas passer ses journées à épier la maison de Parrish. Son vieux 4×4 cabossé était trop visible. En outre, il était fort possible qu'il ne soit pas en ville. L'hiver, il partait souvent en vacances dans des contrées au climat plus doux.

Il n'y avait qu'un moyen de le savoir. Pendant sa pause, entre deux ménages, elle s'arrêta à un fast-food et appela la Fondation d'une cabine téléphonique.

Ses doigts composèrent sans hésitation le numéro familier. Ce n'est qu'en entendant la première sonnerie résonner à son oreille qu'elle réalisa ce qu'elle était en train de faire. Son cœur se mit à battre violemment. Avant qu'elle ait eu le temps de raccrocher, la réceptionniste lui répondit.

— Fondation Amaranthine Potere. Que puis-je pour vous ? demanda une voix impersonnelle.

— M. Sawyer est-il au bureau aujourd'hui ?

— Un instant, s'il vous plaît.

— Non, ne le dér... commença-t-elle.

Mais la ligne avait déjà basculé et une autre sonnerie se faisait entendre. Grace prit une profonde inspiration et se prépara à poser sa question à la secrétaire de Parrish. Elle devrait déguiser sa voix, parce qu'il lui était parfois arrivé de discuter avec Annalise.

— Parrish Sawyer.

La voix aimable et distinguée la stupéfia.

— Allô ? fit-il plus sèchement.

Complètement paniquée, Grace restait muette et immobile.

— C'est une plaisanterie ? demanda-t-il d'un ton contrarié. Je n'ai pas de temps à...

Il s'interrompit brusquement, et elle entendit son souffle durant quelques interminables secondes.

— Gracie ! s'exclama-t-il d'une voix chaleureuse. Comme c'est gentil de me téléphoner !

Une chape de glace s'abattit sur elle. Elle était incapable de proférer le moindre son, de faire le moindre geste et serrait comme une damnée le combiné dans sa main moite.

— Vous ne pouvez pas parler, ma chère ? Laissez-moi régler cet horrible malentendu. Je serais désolé qu'il vous arrive le moindre problème. Il y a toujours eu quelque chose entre nous, mais je ne l'ai compris qu'avec votre disparition. Laissez-moi vous aider, ma chérie. Je m'occuperai de tout.

Il mentait remarquablement bien, songea-t-elle distraitement. Sa voix séduisante se voulait sympathique, compréhensive. Si elle ne l'avait pas vu commettre les meurtres, elle aurait bu ses paroles.

— Gracie, murmura-t-il d'un ton câlin. Dites-moi où vous retrouver. Je vous emmènerai, juste vous et moi, dans un endroit sûr. Vous n'aurez à vous inquiéter de rien.

Il ne mentait pas ! C'était bel et bien du désir qu'elle entendait dans sa voix. Horrifiée, nauséeuse, elle parvint à raccrocher et retourna en titubant à sa voiture. Elle se sentait souillée.

Sous le choc, elle démarra et s'éloigna lentement. Parrish n'était pas sûr qu'elle l'ait surpris cette nuit-là. Il se comportait donc comme s'il était innocent, pour mieux l'attirer dans ses filets. Elle n'avait jamais douté qu'il la tuerait. À présent, elle savait qu'il la violerait avant.

De gros flocons s'écrasaient sur son pare-brise. Quand elle se gara devant la maison des Eriksson, la neige tombait dru. Le sol ne tarderait pas à être recouvert d'une épaisse couverture blanche.

C'était une des maisons qu'elle détestait nettoyer. Mme Eriksson était toujours derrière elle, à épier le moindre de ses gestes. Elle semblait s'attendre à voir Grace s'enfuir avec son poste de télévision sous le bras. Mais elle n'était pas bavarde et, ce jour-là, Grace lui en fut reconnaissante. Elle fit le ménage comme une automate, l'esprit ailleurs.

Mme Eriksson jeta un tas de vêtements froissés sur le canapé.

— Je dois faire un gâteau pour mon club de bridge, ce soir. Cela m'aiderait beaucoup que vous pliiez ce linge pendant que je cuisine.

Elle s'évertuait à trouver des tâches supplémentaires, hors contrat et non rémunérées, pour les employés qui venaient chez elle. Grace regarda ostensiblement sa montre.

— Je suis désolée, dit-elle poliment. J'ai une autre maison à faire dans une demi-heure. J'ai juste le temps de finir le sol.

C'était un mensonge. Il ne lui restait qu'une maison à nettoyer, à 16 heures. Mais Mme Eriksson mentait probablement aussi.

— Vous n'êtes vraiment pas serviable, répliqua sèchement la femme. Ce n'est pas la première fois que vous refusez. Si vous ne changez pas de comportement, je serai obligée d'en parler à votre patronne.

— Je suis sûre qu'elle sera heureuse de vous proposer un service de blanchisserie à domicile.

— Pour avoir quelqu'un d'aussi peu satisfaisant que vous ? Non, merci.

— Vous pouvez changer de personnel si vous le souhaitez, répondit Grace sans lever les yeux.

Elle rangea son chiffon dans le sac en toile où elle transportait tous ses produits et mit l'aspirateur en marche. Le bruit étouffa la réponse de Mme Eriksson. Cette harpie pouvait toujours demander quelqu'un d'autre pour le ménage, songea Grace. Tant qu'elle ne paierait pas pour des services supplémentaires, sa vaisselle ne serait pas lavée, ni son linge repassé.

L'air furieux, Mme Eriksson s'assit sur le canapé et entreprit de plier son linge. Elle lançait de temps à autre des regards courroucés à Grace, mais celle-ci, l'esprit absorbé par les menaces qui pesaient sur elle, n'y prêta aucune attention.

Tout son être frémissait de dégoût. Comment Parrish avait-il deviné que c'était elle ? Et surtout, avait-il prévenu la police de son appel ?

Parrish avait immédiatement téléphoné à Conrad.

— Mme St. John vient d'appeler à mon bureau, annonça-t-il avec satisfaction. Elle voulait sans doute savoir si j'étais là et pensait tomber sur Annalise. Contactez notre agent à la compagnie de téléphone et trouvez d'où vient l'appel.

Il consulta sa montre.

— J'ai décroché à 12 h 23.

Il raccrocha sans attendre la réponse de Conrad, puis s'adossa à son large fauteuil en cuir et s'abandonna à la vague de contentement qui l'envahissait. Grace ! Après huit mois de disparition, qui aurait cru qu'elle se manifesterait d'elle-même ?

Conrad était sûr d'avoir trouvé l'endroit où elle avait travaillé à Chicago, un restaurant italien minable où tous les employés étaient payés au noir. La jeune femme en question était plus mince que Grace, avait les cheveux blonds et frisés, mais il lui arrivait souvent de venir avec une sacoche. On l'avait aussi repérée dans une altercation à la sortie de la bibliothèque de Newberry, l'un des fonds de recherche les plus importants du pays. Grace n'avait certainement pas hésité à aller y consulter de précieux ouvrages. Parrish comprit alors qu'elle travaillait sur les documents. Il savait qu'elle était douée et ne doutait pas qu'elle eût à présent une idée très précise de la raison pour laquelle il voulait récupérer ces papiers.

Mais elle s'était à nouveau évanouie dans la nature. Elle n'était pas revenue au restaurant et aucun des employés n'avait son adresse. Conrad avait vérifié en vain les lignes d'autobus, les trains et les aéroports. Personne n'avait vu de blonde frisée munie d'un ordinateur. Elle s'était volatilisée et Conrad lui-même avait été incapable de retrouver sa trace.

Où était-elle aujourd'hui ? À Minneapolis ? Pourquoi avait-elle téléphoné ? Elle n'avait rien dit, mais le petit hoquet de surprise qui lui avait échappé lorsqu'il s'était présenté l'avait trahie.

Il saurait vite d'où elle avait téléphoné. La police avait besoin d'un mandat pour obtenir ce genre d'information auprès de la compagnie du téléphone, mais ces stupides réglementations ne le concernaient pas. Conrad saurait enfin où redémarrer ses recherches. Et cette fois, il réussirait. Sa fierté ne supporterait pas qu'une petite rien-du-tout comme Grace St. John continue à se moquer de lui.

Pourquoi voulait-elle savoir s'il était au bureau ? Un rire léger lui échappa. La petite Grace avait-elle planifié sa vengeance ? Qu'avait-elle l'intention de faire ? Pousser la porte et pointer une arme sur lui ? Elle connaissait pourtant le système de sécurité de l'immeuble et savait qu'elle ne franchirait même pas le hall.

Peut-être devrait-il la laisser arriver jusqu'à lui. Il la maîtriserait facilement et l'aurait ainsi à sa merci.

Il pourrait s'arranger pour travailler tard. Le soir, l'immeuble serait désert, et elle se sentirait plus en sécurité. Il se débrouillerait pour distraire les gardiens, sans toutefois lui rendre les choses trop faciles pour ne pas lui mettre la puce à l'oreille. Il l'attendrait à la porte de son bureau pour la désarmer.

Il n'aurait peut-être pas la patience d'attendre un endroit plus pratique et plus confortable pour la posséder. Il la prendrait sur le bureau, étendue sur la surface polie. Elle se défendrait, lui enverrait des coups de pied, mais il l'amadouerait, la caresserait, embrasserait sa bouche incroyablement sensuelle. Elle se sentirait complètement démunie.

Cette évocation l'excitait. La posséder ne suffirait pas à assouvir son désir. Il voulait aussi la faire gémir de plaisir.

Alors, il la tuerait. C'était dommage, mais il n'avait pas le choix.

— L'appel venait d'une cabine téléphonique devant un fast-food de Roseville, lui rapporta Conrad. Personne ne l'a vue.

— Roseville, fit Parrish en réfléchissant.

La ville se trouvait dans la proche banlieue, au nord-est de Minneapolis.

— Vous avez placé un homme là-bas, au cas où elle reviendrait ?

— Oui.

Conrad avait réglé ce détail sans attendre. Les gens étaient esclaves des habitudes. Ils répétaient les mêmes gestes des centaines, voire des milliers de fois au cours de leur existence. Jusqu'ici, Grace s'était montrée très imprévisible, mais si elle restait en ville, elle repasserait tôt ou tard devant ce fast-food. Si ce n'était pas aujourd'hui, ce serait demain ou un jour de la semaine suivante. Il était patient. Il attendrait.

— Ainsi, elle est revenue, reprit Parrish d'un ton songeur. Elle a du cran, vous ne trouvez pas ? Je ne l'aurais jamais cru. Vous croyez qu'elle va essayer de me tuer ?

— Oui, répondit Conrad, impassible.

Grace n'avait aucune autre raison de revenir à Minneapolis. Le danger était trop grand.

— Nous devrions peut-être la laisser faire, dit Parrish.

Il souriait, le regard brillant d'impatience.

— Laissons-la venir, Conrad. Nous l'attendrons.

13

— Niall, j'ai encore rêvé de toi hier. Pour une fois, tu n'étais pas en train de te battre ou de faire l'amour, tu étais tranquillement assis devant la cheminée à fourbir ton épée. Tu avais l'air déprimé, comme si tu portais un fardeau dont le poids écraserait la plupart des hommes. À quoi songeais-tu ? Pourquoi es-tu si seul ? Pensais-tu aux Templiers, à tes amis disparus, ou est-ce autre chose qui rend ton visage si dur ? Souffres-tu d'être un renégat alors que ton frère est roi ?

Grace ôta ses mains du clavier, troublée par ce qu'elle venait d'écrire. Rêver de Niall était une chose, lui écrire en était une autre. Comment pouvait-elle avoir l'impression de communiquer réellement avec lui ? Elle savait que le stress permanent des huit derniers mois l'avait perturbée, mais elle espérait ne pas avoir complètement perdu la tête.

Elle avait tenté de reprendre son journal intime, mais son cerveau refusait de s'attarder aux détails quotidiens qu'elle relatait autrefois. Elle regardait l'écran vide, les doigts immobiles sur les touches, sans aucun commentaire à faire sur la journée écoulée. Elle n'avait pas de rendez-vous, pas de nouvelles à partager. Quelquefois seulement, quand sa souffrance était trop forte, elle laissait courir ses doigts sur le clavier, prenant les mots comme ils venaient pour exprimer son chagrin. Les jours se succédaient, monotones et silencieux. Seules sa haine pour Parrish et la passion pour son travail la maintenaient en vie.

Si illusoire qu'il fût, Niall était plus vivant que tout ce qui l'entourait. Il lui semblait tellement réel, comme quelqu'un qui se serait tenu juste de l'autre côté de la porte, invisible mais pourtant présent. Son histoire apportait un peu de couleur dans son existence. À travers lui, elle se sentait vivre. Il était son seul confident, la seule personne à qui elle pouvait parler. La coupure entre l'avant et l'après était trop profonde. Il ne restait presque rien de la jeune femme timide, studieuse et innocente qu'elle avait été. À sa façon, elle était aussi irréelle que Niall.

Et aussi seule que lui. Elle avait l'impression d'être un astronaute jeté hors de son vaisseau, dérivant dans le vide sidéral. Elle avait trouvé un certain réconfort auprès d'Harmony Johnson, mais rester chez elle, à Chicago, aurait été dangereux pour son amie. En sept mois, elle n'avait parlé à personne. Elle se réveillait seule, travaillait seule et se couchait seule.

Dans son rêve, Niall était seul, lui aussi. Un lourd secret le coupait des autres. La lueur dorée du feu soulignait les traits purs et durs de son visage, creusant l'ombre de ses yeux et faisant ressortir ses pommettes. Il fourbissait son arme avec des gestes adroits et précis, ses longs doigts courant sur la lame acérée à la recherche du moindre éclat qui en aurait altéré l'efficacité. Il semblait lointain, perdu dans ses pensées.

À un moment, il avait redressé la tête et s'était immobilisé, à l'écoute d'un bruit qui n'avait pas franchi les limites de son rêve. Avec sa chevelure noire qui flottait sur ses larges épaules et ses yeux noirs plissés, il ressemblait à un fauve à l'affût, prêt à bondir à la moindre alerte. Aucune menace ne s'étant matérialisée, il s'était peu à peu détendu, sans toutefois baisser sa garde.

Elle aurait voulu lui toucher l'épaule, s'asseoir silencieusement à ses côtés devant le feu et lui apporter le réconfort et la chaleur de sa présence. Mais elle était restée enfermée de l'autre côté, simple spectatrice, et s'était réveillée sans pouvoir le toucher.

— Si j'étais avec toi…

Elle relut avec stupéfaction ce qu'elle venait d'écrire. Soudain effrayée, elle ferma rapidement le dossier. Ses mains tremblaient. Elle devait cesser de penser à Niall comme à un homme réel. Au début, se concentrer sur les exploits de cet extraordinaire guerrier lui avait permis de ne pas sombrer dans la folie, mais cette obsession devenait dangereuse. Elle était en train de perdre contact avec la réalité.

Mais la réalité, c'étaient son mari et son frère assassinés sous ses yeux, c'était sa fuite éperdue sous la pluie, mourant de faim et de froid, devant se défendre contre des agresseurs. La réalité, c'était cette voix haïe qui l'avait glacée de terreur. La réalité, c'était le moyen le plus sûr de mourir de chagrin. Que lui restait-il alors, à part l'échappatoire que lui offraient ses rêves ?

Elle regarda la liasse de documents, les pages et les pages de notes qu'elle avait écrites.

— J'ai mon travail, murmura-t-elle d'un ton qui lui parut rassurant.

Dans quelques jours, les récits des Templiers et du Gardien, Niall le Noir, seraient entièrement traduits. Une fois qu'elle serait venue à bout des textes en gaélique, elle ne rêverait plus de Niall.

À cette idée, une tristesse inattendue s'abattit sur elle. Sans Niall, l'étincelle grâce à laquelle elle se sentait encore vivante, même si c'était en rêve, s'éteindrait. Elle ne ferait plus jamais de traduction, car tout le monde dans le métier connaissait son visage. Un nom d'emprunt n'y changerait rien.

Sans ses rêves et sans le réconfort de son travail, il ne lui resterait que sa vengeance. Si elle y survivait, sa vie n'aurait alors plus aucun sens. Elle devrait fuir jusqu'à la fin de ses jours, sous une identité qui n'était pas la sienne. Elle ne connaîtrait jamais la joie de regarder grandir les enfants de Ford, de vieillir avec lui, de s'occuper de leurs petits-enfants, ni de voir Brian succomber enfin à l'amour.

Elle préférait l'asile psychiatrique.

Elle étala les textes en gaélique sur le bureau, ouvrit son dictionnaire et prit son stylo.

Comme d'habitude, elle fut immédiatement happée par la magie des mots, saisie par la sensation de décrypter quelque chose d'incroyablement important.

« Les hommes ne devront jamais avoir connaissance du véritable Pouvoir, lut-elle quelques minutes plus tard. La coupe et le linceul les aveugleront, ainsi que le trône et la bannière, mais le véritable Pouvoir sera utilisé par le Gardien à la place de Notre-Seigneur pour franchir le voile du temps et protéger le Trésor du mal.

« Seul le Trésor peut vaincre le mal et seul le Gardien peut manier le Pouvoir. »

La coupe pouvait être le calice, le linceul celui dans lequel on avait enveloppé le Christ après sa crucifixion. Si le calice existait, personne ne l'avait jamais trouvé. Quant au linceul, la découverte du suaire de Turin avait échauffé les esprits durant des décennies, mais personne n'avait réussi à établir son authenticité.

Les Templiers avaient un rapport évident avec le suaire. Ils avaient combattu les Sarrasins et conquis Jérusalem avec les Croisés. Auparavant, ils avaient longtemps occupé le Temple sur la montagne. Ils s'étaient livrés à des fouilles minutieuses qui leur avaient peut-être permis de trouver des objets remontant aux origines du bâtiment, donc aux balbutiements du judaïsme. Quels trésors avaient-ils découverts...

Quel Trésor ? Aucun détail dans ce passage ne l'éclairait sur la nature de ce Trésor ou sur celle du « véritable Pouvoir ».

« Le Gardien défendra le monde contre la Fondation du Mal. »

Grace soupira. De toute évidence, cette « Fondation du Mal » était Satan, mais pourquoi l'auteur avait-il utilisé une périphrase pour le désigner ?

Fondation... Le mot lui rappela tous ces jours passés avec Ford et Brian à déterrer d'antiques morceaux de poterie, à dépoussiérer le moindre éclat d'os ou de vaisselle, à reconstituer le puzzle délicat d'une histoire achevée depuis des siècles. Tous trois aimaient leur travail, et la Fondation Amaranthine Potere était l'un des rares organismes à employer des archéologues à temps complet. En tant qu'entreprise indépendante, elle avait les moyens de s'intéresser aux fouilles importantes comme aux terrains plus modestes mais plus riches en menus détails.

Grace se raidit, les pupilles dilatées par le choc. Potere, pouvoir... Amarante, la plante aux fleurs éternelles... La Fondation Amaranthine Potere était la Fondation du Pouvoir Éternel !

Pourquoi ne l'avait-elle pas compris avant ? La traduction était son métier, le latin sa première spécialisation ! Elle aurait dû voir, comprendre...

Non, c'était complètement tordu, ridicule même. Un organisme tout entier dédié à la recherche du Trésor des Templiers ? Les sommes investies dépasseraient largement le montant du trésor.

— Le Trésor vaut beaucoup plus que l'or, murmura-t-elle.

Les documents étaient clairs : il ne s'agissait pas d'argent, mais d'un pouvoir surnaturel. Les Templiers avaient possédé un pouvoir mystérieux et avaient consacré leur vie à sa protection.

Elle se leva et arpenta la chambre, réfléchissant fiévreusement à cette théorie. La Fondation n'existait-elle que pour protéger le Pouvoir de la curiosité des hommes ? Parrish croyait-il avoir le droit de tuer tous ceux qui approchaient le secret d'un peu trop près ? Était-ce lui, le Gardien ?

Non, son raisonnement ne tenait pas debout. La Fondation n'avait rien eu à protéger, puisque les documents avaient disparu depuis des siècles. Et personne n'aurait fondé un organisme dans le seul but de retrouver des textes vieux de sept cents ans. Quiconque s'y connaissait un peu en archéologie savait que le papier, fragile et perméable, ne résistait pas au temps. Il aurait été stupide d'espérer découvrir en bon état un parchemin écrit au Moyen Âge. La réapparition des documents qu'elle était en train de traduire était une exception, un vrai miracle.

Elle devait abandonner l'idée d'un pouvoir mystique et d'un affrontement entre les forces du bien et du mal. La fatigue lui jouait des tours. Le mobile le plus probable était l'argent. Parrish était convaincu que la valeur du Trésor des Templiers dépassait l'imagination. En tant que directeur de la Fondation, il avait le loisir de dépenser tout l'argent qu'il voulait à la recherche de ces hypothétiques masses d'or. La Fondation était exactement ce qu'elle semblait être : un organisme archéologique sans autre mobile que l'enrichissement culturel du patrimoine mondial. Parrish était malhonnête et criminel, pas la Fondation.

Mais elle avait été créée en 1802 et baptisée « Fondation du Pouvoir Éternel » bien avant la naissance de Parrish…

Qui l'avait créée, et avec quel argent ? De quoi vivait-elle aujourd'hui ? Pour autant qu'elle le sût, personne ne collectait de dons.

Elle n'ignorait pas que la Fondation disposait d'un système informatique extrêmement développé pour une société archéologique. En tant qu'organisation à but non lucratif, les dons qu'on lui faisait – à supposer qu'ils existent – étaient déductibles des impôts. Il devait donc y avoir une liste des donateurs quelque part.

Elle aurait aimé pénétrer dans le système, juste pour voir… Mais elle n'avait pas le talent de Kristian Sieber.

Elle écarta immédiatement cette idée. Elle refusait de mettre Kris en danger, sans parler du risque qu'elle-même courrait en signalant à quelqu'un sa présence en ville.

De toute façon, que lui apprendrait la liste des donateurs ? Pas grand-chose. En revanche, si elle pouvait se faire une idée des plans de Parrish…

Elle se mordit les lèvres. Non, elle n'appellerait pas Kris.

Elle s'assit et se força à reprendre sa traduction. Elle fut vite absorbée par sa tâche.

Lorsqu'elle apprenait une langue, il y avait toujours un moment où se produisait un déclic. L'accumulation des connaissances et la pratique douloureuse des verbes et de la syntaxe atteignaient un point critique et, brusquement, tout se mettait en place. D'une seconde à l'autre, elle cessait de lutter, la langue s'ouvrait à elle et les lettres se combinaient sous ses yeux pour former enfin un discours plein de sens.

Quelques minutes après qu'elle eut repris son travail, le déclic se fit.

« Le Gardien détient la connaissance. Il devra la protéger car le Pouvoir de Notre-Seigneur dépasse l'entendement des hommes. Ainsi servira-t-il Dieu toute sa vie.

« À cette fin, il franchira le temps, son corps préparé par la nourriture et la boisson, et les années ne seront rien pour lui. Il franchira un millénaire pour combattre la Fondation du Mal parce que lui seul peut manier le Pouvoir. »

Franchir le temps ? Grace relut les mots, incrédule. Le Gardien était censé voyager dans le temps ? Les savants du Moyen Âge pensaient que la terre était plate et s'imaginaient que des dragons rôdaient à chaque extrémité de notre planète, dévorant les curieux qui osaient s'y aventurer. Mais les Templiers, eux, croyaient pouvoir voyager dans le temps. Non seulement ils le croyaient, mais ils avaient mis au point un régime spécial pour s'y préparer ! Voilà ce que signifiait l'expression *victus rationem temporis*, le régime du temps.

Elle fouilla parmi ses notes, à la recherche de la feuille où elle avait traduit ce fameux passage en latin. Le régime n'avait rien de magique. On calculait d'abord son poids en s'immergeant dans un tonneau rempli d'eau. Utiliser le déplacement de l'eau comme unité de mesure était ingénieux, se dit-elle sans interrompre sa lecture. Puis, selon le poids obtenu, une formule donnait la quantité exacte d'eau, de sel, de foie de veau et de divers autres aliments à consommer.

Un régime riche en sodium, fer et autres minéraux, conclut-elle en reposant la feuille pour revenir à son texte.

« Son corps ainsi préparé, il frottera le fer contre la pierre pour créer l'éclair qui le conduira au temps voulu. »

Grace sursauta.

— Espèces d'imbéciles ! s'exclama-t-elle en fixant la page d'un œil ahuri. Vous cherchez à vous électrocuter ?

Le corps gorgé d'eau et de fer, ils s'exposaient à une violente source d'énergie. Qui donc leur avait servi de cobaye ?

Le reste de la page était rempli de formules mathématiques. Le nombre d'années parcourues était censé varier selon la quantité d'eau absorbée et la plus ou moins grande intensité de l'éclair dégagé. Mais comment contrôlaient-ils l'électricité ? L'auteur ne le disait pas.

Elle passa à la page suivante et son sang se figea dans ses veines.

« Et le mal aura pour nom Parrish. »

— Ô mon Dieu, murmura-t-elle.

— Kris, c'est Grace.

Un silence abasourdi lui répondit, suivi d'une explosion de joie.

— Grace ! s'exclama-t-il.

— Chut, fit-elle.

Elle tordait nerveusement le cordon métallique du téléphone public, se demandant pour la millième fois si elle n'avait pas tort d'impliquer Kris. Elle était restée debout une bonne partie de la nuit, lisant et relisant les documents, s'efforçant de trouver un sens à cette situation franchement délirante. Après des heures de réflexion, elle avait fini par se décider. Les ordinateurs de la Fondation ne lui apprendraient peut-être rien, mais elle ne pouvait se permettre d'abandonner cette piste.

— Ne t'en fais pas, dit Kris. Mes parents sont en Floride. Où es-tu ? Ça va ?

— Oui, répondit-elle automatiquement.

Tout était relatif. Elle était encore en vie, n'était pas blessée et n'avait pas faim. Physiquement, oui, elle allait bien. Quant à sa santé mentale, c'était une autre histoire.

— Est-ce que tu as eu des problèmes après notre dernière discussion ? demanda-t-elle. Parrish ou ses hommes t'ont-ils interrogé ?

— Peut-être, répondit-il. Un soi-disant inspecteur est venu à la maison, mais ce n'était pas celui que j'avais vu avant. Il m'a posé un tas de questions auxquelles j'avais déjà répondu. Je m'en suis tenu à ce que j'avais dit à l'autre : j'ai réparé ton modem, je t'ai montré un programme de mon invention, tu m'as payé et tu es partie. C'est tout. Tu ne m'as pas parlé de ton travail.

Grace poussa un soupir de soulagement. Protégé par son air d'informaticien fou et boutonneux, Kristian s'en était bien sorti.

— Où es-tu ? reprit-il.

— Il vaut mieux que tu ne le saches pas.

— Ouais, d'accord.

Sa voix était plus mûre, plus grave et plus sûre.

— Je sais que tu n'as rien fait. Alors, si tu as besoin d'aide, je suis là.

La gentillesse de Kris la toucha profondément et elle resta quelques secondes incapable de parler.

— Si tu m'aides, tu prends des risques et tu violes la loi, déclara-t-elle gravement.

— Je sais, répondit-il d'une voix calme. J'ai déjà violé la loi en mentant à la police, puis en forçant le système de ta banque pour que tu puisses prendre de l'argent. Qu'est-ce qu'un crime de plus entre amis ?

Grace inspira profondément.

— Très bien. Saurais-tu pénétrer dans le système informatique de la Fondation sans te faire repérer ?

— Bien sûr, répondit-il avec assurance. Je te l'ai dit, il y a toujours une porte dérobée. Mais il faudra sans doute aller sur place. C'est possible ?

— Je vais y réfléchir.

— Une effraction nocturne ? proposa-t-il avec un enthousiasme non dissimulé.

Kris était un vrai pirate et toutes les perspectives de s'adonner à sa passion le réjouissaient.

— Non, dit Grace.

Malheureusement, Harmony ne lui avait donné aucun conseil sur l'art et la manière de pénétrer dans des locaux professionnels sans déclencher les systèmes d'alarme.

— Nous irons là-bas dans la journée, déguisés en ouvriers de maintenance, ajouta-t-elle après un silence. Je ne sais pas encore comment nous entrerons sans qu'on nous remarque, mais je trouverai bien une idée.

— Il y a toujours une porte dérobée, Grace, répliqua Kris avec entrain.

14

À son retour de patrouille, Niall fut accueilli par l'air soucieux de Sim.

— Artair et Tearlach ne sont pas rentrés de la chasse, annonça-t-il.

Niall observa le ciel qui s'assombrissait. En hiver, la nuit tombait vite. Les nuages gris poussés par le vent annonçaient de nouvelles chutes de neige pour la soirée.

— Fais seller Cinnteach, ordonna-t-il en descendant de cheval.

Le hongre était aussi endurant que deux chevaux.

— C'est fait, répondit Sim avec un hochement de tête à l'adresse du jeune homme qui tenait la bête par les rênes. J'ai demandé aux autres de se préparer.

— Ce n'est pas la peine. Seuls toi et Iver m'accompagnerez, répliqua Niall.

Excepté lui, les deux hommes étaient les meilleurs archers de Creag Dhu. Il était peut-être intrépide de ne prendre que deux hommes avec lui, mais Niall répugnait à priver son château de protection. L'hiver avait calmé la rage de Hay, qui n'avait pas attaqué depuis un mois. Cependant, Artair et Tearlach étaient bons chasseurs. Ils auraient dû être de retour depuis longtemps.

Ils étaient partis à l'aube, à la poursuite d'un cerf qui avait laissé des traces dans la neige. Tearlach n'avait plus sa rapidité d'antan, mais il était toujours le meilleur traqueur du château. Artair avait un don pour le silence, Tearlach pour la patience. À eux deux, ils formaient une bonne équipe. Les montagnes recouvertes de neige immaculée devaient rappeler à Artair la pureté des cathédrales, songeait Niall. C'était sans doute pour cela qu'il aimait tant chasser en hiver. Creag Dhu possédait une chapelle mais pas de prêtre, les saints hommes refusant de venir sauver les âmes pécheresses de ces sauvages renégats. La chapelle était vide depuis des années. Si Niall préférait oublier Dieu et l'Église, Artair souffrait profondément de ne pouvoir exprimer sa foi et trouvait de la consolation dans la beauté de la nature. Il avait cru bien faire en partant chercher de quoi remplir le garde-manger du château.

Après avoir dévoré une miche de pain et un morceau de viande arrosés d'une bière chaude, Niall quitta le château. Le vent était vif, mais ses lainages et ses fourrures le protégeaient de la morsure du froid.

Lui et ses hommes firent lentement le tour du château, relevant les traces de Tearlach et d'Artair, encore parfaitement visibles dans la neige.

Niall redressa la tête et, les narines frémissantes, scruta l'épaisseur sombre de la forêt. La neige amortissait les bruits, mais il n'entendait rien d'autre que la respiration régulière de leurs montures. Ce silence n'était pas normal. Un sinistre pressentiment l'envahit.

— Attention, souffla-t-il à ses hommes.

La patrouille de la journée n'avait remarqué aucune empreinte étrangère autour de Creag Dhu, mais Hay était assez obstiné et vicieux pour envoyer ses hommes un jour avant que la neige tombe, en leur enjoignant d'attendre la première occasion de fondre sur son ennemi. Les Highlanders étaient capables de survivre dans des conditions de confort minimum. Le plus difficile dans ce genre de circonstances était de cacher les montures et de trouver de l'eau.

— Si les hommes de Hay sont dans les parages, ils doivent être près du ruisseau.

Niall parlait à voix basse, mais assez distinctement pour que ses hommes puissent l'entendre. Ses compagnons acquiescèrent et scrutèrent l'obscurité avec attention.

Le danger qu'il flairait dans ces bois n'avait rien à voir avec la présence insaisissable qui surgissait parfois à ses côtés. Au cours des derniers mois, il s'était de plus en plus souvent senti observé. Soit il s'agissait des hommes de Hay, et il les débusquait, soit c'était elle, cette femme qu'il n'avait toujours pas identifiée. Il ne savait pas pourquoi elle l'observait, ni ce qu'elle attendait, mais il avait senti son regard qui l'accompagnait au combat, son anxiété lorsqu'il était en danger et son soulagement lorsqu'il s'en sortait victorieux et indemne. Cette présence mystérieuse qui ne cessait de se dérober à lui l'irritait chaque jour davantage.

Elle apparaissait aux moments les plus inopportuns mais, pour l'instant, il chevauchait seul dans la forêt. La neige tombait à nouveau. Les flocons tourbillonnaient, piquant son visage de leur morsure glacée. Il voyait à peine les traces dans la neige.

Les oreilles de Cinnteach se couchèrent brusquement et Niall leva la main pour faire ralentir ses hommes. Rien ne bougeait devant eux, mais le vent leur apportait une odeur légère. La monture de Sim se raidit.

Niall mit pied à terre. Sa main droite se referma sur la garde de son épée. Il était sûr qu'on l'observait. Alerté par le sifflement presque imperceptible d'une flèche dans les airs, il pivota, mais ne fut pas assez rapide. Une pointe de métal aiguisée se ficha dans son épaule gauche.

Il s'abrita derrière un arbre, à genoux. D'un coup d'œil, il vit Sim et Iver jeter des regards inquiets dans sa direction. Il leur fit signe que tout allait bien et leur indiqua de changer de position pour encercler les intrus.

Son épaule le brûlait, mais il avait pris soin d'enfiler sa tunique en soie, comme il l'exigeait de tous ses hommes. Les flèches ne pouvaient percer la soie, tous les Templiers le savaient. Le tissu entrait dans la plaie, s'enroulait autour de la pointe, évitant aux débris de métal de pénétrer dans la chair et de provoquer des infections beaucoup plus dangereuses que la blessure elle-même.

Il glissa la main sous sa chemise, empoigna la soie autour de la flèche et tira d'un coup sec pour faire sortir la pointe. Il serra les dents. Si la soie permettait de limiter les dégâts, elle ne rendait pas la blessure plus agréable. Le sang imprégnait déjà sa chemise.

Souffrir éveillait toujours sa colère. Il se glissa sur le sol et rampa jusqu'à une grosse souche. Chaque mouvement avivait sa douleur et sa haine.

La neige tombait de plus en plus dru, obscurcissant les dernières lueurs du jour. Sim et Iver restaient immobiles, à l'affût, mais rien ne bougeait. Niall plongea la main sous la neige, à la recherche d'une pomme de pin ou d'un caillou.

Il découvrit une pomme de pin, humide et déjà pourrie. Sans se lever, il la jeta dans la direction d'où était partie la flèche. Elle atterrit avec un bruit mou.

Derrière le rocher, un archer surgit, l'arc tendu, les yeux prêts à localiser sa cible. Mais la flèche d'Iver, plus rapide, lui transperça la gorge.

De l'autre côté, Sim bandait son arc. Comme aucun autre homme ne se montrait, il tira dans un épais buisson, cachette idéale pour un guerrier embusqué. Il avait vu juste. Un cri perçant déchira la nuit.

Niall profita de cette diversion pour avancer et se cacher derrière un arbre. Puis, rejetant la tête en arrière, il poussa un hurlement et bondit en avant, tel un lion s'élançant sur sa proie. Quatre hommes sortirent des buissons, fuyant l'apparition sanglante qui fondait sur eux. L'un d'entre eux eut le temps de soulever son arme, et les bois résonnèrent du fracas métallique de son épée contre celle de Niall.

Sim et Iver lancèrent chacun une flèche, avant de se jeter dans la bataille en hurlant. Niall venait à peine d'abattre son adversaire qu'un autre se précipitait sur lui. À genoux, il brandit brusquement son épée et l'homme, emporté par son propre élan, s'y empala.

Niall se releva d'un bond, prêt à parer une nouvelle attaque, mais Sim et Iver avaient réglé leur compte aux deux autres larrons. Les corps sans vie de leurs assaillants gisaient dans la neige. Les trois compagnons, essoufflés, suant malgré le froid, se rassemblèrent.

— Ton épaule ? demanda Iver à Niall.

— Ce n'est rien.

La plaie le brûlait, mais elle était superficielle. Niall remonta en selle, furieux. À présent, il était sûr qu'Artair et Tearlach étaient morts. Les hommes du clan de Hay avaient bien préparé leur coup. Tapis en embuscade près du château, ils avaient attendu le moment propice. En lâches qu'ils étaient, ils n'avaient osé s'attaquer qu'à une troupe inférieure en nombre.

Il retrouva ses hommes deux minutes plus tard. Artair était étendu sur le dos, ses yeux bleus ouverts sur le ciel noir. Niall sauta à terre et s'agenouilla à côté de son vieil ami. Il lui caressa le visage et lui prit la main. Il était déjà froid. La flèche l'avait atteint en plein cœur.

Au moins, il n'avait pas souffert, songea Niall en rabattant le plaid d'Artair sur son visage. Il avait l'air apaisé, presque heureux de quitter enfin une vie où il n'avait plus sa place.

— Adieu, mon ami, murmura Niall.

Les Templiers avaient l'habitude de parler français entre eux, et ce fut dans cette langue qu'il salua son dernier compagnon de cette époque. Ils étaient tous partis à présent, tous les chevaliers de l'Ordre qui avaient trouvé refuge à Creag Dhu. Certains étaient morts sur les champs de bataille pour défendre l'Écosse, d'autres avaient péri de mort naturelle, d'autres encore s'étaient installés dans des endroits tranquilles, s'étaient mariés ou étaient restés fidèles à leurs vœux. Mais il n'y avait plus de Templiers. Niall était le dernier chevalier au service de l'Ordre. Il en était ainsi depuis quatorze ans et Artair avait adouci sa solitude. Désormais, il était complètement seul.

— Tearlach respire encore, déclara Sim, les doigts pressés sur le cou de l'homme.

Puis il jeta un coup d'œil sur la quantité de sang qui tachait la neige et secoua tristement sa tête hirsute.

— Il ne doit pas lui en rester beaucoup. Il ne passera pas la nuit.

Niall hissa le corps d'Artair sur ses épaules et se releva.

— Peut-être, répliqua-t-il. Mais s'il meurt, que ce soit parmi les siens.

De retour au château, il se retira dans sa chambre. Incapable de trouver le sommeil, il but des liqueurs fortes dont le feu lui brûla les entrailles. Il fut vite saoul, mais l'alcool n'adoucit pas son humeur. Sa blessure l'élançait. Elle avait été nettoyée avec le même alcool qu'il avait avalé et pansée avec soin. Sa fièvre élevée ne l'inquiétait pas, au contraire. Cela lui était arrivé après chacune de ses blessures et il avait remarqué qu'il guérissait plus vite que ceux qui n'avaient pas de température. La plaie était propre, l'alcool fort.

Dans deux jours, il ne sentirait plus qu'un tiraillement à peine gênant dans l'épaule.

Il ne portait rien d'autre que son plaid autour de ses hanches, mais le feu de la cheminée réchauffait son dos et ses épaules nus.

Il contemplait sa chambre, une expression sinistre sur le visage. Maudits soient les Hay ! S'il devait exterminer le clan entier et débarrasser les Highlands de leur infâme présence pour venger Artair, il le ferait.

Pour l'instant, il était ivre, fiévreux et seul avec ses pensées. Personne ne le regardait ni ne l'écoutait, alors qu'il aurait voulu la sentir près de lui, cette femme irréelle qui était devenue pour lui une véritable compagne.

Pour la première fois, sa solitude lui était insupportable. Toute sa vie, il avait dissimulé : son lien de parenté avec Bruce, même avant que celui-ci ne soit roi, puis sa véritable nature à cause du vœu de chasteté qu'il avait prononcé en entrant parmi les Templiers. Et maintenant qu'il pouvait donner libre cours à sa sexualité, il fallait qu'il taise toutes ses années passées au service de l'Ordre. Même à Robert, il devait cacher son rôle de Gardien du Trésor et le vœu maudit qui régentait sa vie.

Elle était la seule personne à qui il pouvait se confier. Peu importait qui elle était, il sentait qu'elle le connaissait mieux que quiconque. Lorsqu'elle venait à lui dans le sombre silence de la nuit et qu'il la prenait dans ses bras, elle savait tout de l'homme qu'il était et s'offrait pourtant à lui sans retenue.

À cette évocation, un désir violent l'envahit. Niall soupira. Il la voulait, mais pas en rêve. Il la voulait réelle, nue, chaude et douce sous ses mains. Il voulait sentir son merveilleux parfum lorsqu'il se perdrait en elle.

Son désir, mêlé à la fièvre et à l'alcool qu'il avait ingurgité, la fit surgir. Enfin, elle était là, ses mains glissant doucement sur ses épaules nues. Il la devina inquiète de voir qu'il était blessé, mais lui ne sentait presque plus la douleur.

Il l'attira brusquement à lui, la fit asseoir sur ses genoux et écarta les vêtements légers qui la recouvraient. Il ne distinguait pas très bien son visage, mais elle était là et cela lui suffisait. Il posa la main sur son ventre frais, la réchauffant de sa caresse, sentant ses muscles se contracter sous ses doigts.

Son corps répondait au moindre de ses effleurements. Il prit ses seins dans le creux de ses mains et caressa leurs pointes dressées, puis se pencha en avant pour les mordiller. Elle frémissait entre ses bras, impatiente de se serrer contre lui. Ses seins tendres et ronds étaient magnifiques, si sensibles qu'il savait qu'une caresse plus rude la ferait souffrir. Elle était plus délicate qu'aucune femme qu'il avait jamais possédée, sa peau plus fine que l'étoffe la plus précieuse…

Incapable d'attendre davantage, il l'étendit doucement sur le banc. Rejetant son plaid d'une main, il s'allongea sur elle et lui écarta les cuisses. Il la pénétra, sentant son sexe trop grand, trop brutal pour elle. Mais, le dos cambré, elle l'accueillit, l'attira en elle et poussa un premier cri de plaisir. Il se pencha et la pénétra plus intimement encore. Ivre de fièvre, d'alcool et des sensations qui le submergeaient, il était incapable de s'arrêter. Elle passa les bras autour de son cou, et il sentit son désir rejoindre le sien. Tout son être s'unissait à lui, dans l'acceptation totale de ce qu'il était, et il sut brusquement qu'il n'était plus seul…

Mais c'était faux.

Il ouvrit les yeux et le rêve vola en éclats. Haletant, la peau moite, le sexe douloureusement tendu, il jura entre ses dents. Pourquoi le tourmentait-elle ainsi, avant de s'évanouir au moment où il avait le plus besoin d'elle ? Le poids de sa solitude l'écrasa soudain.

Ses épaules s'affaissèrent, sa tête tomba sur sa poitrine. Il ferma à nouveau les yeux, dans le vain espoir de la faire revenir à lui.

— Et maintenant, où es-tu, jeune fille ? murmura-t-il.

Grace se réveilla en sursaut, la main sur son arme. Quelqu'un avait parlé à côté d'elle, presque dans son oreille. Elle s'adossa au mur, les mains crispées sur son revolver tendu à bout de bras, visant de place en place à la recherche de sa cible. Mais la pièce était vide, silencieuse, baignée dans la lueur des lampadaires qui filtrait à travers les lamelles des stores baissés.

Elle laissa retomber ses bras, le souffle court. Un rêve, ce n'était qu'un rêve. La voix l'avait tirée d'un sommeil profond et elle n'avait entendu que ces dernières paroles : « jeune fille ».

C'était Niall. Elle ferma les yeux et respira avec application, tentant de recouvrer son calme. Quelques instants plus tard, détendue et presque assoupie, elle se souvint de la voix qui avait murmuré à son oreille.

C'était une voix profonde, rauque, pressante, celle d'un homme déterminé, sûr de lui, habitué à commander. Et pourtant il lui avait demandé très doucement : « Et maintenant, où es-tu, jeune fille ? » et il lui avait semblé qu'il avait vraiment besoin d'elle.

Elle ouvrit brusquement les yeux. Des bribes de son rêve lui revenaient en mémoire. Elle voyait Niall assis devant une cheminée. Mais quelque chose était différent de ses autres rêves, comme si une force extérieure l'avait attirée vers lui.

Elle se rappelait peu à peu la scène. Elle le voyait seul, à moitié nu, son plaid drapé autour de ses hanches. Un bandage grossier lui entourait l'épaule gauche. Le pansement en lin formait une tache claire sur sa peau sombre. Il était blessé ! La peur l'envahit et elle voulut le rejoindre, s'assurer qu'il allait bien.

Il tenait une coupe entre ses mains et buvait, les yeux dans le vague, le visage sombre. Sa profonde solitude la déchira. Puis il ferma les yeux et, brusquement, elle fut dans ses bras, nue sur ses genoux.

Grace frémit. C'était elle sur le banc, allongée, tendue vers lui ; elle qui l'attirait plus profondément en elle, criant de plaisir ; elle qui lui passait les bras autour du cou, le corps vibrant d'une passion sauvage, pleurant presque de bonheur.

Et puis, plus rien. Il était parti, le rêve s'était interrompu. Il ne lui restait que ce murmure qui résonnait dans sa tête, semblant lui dire qu'elle aurait dû être là, panser sa blessure, lui offrir le réconfort que les femmes ont toujours apporté aux guerriers.

Son image s'était gravée dans son esprit, nette et précise. Il était dos au feu. La lueur dorée des flammes caressait la peau nue de son torse, ceignant sa longue chevelure noire d'un halo chatoyant. La même toison s'étendait sur sa poitrine, formant ensuite une ligne fine et soyeuse qui descendait jusqu'à son nombril. Ses longues jambes musclées étaient faites pour supporter la lourde armure qu'il avait revêtue sur les champs de bataille. Il avait le corps d'un guerrier, fin et puissant, aiguisé comme une arme.

Mais il n'était qu'un homme, se dit-elle avec une douloureuse tendresse. Il saignait, souffrait, était seul et buvait en se demandant pourquoi elle n'était pas là pour s'occuper de lui.

Si elle était vraiment avec lui… Elle lui dirait de s'allonger pour qu'il soit plus à l'aise. Il avait probablement un peu de fièvre, une compresse froide sur le front le rafraîchirait. Bien sûr, il serait un malade difficile. Au lieu de se reposer, il exigerait qu'elle le rejoigne, et ses mains ne tarderaient pas à se glisser sous sa chemise…

Grace frémit et pressa les poings contre ses yeux. Sa respiration se faisait plus rapide. Les pointes de ses seins se dressaient sous le tissu léger de sa chemise de nuit.

— Non ! gémit-elle malgré elle.

Elle se méprisait déjà de rêver de Niall pendant son sommeil, mais sa trahison envers Ford serait bien pis si elle rêvait de lui les yeux ouverts.

À présent, elle était complètement réveillée. Elle alluma la lumière et regarda sa montre. Il n'était même pas 23 heures, elle avait à peine dormi une heure… assez longtemps pour que Niall s'empare de ses rêves.

Depuis huit mois, elle n'éprouvait rien. Elle ne voulait pas que cela change. Pas un rire, pas un lever de soleil, un ciel bleu ou un orage n'avait dissipé l'indifférence derrière laquelle elle s'abritait. Le moindre signe de vie ne pouvait que la faire souffrir. En huit mois, elle n'avait pas été capable de verser une larme. Niall était une faille dans ce mur de glace.

Elle ne devait pas le laisser envahir son esprit. Il fallait qu'elle termine sa traduction au plus vite et qu'elle le chasse de ses pensées. Si elle parvenait à se venger de Parrish, sa souffrance s'atténuerait peut-être et elle pourrait commencer à guérir. Son subconscient n'aurait plus besoin de s'accrocher à ce fantasme.

Le lendemain, elle retrouvait Kris pour s'introduire dans le système informatique de la Fondation. Elle aurait dû se reposer, mais savait qu'elle serait incapable de se rendormir. Son esprit était en ébullition. Autant en profiter pour travailler, songea-t-elle.

Elle prit ses notes et les quelques feuillets de gaélique qu'il lui restait à traduire et s'installa dans le seul fauteuil de la pièce, qu'elle avait recouvert d'un drap pour le rendre plus confortable.

Elle jeta un rapide coup d'œil à la première page et retint une exclamation de surprise. Il s'agissait encore de formules mathématiques, mais elles étaient en latin. C'était la première fois que les deux langues étaient mélangées. L'écriture aussi était différente, plus lourde, plus pleine. Elle transcrivit les formules sur son carnet.

« Pour vingt ans, la proportion d'eau doit être de... »

L'auteur poursuivait avec des équations précises, destinées à cibler l'année que le voyageur désirait atteindre. Le voltage de l'énergie nécessaire était également indiqué, ce qui la laissa perplexe. Qu'avaient donc pu mesurer ces hommes du Moyen Âge, eux qui n'avaient d'autre connaissance de l'électricité que la contemplation des éclairs pendant les nuits d'orage ?

Elle continua son travail en bâillant. C'était aussi compliqué que de déchiffrer une recette, mais nettement moins intéressant.

Elle se mit à traduire à voix haute.

— Six cent soixante-quinze ans. Plutôt précis, mon bonhomme, hein ? murmura-t-elle à l'adresse du copiste.

Elle déduisit mentalement ce nombre de 1997, pour savoir en quelle année se retrouverait un voyageur des Temps modernes avec cette formule.

— 1322, une année merveilleuse, fit-elle. Je m'en souviens très bien.

1322, l'époque où vivait Niall.

Elle tourna la page, prête à affronter d'autres formules mathématiques, mais resta bouche bée devant les mots qui s'étalaient devant ses yeux, se demandant si elle s'était finalement assoupie ou si elle avait définitivement perdu la raison.

Elle relut la phrase et un frisson glacé lui parcourut le dos.

— Non, protesta-t-elle. C'est impossible.

Et pourtant, c'était là, en gaélique et de la même écriture que celle des formules mathématiques.

« Tu as besoin d'une preuve ? disait le texte. En l'an 1945, le Gardien écrasa la bête germanique. Et ainsi Grace vint à Creag Dhu. Niall MacRobert, 1322. »

La page lui tomba des mains. Le mot « germanique » n'existait pas au XIVe siècle.

Comment une personne de cette époque pouvait-elle avoir connaissance d'un événement du XXe siècle ? C'était impossible... À moins que les formules ne soient correctes.

À moins qu'ils n'aient su voyager dans le temps.

15

Kris ne la reconnut pas. Ils avaient décidé de se retrouver devant un supermarché en fin d'après-midi. Grace était arrivée plus d'une heure en avance pour surveiller les environs. Elle regrettait de ne pouvoir se confier entièrement à Kris, mais elle refusait de lui faire courir encore d'autres risques.

Elle le vit arriver au volant de sa vieille Chevelle, aujourd'hui repeinte en un magnifique rouge flamboyant. Le vrombissement du moteur attira le regard envieux de deux hommes d'un certain âge. Pauvre Kris ! songea-t-elle. Lui qui désirait tellement impressionner les filles, il ne faisait que susciter la jalousie de quelques nostalgiques des années soixante.

Il se gara et attendit. Grace n'avait rien remarqué d'anormal dans le trafic, mais elle patienta encore quinze minutes avant de descendre de son 4×4. Il neigeait légèrement et quelques flocons tourbillonnaient dans le vent. Elle arriva à la Chevelle et frappa à la fenêtre.

Kris descendit la vitre de quelques centimètres.

— Oui, qu'est-ce que vous voulez ? demanda-t-il avec une légère impatience.

— Salut, Kris, répondit-elle.

Il écarquilla les yeux et sortit en toute hâte de sa voiture. Il dut se rattraper à la portière pour ne pas trébucher.

— Ça alors, marmonna-t-il. Ça alors !

— C'est une perruque, expliqua-t-elle.

Ce jour-là, elle était blonde, portait sa casquette de base-ball enfoncée sur son crâne et des lunettes de soleil. Avec les dix kilos qu'elle avait perdus, personne ne l'aurait reconnue.

Le regard incrédule de Kris remonta de ses bottes à son jean moulant, s'arrêta un instant sur son blouson, puis revint à son visage. Il ouvrit la bouche, mais aucun son n'en sortit.

— Ça alors, répéta-t-il.

Soudain, il se jeta sur elle et la serra contre lui en la berçant doucement. Grace était sur les nerfs depuis trop longtemps. Son premier réflexe fut de le frapper entre les jambes, mais elle se retint. Kris émit un son étranglé, ses épaules se mirent à tressauter et elle comprit qu'il pleurait.

— Allons, fit-elle doucement en le serrant contre elle à son tour. Ça va.

C'était étrange de se laisser étreindre et de rendre cette étreinte. Il y avait si longtemps qu'elle n'avait pas eu de contact physique qu'elle se sentait à la fois embarrassée et avide.

— J'ai eu si peur, dit-il d'une voix étouffée, le nez dans sa casquette de base-ball. Je ne savais pas où tu étais, comment tu allais, si tu avais un endroit où dormir…

— Des fois oui, des fois non, répondit-elle en lui tapotant le dos. La première semaine était la pire. Montons dans la voiture, je ne voudrais pas attirer l'attention.

— Hein ? Oh, oui, bien sûr.

Il se précipita de l'autre côté de la Chevelle pour lui ouvrir la porte. Sa courtoisie la toucha. Il était toujours maigre et dégingandé, ses lunettes lui tombaient toujours sur le bout du nez, mais plusieurs détails montraient qu'il avait mûri. Ses épaules paraissaient plus larges, sa voix avait perdu son timbre nasillard. Même sa pomme d'Adam était moins proéminente. L'âge d'homme lui siérait mieux que l'adolescence.

Il se glissa derrière le volant, claqua la portière et se tourna vers elle. Il avait encore les yeux humides et hochait la tête d'étonnement.

— Je ne t'aurais pas reconnue, admit-il d'un air admiratif. Tu es plus petite.

— Plus mince, corrigea-t-elle. Je suis aussi grande qu'avant. Même plus, ajouta-t-elle en désignant ses talons.

— Super, approuva-t-il en regardant les bottes.

Il n'allait pas tarder à s'en offrir. Il n'y avait rien de tel que des bottes pour donner une allure aux hommes. Ou aux femmes. Grace marchait avec beaucoup plus d'assurance depuis qu'elle en portait.

— Tu as l'air fatiguée, déclara-t-il en relevant les yeux.

— Je n'ai pas dormi cette nuit.

Après avoir lu le petit texte de Niall, elle avait été incapable de trouver le sommeil. Chaque fois qu'elle y pensait, elle se mettait à trembler de tous ses membres. Le premier choc passé, ce ne fut pas la mention de 1945 qui lui parut la plus inquiétante, mais la phrase qui suivait : « Et ainsi Grace vint à Creag Dhu. » Niall avait certainement voulu parler d'un état de grâce, pas d'une femme nommée Grace. Et pourtant... cela lui avait semblé personnel, comme écrit pour elle, comme s'il l'invitait à essayer la formule. Ses calculs étaient d'ailleurs très précis : elle avait bel et bien lu ce message en 1997, six cent soixante-quinze ans après 1322.

Kris tendit le bras et prit sa main gantée dans la sienne.

— Où étais-tu passée ?

— Ici et là. Je ne restais jamais longtemps au même endroit.

— La police...

— Ce sont les hommes de Parrish qui m'inquiètent, pas la police. Je ne pense pas que la police me traque activement, pas après tout ce temps. Mais les hommes de Parrish ont failli m'avoir une fois.

— C'est tellement dingue, fit-il en secouant la tête. Tu crois toujours que c'est à cause de ces papiers ?

— Je sais que c'est à cause d'eux, affirma-t-elle.

Elle regarda par la fenêtre qui commençait à s'embuer.

— Je les ai traduits. Je sais exactement pourquoi il les veut.

Kris serra les poings, les yeux fixés sur le profil délicat et volontaire de Grace. Il aurait voulu l'emmener quelque part, la nourrir, l'envelopper dans une couverture... Elle avait l'air si fragile !

Il la connaissait depuis qu'il était petit et était amoureux d'elle depuis deux ans. Elle avait toujours été gentille avec lui, le traitant comme un égal, contrairement aux autres adultes. Grace était une personne vraiment bien, intelligente, sensible... et sa bouche le rendait littéralement fou. Il rêvait de l'embrasser, mais n'en avait jamais eu le courage. Lorsqu'elle lui avait téléphoné, il n'avait pas pu penser à autre chose, se disant même que ce serait plus facile maintenant que Ford était mort. Aujourd'hui, en la voyant, il avait compris qu'il ne l'embrasserait probablement jamais. Elle était calme, distante et triste, et sa bouche n'avait sans doute pas souri depuis des mois.

Il repoussa résolument ses pensées et attrapa une feuille sur le siège arrière.

— Tiens, dit-il en la posant sur les genoux de Grace.

Même si l'amour qu'il éprouvait pour elle était sans espoir, il ferait tout ce qu'il pourrait pour l'aider.

— Un plan du bâtiment qui abrite la Fondation, expliqua-t-il.

Grace poussa une exclamation de surprise. Elle ôta ses lunettes et les posa sur le tableau de bord.

— Où as-tu trouvé ça ? demanda-t-elle en étudiant le document.

— C'est un bâtiment assez neuf. Les plans sont dans les ordinateurs de la mairie. En cas d'urgence ou ce genre de truc.

Elle lui lança un regard soupçonneux.

— Tu es allé à la mairie pour avoir une copie ?

— Pas exactement. J'ai fouillé dans leurs ordinateurs.

— Personne ne s'en est aperçu, j'espère.

— Oh, s'il te plaît, fit-il en souriant. C'était un jeu d'enfant.

Grace haussa les épaules. Elle n'allait pas lui faire la morale, alors qu'elle lui demandait de l'aide pour une effraction beaucoup moins pardonnable.

— Ça ne va pas être aussi facile d'entrer dans le système de la Fondation, l'avertit-elle.

— Non, mais j'y ai pensé. Ton idée de se déguiser en ouvriers de maintenance est géniale. On vole deux uniformes et le tour est joué. Regarde, fit-il en posant le doigt sur le plan. Voilà l'ascenseur. On le prend jusqu'à l'étage au-dessus, puis on passe par les trappes du plafond pour descendre dans la salle d'informatique.

— Qu'est-ce que tu fais des alarmes ?

— Certains dossiers peuvent avoir des codes d'accès, mais pas le système global. Et mon boulot consiste à déjouer les codes.

À l'entendre, toute l'opération était d'une simplicité enfantine. Mais Grace doutait que le système informatique de la Fondation soit aussi vulnérable que celui de la ville. Parrish était trop malin, et il avait trop à cacher.

— Il doit y avoir une liste des mots de passe, mais elle peut être n'importe où, dit-elle. Chez Parrish ou dans un coffre de la Fondation. De toute façon, nous n'aurons pas le temps de la chercher.

Il secoua la tête en souriant.

— Tu serais étonnée de voir le nombre de gens qui conservent leur mot de passe sur leur bureau. Si les locaux sont vides, ça vaut quand même le coup de vérifier.

— J'ai quelques idées de mots de passe. Nous essaierons d'abord ceux-là.

L'idée de pénétrer dans le bureau de Parrish et de découvrir qu'il était encore là la faisait frémir. Entendre sa voix au téléphone avait déjà été assez pénible. La seule idée de se retrouver face à ce monstre lui donnait la nausée. Pourtant, s'il n'y avait pas d'autre solution, elle irait dans son bureau. Kris voudrait l'accompagner, mais elle le lui interdirait. Elle refusait qu'il prenne autant de risques pour elle.

— Bon, fit-il avec enthousiasme. Allons-y.

— Maintenant ? s'étonna Grace.

— Pourquoi pas ?

Il avait raison. À cette heure de la journée, certains employés finissaient leur travail. C'était le moment idéal pour tenter de dérober deux uniformes de service.

— Tu as ton ordinateur ? demanda-t-elle.

— Sur le siège arrière.

— Alors, autant essayer. On prend ma voiture.

— Pourquoi ? fit-il, l'air vexé qu'elle ne veuille pas utiliser sa belle Chevelle.

— Ta voiture est un peu trop visible, remarqua-t-elle gentiment.

Un sourire illumina le visage ingrat de Kris.

— N'est-ce pas ? fit-il avec une légère tape sur le tableau de bord.

Il attrapa son ordinateur sur le siège arrière et ôta les clefs de contact. Grace ramassa ses lunettes de soleil. Ils sortirent, fermèrent les portes, puis traversèrent le parking pour rejoindre le véhicule de Grace.

Grace conduisit en silence. Elle essayait de mettre un plan au point pour subtiliser les uniformes des ouvriers de maintenance, mais aucune idée ne lui venait à l'esprit. Le service de sécurité continuait ses rondes après la fermeture des bureaux. L'équipe de nettoyage avait peut-être une clef pour la porte de service. Après six mois passés à faire le ménage chez des particuliers, elle savait que certains patrons confiaient une clef à leurs employés, au mépris de toute prudence. Et, à moins que Parrish ne possède l'immeuble entier, il était possible que les ouvriers disposent d'une clef. Ainsi, ils n'avaient pas besoin d'attendre qu'un gardien vienne leur ouvrir. Mais si Parrish était propriétaire, autant ne pas y songer. Il ne prendrait jamais un tel risque.

Avec ce qu'elle avait appris en huit mois, Grace ne pouvait que lui donner raison. Lorsqu'on a quelque chose à protéger, on se moque bien de faire attendre les gens une minute ou deux. Naturellement, un système de sécurité sophistiqué aurait recours à des caméras de surveillance et à des portes à code...

Des caméras.

— Ça ne va pas du tout, dit-elle brusquement.

— Ah, bon ? demanda Kris, interloqué. Qu'est-ce que tu veux dire ?

— Il doit y avoir des caméras de surveillance à l'entrée de service.

Il se frotta le menton, l'air pensif.

— Oui, évidemment... Bon, écoute. D'abord, tu me laisses descendre pour vérifier. S'il y a des caméras, il faut voir si elles sont en circuit fermé, avec un gars posté en permanence devant l'écran de contrôle, ou s'il s'agit de bandes-vidéo visionnées seulement en cas de problème.

— S'il y a des caméras, il te faut un déguisement, ajouta Grace, catégorique.

Elle réfléchit un instant.

— Enlève tes lunettes, dit-ellc. C'cst moi qui vais les porter et on va te gonfler un peu en mettant des serviettes sous tes vêtements.

Il lui lança un coup d'œil perplexe.

— Je n'y verrai plus rien, protesta-t-il. Et toi non plus.

Il avait raison. L'un d'entre eux au moins devait y voir clair, pour pouvoir diriger l'autre. Elle sortit ses lunettes de soleil de sa poche et les lui tendit.

— Fais sauter les verres.

Elle les avait payées cinquante cents, aussi n'eut-elle aucune hésitation à les sacrifier.

Kris lui obéit et lui rendit les montures. Grace les chaussa et se regarda rapidement dans le rétroviseur. De près, il était évident que ses lunettes n'avaient pas de verres, mais sur un écran, on ne verrait aucune différence.

— On aurait dû se préparer et prendre le temps d'acheter nos propres uniformes, fit-elle en haussant les épaules. Mais ça peut marcher.

Une demi-heure plus tard, Kris revint en courant au 4×4, le visage rouge d'excitation et de froid. Il grimpa en soufflant dans la voiture, et ses verres se couvrirent aussitôt de buée. Il les ôta et lui adressa un sourire triomphant.

— Il y a une caméra, expliqua-t-il, hors d'haleine. Mais elle n'est pas en circuit fermé.

— Comment le sais-tu ?

— J'ai vérifié.

— Kris !

— Ne t'inquiète pas. Elle est dans un renfoncement, braquée sur la porte de service. J'ai longé le mur, en dehors de son champ de vision. Il n'y a aucun câble qui part à l'intérieur. Et encore mieux...

Il s'interrompit et lui sourit à nouveau.

— Quoi ? demanda-t-elle impatiemment.

Il éclata de rire.

— La porte est grande ouverte !

L'immeuble n'appartenait donc pas à la Fondation, songea Grace. Jamais Parrish n'aurait toléré pareille négligence.

— C'est le genre de porte qui se verrouille en se refermant, expliqua Kris. Les gars du nettoyage doivent en avoir marre de la rouvrir à chaque fois, alors ils ont coincé un paillasson dans l'entrebâillement pour l'empêcher de se refermer.

— Il nous faut quand même des uniformes.

Il lui adressa un autre sourire victorieux.

— Il y a un camion garé devant la porte. Je l'ai ouvert. Les portières avant sont fermées et un grillage métallique sépare l'avant de l'arrière. Ils peuvent laisser l'arrière ouvert sans craindre de se faire voler le camion. Bref, il y a un tas de trucs là-dedans, dont quelques combinaisons sales.

Il remit ses lunettes sur son nez.

— On n'aurait pas pu rêver mieux.

La caméra extérieure n'était pas en circuit fermé. Contrairement à celle du couloir.

Deux autres employés pénétrèrent dans l'immeuble sous le regard de Parrish. Il avait haussé les sourcils lorsque les membres de la première équipe avaient laissé la porte ouverte. Pour l'instant, cela servait ses desseins. Grace accéderait ainsi plus facilement à l'intérieur du bâtiment. Mais dès qu'il l'aurait capturée, il s'assurerait que ces imbéciles se fassent virer. Les mesures de sécurité en vigueur dans le reste de l'immeuble avaient beau être moins drastiques que celles des locaux de la Fondation, cela n'excusait pas la négligence du service de maintenance.

Les deux retardataires portaient des boîtes à outils. D'autres instruments alourdissaient les poches de leurs combinaisons déformées. L'un des ouvriers était une femme maigre, dont le visage était mangé par des lunettes beaucoup trop grandes. Une affreuse casquette de base-ball était enfoncée sur ses cheveux frisés. L'homme était grand, bedonnant, gauche. Il portait des gants et une toque en fourrure dont les rabats retombaient sur ses oreilles. Il avait l'air de ne pas savoir où il allait. La femme le poussait vers l'ascenseur.

Ces deux-là ne l'intéressaient pas. Il attendait la petite souris qui ne tarderait pas à se faire prendre au piège. Mais elle ne viendrait peut-être pas. Car si elle l'avait vu abattre son mari et son frère, elle n'oserait pas l'approcher, à moins de vouloir le tuer. Or il était sûr que Grace n'en était pas capable.

Par ailleurs, son habileté à échapper à la police et à ses hommes pendant huit mois l'avait passablement surpris. Elle semblait pleine de ressources. Si elle n'avait pas appelé la Fondation, personne n'aurait soupçonné sa présence à Minneapolis. Quelle grossière erreur !

Mais elle avait fait cette bourde, et il l'avait eue personnellement en ligne. Et puisqu'elle n'avait rien dit, la seule raison plausible de son appel était de s'assurer de sa présence en ville. Maintenant qu'elle le savait, qu'allait-elle faire ? Venir chez lui pour lui parler ?

L'avait-elle vu ou non ? Cherchait-elle à lui parler ou à le tuer ? Il devait reconnaître qu'il préférait la seconde possibilité. Imaginer Grace, revolver au poing, était étrangement excitant. Elle ne se servirait jamais de son arme, naturellement, mais posséder une femme faible et vaincue d'avance n'avait rien d'exaltant. Il la voulait furieuse et agressive, pour que sa victoire soit aussi douce qu'avec Calla, lorsqu'il avait fini par dompter sa rage. Son petit interlude avec la femme de Skip avait été exceptionnellement satisfaisant. Avec Grace, son plaisir serait certainement plus intense.

Viendrait-elle ? La porte de service était ouverte, mais elle tenterait peut-être de s'introduire dans l'immeuble en pleine journée, se croyant plus en sécurité au milieu des allées et venues du personnel.

Il n'était pas pressé. Il attendrait.

— Nous y sommes, murmura Kris en faisant glisser le panneau du plafond au-dessus de la salle d'informatique.

Tout était calme. Seul le ronronnement des machines troublait le silence de la pièce.

Il leur avait fallu une heure pour arriver jusque-là. Les choses n'étaient jamais aussi simples qu'on le prévoyait. Ils avaient d'abord dû éviter la véritable équipe de maintenance, puis grimper dix-sept étages à pied au lieu de prendre l'ascenseur. Après avoir localisé le panneau d'accès aux conduits d'aération, ils avaient utilisé un tabouret comme marchepied pour se hisser à l'intérieur. Une fois dans le conduit, il avait fallu remettre le panneau en place afin que personne ne remarque leur passage. Ensuite, éclairés par la seule lumière d'une petite lampe de poche, ils avaient parcouru des centaines de mètres dans le conduit, avant de s'apercevoir qu'ils avaient tout de même fini par pénétrer dans les locaux de la Fondation. Ils avaient repéré la salle des ordinateurs, prêté l'oreille un moment pour s'assurer que la pièce était déserte et ouvert le panneau avec d'infinies précautions.

Kris passa la tête et les épaules par l'ouverture et jeta un coup d'œil dans la salle.

— Pas de caméras, murmura-t-il. Mais la porte est vitrée, il faudra se planquer.

— Si quelqu'un passe au moment où nous descendons ou quand nous remontons, nous sommes cuits, ajouta Grace sur le même ton.

De toute façon, ils n'avaient pas le choix. Pour entrer et sortir, ils devaient passer par le plafond.

Kris descendit lentement. La hauteur ne dépassait pas deux mètres quarante. À bout de bras, il n'était qu'à quelques centimètres du sol. Il atterrit silencieusement sur le plancher recouvert de linoléum, puis se tourna vers Grace pour attraper son portable. Après l'avoir mis en lieu sûr, il revint vers elle. Il lui tendit les bras et la prit par la taille pour la déposer sur le sol.

Il examina rapidement les lieux. Il était dans son élément. Son visage s'éclaira d'impatience.

— Cache-toi derrière ce bureau, fit-il en désignant une table, et laisse-moi faire. Je te rejoins.

Tout en parlant, il débranchait les câbles d'un terminal pour les relier à son ordinateur. Cela fait, il déplaça quelques écrans sur le bureau, formant un mur improvisé pour dissimuler leurs têtes.

Il s'assit à côté de Grace, déplia ses longues jambes et posa son ordinateur sur ses genoux. Il appuya sur un bouton et la machine se mit en marche avec un ronronnement discret. Ils avaient compté sur la chance, le système de Kris n'étant pas forcément compatible avec celui de la Fondation. Ils auraient alors dû utiliser une des machines de la pièce, risquant à tout moment de se faire repérer par la porte vitrée. Par bonheur, les systèmes étaient compatibles et le menu s'afficha rapidement sur l'écran.

— Très bien, voyons ces dossiers, murmura Kris en faisant rouler la petite boule de la souris intégrée au milieu de son clavier.

Il cliqua sur une icône et une liste de noms apparut. Il la fit défiler, à la recherche de quelque chose d'intéressant.

— « Factures », lut Grace après quelques secondes. Regarde dans ce dossier, demanda-t-elle.

Ils découvrirent des fichiers extrêmement complexes. N'ayant pas le temps de s'y attarder, Kris le copia sur une disquette et revint à la liste.

— « Donateurs », lut Grace.

Kris recopia le fichier.

Différentes petites choses n'étaient pas dénuées d'intérêt. Par exemple, Grace découvrit le salaire de Parrish. La Fondation lui versait chaque année des millions de dollars pour la seule direction de la société. C'était exorbitant. Sauf si ce salaire correspondait à autre chose.

— On ne trouvera rien de plus ici, conclut Kris, après une heure passée à examiner les contenus de tous les fichiers. Donne-moi tes idées de mots de passe. On va en essayer un ou deux, pour voir.

— Trésor, proposa aussitôt Grace.

Kris tapa le mot et lança l'ordre de recherche, avec un regard en biais à sa compagne.

« Dossier inexistant », dit l'écran.

— Temple.

« Dossier inexistant. »

— Chevalier.

« Dossier inexistant. »

— Templier.

« Dossier inexistant. »

— Les Templiers ? Ces moines dont tu m'avais parlé ? demanda Kris en tapant le mot.

— Exactement.

« Dossier inexistant. »

— Flûte, fit-elle.

Elle était presque à court de mots de passe.

— Gardien.

« Dossier inexistant. »

— Niall... Pape... Trésor des Templiers... Pourquoi personne n'a eu l'idée de limiter le nombre de caractères pour les mots de passe ? Voyons... Il est assez imbu de lui-même pour prendre son propre nom. Essaie Parrish et Sawyer.

« Dossier inexistant. »

Le même commentaire suivit chacune de ses tentatives. Kris était resté silencieux, sauf pour lui demander l'orthographe de Niall.

— Pouvoir, suggéra-t-elle.

Il tapa le mot.

— Non.

— Suaire... Turin... Alliance... Arche.

— Non, disait Kris en secouant la tête à chaque essai.

Grace se frotta les tempes. L'arche d'alliance ne faisait pas partie de ses premiers choix. Elle n'y avait songé qu'à cause du film d'Indiana Jones dans lequel les nazis tentaient de s'emparer de l'arche pour dominer le monde. Il y avait un semblant de vérité dans cette histoire. Hitler avait en effet été obsédé par la récupération d'anciens objets sacrés.

« En l'an 1945, le Gardien écrasa la bête germanique. Et ainsi Grace vint à Creag Dhu. »

Évoquer cette citation la fit frissonner. Creag Dhu ne pouvait être le mot de passe, car Parrish ignorait la localisation du Trésor.

— Hitler, proposa-t-elle, peu convaincue.

Kris lui lança un autre regard perplexe, mais tapa le mot sans rien dire.

L'écran s'emplit d'informations.

Elle recula, stupéfaite. C'était impossible. Malgré les allusions des documents à une « Fondation du Mal » et à l'année 1945, son esprit n'avait pas imaginé un rapport aussi atroce avec Parrish.

— Mince alors, murmura Kris, abasourdi.

Il s'empressa d'introduire une disquette dans le lecteur et de copier le fichier, sans prendre le temps de le lire. La disquette soigneusement rangée, il fixa l'écran.

— Ils sont sûrs de dominer le monde s'ils trouvent ce prétendu trésor, murmura-t-il.

Ils étaient en train de lire un manifeste.

— Tes papiers sont censés donner la localisation de ce trésor, c'est ça ? Et il a tué Ford et Brian simplement parce qu'ils étaient au courant de l'existence de ces documents, même pas de leur contenu ?

La voix de Kris frémissait d'incrédulité et de dégoût. Grace le regarda, aussi choquée que lui.

— Oui, admit-elle après un silence. Les documents indiquent l'endroit.

Une porte claqua soudain dans le couloir.

Ils se figèrent. En un éclair, Kris ferma son portable pour cacher la lumière que l'écran dégageait. Les bruits à l'extérieur étaient presque imperceptibles. L'inconnu marchait d'un pas lent, mais il ne s'arrêta pas devant la salle informatique. Quelques instants plus tard, une porte à l'autre bout du couloir claqua à son tour.

— On ferait mieux de partir, souffla Kris. Tu as d'autres idées de mots de passe ?

Elle secoua la tête en signe de dénégation. Kris quitta rapidement le programme et éteignit son portable. En moins d'une minute, il avait reconnecté le terminal et remis les écrans en place.

Il rampa jusqu'à la porte et leva la tête pour jeter un coup d'œil dans le couloir.

— Personne, lança-t-il à l'adresse de Grace, avant de revenir vers elle en courant.

Grace avait glissé une chaise sous le panneau du plafond. Une fois dessus, elle déposa l'ordinateur dans le conduit, puis se hissa dans le trou. Kris l'aida d'une poussée vigoureuse.

Elle se retourna pour l'attraper par le col de sa combinaison. Quand il l'eut rejointe, ils replacèrent fébrilement le panneau et allumèrent leur lampe de poche. L'esprit préoccupé par leur découverte, ils rebroussèrent chemin en silence.

— Elle ne viendra pas ce soir, déclara Parrish d'une voix désappointée. Il est minuit. Elle ne s'imagine pas que je puisse rester aussi tard au bureau.

Conrad, les yeux braqués sur l'écran vidéo, ne répondit rien. Deux ouvriers de maintenance se dirigeaient vers la porte ouverte. Ils semblaient pressés. La femme portait une sorte de mallette.

Elle était petite et avait des cheveux blonds et frisés. L'angle de la caméra n'était pas très bon, mais ses traits lui parurent familiers.

Un grognement lui échappa. Parrish haussa des sourcils interrogateurs.

— C'est elle ! s'exclama Conrad en courant vers la porte.

Parrish sur ses talons, il se rua dans l'ascenseur, parcourut les couloirs à toute vitesse, franchit la porte de service que Grace avait empruntée deux minutes plus tôt et s'élança dans la petite allée qui donnait dans la rue. Il regarda à droite et à gauche, mais les trottoirs étaient vides. Une voiture arrivait. Le conducteur était un jeune Noir qui venait sans doute de déposer sa petite amie.

À une centaine de mètres de lui, un moteur se mit en route. Conrad courut sur le trottoir, ses semelles glissant sur la neige qui recouvrait le sol. Son haleine formait des nuages de buée dans l'air froid. Il arriva au coin de la rue au moment où des feux arrière tournaient dans la rue suivante.

— Vous l'avez vue ? demanda Parrish, essoufflé, en s'arrêtant à côté de lui. C'était quel genre de voiture ?

— Je ne sais pas, répondit Conrad. Mais c'était Grace St. John. Elle portait une petite mallette, peut-être un ordinateur.

— Un ordinateur !

Parrish s'empourpra.

— La garce, elle est entrée dans nos fichiers !

Ils retournèrent en hâte à la Fondation. Grace n'avait certainement pas eu accès à ses fichiers protégés, songeait Parrish, mais il était furieux qu'elle lui soit passée sous le nez. Pour qui se prenait-elle ?

— Je me demande qui l'accompagnait, dit-il à voix haute.

Certainement pas un de ses anciens amis. Elle devait se douter que la police les surveillait.

— C'est peut-être pour ça que nous ne l'avons pas trouvée plus tôt, répondit Conrad. On cherchait une femme seule, pas un couple.

Cette idée mit Parrish hors de lui. Il ouvrit la porte de la salle informatique, les dents serrées. Tout avait l'air normal. Seule une chaise avait été déplacée.

Conrad désigna le plafond. Juste au-dessus de la chaise, un panneau était légèrement décalé.

— Trouvez-la, fit Parrish dans un murmure.

Cette fille le provoquait. Il ne savait pas encore si elle avait trouvé quoi que ce soit dans ses fichiers, mais l'idée qu'elle ait osé y mettre le nez le rendait fou de rage.

— Trouvez-les, répéta-t-il. Tous les deux. Et tuez-les.

16

Après deux nuits sans sommeil, Grace commençait à y voir trouble, mais elle était incapable de lâcher le dossier Hitler. Elle l'avait lu et relu et ne cessait d'y penser, même lorsqu'elle quittait l'écran des yeux. Elle marchait de long en large dans sa chambre, puis revenait s'asseoir devant son ordinateur et relisait une nouvelle fois le dossier pour vérifier qu'elle ne rêvait pas.

La Fondation Amaranthine Potere avait été créée en 1802 par un étrange groupe d'hommes entraînés par Napoléon Bonaparte. À cette époque, le futur empereur des Français était sans aucun doute le seul membre de la Fondation à avoir eu l'intention de conquérir le monde.

Le dossier Hitler éclairait de manière troublante l'histoire contemporaine. En 1799, Napoléon avait envahi la Syrie jusqu'à la forteresse d'Acre, construite par les Templiers en 1240. Il avait échoué dans la conquête de la forteresse. Mais, à son retour, qu'il ait entendu quelque chose ou fait une découverte sur les lieux, son ambition n'avait plus connu de limites. Il avait instauré une véritable dictature dans son pays, puis s'était autoproclamé empereur de France. Il avait conquis l'Espagne, l'Italie, la Suisse, la Hollande et la Pologne avant d'attaquer la Russie et l'Autriche.

Beaucoup d'hommes rêvaient de dominer le monde, mais peu s'y essayaient, heureusement. Napoléon, lui, y avait consacré sa vie. Ses intentions étaient clairement exposées dans le dossier Hitler. Il avait lancé de vastes recherches pour retrouver le trésor perdu des Templiers, certain qu'une fois en sa possession, ce trésor le rendrait invincible. Le dossier était explicite : l'homme qui posséderait cet objet mystérieux, plus précieux que l'or, contrôlerait le monde. La Fondation était convaincue que le trésor, quel qu'il soit, détenait un pouvoir inimaginable. Depuis près de deux siècles, elle se vouait entièrement à sa recherche.

La Fondation se divisait en trois niveaux. Au bas de l'échelle, les employés, hommes de main ou ronds-de-cuir. Au milieu, les « donateurs », qui payaient leur statut de membre au prix fort : le plus souvent, ils n'entraient à la Fondation que contraints et forcés, victimes d'un chantage abject. Au niveau supérieur se trouvaient peu de noms : Napoléon, Staline, Hitler, deux présidents américains, un dictateur de l'Est, un général français, un Premier ministre britannique, le chef d'un parti politique, des rois du pétrole et des hommes et femmes d'affaires en vue. Grace fut surprise de trouver dans la liste le nom d'un homme extrêmement riche, connu pour sa philanthropie et son engagement dans diverses œuvres humanitaires. Le dernier était Parrish Sawyer. La présence de son nom aux côtés de ceux d'Hitler et de Staline était la preuve de sa cruauté.

Le pouvoir de diriger le monde… Cette idée paraissait encore plus ridicule aujourd'hui que cinquante ans plus tôt. Comment une seule personne, même à la tête d'un puissant organisme comme la Fondation, pouvait-elle diriger le monde entier ? Mais la réponse était évidente. Il lui suffisait de contrôler la clef de tout : l'argent. Tant que les hommes politiques obéiraient aux hommes d'argent, nul besoin de guerre ou de révolution. En contrôlant les médias, les banques et l'économie, on contrôlait le monde.

La Fondation avait recruté des mégalomanes patentés, qui croyaient tous être supérieurs aux autres. Pourtant, tout en pensant servir leurs propres ambitions, ils avaient finalement servi celles de la Fondation.

La Fondation du Mal.

Hitler et Staline avaient agi ouvertement. Le monde entier avait pu constater à quel point ils étaient pervers, sans scrupule et dépourvus de la moindre humanité. Les autres, pour la plupart, avaient dissimulé leur monstruosité. Mais Parrish lui avait appris, malgré lui, combien les apparences pouvaient être trompeuses. Ouvertement ou non, tous ces gens avaient recherché le pouvoir, encouragés par la Fondation. Se servaient-ils de la Fondation ou la Fondation se servait-elle d'eux ?

Quelle était la nature du mal ? Quel visage prenait-il ? La Fondation était-elle maléfique en elle-même ou à cause de ses membres ? Existait-elle, sous une autre forme, depuis plus longtemps encore ?

Quand la fonction de Gardien avait-elle été créée ? L'Ordre avait-il été détruit par les serviteurs de la Fondation ? Quels étaient les véritables mobiles de Clément V et de Philippe IV, hormis la cupidité, la jalousie et la soif de pouvoir ?

Le mal.

Dans le silence de l'aube, épuisée, Grace arpentait toujours sa chambre, se demandant si c'était le manque de sommeil qui la rendait folle ou si elle était réellement en train de se battre contre Satan.

Au moment où elle commençait à penser sérieusement qu'elle perdait la raison, elle se souvint du texte en gaélique : « Le mal aura pour nom Parrish », « En l'an 1945, le Gardien écrasa la bête germanique »... Ces mots avaient été écrits plus de six cents ans plus tôt, accompagnés d'une recette pour voyager dans le temps. Soit ces documents étaient un chef-d'œuvre de prophétie, soit les Templiers avaient effectivement possédé le secret de voyager dans le temps.

C'était peut-être ce pouvoir que cherchait la Fondation : voyager dans le temps. Les perspectives étaient sans limites. En remontant légèrement dans l'histoire, on pouvait réaliser d'énormes profits. Quiconque aurait connu le sort du *Titanic* aurait pu faire fortune en pariant sur son naufrage, par exemple. Voyager de quelques jours dans le temps pouvait rendre n'importe qui immensément riche, ne serait-ce qu'en jouant les bons numéros au loto. Les possibilités étaient infinies : loteries, courses de chevaux, guerres, élections…

Mais elle se heurtait à un gigantesque paradoxe : il semblait que le Gardien n'ait voyagé dans le temps que pour empêcher les hommes d'avoir connaissance de ce pouvoir.

L'aube illuminait le ciel. Grace regarda le jour se lever, puis elle se doucha et but une tasse de café. Elle se sentait étrangement nerveuse. Un sentiment d'urgence croissant l'envahissait.

Peut-être était-il temps de déménager et de changer d'identité. Il y avait déjà deux mois qu'elle était Paulette Bottoms. Son instinct l'avait déjà sauvée, elle n'allait pas l'ignorer cette fois-ci.

Pendant ces huit mois, elle n'avait pas accumulé grand-chose : quelques vêtements, son 4×4, son arme. La cafetière était une trouvaille à deux dollars dans un dépôt-vente. En dix minutes, elle avait tout rassemblé dans sa voiture. La chambre était payée jusqu'au samedi, aussi n'eut-elle qu'à glisser la clef dans la grosse boîte aux lettres avant de partir.

On était vendredi. Elle ferait les ménages prévus, irait chercher sa paie et démissionnerait. Ce serait la fin de Paulette Bottoms. Elle prendrait un autre nom, une autre chambre, un autre travail. Elle quitterait peut-être la ville. Depuis qu'elle avait entendu la voix de Parrish au téléphone, elle ne s'y sentait plus en sécurité. Elle était revenue à Minneapolis pour se venger, mais elle était incapable de monter le moindre plan raisonnable. Sa traduction avait pris tout son temps et elle était terminée. Avec l'aide de Kris, elle en avait plus appris sur la Fondation qu'elle n'aurait jamais osé l'imaginer, même si elle ignorait encore ce qu'elle ferait de ces informations.

La perspective de quitter Minneapolis la soulageait. Elle voulait s'éloigner de Parrish et des souvenirs qui la hantaient, fuir le froid, la neige et les jours trop courts de l'hiver. Elle conduirait vers le sud et ne s'arrêterait que quand elle trouverait du soleil et de la chaleur.

Il ne lui restait que cette journée de travail, quelques maisons à nettoyer, sa paie à aller chercher, puis elle filerait sur l'autoroute.

Paglione avala la dernière gorgée de son gobelet de café. Les surveillances d'hiver étaient les pires. Il fallait boire café sur café pour ne pas geler sur place, et cela vous donnait en permanence envie d'aller aux toilettes. Il aurait fallu être deux, pour pouvoir se relayer.

Bien sûr, faire le piquet devant un fast-food présentait certains avantages. Il avait toujours quelque chose à manger et à boire, du café à volonté et des toilettes juste à côté. Mais il était là depuis trois jours et commençait à en avoir assez des hamburgers. La prochaine fois, il essaierait les beignets au poulet.

Un bruit de moteur le tira de ses pensées. Il observa la voiture qui s'arrêtait devant lui. La tête de Conrad était immédiatement reconnaissable. Bien qu'il travaillât pour lui depuis des années, Paglione se sentait toujours aussi mal à l'aise en le voyant arriver.

Il ne s'habituait pas à son air froid et à son regard insensible. Pourtant, il avait fréquenté d'autres tueurs avant, il avait même exécuté quelques contrats. Mais Conrad était différent. Il ne paniquait pas, n'abandonnait jamais. Il était comme une machine, toujours sur le qui-vive, relevant des détails que personne n'avait vus. De tous les gens qu'il connaissait, Conrad était le seul qu'il craignait réellement. Même Sawyer lui paraissait moins redoutable.

Un courant d'air glacé pénétra dans la voiture quand Conrad ouvrit la porte.

— Content de te voir, fit Paglione. J'ai pas arrêté de boire du café et j'ai envie de pisser. Tu veux que je te rapporte quelque chose ?

— Non. Quelqu'un a téléphoné de la cabine ?

— Six personnes. J'ai noté leur description.

Il attrapa un petit carnet sur le tableau de bord et le donna à Conrad, puis il ouvrit la portière et traversa le parking du fast-food en courant.

Les vitres commençaient à s'embuer. Sans quitter la cabine téléphonique des yeux, Conrad mit le moteur en route. Il prit le carnet sans l'ouvrir, préférant attendre le retour de Paglione au cas où il aurait besoin d'un supplément d'informations.

Il s'en voulait toujours. Grace était probablement dans la salle informatique lorsqu'il était passé devant. Il avait jeté un coup d'œil par la porte vitrée, mais n'avait rien remarqué d'insolite.

Elle était si près. Il aurait pu l'avoir et tout aurait été terminé.

Elle avait changé. De toute évidence, elle portait une perruque. Il était inutile à présent de rechercher une couleur ou une longueur de cheveux particulières, car Grace pouvait modifier sa coiffure du jour au lendemain. Elle avait beaucoup maigri. Quand ils avaient revu le film vidéo pour mieux observer l'homme qui l'accompagnait, Parrish avait paru déçu de la trouver si mince.

Mais c'était sa démarche qui avait le plus changé. En huit mois de traque, il avait vu beaucoup de films vidéo sur elle et il connaissait la démarche de Grace aussi bien que la sienne. Elle marchait avec ce subtil balancement des hanches qui obsédait tant Parrish et dont lui-même percevait la sensualité. À l'époque de ces films de famille, sa démarche détendue et tranquille était innocente.

Or cette innocence avait disparu. Sa démarche s'était faite précise, son poids glissait d'un pied sur l'autre, de façon à pouvoir s'élancer dans n'importe quelle direction à tout instant. Elle gardait la tête droite, une allure alerte. Ses épaules étaient carrées, ses muscles prêts à réagir. En huit mois de cavale, Grace St. John avait appris à se défendre.

Il regrettait sincèrement qu'elle ait perdu son innocence. Sur les films, Grace était rayonnante de douceur. Son frère et son mari l'adoraient, et elle leur avait passionnément rendu leur affection. Parrish s'était passé et repassé une vidéo tournée à Noël, où l'on voyait son mari la prendre sur ses genoux et l'embrasser avec fougue. Ces films étaient pleins de rires et de bonheur. La petite famille avait vécu heureuse.

Beaucoup de choses pouvaient arriver en huit mois de cavale. On avait pu la battre, la voler, la violer. Cette idée lui déplaisait, mais il fallait voir les choses en face. Avant de la tuer, Parrish voulait la posséder, la salir, l'humilier. Conrad le désapprouvait totalement. Grace St. John méritait le respect.

Paglione rentra brutalement dans la voiture, un sac en papier à la main, et se glissa derrière le volant. Une odeur de poisson et de frites se répandit dans l'habitacle. Il sortit une petite boîte en carton, un gobelet de café et un sachet de frites qu'il déposa consciencieusement sur le tableau de bord.

Paglione de retour, Conrad s'intéressa au carnet. Six personnes s'étaient approchées de la cabine. Une femme noire à 7 h 16. Un adolescent d'environ quatorze ans à 9 h 24, alors qu'il aurait dû être au collège. Un homme âgé était entré dans la cabine, avait fouillé dans ses poches à la recherche de pièces de monnaie, avant de repartir sans téléphoner. Un homme d'origine asiatique était descendu d'un véhicule électrique et avait téléphoné à 10 h 47. À 12 h 02, deux jeunes gens avaient occupé la cabine presque une heure. Les imbéciles ! L'autre jour, Grace avait téléphoné pendant l'heure du déjeuner. Ces deux idiots l'avaient peut-être obligée à trouver une autre cabine.

— Melker surveille le drive-in, dit Paglione. Bayne est à l'intérieur. Melker râle parce qu'il ne sait pas quelle voiture guetter. Je lui ai dit de chercher une blonde frisée.

Conrad soupira. S'il avait été plus rapide, il aurait vu autre chose que le simple reflet des feux arrière du véhicule que Grace avait utilisé. Mais la voiture pouvait être celle de son compagnon. Cela lui avait tout de même appris une chose : elle n'était certainement plus dépendante des transports publics, ce qui rendait leur filature encore plus difficile.

Mais il était patient. Elle était venue ici une fois, elle reviendrait.

Grace termina le ménage de la dernière maison en avance, un peu après 14 heures. Elle s'arrêta au bureau miteux de l'entreprise de nettoyage qui l'embauchait et demanda sa paie, informant le responsable de sa démission. Le personnel tournait si vite que l'homme accueillit l'annonce de son départ avec un grognement indifférent.

Elle devait téléphoner à Kris. Elle ne pouvait pas quitter la ville sans le prévenir. Il mourrait d'inquiétude si elle ne lui donnait pas de nouvelles. Elle regrettait de le laisser tomber une nouvelle fois. Sa compagnie, son amitié l'avaient réchauffée. Sa nouvelle vie lui interdisait de se lier avec qui que ce soit, et les conversations qu'elle avait eues avec Kris, si brèves qu'elles aient été, avaient agréablement rompu son isolement.

Elle s'engagea sur le parking du fast-food pour téléphoner, mais la cabine était occupée. Sans s'arrêter, elle dépassa la file des voitures qui attendaient leur tour devant la fenêtre du drive-in. Une voiture sortit brusquement du rang devant elle, et Grace dut écraser la pédale de frein pour ne pas l'emboutir. Son ordinateur posé sur le siège arrière tomba sur le sol. La grande poche latérale était ouverte et plusieurs pages de notes s'éparpillèrent sur le tapis.

— Imbécile, grommela-t-elle en se rangeant sur le côté.

L'ordinateur était à l'abri dans la sacoche molletonnée, mais ce n'était pas une raison pour le malmener.

Elle se pencha pour le ramasser. Certaines feuilles avaient glissé sous le siège et elle ne pouvait pas les attraper. Jurant une nouvelle fois, elle laissa le moteur tourner et descendit de voiture.

Elle ouvrit la porte arrière et commença à rassembler les papiers. Elle tendait la main vers une feuille où se lisaient les mots « Creag Dhu » lorsqu'un coup de vent s'engouffra dans le véhicule, envoyant la feuille dans son dos. Elle pivotait pour la rattraper quand elle vit l'homme fondre sur elle.

Elle plongea immédiatement au sol et, d'une détente vigoureuse, lui envoya un coup de pied en pleine rotule. La jambe de l'homme se déroba sous lui et il s'effondra lourdement, face contre terre.

Grace roula sur le côté, se releva vivement et sauta sur le siège avant. Un autre homme surgit brusquement devant elle. Il ressemblait à un gorille et la dévisageait d'un regard froid. Elle essaya de fermer la porte, mais il la bloqua d'une main ferme et se pencha à l'intérieur. Elle eut beau reculer le plus loin possible, une poigne de fer se referma sur sa cheville et la tira implacablement en avant. Elle lança le pied vers son visage. L'homme détourna la tête pour esquiver le coup et lui attrapa l'autre cheville.

Son couteau glissa de son étui. La lame jaillit avec un claquement sec. Le tenant paume en bas comme Mateo le lui avait appris, elle donna un coup sur la main de son agresseur. La lame lui déchira la peau et il recula, lui lâchant une cheville.

Le premier homme se remettait lentement sur pied, grognant et se frottant le genou. Dans quelques secondes, il volerait au secours de son acolyte. Elle entendait courir quelqu'un, probablement un troisième assaillant. Elle n'avait aucune chance.

L'homme qui lui tenait la cheville était fort comme un bœuf. Il la tirait toujours, ignorant le sang qui coulait de sa main, parant toutes ses attaques. Grace réfléchissait à toute vitesse. Son pistolet était sous le sac de vêtements, entre les deux sièges avant. Impossible de l'atteindre.

Elle lança son couteau. L'homme vit la lame arriver vers son visage et se pencha pour l'éviter, sans pour autant desserrer son étreinte. Grace était presque hors de la voiture. Elle tendit la main derrière elle et fouilla désespérément sous son sac. Ses doigts effleurèrent le métal, puis, dans un ultime effort, se refermèrent sur la crosse.

Elle se redressa brusquement, l'arme au poing, les mains tendues, et tira sur l'homme dès que son pied ne fut plus dans la trajectoire. Le gorille vacilla, une lueur de surprise et de contrariété au fond de ses yeux froids, mais il ne lâcha pas sa cheville. Il serra les dents et tira encore.

— Je vais te tuer, fit-elle d'une voix à peine audible.

Elle visa la tête et commença à presser sur la détente d'une main ferme.

Leurs regards se croisèrent. L'homme vit sa mort dans celui de Grace. Elle lut qu'il avait compris dans le sien. Sans un mot, il libéra sa cheville et glissa au sol, l'épaule ensanglantée.

L'homme qu'elle avait frappé au genou recula, les mains levées pour montrer qu'il n'était pas armé. Elle ne le crut pas une seconde.

D'un coup d'œil, elle localisa le troisième homme. Il fonçait sur elle. Elle se jeta en arrière, à moitié allongée contre la portière du passager, et tira deux fois à l'aveuglette. Puis elle se releva, vit le premier homme sortir son arme et tira dans sa direction. Elle le rata, mais il s'enfuit pour se mettre à couvert.

Il ne lui restait que deux balles. En un éclair, elle s'installa au volant, passa en première et écrasa la pédale d'accélérateur. Le vieux 4×4 fit un bond en avant. Les pneus patinèrent sur les plaques de verglas. Le visage du troisième homme apparut dans l'encadrement de la fenêtre au moment où elle se penchait vers la poignée pour refermer sa porte. Elle pointa son arme sur lui et il disparut comme par enchantement. Le premier homme sauta sur le marchepied. Grace donna un coup de volant à gauche, puis à droite. Le pied droit de son assaillant glissa, mais il ne tomba pas. Une voiture qui venait en sens inverse klaxonna bruyamment. Grace vira brutalement sur la droite pour éviter le véhicule, et l'homme lâcha prise. Dans son rétroviseur, elle le vit s'écraser contre le pneu arrière d'une camionnette à l'arrêt.

Sa porte était grande ouverte, mais elle n'avait pas le temps de s'arrêter pour la fermer. Sans ralentir, elle tourna à droite au premier carrefour, puis à gauche au suivant, et la porte se ferma toute seule.

Elle tenta de réfléchir à ce qu'elle devait faire. Ils avaient une description de son véhicule et probablement son numéro d'immatriculation. Le 4×4 était au nom de Louisa Croley, le nom de son passeport et de son permis de conduire. Elle pouvait abandonner sa voiture, en voler une autre et quitter Minneapolis aussi vite que possible. La police serait à ses trousses dans quelques secondes. Une fusillade dans un fast-food ne risquait pas de passer inaperçue.

Finalement, elle n'abandonna pas son véhicule, mais prit l'autoroute et se dirigea vers l'Iowa.

« La mystérieuse fusillade de Roseville confond la police », titraient les journaux le lendemain. « Des témoins ont entendu plusieurs coups de feu, expliquait le reporter. Selon eux, sur les quatre personnes impliquées, deux ont été sérieusement blessées. Le temps que la police arrive sur les lieux, tous les acteurs du drame avaient disparu, même les blessés. Plusieurs témoins ont dit avoir vu une personne, peut-être une femme, s'enfuir au volant d'un vieux 4×4 beige. La loi oblige tous les hôpitaux et médecins à déclarer les blessés par balle, mais aucune déclaration de ce genre n'a encore été enregistrée. »

Parrish arpentait la pièce, hors de lui. Conrad était assis sur le canapé, un bras en écharpe. Un médecin appartenant à la Fondation l'avait soigné. Par chance, la balle s'était fichée dans la clavicule, épargnant les ligaments et les fragiles cartilages de l'épaule. Des élancements douloureux remontaient jusque dans sa tête, mais il avait refusé les antalgiques que le médecin lui avait proposés. La coupure de sa main, bien que superficielle, avait nécessité huit points de suture.

— Quatre hommes incapables de venir à bout d'une femme ! fit Parrish excédé. Et Bayne qui ne s'est rendu compte de rien avant qu'il ne soit trop tard pour intervenir ! Vous et vos hommes me décevez beaucoup, Conrad. Elle vous a filé entre les doigts et nous ne sommes pas près de la revoir. La ville est sens dessus dessous, nous avons mis tous nos hommes sur le coup, et personne n'a été fichu de relever sa trace. Et c'est une débutante !

Il prononça ces derniers mots en rugissant, le visage cramoisi, le cou gonflé de rage.

Conrad restait silencieux. Il ne présenta aucune excuse à Parrish. Quand il serait rétabli, se promit-il, il s'occuperait personnellement de Melker. Dès qu'il avait aperçu Grace, cet idiot s'était précipité vers elle, sans attendre les autres. S'ils avaient agi ensemble, tombant sur elle par surprise, elle ne leur aurait jamais échappé. Mais Melker s'était mis en tête de l'attraper tout seul et elle l'avait envoyé balader.

Conrad s'en voulait aussi. Il aurait dû prévoir qu'elle était armée, mais il s'était laissé surprendre par son couteau, puis par son pistolet. Elle n'avait pas hésité, pas eu un instant de panique. « Je vais te tuer », avait-elle dit. Et elle l'aurait fait. Durant une seconde, quand leurs regards s'étaient croisés, il avait vu en elle une force qu'aucun d'entre eux n'avait soupçonnée.

Il aurait pu ne pas lâcher sa cheville. Elle l'aurait tué, mais le délai aurait suffi à la faire prendre. Il avait préféré la laisser fuir, prétextant un évanouissement pour sauver sa peau. Il ne fallait pas qu'il meure maintenant. Il avait encore beaucoup à faire. Lui seul capturerait Grace St. John, personne d'autre. C'était pour cette raison qu'il avait gardé le numéro de sa plaque d'immatriculation pour lui.

Pour éviter les policiers, ils avaient tous sauté dans leurs voitures. Malgré la douleur et l'hémorragie, Conrad avait conduit jusqu'à leur planque, où le médecin était venu le soigner. Parrish, fou de rage, n'avait pas encore remarqué la feuille qui s'était envolée de la voiture de Grace et que Paglione avait ramassée sur le parking.

Le papier était sur la table. Conrad n'avait pas pris le temps de le lire. Après des mois de recherche, une feuille leur tombait entre les mains. Quelle importance pouvait-elle avoir, séparée des autres ? Sans doute aucune, mais il était incapable d'en détacher les yeux.

Parrish, qui commençait à comprendre que sa fureur n'avait pas l'effet escompté, suivit le regard de Conrad. Il alla jusqu'au bureau et saisit la feuille d'un geste brusque.

— Qu'est-ce que c'est ? fit-il.

— Paglione l'a trouvée sur le parking, répondit Conrad. Elle est tombée du 4×4.

— Ça fait partie de ses notes, constata Parrish d'une voix qui devenait songeuse.

Il s'assit et alluma la lampe de bureau.

— Qu'est-ce que c'est que cette langue ? *Cunbhalach* signifie « sérieux », *cunbhalachd* signifie « jugement ». Je suis ravi de l'apprendre. Quel charabia ! Ce doit être une sorte de code. *Creag Dhu*... Tiens, celui-là n'est pas traduit. Puis je lis « peur » et *gleidhidh*. On dirait du gallois sans les *y* et les *w*.

Conrad ne fit aucun commentaire. Une étrange inquiétude le gagnait. Il fixait le papier entre les mains de Parrish, les oreilles bourdonnantes, la vue brouillée, comme s'il allait s'évanouir. Peut-être avait-il perdu plus de sang qu'il ne le croyait.

Parrish se tut. Il était penché sur le feuillet, l'air concentré. C'était un homme intelligent et cultivé. Il avait parcouru le monde et entendu des dizaines de langues différentes au cours de ses voyages.

— C'est du gaélique, reprit-il d'une voix douce, quelques instants plus tard. Ce n'est pas un code. « Dhu » veut dire « noir », et je crois que « creag » signifie « roche » ou « rocheux ». Creag Dhu, le rocher noir...

Il se releva brusquement, le regard brillant.

— Allez vous reposer, Conrad. Je vais faire traduire ceci. Il se pourrait bien que le petit mot de Grace soit exactement celui que nous cherchions.

17

Une de ses pages s'était envolée. Grace y songeait sans cesse. Elle avait commis une effroyable erreur.

Elle conduisait prudemment dans la nuit enneigée de l'Iowa, à bout de forces. Elle avait besoin de dormir mais était incapable de s'arrêter.

Elle avait perdu une feuille, une page de notes. Cette idée la rendait malade. Elle se souvenait parfaitement d'avoir lu « Creag Dhu » en essayant de rattraper le papier.

Elle avait fourni à Parrish la localisation du trésor. Il lui suffirait de comprendre de quoi il s'agissait. Mais elle lui faisait confiance. Parrish n'était pas stupide. Et la Fondation était une société d'archéologie. À travers elle, il avait accès à toutes les cartes anciennes et à tous les dossiers qu'il voulait. Il ne tarderait pas à découvrir que Creag Dhu était une forteresse écossaise du XIVe siècle. La situer serait un jeu d'enfant. Étant le directeur de la Fondation, il n'aurait aucune difficulté à faire voter des budgets colossaux pour la fouille du site. Et il trouverait le Trésor.

C'était sa faute. Elle était entièrement responsable. Et, par-dessus tout, elle avait trahi Ford et Brian en donnant à Parrish les informations qu'il voulait. Son mari et son frère étaient morts pour rien.

Elle avait aussi trahi Niall.

Elle aurait dû réagir, tuer les deux hommes puisque c'était nécessaire et récupérer sa feuille. Mais elle n'avait songé qu'à fuir. Pis encore, elle ne s'était rappelé cette feuille qu'en franchissant la frontière de l'Iowa.

Mais elle avait bel et bien tiré. Tous les conseils de Mateo avaient marché. Au lieu de trembler comme une feuille en croisant les doigts, elle s'était montrée à la hauteur. Huit mois plus tôt, elle n'avait aucune idée de la façon dont on se servait d'une arme. L'idée même d'en posséder une l'aurait horrifiée. Mais cet après-midi, elle avait utilisé un pistolet et un couteau sans la moindre hésitation. Elle se revit appuyer sur la détente, se demandant vaguement si c'était bien elle qui l'avait fait.

Mais tout cela avait été inutile. Elle avait trahi Ford, Brian et Niall. Elle avait été incapable de protéger les documents. Parrish avait gagné à cause de sa négligence.

Rongée par la culpabilité, épuisée par la bagarre et la conduite, elle ne se souvint de Kris qu'à 22 heures. Elle chercha des yeux une cabine téléphonique, mais la route était déserte.

Elle approcha enfin d'un relais routier. À quelques centaines de mètres de l'enseigne criarde, elle ralentit et s'engagea sur le parking bondé d'énormes semi-remorques. Au milieu de ces mastodontes, son 4×4 avait l'air d'un jouet. Elle décida de faire le plein et avança lentement jusqu'aux pompes à essence. Elle attendit dans l'air glacé que l'employé remplisse son réservoir.

En voyant les flocons tourbillonner dans le faisceau des phares, elle réalisa que la neige avait recommencé à tomber. Trop fatiguée pour conduire sous la neige, elle paya son essence, remonta en voiture et s'arrêta devant le restaurant.

Une agréable chaleur l'accueillit quand elle poussa les portes. Un frisson de plaisir et de soulagement lui parcourut l'échine. Les routiers étaient installés au comptoir et dans les box qui longeaient le mur. Un juke-box passait une chanson entraînante et un nuage de fumée bleue flottait au-dessus des tables. Un petit couloir sur la gauche portait une flèche avec la mention « toilettes ». Le renfoncement abritait également deux cabines téléphoniques serrées l'une contre l'autre. L'un des appareils était utilisé par un barbu costaud au ventre rebondi. Il avait l'air d'un motard sans foi ni loi, mais en s'approchant, elle l'entendit murmurer : « Je te rappelle demain, chérie. Je t'aime. »

Grace passa devant lui en cherchant de la monnaie dans ses poches. Elle inséra une pièce et la tonalité retentit à son oreille. Elle composa le numéro et attendit.

Kris répondit immédiatement. Sa voix était anxieuse.

Grace tourna le dos à la brute sentimentale qui n'avait toujours pas raccroché et répondit à voix basse.

— Ça va, dit-elle sans donner son nom. Mais ils ont failli m'avoir cet après-midi, et j'ai dû partir. Je voulais juste te prévenir. Tout va bien, de ton côté ?

— Oui. Tu es blessée ?

— Non, ça va.

— C'était toi au fast-food, hein ? À la télévision, ils ont parlé d'une brune au volant d'un 4×4 pourri. J'ai tout de suite compris que c'était toi.

— Oui.

— Les policiers n'y comprennent rien. Tout le monde avait disparu quand ils sont arrivés.

Grace haussa les sourcils d'étonnement. Elle avait cru que les policiers se lanceraient aussitôt à ses trousses. Mais Parrish ne voulait pas qu'ils l'attrapent. Elle savait qu'il préférait le faire lui-même, bien qu'elle ne comprît pas pourquoi. Sur la liste des donateurs, elle avait vu des noms de personnes très haut placées.

Parrish avait les moyens de récupérer sa traduction et les documents au moment de son arrestation. Il pouvait aussi la faire tuer dans sa cellule. Elle ne serait qu'un numéro de plus dans les statistiques sur les violences carcérales.

Parrish la voulait vivante. Il la voulait à sa merci, réalisa-t-elle soudain. Une vague de peur l'envahit, mais elle la repoussa résolument.

— Je dois te laisser, reprit-elle. J'appelais simplement pour te remercier et te dire que ça allait.

— Grace...

La voix de Kris se brisa.

— Fais attention. Reste en vie.

Il s'interrompit, avant d'ajouter calmement :

— Je t'aime.

Cette simple déclaration faillit la briser. Elle était trop seule, une éternité s'était écoulée depuis la dernière fois où on lui avait dit de telles paroles. Elle agrippa le combiné. Elle ne pouvait pas rejeter la déclaration de Kris avec une vulgaire boutade. Il méritait mieux que ça.

— Merci, murmura-t-elle. Je t'aime aussi. Tu es quelqu'un de bien.

Sur ces mots, elle raccrocha et appuya le front contre le mur.

À côté d'elle, le camionneur patibulaire répétait ses mots tendres. Quelques secondes après elle, il raccrocha et lui jeta un coup d'œil. Une grosse main se posa sur son épaule avec une incroyable douceur.

— Pleure pas, mignonne, fit-il d'une voix réconfortante. Tu t'y feras. Ça fait combien de temps que tu es sur la route ?

Il la prenait pour un chauffeur. L'espace d'un instant, la stupéfaction balaya la peur, le dégoût et le désespoir qui l'habitaient. Avait-elle réellement l'air d'une camionneuse ?

Elle baissa les yeux. L'homme portait des bottes, un jean et une casquette de base-ball vissée sur le crâne, tout comme elle.

Oui, elle avait l'air d'une camionneuse.

Pour la première fois depuis des mois, une ombre de sourire se dessina sur ses lèvres. Elle réprima un rire nerveux et releva les yeux sur son bon samaritain en s'éclaircissant la voix.

— Huit mois. Je roule depuis huit mois.

Il lui donna une autre tape.

— Attends encore un peu. C'est dur d'être loin de sa famille aussi longtemps, mais la marchandise doit circuler et quelqu'un doit être payé pour le faire. Autant que ce soit nous, pas vrai ?

— C'est vrai, répondit-elle en écho.

Avec un petit signe de tête à l'adresse du routier sentimental, elle s'enfuit vers son véhicule. Elle espérait qu'il ne la verrait pas partir au volant d'un vulgaire 4×4 au lieu d'un de ces monstres rugissants qui peuplaient le parking. Elle ne voulait pas détruire ses illusions.

La neige tombait plus dru. D'autres camions s'engageaient dans l'allée qui conduisait au restaurant. À l'entrée de l'aire de repos, l'enseigne lumineuse d'un motel se détachait sur le ciel sombre. Grace décida de ne pas prendre de risques inutiles et de s'arrêter pendant qu'il en était encore temps.

La chambre était minable. La moquette était usée et tachée, les murs et le couvre-lit d'un marron sale et déprimant. Mais le chauffage fonctionnait, la plomberie aussi, et cela lui suffisait.

Grace retourna à son véhicule. Elle glissa le pistolet dans la ceinture de son jean et sortit sa sacoche et des vêtements propres pour le lendemain. Elle n'avait pas le courage de prendre toutes ses affaires avec elle. Tant pis pour les voleurs.

De retour dans la chambre, elle se déshabilla puis rechargea son arme. Les mains tremblantes, elle remplit le barillet et glissa le revolver sous son oreiller. Enfin, elle grimpa sur le lit défoncé et sombra dans le sommeil avant même d'avoir eu le temps d'éteindre la lampe de chevet.

Elle se mit à rêver.

« Et ainsi Grace vint à Creag Dhu. »

Niall écrivait, la plume crissant sur le papier. Il signa, data et se tourna vers elle.

— Comme ça, tu viendras.

Son regard noir et intense remonta de ses pieds nus à son visage, s'arrêtant longuement sur sa taille et sa poitrine. Elle retint sa respiration. Niall était l'homme le plus sensuel qu'elle eût jamais rencontré. Le désir qu'elle lisait dans ses yeux ne faisait que répondre à sa propre ardeur. Son corps tout entier appelait le sien. Les pointes de ses seins se durcissaient, sa peau était plus chaude et plus douce, ses joues se coloraient d'impatience. Son ventre même frémissait.

Niall posa sa plume et se leva.

— Je n'ai pas l'intention d'attendre sept cents ans, murmura-t-il en lui tendant la main. Je te veux maintenant.

Grace franchit la distance qui les séparait et glissa les mains dans la soie de ses cheveux noirs. Il se pencha vers elle et leurs lèvres s'unirent. Personne n'embrassait comme Niall, songea-t-elle. Sa bouche avait le goût fort et sauvage du whisky. Son baiser à la fois impérieux et tendre offrait autant de plaisir qu'il en exigeait.

Sa large paume recouvrit son sein, son pouce en effleurant la pointe durcie. Elle enfouit plus profondément les mains dans ses cheveux et se pressa contre lui, tremblante de désir.

Ils avaient déjà si souvent fait l'amour qu'il savait parfaitement que les préliminaires étaient inutiles. Il la déshabilla d'une main habile et se débarrassa de son kilt. Puis il s'assit sur le tabouret et l'attira sur lui. Au moment où il la pénétra, elle poussa un soupir de soulagement et de plaisir mêlés. Niall, le souffle coupé, la serra un peu plus contre lui. Le besoin qu'ils avaient l'un de l'autre était plus vif encore que le désir fougueux qui les empoignait.

C'était elle. Niall se réveilla, torturé par un désir brûlant et douloureux, mais un sourire triomphant éclairait son visage. Cette fois, il avait vu le visage de celle qui le tourmentait dans son sommeil, celle qui ne cessait de l'observer dans l'ombre. Il se redressa sur sa couche, la tête entre les mains, s'efforçant de rattraper les bribes de son rêve.

Il rédigeait un message à son écritoire. Elle se tenait à ses côtés. Il ne se souvenait pas de ses paroles, seulement du regard qu'ils avaient échangé et de la violence du désir qui s'était immédiatement emparé de lui. Il avait tendu la main et elle s'était avancée pour se glisser entre ses bras. Il ne l'avait même pas portée jusqu'au lit mais l'avait prise là, sur le tabouret, lui arrachant presque ses jupes pour la hisser sur lui. Un feu liquide s'était aussitôt répandu dans ses veines. Il avait vu ses adorables yeux bleus se fermer et son doux visage se renverser en arrière tandis qu'ils s'abandonnaient ensemble au plaisir qui les submergeait.

Sous ses doigts, son corps était souple et sa peau soyeuse. Sa longue chevelure noire ondoyait dans son dos à chaque mouvement, ses yeux étaient d'un bleu aussi pur qu'un lac des Highlands sous un ciel d'été, son visage… Un frisson le parcourut. Son expression était celle d'un ange, solennelle et légèrement distante, comme si elle était animée d'une mission quasi divine.

Son front était haut et clair, sa mâchoire délicate mais assurée, sa bouche…

— Pas si angélique que ça, fit-il à voix haute.

Cette bouche lui inspirait un certain nombre de pensées particulièrement charnelles.

Pourtant, il était incapable de chasser l'infime sentiment de malaise qui le taraudait. Niall était un homme qui se fiait à ses intuitions, et son instinct lui disait que cette femme avait tout d'une sorcière. Sinon, comment aurait-elle pu l'observer sans être vue et se glisser dans ses rêves quand bon lui semblait ? Sorcière ou non, si elle apparaissait devant lui en chair et en os, il serait heureux de la posséder comme il le faisait en rêve. Mais il ne se risquerait certainement pas à lui faire confiance.

Elle devait avoir une raison de l'espionner. Et cette raison était peut-être liée au Trésor.

Si c'était le cas, tant pis pour elle. Il avait juré de protéger le Trésor envers et contre tout, quelle que soit la menace. Il n'avait jamais eu à tuer de femme pour le défendre, mais son sexe ne la sauverait pas.

Si elle venait pour le Trésor, il la tuerait.

La femme de chambre qui tambourinait à la porte réveilla Grace à 11 heures. Celle-ci sortit du lit en titubant, lui dit de revenir plus tard et se recoucha. Elle dormit jusqu'à 15 heures et se leva l'esprit confus, fatiguée d'avoir trop dormi.

Elle prit une longue douche, alternant eau chaude et eau froide pour tenter de dissiper le brouillard de ses pensées. Son corps était reposé, mais elle se sentait épuisée. Il lui semblait que son cerveau n'avait cessé de cogiter durant la nuit entière. Elle avait ressassé la scène brève et violente qui s'était déroulée sur le parking du fast-food, la repassant en boucle sans relâche. Elle se revoyait tendre la main vers la feuille où se lisaient les mots « Creag Dhu ». Elle sentait le vent venir, savait ce qui allait se passer, essayait de rattraper le feuillet, mais il lui échappait encore et toujours. Parrish le récupérait en souriant et lui disait : « Quelle obligeance, ma chère Grace. » Puis il pointait son arme sur elle et tirait. Et le rêve recommençait.

Elle avait aussi rêvé de Niall, rêvé qu'elle faisait l'amour avec lui. Son regard noir s'était posé sur elle, plein de désir, de douceur et de compréhension, comme s'il savait qu'elle avait été incapable de protéger les précieux documents qui lui avaient été confiés. Il avait tendu la main vers elle, l'invitant à approcher, et elle avait immédiatement obéi.

Viens. Maintenant.

Un frisson violent la parcourut. Ses genoux fléchirent et elle dut s'appuyer contre le mur de la douche pour ne pas tomber. Ses lèvres s'entrouvrirent et un léger soupir lui échappa. Elle était incapable de lutter contre les tremblements qui la secouaient. Dans une sorte d'évanouissement conscient, elle se sentit arrachée à la réalité, sans rien pouvoir contrôler. Une force extérieure la poussait, la tirait. Ses pupilles se dilatèrent et les murs décrépits de la douche se mirent à étinceler devant ses yeux.

Viens à moi. Remonte les six cent soixante-quinze ans qui nous séparent. Je t'ai donné le secret. Viens à moi.

Les mots résonnaient dans sa tête. C'était Niall, mais la voix rauque et profonde de son rêve s'était faite exigeante et dure.

Viens.

Peu à peu, l'éclat des murs s'estompa et ses tremblements s'atténuèrent, la laissant pantelante sous le jet glacé. Elle coupa vivement l'eau et attrapa une petite serviette dans laquelle elle enroula ses cheveux, gardant la plus grande pour se frictionner vigoureusement. Elle était gelée. Combien de temps était-elle restée sous la douche froide, en pleine crise hallucinatoire ?

Non, ce n'était pas une hallucination. Elle avait bel et bien entendu la voix de Niall. Le Pouvoir était réel. Elle le savait depuis le début, depuis le jour où elle avait posé les yeux sur ces vieux documents pour la première fois. C'était pour cela qu'elle avait été si pressée de les traduire, si attentive à ne pas les perdre alors que tout s'écroulait autour d'elle. Elle les avait protégés au mépris de toute prudence, au lieu de s'en débarrasser au plus vite.

Les événements des huit derniers mois l'avaient inéluctablement conduite à cet instant, nue et frigorifiée dans la salle de bains d'un motel miteux quelque part en Iowa, face à cette inconcevable mais soudain éclatante évidence : elle devait remonter le temps.

Parrish avait la feuille, et elle n'y pouvait plus rien. Mais elle devait l'empêcher de s'emparer du Trésor. Pour cela, il fallait convaincre Niall de le cacher ailleurs. Ou peut-être – c'était stupide parce qu'elle n'avait pas l'étoffe d'une héroïne –, peut-être était-ce à elle de trouver le Trésor, d'utiliser le Pouvoir et d'anéantir la Fondation.

Quoi qu'il en soit, elle devait aller à Creag Dhu, six cent soixante-quinze ans plus tôt.

18

Le printemps s'installait doucement dans les Highlands. Un épais tapis vert avait recouvert les montagnes. Les jours froids et brumeux avaient laissé la place à un ciel bleu si lumineux qu'il fallait plisser les yeux pour le regarder. L'air était d'une rare pureté. De temps en temps, la plainte affaiblie mais émouvante d'une cornemuse parvenait jusqu'à elle.

Il lui avait fallu quatre mois pour arriver là. Au début, elle avait continué à conduire, descendant vers le sud-est. Les saisons avaient changé au cours de son voyage, l'hiver perdant chaque jour de sa rigueur. C'était dans le Tennessee, à la mi-février, qu'elle avait vu les premiers bourgeons et les premières fleurs jaillir de terre. Le jaune éclatant des jonquilles lui avait paru si miraculeux qu'elle s'était arrêtée et avait décidé de rester dans le Tennessee pour se reposer et s'organiser.

Grace avait vite compris qu'elle ne s'en sortirait pas seule. Dans cette étrange aventure, une seule personne pouvait l'aider. Elle avait composé son numéro d'une main tremblante.

Sans un mot, Harmony avait écouté Grace lui demander de l'accompagner en Écosse pour un voyage dont elle ignorait la durée.

— L'Écosse ? avait-elle dit enfin. Ils se peinturlurent encore la figure en bleu ?

— Seulement dans les films.

— Je n'ai pas de passeport.

— Si tu as un extrait de naissance, tu en obtiendras un sans difficulté.

— Tu dis que tu as besoin de moi pour faire quelque chose. Tu peux être plus précise ?

— Seulement si tu m'accompagnes.

— Je vais voir. Rappelle-moi dans deux jours.

Grace lui avait laissé trois jours de réflexion.

— D'accord, avait dit Harmony. Si je viens, je devrai faire quelque chose d'illégal ?

— Non, je ne crois pas.

Étant donné qu'elle ne savait pas à quoi s'attendre, Grace ne pouvait jurer de rien.

— Dangereux ?

— Oui.

Harmony soupira.

— Bon, murmura-t-elle. Difficile de résister à une proposition aussi alléchante, hein ? Ça va durer combien de temps ? Je dois m'occuper de ma maison, tu comprends.

— Je ne sais pas. Peut-être deux jours, peut-être deux semaines. Je paierai tous tes frais et...

Harmony l'interrompit.

— Si je viens, je me débrouillerai très bien toute seule. Comme ça, si j'en ai marre, je ne me sentirai pas obligée de rester.

Elle resta un moment silencieuse. Grace l'entendait tambouriner sur son bureau.

— Encore une question.

— Vas-y.

— Quel est ton vrai nom ?

Grace hésita. Après tous ces mois, se présenter sous son véritable nom lui paraissait presque absurde. La dernière fois qu'elle l'avait entendu, c'était dans la bouche de Kris. Elle avait utilisé tant d'identités différentes qu'elle avait l'impression d'avoir perdu la sienne.

— Grace, répondit-elle doucement. Grace St. John. Mais je voyagerai sous le nom de Louisa Croley, c'est celui de mon passeport et de mon permis de conduire.

— Grace, répéta Harmony. Et zut ! Si tu m'avais menti, j'aurais pu dire non.

Trouver Creag Dhu leur demanda un certain temps. Elles étaient à Édimbourg depuis plus d'une semaine quand Grace réussit enfin à localiser l'ancienne forteresse. Mais le site se trouvait dans une région si reculée des Highlands qu'il était presque inaccessible. Pendant les recherches de Grace, Harmony, en parfaite touriste, visita la ville et ses environs. Grace attendit d'être sûre de leur destination finale pour lui exposer ses projets. Harmony commença par se moquer d'elle, mais le récit de ce qui était arrivé à Ford et à Brian lui ôta toute envie de plaisanter. Soupirant, secouant la tête d'un air incrédule, elle finit par aider son amie à faire ses préparatifs.

Lorsqu'elle eut rassemblé tout le matériel dont elle aurait besoin, Grace loua une voiture et conduisit jusqu'à un petit village des Highlands, à cinq kilomètres de l'endroit censé abriter les ruines de Creag Dhu. Harmony découvrit rapidement que l'auberge locale était une mine de commérages et d'informations. Sa résistance au whisky et à la bière força l'admiration des clients, et elle ne tarda pas à y avoir ses entrées. En hommage à son endurance, les habitués répondirent aimablement à ses questions. Oui, un drôle d'Américain était arrivé. Depuis deux mois, il avait déterré un sacré volume de cailloux. Il avait été un peu retardé par une tempête qui avait rendu le terrain boueux, mais le temps avait changé. Il s'était remis au travail et avançait vite.

— Il ne va pas tarder à le trouver, commenta Grace quand Harmony lui rapporta cette information. Je ne peux plus attendre. Je dois y aller.

— Tu en parles comme si c'était un aller-retour en autobus, fit Harmony d'un ton rogue, alors que tu vas peut-être y laisser ta peau.

— Peut-être, répondit Grace.

Elle savait que c'était exactement ce qui risquait de se produire. Mais elle songeait aux documents, à ce qu'elle y avait découvert, à ses rêves, à la force qui la poussait inexorablement à poursuivre sa mission et elle se disait qu'elle devait essayer, même si cela paraissait complètement fou.

Elle n'avait pas fait un seul rêve depuis son arrivée en Écosse. Tout ce qui l'entourait lui semblait étrange, comme si un voile opaque la séparait du reste du monde. Rien ne la touchait, ni la peur ni la haine, ni la faim ni la soif. Une partie d'elle-même s'était déjà détournée de son époque. Elle allait voyager dans le temps et s'y était préparée de son mieux.

Elles partirent le lendemain, juste après le déjeuner. Des nuages noirs s'amoncelaient à l'ouest, au-dessus de l'océan, et le ciel bleu et or illuminait les fières montagnes des Highlands.

Parmi les documents qui exposaient la formule pour voyager dans le temps, Grace n'avait trouvé aucune indication sur l'endroit du départ. Elle avait donc estimé que le lieu de départ était probablement celui d'arrivée. L'idéal aurait été de se tenir au milieu des ruines de Creag Dhu, mais elle avait prudemment choisi de rester hors de vue. Une fois qu'elle aurait rejoint le XIVe siècle, elle ferait le reste du chemin à pied.

La route qu'elles avaient empruntée était à peine plus large qu'un sentier et s'arrêtait brutalement à plus de trois kilomètres des ruines. Rassemblant les affaires de Grace, les deux femmes quittèrent la voiture et entreprirent de gravir la montagne.

L'air était doux et frais. Grace restait silencieuse, perdue dans ses pensées.

— Pourquoi on ne le flinguerait pas, ce fumier ? suggéra soudain Harmony.

Avec ses cheveux blonds ébouriffés par le vent et ses narines palpitantes, elle avait l'air d'une antique déesse de la guerre sur le point d'écraser ses ennemis.

— Ce serait plus facile, plus net et plus radical, ajouta-t-elle.

— Parce qu'il ne s'agit pas seulement de Parrish, mais de la Fondation, répondit Grace. Si nous le tuons, un autre prendra sa place.

Après des mois de réflexion, cette conclusion l'avait frappée comme une évidence, et elle s'était sentie étrangement apaisée. Elle aurait aimé tuer Parrish, accomplir sa vengeance et s'en aller. Mais elle ne pouvait laisser la Fondation s'emparer du Trésor.

Elle choisit un endroit qu'elle désigna à Harmony. Le nid de rochers était presque au sommet de la montagne. Elles grimpèrent avec précaution, leurs pieds s'enfonçant dans l'épais tapis d'herbe spongieuse ou glissant sur la rocaille. Une fois en haut, elles contemplèrent la vallée déserte qui s'étendait en contrebas et les nuages poussés par le vent au-dessus de l'océan. Le site de Creag Dhu était caché par la montagne suivante. D'après les gens de la région, il ne restait du château qu'un promontoire de pierre noire s'avançant dans l'océan. Grace essaya de se représenter les ruines, mais la seule image qui lui vint à l'esprit fut celle d'une forteresse imposante dont la silhouette sombre dominait les flots agités.

— Tu es sûre, de tout avoir ? demanda Harmony en posant son sac par terre.

— Oui.

Grace avait commencé ses préparatifs avant même de quitter les États-Unis. Elle faisait le régime depuis plus d'une semaine, adaptant son alimentation aux instructions fournies par les documents. Elle se pencha et fixa les électrodes à ses chevilles.

Elle sentit que son apparente indifférence inquiétait Harmony.

— Ça va, fit-elle en réponse à la question que son amie n'avait pas posée. Si ça ne marche pas... ça ne marchera pas, voilà tout. De toute façon, la décharge n'est pas assez puissante pour me tuer.

— C'est ce que tu crois, rétorqua Harmony avec irritation.

— Si ça fonctionne, je me demande si je vais débarquer là-bas avec tout cet attirail ou nue comme un ver. Mais si ça ne part pas avec moi, fais-en ce que tu veux.

— Super, j'ai toujours rêvé d'une robe mauve deux fois trop courte pour moi, marmonna Harmony.

— Je laisse l'ordinateur. J'ai effacé toutes mes notes du disque dur, mais pas mon journal. S'il m'arrive quelque chose et que je ne reviens pas...

Elle frissonna.

— Il restera au moins le récit de ce qui s'est passé, conclut-elle.

— Je suis censée attendre combien de temps ? demanda Harmony.

— Je ne sais pas. Fais comme tu veux.

— Bon sang, Grace !

Harmony tourna vers un elle un visage rouge de fureur, mais elle ravala sa colère et se contenta de hocher la tête.

— Tu t'en fiches, hein ? En réalité, tu es déjà partie.

— Je sais que tu as du mal à comprendre. Moi aussi.

Une bourrasque de vent plaqua sa robe contre ses cuisses et fit voler ses cheveux.

— Ford et Brian sont morts depuis un an. Je n'ai pas versé une seule larme pour eux. Je ne pourrai le faire que lorsqu'ils seront vengés.

— Tu n'as pas eu le temps de les pleurer, répondit Harmony d'une voix rude. Tu avais trop à faire pour rester en vie.

— Pendant les six mois que j'ai passés à Minneapolis, je ne suis pas allée une seule fois sur leur tombe. Je n'ai déposé aucune fleur.

— Encore heureux ! D'après ce que tu m'as dit, ce fumier de Parrish faisait certainement surveiller le cimetière. Ses hommes t'auraient chopée.

— Sans doute. Mais je n'aurais pas pu y aller, même cela avait été sans danger. À mon retour, je serai peut-être capable de le faire.

Elle se tut, le regard absent. Tout avait été dit. Harmony la serra dans ses bras, puis s'écarta rapidement, les yeux humides.

Grace s'assit sur les rochers et alluma son portable. Elle ouvrit son journal et s'efforça d'organiser ses pensées, mais elles jaillissaient en tous sens, indomptables. Abandonnant toute tentative de cohérence, elle se mit à taper fébrilement.

« 17 mai 1997. La vengeance engloutit tout. Je n'avais jamais haï personne avant. Je menais une vie tranquille, heureuse. En une seconde, mon univers a basculé. Mon mari, mon frère… Je les ai perdus tous les deux.

« En un clin d'œil, une vie normale peut virer au pire des cauchemars. Non, je n'ai pas pleuré mes morts. J'ai enfoui ma souffrance et mon chagrin au plus profond de moi, et cette plaie ne guérira jamais, parce que je n'ai pas pu l'exprimer. J'ai dû me concentrer sur ce qu'il fallait faire. Je ne pouvais me permettre le luxe de pleurer ceux que j'aimais. Si j'avais faibli, si j'avais baissé ma garde, je serais morte aussi.

« J'ai l'impression que ma vie appartient à quelqu'un d'autre. Qui est la véritable Grace St. John ? La femme d'avant ou celle de maintenant ? Car elles sont irréconciliables. Entre la femme que je suis devenue et celle que j'étais avant cette affreuse nuit, il y a un gouffre qu'il est impossible de combler.

« Avant, j'étais une épouse.

« Aujourd'hui, je suis veuve.

« J'avais une famille. C'est fini.

« J'avais une carrière, un travail passionnant, des parchemins, de vieux documents poussiéreux qui m'absorbaient tellement que Ford s'amusait à me dire que je m'étais trompée d'époque en naissant au XXe siècle.

« Et tout s'est envolé.

« Aujourd'hui, je dois fuir, me cacher ou être tuée. Durant des mois, je suis passée de trou en trou, comme un rat traînant avec lui de vieux manuscrits. J'ai appris à me déguiser, à trouver de faux papiers, à voler une voiture, à me battre. Je mange quand j'y pense. Ford ne me reconnaîtrait pas. Mon mari ne me reconnaîtrait pas !

« Comment en suis-je arrivée là ?

« Question purement rhétorique. Je sais parfaitement comment les choses se sont déroulées, puisque j'étais là. J'ai vu Parrish les tuer tous les deux.

« Pas de transition entre avant et maintenant, pas le temps de m'adapter. En une seconde, je suis passée d'une vie respectable au statut de criminelle en cavale. D'épouse à veuve, de sœur à survivante, de la normalité à… ça.

« Seule la haine m'a permis de survivre, une haine si puissante qu'elle me consume. La haine peut-elle purifier ? Peut-elle brûler tous les obstacles qui, dans n'importe quelle autre circonstance, vous empêcheraient d'agir ? Je le crois, car c'est ce qui m'est arrivé. Je veux que Parrish paie pour avoir tué ceux que j'aimais, pour avoir détruit ma vie. Je veux qu'il meure. Mais je ne pourrais pas supporter que Ford et Brian soient morts pour rien. C'est pourquoi je dois également anéantir la Fondation.

« Je ne sais pas combien de temps il me faudra pour atteindre ma destination. J'ignore si j'arriverai à temps, j'ignore même si je survivrai. Mais je dois essayer, parce que la haine et la vengeance sont tout ce qu'il me reste.

« Je dois trouver Niall le Noir. »

Grace s'arrêta, les yeux fixés sur l'écran. À l'université, elle avait tenu son journal dans un cahier à la couverture jaune pâle. Ford le lui avait offert alors qu'ils commençaient à sortir ensemble. Au début, elle avait eu l'intention d'y consigner les événements concernant son travail, ses réflexions, la progression de ses recherches, de ses traductions... Mais elle en avait fait le confident de sa vie intime. Ensuite, lorsqu'elle avait adopté l'ordinateur, elle avait gardé cette habitude.

Dans son journal, elle avait raconté sa fuite, son chagrin. Écrire avait remplacé les larmes qu'elle n'avait pas versées pour Ford et Brian. Elle y avait aussi noté la fascination croissante, l'incrédulité et la crainte que lui avaient inspirées les documents qu'elle traduisait, ces papiers pour lesquels Parrish n'avait pas hésité à tuer. Elle avait voulu les ignorer, sans jamais réussir à s'en détacher. Il y avait trop de détails, trop de coïncidences. Et elle avait fini par y croire. Comme Parrish.

Elle ferma son fichier, éteignit son ordinateur et le posa par terre. Elle ne savait pas si les objets qu'elle avait sur elle franchiraient le temps avec elle. Elle ne plaisantait pas en disant qu'elle pouvait arriver complètement nue.

Elle ne savait même pas si le procédé était efficace. Si elle échouait, Harmony serait le seul témoin de sa déconfiture. Il ne lui resterait qu'à chercher un autre moyen pour détruire Parrish et la Fondation. Mais si la recette marchait...

Elle inspira profondément. Tout était prêt. Elle avait vérifié le moindre détail. Elle avait trouvé l'environnement minéral adéquat. Les pierres qui l'entouraient assureraient une meilleure conductivité. Elle avait bu le volume d'eau requis, calculé à partir de l'équation qui prenait en compte son poids et le nombre d'années qu'elle devait franchir, et elle se sentait ballonnée. Elle avait mangé ce qu'il fallait pour modifier subtilement la composition chimique de son organisme. Elle s'était préparée psychologiquement, répétant ce qu'elle devrait faire et dans quel ordre. Avec l'orage qui approchait, la météo elle-même coopérait. L'air était chargé d'électricité.

Il était temps.

Grace ramassa le gros sac en toile qu'elle avait cousu et le serra contre sa poitrine. Harmony l'avait aidée à confectionner ses vêtements. Heureusement, la mode du début du XIVe siècle était des plus simples. Elle portait une robe en coton d'un violet discret, recouverte d'une longue tunique en laine sans manches. Dans son sac, elle avait un manteau en velours qui lui donnerait meilleure allure si besoin était, ainsi qu'un grand carré de laine qui lui servirait de châle.

Dans le Tennessee, elle avait pris la précaution d'acheter une paire de mocassins faits main. Le cuir souple lui tenait parfaitement la cheville. Enfin, elle portait des bas blancs attachés au-dessus des genoux par des jarretelles. Elle n'avait ni soutien-gorge ni culotte, de tels articles n'existant pas au Moyen Âge. Aucun élastique ni aucune étiquette pour éveiller les soupçons. Elle avait tressé ses cheveux noirs en une longue natte, comme avant. Un épais foulard en coton noué sur la nuque complétait sa coiffure.

Ses boucles d'oreilles et son alliance, les seuls bijoux qu'elle avait sur elle lors de cette terrible nuit d'avril 1996, lui serviraient de monnaie d'échange. Elle espérait que son apparence serait assez banale pour lui permettre de passer inaperçue. Si jamais elle attirait l'attention et se faisait arrêter, ce qu'elle gardait au fond de son grand sac suffirait à la faire brûler vive pour sorcellerie.

L'orage approchait. Le tonnerre déchirait le silence et le ciel s'assombrissait. Le moment était arrivé. Elle devait se dépêcher, pour qu'Harmony ait le temps de récupérer son ordinateur avant la pluie.

Elle posa délicatement le pied sur l'interrupteur de fortune qu'elle avait confectionné, retenant son poids pour ne pas le faire basculer trop tôt. Si le procédé fonctionnait, elle allait voyager dans le temps. Son cœur se mit à battre violemment dans sa poitrine.

Elle ferma les yeux et se força à respirer régulièrement, se concentrant sur Niall. Elle avait fait exactement ce qui était prescrit pour revenir six cent soixante-quinze ans plus tôt, mais il lui fallait un repère. Cet homme né presque sept siècles avant elle était le seul lien entre elle et l'époque où elle allait basculer. Elle n'avait aucun portrait de lui, pas même un dessin grossier pour se le représenter. Elle ne pouvait que se concentrer sur lui, sur ce qu'il était profondément.

Elle le connaissait. Oui, elle le connaissait bien. Depuis des mois il hantait ses pensées. Il avait pris possession de son esprit tandis qu'elle déchiffrait les documents qui narraient ses exploits, puis il s'était emparé de ses rêves. Les images qui envahissaient alors son sommeil étaient si réelles qu'elle se réveillait parfois en lui parlant. Il l'avait aimée dans ses rêves, faisant naître en elle des désirs qu'elle n'avait jamais éprouvés auparavant. D'une certaine façon, Niall le Noir l'avait sauvée. Il lui avait redonné espoir. Le héros invaincu qu'il avait été avait franchi les siècles pour la soutenir, l'empêchant de sombrer dans le désespoir le plus sombre. Au cours des derniers mois, il avait été plus présent que le monde bien réel qui l'entourait.

L'image d'un homme, aussi vif que l'éclair, aussi puissant que le tonnerre, commença à prendre forme sous ses paupières closes. Elle se disait vaguement qu'il était dangereux de laisser son imagination créer cette illusion, mais elle était incapable de la repousser. Elle le sentait de plus en plus proche. Il était là, il était là...

Respire lentement.

Elle voyait ses yeux noirs et perçants, son nez fin, ses épais cheveux noirs qui retombaient sur ses épaules musclées, les deux petites tresses qui encadraient son visage.

Sa bouche s'ouvrit pour lancer un ordre à ses hommes. Grace percevait faiblement le vacarme et l'horreur d'un combat, mais Niall était la seule silhouette qu'elle distinguait sur le champ de bataille. Un pâle rayon de soleil se refléta sur la lame de l'épée qu'il faisait tournoyer au-dessus de lui d'une main puissante. Son autre bras maniait une hache redoutable. Les deux armes se couvraient de sang tandis qu'il abattait ses adversaires les uns après les autres.

Elle sentit l'air emplir ses poumons, gonfler sa poitrine. L'image de Niall devint de plus en plus précise. Un tourbillon s'enroula brusquement autour d'elle, l'attirant irrésistiblement en son centre. Elle sut qu'elle était sur le point de partir.

— Niall ! Niall le Noir !

Elle l'appelait de toute son âme, hurlant son nom, poussée par un désir si vif qu'il en était douloureux. Elle avait l'impression d'être pulvérisée, écrasée, comprimée. Elle vit Niall tourner la tête de stupeur, comme s'il avait perçu l'écho de son cri, puis son image s'estompa, recouverte par un voile noir. Dans un dernier sursaut de conscience, elle appuya sur l'interrupteur et le monde explosa dans un éclair aveuglant.

19

Grace gisait dans l'herbe humide, étourdie, les membres douloureux. Elle percevait un vacarme lointain qu'elle n'arrivait pas à identifier. Son esprit, perdu entre deux époques, essayait de s'accrocher aux détails qui l'environnaient. Elle avait conscience du monde extérieur, mais était incapable de comprendre où elle se trouvait, comme après une anesthésie générale. Puis, peu à peu, les pièces du puzzle se mirent en place.

Plus le temps passait, plus elle avait mal. Elle avait l'impression d'avoir été passée à tabac ou d'avoir dégringolé un escalier sur le dos.

Le vacarme de plus en plus fort la força à ouvrir les yeux. Elle rassembla toute son énergie et s'assit en gémissant. L'odeur la frappa brutalement. Elle eut un haut-le-cœur.

Cette nausée la sortit de son engourdissement. Le bruit explosa en une immense clameur qui ressemblait aux hurlements d'une centaine d'hommes en plein combat. Le fracas assourdissant des armes qui s'entrechoquaient lourdement lui faisait mal aux oreilles. Les plaintes des blessés et des mourants étaient effrayantes. Les chevaux martelaient le sol de leurs sabots, leurs hennissements énervés s'ajoutant au vacarme. L'odeur, un mélange de sang, de sueur, d'urine et d'excréments, était insupportable.

Deux Écossais sales et chevelus s'étripaient au-dessus d'elle. Une lame sanglante siffla au ras de sa tête, l'évitant de justesse. Elle rampa vivement hors de la portée des deux adversaires.

Elle avait atterri en plein champ de bataille, au milieu de la scène que son esprit avait imaginée quand elle s'était concentrée sur Niall.

Il était là, quelque part.

Serrant son sac contre elle, elle se mit à courir, trébucha sur quelque chose de mou et d'inerte et tomba nez à nez avec un cadavre sanglant. Elle se redressa en hurlant et, luttant contre l'évanouissement qui la menaçait, tenta de se repérer.

Ils étaient dans le vallon, juste en dessous des rochers d'où elle était partie. La scène était ahurissante. Il y avait quelques cavaliers, mais la plupart des hommes étaient à pied. Tous couraient, bondissaient, pivotaient, tombaient, se relevaient, brandissant des armes monstrueuses et sanglantes.

Elle chercha en vain un homme grand, aux épais cheveux noirs, qui aurait manié son épée d'une seule main, mais Niall était invisible. Elle sentit la panique la gagner. Était-il étendu au milieu de ce carnage, son propre sang se mêlant au flot écarlate qui abreuvait la lande ?

Puis, soudain, elle comprit. Ses rêves et son imagination l'avaient trompée : elle ne savait absolument pas à quoi Niall ressemblait. Le Gardien n'avait sans doute rien de l'archange victorieux armé d'une redoutable épée. Il était comme tous les autres, sale, puant, hurlant, ensanglanté.

Repoussant la panique, elle chercha un moyen de l'identifier. Devait-elle grimper sur la colline et hurler son nom ?

— Niall Dhu ! Niall Dhu !

Le rugissement venait de l'autre côté du champ de bataille. Les combattants se précipitèrent dans cette direction. Grace recula et escalada la colline pour avoir une vue d'ensemble.

— Niall Dhu !

Ils criaient son nom.

Elle sentit son sang se figer dans ses veines. Était-il mort ? Non, c'était impossible. Il était invincible, il était le meilleur guerrier de toute la Chrétienté.

Elle s'élança, poussée par le besoin insensé d'être à ses côtés. Mais elle s'arrêta net, soudain paralysée par le spectacle de ces hommes qui se précipitaient en tous sens. Elle était au cœur d'une bataille du XIVe siècle. Si l'un des combattants mettait la main sur elle, elle serait violée et tuée.

Elle fit demi-tour et s'enfuit en courant.

Un hurlement s'éleva dans son dos. Ils l'avaient vue. Grace ramassa ses jupes et courut de plus belle. Son sac lui battait la jambe, ralentissant sa fuite. Le souffle lui manquait, ses poumons la brûlaient.

Le sol trembla sous les sabots d'un cheval. Un bras vigoureux la souleva brusquement de terre. Elle fut hissée en travers des genoux du cavalier. L'homme lui frappa le postérieur en hurlant de rire, puis il éperonna sa monture. Il cria quelque chose, mais elle ne comprit rien, à l'exception de « Niall Dhu ».

Impuissante, la tête et les pieds battant rudement les flancs du cheval, elle ne pouvait que s'accrocher à son sac et espérer que l'homme qui l'avait capturée était Niall lui-même. La face rougeaude de son ravisseur ne ressemblait en rien au visage de l'homme de ses rêves. Mais s'il s'agissait de Niall, cela lui éviterait au moins d'avoir à le chercher.

Le gaillard était de bonne humeur. Riant et hurlant, il chevauchait en compagnie d'autres cavaliers. De nombreux hommes les suivaient à pied. Jetant un regard de côté, Grace aperçut un autre groupe tout aussi animé.

Son ravisseur glissa brutalement la main entre ses jambes, cherchant à la toucher à travers ses jupes.

Une vague de fureur lui brouilla la vue et elle lui planta les dents dans le mollet. L'homme hurla de douleur et tira sur les rênes. Le cheval se cabra en hennissant, faisant chuter son cavalier. Sans lâcher prise, Grace tomba à terre avec lui et lui arracha un morceau de chair. Elle suffoqua, envahie par la nausée, et vomit sur les pieds de l'homme.

Des rires et des cris de joie s'élevèrent autour d'eux. Son ravisseur l'attrapa par les cheveux et la redressa sans la moindre douceur. Il se mit à hurler et son haleine fétide la frappa en plein visage. Elle ne comprit pas un traître mot à sa diatribe, mais son haleine raviva sa nausée. Il la jeta au sol et elle s'effondra, le nez dans la poussière.

On la releva sans ménagement. Tandis qu'elle essayait de reprendre son souffle, on lui noua une corde autour de la taille. Son ravisseur passa l'autre extrémité autour de sa propre taille et enfonça les talons dans les flancs de sa monture. Grace avança en trébuchant, serrant désespérément son sac contre elle.

Elle avait craint qu'on ne lui arrache son précieux bagage, mais les hommes n'avaient apparemment aucune envie de se charger à sa place d'un fardeau supplémentaire. De toute façon, elle ne risquait pas de s'enfuir. Ils pourraient la dévaliser quand bon leur semblerait.

Elle regarda autour d'elle. Ne sachant pas si c'était l'aube ou le crépuscule, elle ignorait dans quelle direction ils allaient.

Dans son dos, des hommes portaient un long paquet enveloppé dans plusieurs plaids bigarrés. Le ballot bougeait de temps à autre, récompensé à chaque fois par un coup de bâton. Elle jeta des coups d'œil à droite et à gauche et croisa le regard d'un homme. Celui-ci lui sourit, révélant une bouche édentée abritant encore quelques chicots.

— Niall Dhu, fit-il fièrement en désignant le paquet.

Grace, stupéfaite, s'arrêta. Un coup sur la corde la força à reprendre sa marche. Niall ! Par-dessus son épaule, elle regarda la silhouette emmaillotée. Elle n'était donc pas avec les guerriers de Niall. Il avait été capturé et ses hommes avaient préféré abandonner la poursuite, de crainte que leur acharnement ne provoque la mort de leur chef.

Elle passa rapidement toutes les possibilités en revue. Son ennemi pouvait torturer Niall ou réclamer une rançon. Dans la seconde hypothèse, Niall serait bien traité. Elle se souvenait d'avoir lu quelque part que les Écossais considéraient les enlèvements comme une source naturelle de revenus, un moyen d'enrichissement qui ne fonctionnait que si le prisonnier était rendu indemne.

En revanche, si son ennemi avait l'intention de le tuer…

Comment sauver Niall ? Elle-même était captive. En outre, une fois arrivée au fief de ses ravisseurs, elle se retrouverait certainement dans une situation beaucoup plus désespérée qu'à présent. Elle était une femme, vulnérable, une proie facile pour ces hommes déchaînés par le combat. Grace savait qu'elle risquait d'être violée, sans doute à plusieurs reprises… Sa seule chance était d'imaginer un plan miraculeux. Repoussant sa peur, elle se mit à réfléchir. Elle était là. Elle avait franchi le temps. Les circonstances n'étaient pas des plus favorables, mais elle avait trouvé Niall presque immédiatement. Quel que soit le déroulement des événements, elle ne devait pas perdre son objectif de vue. S'il le fallait, elle endurerait le pire et elle survivrait.

Elle était là.

Sa stupéfaction chassa momentanément ses autres préoccupations. Elle observa les alentours. Le paysage n'avait rien de surprenant. Les Highlands avaient très peu changé. Au XXe siècle, les montagnes étaient tout aussi sauvages, comme si le temps n'avait pas eu d'emprise sur elles.

Elle examina ses compagnons. Leur humeur joyeuse s'était calmée. Ils avaient perdu beaucoup d'hommes et aucun des survivants n'était complètement indemne. Ils avaient beau s'esclaffer quand l'un d'entre eux frappait Niall, leurs rires sonnaient faux.

Ils parlaient, mais elle ne comprenait rien. Apprendre à lire le gaélique n'était pas le parler, loin s'en fallait. Et même s'ils lui permettaient de communiquer par écrit, elle doutait qu'aucun d'entre eux sache lire ou écrire.

La brute qui l'avait capturée chercha son regard, puis il lui lança quelque chose en gaélique. Grace allait hausser les épaules quand une idée lui traversa l'esprit. Sans prendre le temps d'y réfléchir, elle sourit aimablement.

— Je suis désolée, espèce de gros porc puant, mais je ne te comprends absolument pas, répondit-elle de sa voix la plus douce.

Elle le vit écarquiller les yeux. Les hommes qui l'entouraient la dévisagèrent avec une stupeur mêlée de crainte. Ils l'avaient tout naturellement considérée comme une alliée de Niall, la prenant peut-être pour sa femme ou pour celle d'un de ses fermiers, mais sa déclaration dans une langue qui leur était parfaitement inconnue venait de les détromper.

Les petits yeux porcins de la brute examinèrent ses habits. Pour la première fois, il remarqua qu'elle ne portait pas les vêtements grossiers d'une paysanne. Tirant sur les rênes, il arrêta son cheval et dit autre chose. À présent, tout le monde l'observait. Même le paquet de plaids s'était immobilisé. Grace avança jusqu'à son ravisseur et lui adressa un autre sourire. Elle n'avait pas souri depuis si longtemps que le mouvement des muscles de sa mâchoire lui parut étrange.

— Tu pues comme si tu ne t'étais jamais lavé de ta vie, fit-elle, toujours aimable. Et ton haleine tuerait ce cheval si tu lui soufflais dans les naseaux. Mais tu as l'air d'être le chef de cette bande de tarés, et si le fait de me montrer gentille avec toi peut me protéger des autres, je tente ma chance.

Elle accompagna ses propos d'un large sourire et lui tendit la main.

L'homme était tellement stupéfait qu'il se baissa pour la hisser devant lui. Il était fort comme un chêne, se dit-elle tout en arrangeant dignement ses jupes. Elle s'efforça de ne pas respirer par le nez, pour ne pas sentir la puanteur de son corps et de son haleine. Sans flancher, aussi hautaine que possible, elle lui adressa un petit hochement de tête royal accompagné d'un « merci » condescendant.

Des chuchotements ne tardèrent pas à s'élever dans la troupe. Les hommes montraient ses vêtements du doigt. Grace crut deviner l'essentiel de leurs murmures : les étoffes que portait cette femme étaient incroyablement raffinées en comparaison de la toile grossière de leurs propres effets.

La brute lui prit la main pour tâter son alliance. Grace retint son souffle. Elle s'attendait qu'il lui arrache sa bague, mais il se contenta de grogner en tournant sa main pour examiner sa paume. Elle baissa les yeux et comprit l'étonnement de l'homme. Sa grosse main était épaisse, rouge et calleuse, ses ongles noirs incrustés de crasse. La sienne était douce, pâle, fine, ses ongles propres et bien coupés. Ses mains semblaient n'avoir jamais effectué de tâche pénible. À cette époque, cela signifiait qu'elle faisait partie de la noblesse. Le front plissé, son ravisseur réfléchissait. Elle était manifestement étrangère et riche. Elle avait donc une certaine valeur pour quelqu'un, quelque part. Il n'avait peut-être pas l'intention de demander une rançon pour Niall, mais il n'allait pas passer à côté d'une aussi belle occasion d'augmenter son butin.

Il indiqua son sac en disant quelque chose. Devinant qu'il voulait savoir ce qu'il renfermait, Grace l'ouvrit obligeamment. Les hommes s'approchèrent en tendant le cou. Elle prit un des livres qu'elle avait apportés, feuilleta les pages pour lui montrer le papier et les mots, puis le replongea rapidement dans son sac. Elle espérait que personne ne le regarderait de plus près, parce que les livres à cette époque n'existaient pas. Les moines faisaient des manuscrits enluminés, mais l'imprimerie ne serait pas inventée avant un siècle.

Le livre n'intéressait pas la brute. Grace sortit quelques centimètres de son manteau en velours pour lui faire apprécier le tissu. Il frotta sa main sale sur la texture duveteuse et murmura de plaisir. Elle lui tendit un livre plus grand, tout en espérant qu'il ne l'ouvrirait pas, car il contenait des photographies. Mais il grogna en secouant la tête et le livre disparut dans les replis du sac.

Elle avait emporté plusieurs ouvrages choisis avec soin, ainsi que divers médicaments. Mais elle ne voulait pas lui montrer les pilules, de crainte qu'il ne les avale ou ne les jette. Il poussa un grognement impatient en la voyant prendre un autre livre.

Perplexe, elle sortit son châle. Il toucha l'étoffe soyeuse de ses gros doigts, puis l'écarta. Elle tira un autre livre de son sac, et l'homme fit un commentaire qui provoqua le rire de ses hommes. Elle en sortit encore un autre en haussant les épaules, pensant que cela répondrait à toutes ses interrogations sur le poids de son bagage et qu'il ne chercherait pas à en savoir plus.

Mais elle se trompait. Brusquement, il attrapa son sac et plongea la main dedans. Grace attendit, le cœur palpitant. Ses médicaments étaient soigneusement enveloppés dans un mouchoir, lui-même glissé dans une petite boîte en bois cousue dans une pochette au fond du sac.

Son ravisseur ne trouva que son couteau suisse. Il referma les doigts dessus avec une expression de triomphe, qui se changea en stupéfaction lorsqu'il posa les yeux sur ce petit objet apparemment inutile. Mais s'il découvrait toutes les lames, il le lui confisquerait, et Grace ne voulait surtout pas perdre son couteau. Elle tendit la main pour le récupérer.

L'homme recula la sienne. Avec un soupir d'impatience, Grace dénoua son foulard et libéra ses cheveux sous le regard perplexe de son ravisseur. Elle tendit à nouveau la main vers son couteau et l'homme le lui rendit, trop étonné pour résister. Elle l'attrapa, sortit délicatement la petite pince à épiler et la posa au creux de sa paume. Puis elle rassembla rapidement ses cheveux et les enroula autour du couteau en une sorte de chignon dans lequel elle planta la pince avec un sourire béat, priant pour que le tout tienne au moins quelques secondes.

Le regard de l'homme s'arrêta distraitement sur ses cheveux, avant de revenir au contenu du sac. De toute évidence, l'art de la coiffure le laissait totalement indifférent.

Il découvrit ensuite un petit stylo lumineux. Grace ôta la pince de ses cheveux et commença à défaire son chignon avec un soupir exaspéré. Comprenant qu'il devait s'agir d'un autre accessoire de coiffure, son ravisseur lâcha le stylo dans le sac. Il ne trouva pas la boîte d'allumettes qui avait dû glisser sous les livres, mais attrapa sa paire de bas supplémentaire roulée en boule, ainsi que le peigne en bois dont elle avait soigneusement effacé la marque. L'objet, dont il aurait pourtant eu l'usage, ne le tenta pas plus que le reste. Après quelques tâtonnements qui manquaient d'enthousiasme, il décida qu'elle ne lui cachait rien d'intéressant et lui rendit son sac. Il prit les rênes, émit un claquement de langue sonore, et le cheval se remit en route.

20

Le petit groupe d'hommes crasseux et leurs deux prisonniers arrivèrent au château juste avant la tombée de la nuit. Le coucher de soleil avait permis à Grace de se repérer et elle avait soigneusement noté tous les détails topographiques, afin de pouvoir s'orienter si elle parvenait à s'échapper. Ils s'étaient dirigés vers l'est. Si elle réussissait à libérer Niall, ils n'auraient qu'à partir vers l'ouest.

Le château, étonnamment petit, relevait plus de la grosse ferme que de la forteresse et était en très mauvais état. Les hommes défirent la corde qui reliait Grace à son ravisseur et la poussèrent dans une pièce sombre et malodorante. Elle observa l'arrivée de Niall en tentant de masquer son anxiété. Le paquet avait cessé de remuer depuis longtemps, et elle se demandait si toutes ces couvertures n'avaient pas fini par l'étouffer. La même pensée dut traverser le cerveau de son ravisseur, car il grogna un ordre à l'adresse d'un des porteurs. Celui-ci frappa brutalement le paquet. Un grognement rassurant se fit entendre.

On apporta une torche fumante, et les hommes entraînèrent Niall dans l'étroit escalier en pierre qui descendait dans les profondeurs du château. Grace, à qui personne ne prêtait attention, les suivit. Les femmes qui avaient surveillé son arrivée ne s'étaient pas montrées particulièrement accueillantes, se contentant de l'observer d'un air rogue avant de tourner les talons. De plus, si elle voulait sauver Niall, elle devait absolument savoir où on le conduisait.

Les cachots lui donnèrent la chair de poule. L'air y était plus froid qu'à l'extérieur. Les murs étaient couverts de moisissure. Le souterrain contenait trois cellules creusées à même la terre, fermées par trois énormes portes en bois sans judas ni grillage. Les prisonniers qui y étaient enfermés ne voyaient jamais la lumière. Dans l'obscurité, le froid et l'humidité, la pneumonie devait les emporter en moins de trois semaines.

Son ravisseur trancha les cordes qui maintenaient les plaids autour de Niall. À ses côtés, ses hommes armés se tenaient prêts à intervenir. Sur la pointe des pieds, les yeux écarquillés, Grace essayait de découvrir le visage de l'homme qui la hantait depuis si longtemps. Ses efforts attirèrent l'attention de son ravisseur, qui hurla dans sa direction. Un des hommes la prit par le bras et la força à remonter les marches. Elle résista, tentant de le ralentir. En vain. Furieux de manquer lui-même le spectacle, il la tira violemment en haut de l'escalier. Dans le souterrain, les hommes se mirent à crier. Malgré l'homme qui la retenait, Grace tourna la tête, mais elle était trop loin pour voir quoi que ce soit. Elle entendit un grand fracas, des jurons, des coups étouffés.

Vacillant sur ses jambes, elle se demanda s'ils avaient l'intention de le battre à mort. Son gardien la tira de nouveau par le bras en lui hurlant dans les oreilles. Grace lui lança un regard furieux et avança.

Quand ils arrivèrent dans le hall, il l'entraîna vers une autre volée de marches. L'escalier était sombre et étroit. Les femmes de la maison la regardèrent monter à l'étage avec une animosité non dissimulée.

Son gardien s'arrêta devant une porte en bois, l'ouvrit et la poussa à l'intérieur. Elle fit immédiatement demi-tour, mais la porte se referma sur un cri sec qui devait signifier « reste là ! ».

La porte n'avait pas de serrure. La barre qui la fermait se trouvait à l'intérieur, mais lorsqu'elle posa l'oreille contre le battant, elle sentit son gardien s'y appuyer lourdement.

Elle se retourna et observa sa prison. La pièce, petite et sombre, était éclairée par une torche dont la faible lumière n'atteignait pas les angles pourtant très proches. L'unique fenêtre était une meurtrière étroite, percée de telle façon qu'on pût tirer une flèche dans n'importe quelle direction. Le sol était couvert de paille noircie et malodorante. Le mobilier consistait en un lit grossier assez large, une chaise et une table bancale sur laquelle attendaient une cruche et une timbale. Un petit coffre était appuyé contre le mur du fond. Une seule bougie était posée sur la table et aucun feu n'était allumé dans la cheminée.

Grace profita de cette intimité qu'elle savait de courte durée. Selon toute vraisemblance, elle se trouvait dans la chambre de son ravisseur, le maître des lieux. Elle ôta la pince à épiler qu'elle avait remise dans ses cheveux et enleva le couteau de son chignon. Après avoir replacé la pince dans son logement, elle glissa le couteau suisse dans son bas, décidée à garder ce précieux objet sur elle.

Puis elle sortit la petite boîte en bois de son sac et déplia le mouchoir en prenant garde à ne pas faire tomber les pilules. Elle avait emporté divers antibiotiques, des antalgiques et des calmants. Ceux-ci n'avaient été ajoutés qu'au dernier moment, sur une impulsion qui allait peut-être lui sauver la vie.

Les gélules orangées contenaient des doses de cent milligrammes. Il fallait qu'elle trouve le moyen d'en administrer à son ravisseur sans éveiller son attention.

Elle regarda la cruche d'un air songeur. L'alcool décuplait l'effet des calmants. Elle ne voulait pas tuer son ravisseur, seulement le mettre hors d'état de nuire. Deux ou trois doses suffisaient à faire dormir n'importe qui. La posologie était fonction du poids. Dans son cas, le pharmacien lui avait bien recommandé de ne prendre qu'une gélule à la fois.

Son ravisseur était corpulent. Il n'était pas très grand, mais il devait peser près de cent kilos. Elle garda trois gélules et rangea les autres dans le mouchoir, puis dans la boîte qu'elle dissimula au fond de son sac.

Elle souleva la cruche et la renifla. L'odeur de la bière, forte et âpre, lui fit monter les larmes aux yeux. Même si elle y mélangeait ses trente gélules, l'homme ne remarquerait rien.

Ouvrant les gélules avec précaution, elle versa leur contenu dans la timbale, ajouta un peu de bière et secoua doucement le gobelet jusqu'à ce que la poudre soit dissoute.

Puis, se forçant au calme et à la patience, elle s'assit sur la chaise et attendit.

Elle attendit longtemps. Un brouhaha étouffé montait du rez-de-chaussée. Apparemment, la maisonnée fêtait la capture de Niall. Elle avait faim, mais ne se serait jointe au banquet pour rien au monde. Si on pensait à lui apporter de la nourriture, tant mieux. Sinon, elle s'en passerait. Elle l'avait déjà fait.

Le vacillement de la torche était hypnotique, et Grace commença à somnoler. Elle songeait à Niall, se disant qu'il n'était pas plus à l'aise qu'elle pour dormir. Il devait avoir faim, lui aussi. Si on ne l'avait pas nourrie, elle ne voyait pas de raison pour qu'on lui ait apporté à manger… à supposer qu'il soit encore en vie. Mais elle ne croyait pas qu'ils l'aient déjà tué. La brute épaisse qui l'avait fait prisonnier voudrait s'amuser un peu avant de l'éliminer.

Elle entendit enfin des voix derrière la porte. Sans bouger de son siège, elle prit une attitude aussi détendue que possible. La porte s'ouvrit sur son ravisseur. Ses petits yeux porcins brillaient de concupiscence. Il vit la timbale à moitié pleine sur la table à côté de Grace et sa bouche se fendit en un large sourire, découvrant d'affreuses dents noires et pourries.

Réprimant un haut-le-cœur, Grace sourit et se leva gracieusement. Elle fit semblant de boire, puis tendit le gobelet en métal dans sa direction avec un air interrogateur vers la cruche. Il grommela quelques mots qu'elle interpréta comme un acquiescement, et elle remplit la timbale avant de la lui donner.

Il avala la bière en deux gorgées et s'essuya les lèvres d'un revers de main. Son regard lubrique ne l'avait pas quittée une seconde.

Elle priait pour que le calmant agisse vite. L'homme avait mangé, ce qui retarderait les effets de la drogue, mais il avait également l'air d'avoir beaucoup bu. Elle devait gagner du temps.

Une idée lui traversa l'esprit et elle fit mine de porter quelque chose à sa bouche. Il fronça les sourcils, contrarié, mais se dirigea vers la porte pour crier des ordres. Puis il trébucha jusqu'à la chaise, où il s'effondra avant de se verser un autre verre de bière. Grace lui sourit, pointa le doigt sur sa poitrine et déclara :

— Grace St. John.

— Hein ?

Après avoir répété son geste et son nom, elle tendit l'index vers lui et attendit.

— Huwe de Hay, répondit-il en se frappant la poitrine.

— Huwe, fit-elle avec un autre sourire. Eh bien, Huwe, je ne te veux pas le moindre mal, mais j'espère que le calmant ne va pas tarder à agir. Je sais que tu as des projets fabuleux pour ce soir. Moi aussi, vois-tu, et tu n'es malheureusement pas concerné. Dès que tu ronfleras, j'irai voir les dégâts que toi et ta bande d'ivrognes avez fait subir à Niall, puis je m'enfuirai avec lui.

Huwe l'écouta avec une impatience croissante, avant de l'interrompre d'un geste de la main. Il lui adressa une tirade à laquelle elle ne comprit pas un traître mot, ce qu'elle lui fit savoir avec un hochement de tête désolé.

On frappa un coup bref à la porte. Une souillon potelée aux cheveux noirs et drus entra, portant un plateau chargé d'une miche de pain et d'un morceau de fromage. Elle le déposa sur la table d'un geste brusque et quitta la chambre aussitôt.

Grace prit un bout de pain et se mit à arpenter la pièce, grignotant son quignon de temps à autre avec quelques commentaires à l'intention de Huwe. Il la suivait du regard et, au bout de dix à quinze minutes, elle constata qu'il clignait des yeux comme un hibou. Elle continua de déambuler tranquillement, avant de retourner à la table pour goûter le fromage qui, à sa grande surprise, se révéla délicieux.

Les paupières de Huwe tombaient lourdement. Grace se dirigea vers la fenêtre et regarda dehors.

La nuit était lumineuse. Une brume légère flottait dans le vallon. Grace contempla le paysage, à l'affût des ronflements de Huwe. Elle bouillait d'impatience, débordait d'énergie et avait hâte d'agir. La peur qui l'avait habitée durant toute cette année s'était envolée. Ici, Parrish ne pouvait pas la rattraper. Des dangers très réels l'attendaient, mais elle se sentait étrangement légère.

Elle se sentait revivre.

Elle était vraiment là. Et Niall le Noir se trouvait deux étages plus bas. Ils étaient tous deux prisonniers, il était probablement blessé, mais le savoir si près d'elle lui donnait des fourmis dans les jambes.

Un léger borborygme la tira de ses pensées. La tête sur son bras gauche posé en travers de la table, Huwe avait sombré dans le sommeil.

Elle s'approcha sur la pointe des pieds et poussa la cruche pour éviter qu'il ne la renverse d'un mouvement involontaire du bras. Une fusillade ne l'aurait probablement pas réveillé, mais elle ne voulait prendre aucun risque.

Elle n'avait aucune idée de l'heure, aussi se força-t-elle à s'asseoir sur le lit pour écouter les bruits de la maison. La bière avait sans aucun doute coulé à flots. L'alcool avait dû anéantir des hommes déjà fatigués par le combat, les plongeant bien vite dans un profond sommeil.

Elle attendit encore. Quand elle sentit ses paupières se fermer, elle secoua la tête et se redressa, prêtant l'oreille. Pas un bruit. Il était temps.

Elle ramassa son sac, avança doucement vers la porte et l'entrouvrit. Le couloir, à peine éclairé par la lueur qui venait de l'escalier, était vide.

Elle se glissa hors de la chambre et descendit les marches. Des hommes dormaient à même le sol, roulés dans leurs plaids. Elle adopta une démarche naturelle. Quiconque se réveillerait la prendrait pour une servante en train de débarrasser les reliefs du repas. Chercher à se dissimuler était le meilleur moyen de se faire remarquer. Harmony lui avait appris cette règle : « Marche comme si le trottoir était à toi et les sales types te laisseront tranquille. »

Un gros chandelier en métal était posé sur la table, sa bougie à moitié consumée. Grace l'emporta. Il n'y avait peut-être pas de lumière dans le souterrain, et elle ne voulait pas utiliser son stylo. Ce n'était pas le moment d'expliquer à Niall les subtilités de la vie au XXe siècle.

L'escalier qui menait aux cachots se trouvait au fond de la grande salle, fermée par une porte si sombre qu'elle faillit ne pas la voir. Elle déposa son sac et le chandelier à terre et ouvrit la porte avec d'infinies précautions. Elle entrevit la lueur d'une torche.

Apparemment, Huwe avait posté un garde devant la cellule de Niall.

Elle se faufila dans l'ouverture et attrapa ses affaires. Elle n'avait plus besoin de lumière, aussi souffla-t-elle la bougie, avant de la ranger dans son sac qu'elle laissa en haut des marches. Le chandelier à la main, elle commença à descendre, priant pour la réussite de son entreprise.

Les murs étaient froids et humides. Il n'y avait pas de rampe, et la lumière qui venait d'en bas n'éclairait pas les marches glissantes de l'escalier en colimaçon. Elle devait trouver son chemin, le dos collé contre la paroi glacée, dans une lueur plus trompeuse que l'obscurité.

Le chandelier était lourd. Arrivée aux dernières marches de l'escalier, elle vit le garde assis sur un banc, le dos appuyé contre le mur, une gourde de vin à ses pieds. Avec un peu de chance, il était saoul, se dit-elle. Les Écossais avaient une bonne résistance à l'alcool, mais la boisson ralentirait tout de même ses réflexes. Elle espérait qu'il s'était endormi, parce qu'elle allait devoir l'attaquer de face. S'il se levait, elle aurait du mal à le frapper efficacement. Son voyage dans le temps l'avait terriblement affaiblie, et elle ne pouvait compter que sur l'effet de surprise pour venir à bout de l'homme.

Grace descendit sur la marche suivante, en prenant garde à ne pas frotter sa semelle sur la pierre. L'air était froid. Une odeur fétide, mélange de sang, de peur et de souffrance, lui sauta aux narines. Combien d'hommes avaient été enfermés, torturés, tués entre ces murs qui n'avaient jamais vu le jour ?

Il ne fallait pas que Niall subisse le même sort.

Et s'il s'était fait prendre par sa faute ? songea-t-elle soudain. Avait-il eu une seconde d'inattention en l'entendant crier son nom ? Non, c'était ridicule. Niall n'avait pu percevoir son appel. De toute façon, elle n'avait pas vu ce qui s'était passé. Elle n'avait aucune raison de se sentir coupable. Mais sa présence ici n'était-elle pas la preuve que l'impossible n'existait pas ? Puisqu'elle-même l'avait vu sur un champ de bataille au moment de partir, elle ne pouvait être sûre que Niall ne l'avait pas entendue.

Elle ne savait pas de combien de temps elle disposait. Abruti par la drogue et l'alcool, Huwe de Hay dormirait jusqu'à une heure avancée. Elle espérait ne pas lui avoir administré une dose mortelle. Si cruel et répugnant fût-il, elle ne voulait pas le tuer. Un frisson lui parcourut l'échine quand elle pensa à ce qu'elle aurait subi si elle n'avait pas emporté ces pilules.

Son pied ne trouva pas d'autre marche. Elle resta immobile quelques secondes, essayant de calmer les battements désordonnés de son cœur. Le garde était toujours affalé sur le banc, la tête inclinée sur sa poitrine. Était-il vraiment endormi ou simulait-il ? L'avait-il entendue malgré toutes les précautions qu'elle avait prises et se tenait-il prêt à sauter sur elle ?

Elle n'avait pas le choix. Elle devait sauver Niall des griffes de Huwe. Niall était le Gardien, le seul être au monde à connaître les secrets et la cachette du Trésor des Templiers. Elle avait besoin de lui pour empêcher Parrish de mener son projet à bien et pour venger la mort de son mari et de son frère.

Elle observa le garde. S'il était éveillé, elle lui paraîtrait moins suspecte en avançant à découvert – toujours la théorie d'Harmony. Et il n'imaginerait pas qu'une femme puisse l'attaquer. La panique lui noua l'estomac, ses jambes flageolèrent, mais elle repoussa résolument sa nausée et sa faiblesse. Elle n'avait pas le droit de flancher, pas après tout ce qu'elle avait enduré pour en arriver là.

Une sueur froide lui glaça le dos. Elle se força à avancer d'un pas régulier et naturel vers le garde assoupi. La flamme de la torche vacillait, projetant des ombres effrayantes sur le sol inégal.

Dix pas. Cinq. Elle se retrouva si près du garde qu'elle pouvait sentir l'odeur nauséabonde de son corps sale. Elle déglutit et se prépara à frapper. Après une courte prière, elle leva le chandelier.

Son geste fit bouger ses jupes. Le léger bruissement du tissu suffit à réveiller l'homme. Il sursauta et sa bouche s'ouvrit pour un juron qui ne sortit jamais. Grace abaissa son arme et le chandelier massif s'écrasa sur sa tempe avec un bruit mat. Il s'effondra silencieusement sur le sol.

Le sang se mit à couler de sa blessure. Grace se pencha vers lui et constata qu'il ne devait pas avoir plus de vingt ans. Ses traits portaient encore les signes de l'enfance. Les larmes lui montèrent aux yeux, mais elle se détourna rapidement, rejetant ses remords dans le tréfonds de sa conscience.

Une seule des trois cellules était barricadée.

— Niall ! murmura-t-elle d'une voix pressante, en attrapant la lourde barre qui bloquait la porte.

Quel était le meilleur moyen de communiquer avec lui ? Elle avait appris aujourd'hui que le gaélique n'était pas son fort. Elle se débrouillait aussi bien en ancien français qu'en ancien anglais. Niall était Templier, il connaissait certainement ces deux langues. Mais elle aurait plus de chances de se faire comprendre en latin, la langue de Cicéron ayant peu changé en sept siècles.

— Je suis venue te libérer, souffla-t-elle en tirant sur la barre.

Qu'elle était lourde ! Autant essayer de soulever un tronc de deux mètres, songea Grace. Sa main glissa sur le bois raboteux et une écharde s'enfonça profondément dans son index. Elle retira sa main avec un cri étouffé.

— Tu es blessée ?

La voix profonde, calme, légèrement grasseyante la surprit. Elle se figea, luttant une nouvelle fois contre les larmes tandis qu'une émotion violente l'envahissait. C'était lui, enfin ! Sa voix était exactement celle qu'elle avait entendue dans ses rêves, vibrante comme le tonnerre et douce comme le velours, tout aussi capable de paralyser ses ennemis que de faire fondre une femme entre ses bras.

— Seulement… un peu, parvint-elle à répondre en tremblant.

Elle chercha ses mots.

— Une écharde… La barre est très lourde. Elle m'a échappé.

— Tu es seule ?

Il semblait inquiet.

— Cette barre est trop lourde pour une simple femme, ajouta-t-il.

— Je vais y arriver, répliqua-t-elle vivement.

La colère lui fit monter le sang au visage. Simple femme ? Qu'en savait-il ? Elle avait survécu pendant un an, elle s'était débrouillée pour arriver jusqu'à lui. Et, à ce moment précis, c'était elle qui se trouvait du bon côté de la porte.

Renonçant à soulever la barre avec les mains, elle fléchit les genoux et glissa son épaule dessous. Puis, prenant appui sur ses jambes, elle poussa de toutes ses forces.

Le poids de la barre lui mordit l'épaule. Elle raffermit sa position en serrant les dents. Les muscles tendus, elle répéta la manœuvre. Ses genoux tremblaient, la sueur perlait à son front, mais la barre ne bougeait toujours pas. Grace s'immobilisa, haletante. Bon sang, ce n'était tout de même pas ce fichu bout de bois qui allait l'arrêter !

Avec un grognement rageur, elle rassembla ses forces dans un ultime effort et poussa encore. Lentement, la barre se souleva. Son dos la faisait atrocement souffrir, mais elle reprit sa respiration et poussa encore. Enfin, centimètre après centimètre, la barre commença à sortir de son logement. Le bois lui blessait l'épaule, des larmes de douleur roulaient sur ses joues. Ignorant sa souffrance et la petite voix insidieuse qui lui disait de tout laisser tomber, Grace s'arc-bouta une nouvelle fois et, tout à coup, la lourde barre se libéra de son support et bascula en arrière. Le bois heurta la terre battue avec un bruit sourd. Une extrémité sur le sol, l'autre à moitié sortie de son logement, la barre n'empêchait plus l'ouverture de la porte.

À bout de souffle, tremblante, tous ses muscles tétanisés, Grace observa son œuvre d'un œil incrédule. Indifférente au froid comme à la douleur, elle se sentait galvanisée, invincible, et ses seins se dressaient fièrement sous ses vêtements.

— Ouvre la porte, dit-elle d'une voix altérée. Si tu y arrives, ne put-elle s'empêcher d'ajouter.

Un rire étouffé résonna de l'autre côté, puis la lourde porte pivota lentement, repoussant la barre devant elle. Grace recula, scrutant avidement la pénombre, impatiente de découvrir enfin le visage de Niall le Noir.

Il franchit la porte avec désinvolture et s'arrêta net en voyant le garde inconscient. Son regard noir glissa sur l'homme avant de se poser sur elle, l'examinant de la tête aux pieds. La force qui émanait de cet homme la stupéfia. Elle sentit le sang quitter son visage.

Il semblait tout droit sorti de ses rêves.

Il était là, tel qu'elle l'avait vu au cours de ces nuits interminables et torrides. Comme la main de l'amante effleurant à peine le visage de son bien-aimé de peur de rompre le charme, son regard caressa les traits de l'homme qui avait hanté son sommeil.

C'était bien lui. Ses innombrables rêves lui avaient permis de mémoriser son visage. Le front large et clair, les yeux aussi sombres que la nuit, le nez fin, les pommettes hautes, les lèvres fermes et graves, la mâchoire volontaire. Il la dominait d'une bonne tête. Ses longs cheveux noirs retombaient sur ses épaules larges et musclées. Deux petites nattes encadraient son visage.

Sa chemise et son plaid étaient tachés de sang et de boue. Il portait des traces de coups, son œil gauche était tuméfié, mais il semblait malgré tout vigoureux, insensible au froid qui la faisait maintenant trembler.

Il examina le souterrain, le visage fermé, ses muscles prêts à réagir à la moindre alerte.

— Tu es seule ? demanda-t-il une nouvelle fois, doutant qu'elle ait pu le libérer sans aide.

— Oui, murmura-t-elle.

Aucun ennemi ne sortait de l'ombre, aucun bruit alarmant ne se faisait entendre. Son regard revint lentement sur elle.

— Fragile mais vaillante, murmura-t-il en la voyant vaciller.

Elle voulut reculer, mais il s'approcha d'elle plus vite qu'un fauve fondant sur sa proie. Un bras puissant lui enserra la taille et l'attira contre lui.

— Non, n'aie pas peur, mignonne. Qui es-tu ? Pas une alliée de Huwe, pas avec un si joli visage... et une telle maîtrise du latin.

— N... non, bredouilla-t-elle.

Le sentir si proche d'elle lui faisait perdre tous ses moyens. Son estomac se noua de panique. Au bord de l'évanouissement, elle posa une main tremblante contre son torse, ce qui enfonça un peu plus l'écharde dans son doigt. Elle ne put retenir un cri de douleur.

Aussitôt, il lui attrapa la main, ses doigts vigoureux enveloppant les siens pour les tourner vers la lumière. Comme celles de Huwe, ses mains étaient sales à cause de la bataille qu'il avait livrée aujourd'hui, mais la comparaison s'arrêtait là. Les mains de Niall le Noir étaient longues, puissantes, leurs ongles entretenus, et elles retenaient celle de Grace avec une délicatesse étonnante.

Elle regarda sa blessure. La grosse écharde traversait son doigt sur toute la longueur, presque jusqu'à la paume. Niall émit un murmure de compassion et porta la main de Grace à sa bouche. Avec une habileté redoutable, il saisit l'extrémité de l'écharde entre ses dents d'une blancheur animale et tira calmement. La douleur fit gémir Grace. Elle tenta de s'échapper, mais la poigne ferme de Niall l'en empêcha. Il ôta l'écharde, puis aspira le sang qui suintait de la blessure. Elle sentit sa langue lécher sa peau, et un gémissement qui n'avait plus rien de plaintif s'échappa de ses lèvres.

Il rapprocha son visage du sien et l'examina avec attention. Ses fines narines frémirent et, brusquement, son expression changea.

— Toi !

Le mot jaillit comme une insulte. Il l'attrapa par les épaules et la tourna sans ménagement vers la lumière vacillante de la torche, puis il plongea la main dans la masse de ses cheveux dénoués pour l'immobiliser. Son expression était sauvage.

— M… moi ?

— Qui es-tu ? fit-il d'une voix impérieuse, pleine de fureur contenue. C'est toi, en criant mon nom, qui m'as distrait et as provoqué ma capture ! Tu m'observes depuis des mois sans te montrer, jour et nuit. Qui es-tu, espionne ou sorcière ?

Grace le dévisagea avec horreur. Il avait partagé ses rêves ? Oh, non ! Elle sentit le sang lui monter au visage.

— Non ! Je ne suis pas une sorcière, ni une espionne, répondit-elle après quelques secondes.

— Alors, pourquoi me surveilles-tu ? demanda-t-il d'un ton rogue.

Il la relâcha pour s'approcher du garde. Sans un regard pour la blessure de l'homme, il le débarrassa de sa dague et de son épée. La première disparut dans sa botte en cuir, mais il garda l'autre en main.

— Tu es venue si souvent dans mon lit que je connais tous les secrets de ton corps, dit-il en se retournant vers Grace. Comment as-tu fait ? Et pourquoi étais-tu avec Huwe aujourd'hui ? Je t'ai entendue, je sais que tu étais là.

— Ils m'ont capturée, comme toi.

En entendant sa voix trembler malgré elle, sa colère s'accrut. Elle était mortifiée d'apprendre qu'ils avaient partagé les mêmes rêves érotiques.

— Mensonge. Tu n'as pas l'air d'avoir été malmenée.

— Huwe avait l'intention de me rançonner.

— Ce n'est pas ce qui allait l'empêcher de te sauter dessus, ma belle.

Elle rougit de nouveau.

— Non. C'est moi qui l'en ai empêché.

— Et comment as-tu accompli cet exploit ? Tu lui as jeté un sort ?

— Je ne suis pas une sorcière ! protesta-t-elle. Je lui ai fait boire quelque chose qui l'a endormi. De toute façon, il était saoul.

— Et les autres ?

— Ils ont tous bu. Ils dorment. Tout le monde pense que tu es bien gardé et que tes hommes ne se risqueront jamais à attaquer tant que tu es prisonnier.

— C'est vrai, mais ils ne sont pas très loin. Tu n'as toujours pas répondu à ma question, ajouta-t-il. Qui es-tu ?

— Grace St. John, déclara-t-elle en anglais.

Il répéta son nom comme elle l'avait prononcé, avec l'adresse d'un homme habitué aux langues étrangères. Puis il posa l'épée par terre et avança vers elle, si près que sa large silhouette lui cacha la lumière.

— Et comment as-tu fait pour m'observer sans que je puisse te voir ?

— Je ne l'ai pas fait.

Elle eut un geste d'impuissance.

— Je l'ai rêvé.

— Ah, encore des rêves !

Il était toujours en colère, mais sa voix avait repris cette intonation basse et envoûtante qui la faisait frémir. Son bras gauche se glissa autour de sa taille et il l'attira lentement à lui.

— Et dans tes rêves, mon cœur, étais-je en toi ? murmura-t-il. Étais-tu dans mes bras, nue ? Est-ce que je te faisais l'amour ?

Grace sentit ses genoux se dérober sous elle. Sa respiration devenait haletante. Son propre corps la trahissait. Elle posa les mains contre son torse, comme pour le repousser, mais la chaleur qui émanait de lui à travers la toile grossière de sa chemise accentua son trouble. Elle se sentait elle-même en nage, agitée, paniquée.

Son regard acéré et brûlant semblait dangereusement conscient de ce qu'elle éprouvait. Elle vit ses lèvres s'entrouvrir. Il la serra contre lui, sa poitrine musclée touchant ses seins, et sa respiration se précipita encore.

— Je suis fou, murmura-t-il. Je n'ai pas le temps de te faire l'amour, mais j'aurai au moins un baiser.

Il la plaqua contre la porte d'un cachot. Son corps s'écrasa contre le sien et la puissance de son érection lui coupa le souffle. Il s'empara sans douceur de ses lèvres. Elle se pressa instinctivement contre lui et lui répondit de toute son âme. Son baiser était chaud, âpre, sauvage, incroyablement familier et bouleversant. Elle sentait ses mains explorer son corps, étreignant ses seins, ses fesses, la faisant bouger contre lui. Ses longs doigts s'insinuèrent entre ses jambes, la caressant à travers ses jupes. Grace tenta de le repousser, mais il était trop tard. Une vague de plaisir déferla sur elle et elle se cambra contre lui avec un cri rauque.

Ses lèvres avides étouffèrent son cri. Il la serra plus étroitement contre lui, tandis que ses doigts habiles l'amenaient au paroxysme du plaisir. Les spasmes finirent par s'espacer, la laissant sans force contre lui.

Elle enfouit le visage au creux de son épaule, rouge de honte. Jamais elle n'avait été aussi embarrassée et humiliée de toute sa vie. Comment avait-elle pu succomber ainsi, devant lui, entre ses bras, sous ses caresses, sans plus de stimulation qu'un baiser ?

— Jeune fille, murmura-t-il d'une voix basse et voilée.

Il pressa les lèvres contre sa nuque en un baiser plein de tendresse. Elle sentait sa respiration, chaude et irrégulière, lui caresser la peau.

Il lui prit le menton pour l'obliger à relever la tête et à le regarder. Ses lèvres étaient encore humides de leur baiser, son regard lourd de désir.

— Je dois y aller, murmura-t-il en écossais. Tu consumes les hommes jusqu'à la moelle, mais je me laisserais réduire en cendres le sourire aux lèvres.

Il se pencha pour effleurer ses lèvres, puis il l'éloigna de lui avec une claque sur les fesses.

Grace resta tremblante contre la porte du cachot, l'esprit vide et les jambes en coton. Niall marchait si vite qu'il était déjà dans l'escalier lorsqu'elle se ressaisit.

— Non ! s'écria-t-elle. Emmène-moi avec toi !

Il ne s'arrêta même pas, se contentant de tourner la tête pour lui sourire.

— Je te suis reconnaissant de m'avoir libéré, mais la gratitude ne m'aveugle pas, fit-il en latin avant de disparaître en haut des marches.

Folle de rage, Grace tapa du pied sur le sol, se mordant les lèvres pour ne pas crier de dépit. Elle voulut s'élancer à sa suite, mais ses jambes refusèrent de lui obéir. Quand elle arriva dans la grande salle, il n'y avait plus aucune trace de Niall.

Retenant ses larmes, elle ramassa son sac et se dirigea lentement vers les cuisines, songeant qu'il s'était peut-être enfui par là. S'il y avait un garde, il s'en était certainement occupé, et elle pourrait s'échapper sans crainte.

Elle devait absolument retrouver Niall. Cet homme n'avait rien d'un héros, bien qu'il fût fort et plus audacieux que les autres, mais il était son seul espoir.

21

À l'extérieur des cuisines, Grace découvrit un garde étendu sans vie sur le sol. Du côté des écuries, le brouhaha s'enflait, on allumait des torches, des hommes couraient dans tous les sens. Niall avait dû voler un cheval et s'échapper par la poterne. Elle n'avait plus aucune chance d'en voler un et, dans son dos, le château se réveillait dans un branle-bas de combat général. Elle se précipita dans une petite étable adossée au mur délabré du donjon. L'endroit, à peine plus grand qu'une cabane, servait apparemment de grenier. L'odeur poussiéreuse de l'avoine lui chatouilla les narines, et elle réprima avec peine un éternuement.

Des bruissements répétés la firent grincer des dents. Là où se trouvait le grain se trouvaient les rats, et ses jambes à moitié nues sous ses longues jupes offraient une proie de choix aux rongeurs. En cet instant, elle aurait tout donné pour avoir son jean et ses bottes.

Mais elle resta parfaitement immobile, même lorsque les hommes découvrirent le cadavre du garde et s'attroupèrent juste devant sa cachette. Bien qu'elle ne comprît pas un mot, la colère et la confusion de ses ravisseurs étaient évidentes. Leur chef était incapable de se réveiller, le garde du donjon était blessé, peut-être mort, et les deux prisonniers s'étaient enfuis. Elle n'espérait qu'une chose : qu'ils la croient partie avec Niall sur le cheval volé et abandonnent les recherches.

Elle songea à Niall et sa colère se réveilla. Pourquoi ne l'avait-il pas emmenée avec lui ? S'il refusait de la conduire à Creag Dhu, il aurait tout de même pu l'aider à s'échapper des griffes de Huwe. La gratitude ne l'aveuglait pas, en effet !

L'agitation se calma peu à peu. Les hommes de Huwe ne pouvaient se lancer à la poursuite de Niall dans l'obscurité et, sans leur chef, ils semblaient incapables de prendre une décision. Elle attendit en secouant les pieds pour chasser les rats trop entreprenants, qui fuyaient en couinant dès qu'elle bougeait.

Persuadés que les deux prisonniers s'étaient enfuis, les hommes se montreraient sûrement moins vigilants. Le domaine de Hay était en très mauvais état. Le mur d'enceinte n'était pas entretenu et le mortier s'était effrité, laissant apparaître de grandes brèches. Malheureusement, il y aurait sûrement encore un garde devant les écuries.

Craignant de voir l'aube poindre d'une minute à l'autre, lui enlevant toute chance de s'échapper, elle finit par se résoudre à sortir de sa cachette.

Dehors, le brouillard recouvrait le paysage, ce qui expliquait pourquoi les hommes de Huwe avaient renoncé à poursuivre Niall. On ne voyait pas à un mètre. Elle ne serait pas plus capable qu'eux de s'orienter, mais elle n'avait pas le choix.

Elle se dirigea lentement vers les écuries. Un garde somnolait contre une botte de paille, une petite bougie à moitié consumée à ses côtés. Elle scruta les alentours à la recherche d'une arme et découvrit une fourche grossière dont le solide manche en bois pouvait faire office de matraque. Sans hésiter, elle frappa le crâne de l'homme de toutes ses forces et il s'effondra lourdement sur le sol.

— Cette fois, je suis bonne pour l'enfer, murmura-t-elle dans la nuit.

C'était le deuxième innocent qu'elle attaquait, le deuxième homme qu'elle tuait froidement. Car, au XIVe siècle, on se relevait rarement de ce genre de blessure. Si Niall l'avait emmenée avec lui, ce garde aurait été épargné.

Elle observa les chevaux et se mordit la lèvre. Elle avait pris quelques leçons d'équitation, mais n'avait rien d'une cavalière émérite. À l'exception de sa dernière chevauchée en compagnie de Huwe, elle n'était pas montée sur un cheval depuis plus de deux ans.

— Prends-en un, n'importe lequel, se dit-elle à voix basse.

Les hongres étaient généralement plus dociles que les étalons et les juments, mais l'obscurité l'empêchait de distinguer autre chose que la taille des animaux. Elle finit par choisir un cheval brun, ni grand ni petit, dont le calme lui parut de bon augure.

Le cheval se laissa seller sans broncher et la suivit tranquillement lorsqu'elle le conduisit à côté d'un tabouret. Elle monta dessus et se hissa sur le dos de l'animal. Après avoir solidement attaché son sac à la selle, elle fit avancer sa monture d'un claquement de langue. Comme le cheval sortait doucement des écuries, un grognement dans son dos lui apprit que le garde reprenait connaissance. Elle fut soulagée de constater qu'elle ne l'avait pas tué, mais se hâta de partir avant qu'il ne donne l'alerte.

Elle dirigea son cheval vers une brèche dans le mur d'enceinte et le laissa trouver son chemin dans l'effondrement de pierres. Dans le brouillard et l'obscurité, le château disparut rapidement derrière elle.

Le plus sage était de chercher une cachette et d'attendre l'aube, pour qu'elle et sa monture puissent s'orienter. Mais en restant trop près du repaire de Huwe, elle prenait le risque de retomber dans ses mains dès que ses hommes se lanceraient à sa poursuite. Et elle n'était pas sûre de lui échapper aussi facilement une seconde fois.

Elle talonna sa monture, qui se contenta d'un trot prudent. La visibilité de la pauvre bête dépassait à peine ses naseaux. Ignorant l'adage selon lequel un cheval livré à lui-même retournait à son écurie, elle décida de lui faire confiance.

Sa colère contre Niall se raviva. Comment avait-il pu l'abandonner chez Huwe alors qu'elle l'avait délivré ? Bien sûr, elle ne lui avait rien dit des raisons de sa présence ici, et la mission de Niall lui imposait d'être extrêmement prudent. En tant que Gardien, son devoir était de protéger le Trésor de toutes les menaces, dont elle-même. D'ailleurs, s'il découvrait qu'elle connaissait le secret du voyage dans le temps, il pourrait juger nécessaire de l'éliminer. Elle préférait trouver le Trésor sans lui. Si elle avait besoin de son aide, il serait toujours temps de tout lui avouer.

Mais ces raisons ne suffisaient pas à expliquer son silence. D'abord, quand elle avait compris qu'il avait fait les mêmes rêves qu'elle, elle avait été affreusement choquée et embarrassée. Puis elle avait été incapable de surmonter le sentiment d'humiliation qui avait suivi son abandon total entre ses bras.

Au souvenir de leur étreinte dans le souterrain de Huwe, une bouffée de chaleur lui monta au visage, malgré l'air frais qui caressait sa peau.

Depuis son arrivée au XIVe siècle, elle était agitée, nerveuse. Si elle avait su que cet état d'excitation trouverait un exutoire aussi facile entre les bras de Niall, jamais elle ne l'aurait approché. Son corps engourdi depuis une année s'était brusquement réveillé. Le voyage temporel l'avait mystérieusement rendue hypersensible.

Niall l'avait fascinée dès qu'elle avait lu son nom. Elle avait passé tant de temps à travailler sur lui et à rêver de lui qu'il était normal qu'elle se sente en communion parfaite avec lui. Mais le jour où elle avait fini par admettre et rationaliser l'aspect érotique de ses rêves, elle n'avait pas prévu que son attirance pour Niall serait aussi forte dans la réalité.

Or elle était encore plus attirée par lui qu'elle n'aurait jamais pu l'imaginer.

Elle avait trahi Ford de toutes les façons. Certes, elle n'avait pas réellement fait l'amour avec Niall, mais ce détail n'était qu'une maigre consolation. Car elle savait très bien que si les circonstances avaient été différentes, s'ils avaient été seuls dans un endroit tranquille, elle se serait entièrement offerte à Niall.

Il était temps qu'elle se ressaisisse. Puisqu'elle connaissait sa faiblesse, elle pourrait s'en protéger. Elle ne laisserait pas Niall l'embrasser une nouvelle fois.

Mais, quelques minutes plus tard, elle dut s'avouer que si Niall voulait l'embrasser ou lui faire quoi que ce soit d'autre, ses bonnes résolutions fondraient comme neige au soleil.

Creag Dhu était un imposant château fait de pierres aussi noires qu'un ciel d'orage. Contrairement au repaire de Hay, l'épaisse muraille qui reliait les quatre énormes tours semblait en excellent état. L'entrée principale était constituée de deux portails à presque dix mètres d'écart l'un de l'autre. Les hommes qui les surveillaient étaient en parfaite santé, correctement vêtus et bien armés. Ils arrêtaient et interrogeaient tous les visiteurs qui voulaient pénétrer dans l'enceinte du château, avant de les autoriser à franchir les grilles du deuxième portail. Aucune charrette ne passait avant d'avoir été soigneusement inspectée.

Étant donné la formation militaire de Niall, Grace s'était préparée à trouver un fief bien gardé. Mais, une fois devant Creag Dhu, elle se sentit brusquement dépassée par la difficulté de sa tâche. Jeter un coup d'œil à l'intérieur lui paraissait impossible.

Au cours des années, les fermiers des alentours s'étaient rapprochés des hauts murs protecteurs. Le château et le village qui s'y était rattaché étaient en pleine effervescence, l'endroit semblait grouiller de gens, mais tout le monde devait se connaître. Il fallait qu'elle se cache. Une étrangère attirerait immédiatement l'attention.

Elle avait faim et deux jours de chevauchée l'avaient épuisée. Elle souffrait de la tête aux pieds, et ses fesses étaient si douloureuses qu'elle se sentait incapable de remonter en selle, même si Huwe de Hay surgissait devant elle. Son cheval, lui, était heureux, car l'herbe et l'eau ne manquaient pas. C'était un hongre, d'une nature calme et paisible. Sans lui, Grace n'aurait jamais survécu.

Elle avait attaché sa monture dans un bosquet, puis avait continué son chemin à pied jusqu'au château pour évaluer la situation. Après quelques minutes d'observation, elle comprit qu'elle n'avait aucune chance d'entrer en douce dans Creag Dhu. Le mieux était peut-être de s'approcher du premier portail et de demander à voir le maître des lieux. Niall serait sans doute mécontent, mais elle l'avait libéré du cachot où il pourrissait. Si elle lui disait qu'elle avait faim, il ne pouvait tout de même pas l'envoyer promener.

Au contraire, songea-t-elle aussitôt. Il la jetterait dehors sans vergogne. Il était le Gardien. Il ne laisserait certainement pas quelque chose d'aussi minable que la gratitude se mettre en travers de sa mission. Il l'avait d'ailleurs prévenue.

Elle devait absolument trouver un moyen de pénétrer dans le château incognito.

Se cacher dans une carriole était hors de question. Les charrettes étaient systématiquement fouillées, même celles dont les propriétaires bavardaient cordialement avec les gardes pendant que ceux-ci faisaient leur travail. De plus, elle ne parlait pas leur langue et serait incapable de répondre à une seule des questions qu'ils lui poseraient. Elle pourrait essayer de s'expliquer en ancien anglais, mais elle se ferait arrêter à coup sûr : l'Angleterre et l'Écosse étaient en guerre depuis des années.

Et même si elle parvenait à pénétrer dans le château, que se passerait-il ? Les habitants se connaissaient encore mieux que les villageois, il lui serait donc impossible de se fondre dans la foule. L'exploration de la forteresse lui demanderait du temps, elle devait pouvoir circuler à sa guise. Bref, quoi qu'elle fasse pour entrer à Creag Dhu, elle avait besoin de la permission de Niall pour y rester.

Le plus sage était de s'attaquer à un seul problème à la fois. Elle se retrouvait donc à son point de départ : comment pénétrer dans la forteresse ?

Elle revint vers son cheval, trébuchant sur les pierres. Les ronces s'accrochaient à ses jupes. Elle tira dessus, pestant contre les inconvénients de sa tenue. Tout l'irritait, mais sa mauvaise humeur lui permettait au moins d'oublier l'humiliation que Niall lui avait infligée.

Lorsqu'elle retrouva son cheval, elle était en nage. La chasuble en laine qui l'avait réchauffée pendant la nuit froide l'étouffait. Elle l'enleva rageusement et la jeta en travers de la selle, soupirant de soulagement en sentant l'air frais traverser sa robe en coton. Elle dénoua les lacets du col et des manches, ouvrant largement le décolleté et remontant les manches le plus haut possible. Puis elle ôta son foulard, défit son lourd chignon et se passa la main dans les cheveux. En cette journée de printemps, la chaleur était quasi estivale, se dit-elle en passant le foulard sur ses tempes encore moites.

Pour rien au monde elle n'aurait remis sa lourde tunique en laine, et le manteau en velours était trop chaud. Mais sa nouvelle tenue exigeait un peu plus de modestie. Le fin tissu laissait en effet apparaître l'ombre de son pubis et les pointes de ses seins. Elle sortit son châle et le noua autour de sa taille de façon à se protéger des regards indiscrets, puis elle fit blouser le corsage de sa robe, et ses seins disparurent dans les plis du tissu. Satisfaite de ses efforts, elle fourra la chasuble en laine sale dans son sac et remonta sur son cheval. Elle n'avait résolu aucun de ses problèmes, mais elle était à l'aise.

Quelques minutes plus tard, elle eut une brusque inspiration.

Cinq femmes trébuchaient dans les ornières du chemin qui conduisait à Creag Dhu. Leur mission ne faisait aucun doute. Leurs bras et leurs gorges étaient découverts, leurs jupes retroussées à mi-mollet, et aucun voile ne protégeait leurs cheveux. Au moment où Grace les observait, elle les vit se peigner grossièrement avec leurs doigts, se pincer les joues et se mordre les lèvres, le tout au milieu des rires et des plaisanteries.

Des prostituées, ou des femmes perdues, en route vers le château pour une ou plusieurs nuits de travail. Grace réalisa que sa tenue était identique à la leur. D'un coup de talon résolu dans les flancs de sa monture, elle s'approcha du groupe au petit trot.

— Bon après-midi, fit-elle joyeusement en roulant les *r* du mieux qu'elle put.

Elle n'avait pas le choix. L'ancien anglais était sa seule chance d'être comprise.

Les prostituées lui adressèrent un regard méfiant, sans la moindre trace de chaleur.

— Mon homme m'a quittée, annonça Grace sans détour. Je n'ai pas d'argent, je n'ai rien mangé depuis deux jours et je ne sais pas où dormir.

Une rousse plantureuse, que la jeunesse avait désertée depuis bon nombre d'années, la toisa et fit d'un ton peu encourageant :

— Ah, oui ?

— Puis-je vous accompagner au château ? Une nuit de travail me fera gagner un peu d'argent pour manger.

— Et ta bête ? répliqua la rousse en désignant son cheval.

Son hongre avait plus de valeur que tous leurs biens réunis. Elle ne risquait pas de s'attirer leur sympathie tant qu'elle le garderait.

— Je vous la donne, répondit Grace en réfléchissant à toute vitesse, si vous me laissez entrer avec vous.

Les cinq femmes se lancèrent dans un conciliabule en gaélique. La rousse finit par lever la main et se tourner vers Grace.

— Ça marche, dit-elle.

Grace descendit de cheval avec soulagement. Après deux jours de chevauchée ininterrompue, ses fesses étaient si douloureuses qu'elle se réjouissait presque de devoir marcher, malgré sa fatigue. Elle défit son sac attaché à la selle et tendit les rênes à la rousse, qui regarda ses amies d'un air triomphant.

Elles reprirent leur lente progression sur le sentier broussailleux. Au tournant suivant, le château apparut devant elles.

— Comment t'appelles-tu ? demanda la rousse en s'arrêtant.

— Grace.

— Moi, c'est Wynda.

Puis elle désigna une à une les quatre autres femmes.

— Nairne, Coira, Sile et Eilidh.

Les présentations achevées, elles continuèrent leur chemin.

Deux gardes vinrent à leur rencontre, un large sourire aux lèvres. Après un échange de ricanements, pincements et claques sur les fesses, les deux hommes se tournèrent vers Grace avec un regard interrogateur. De toute évidence, ils connaissaient déjà les cinq autres femmes.

— Grace, expliqua Wynda en réponse à leur question. C'est une *Sassenach*[1].

Un des gardes lui prit son sac et le fouilla. Il en sortit un livre qu'il examina avec stupéfaction. Grace, abattue par l'épuisement et la faim, ne réagit pas. Wynda répéta pour elle son histoire de mari enfui. Apparemment rassuré par cette explication, l'indifférence de Grace et l'absence d'arme, le garde lui rendit son sac avec un haussement d'épaules. Il appela les gardes postés devant la deuxième grille et les six femmes pénétrèrent dans l'enceinte du château.

Grace sentit son cœur battre d'excitation. Elle avait réussi, elle était à l'intérieur ! Une bouffée d'adrénaline dissipa sa fatigue.

Wynda conduisit fièrement son cheval aux écuries tandis que ses compagnes se dirigeaient vers la salle d'armes. Derrière elles, Grace ralentit tranquillement le pas. Les autres bavardaient et riaient, ne lui prêtant aucune attention. Elle changea de direction, regardant autour d'elle avec curiosité.

La cour était propre et pleine d'animation, les habitants occupés par les activités quotidiennes qui régissent la vie d'un château. À gauche se trouvaient les écuries et la salle des gardes, à droite un champ où plusieurs hommes, nus jusqu'à la taille, s'entraînaient à combattre. Elle aperçut une tête brune qui dominait toutes les autres et détourna rapidement les yeux, de crainte que Niall ne croise son regard.

---

1. Nom donné aux Anglais par les Écossais (*N.d.T.*).

Niall le Noir était là, elle irait donc ailleurs. Deux tours, plus petites que celles du mur d'enceinte, encadraient l'entrée principale du château. La demeure était impressionnante. Elle aurait été incapable de deviner le nombre de pièces que renfermait le château.

Elle se dirigea vers la grande salle. Une fois sur le seuil, elle vacilla, étourdie. La pièce était exactement telle qu'elle l'avait rêvée. Elle savait où s'asseyait Niall et où se situaient les cuisines. Une odeur de viande rôtie lui sauta aux narines et elle se demanda si son vertige n'était pas dû à la faim.

Hommes et femmes l'observaient avec curiosité. Elle baissa vivement la tête et s'éloigna vers les cuisines. Elle pourrait peut-être quémander un morceau de pain ou le voler si on le lui refusait. Elle avait déjà volé un cheval, alors un quignon de pain... De toute façon, ce n'était pas aussi grave que d'assener un coup de chandelier sur la tête d'un innocent.

Au début, son arrivée dans les cuisines ne suscita aucune réaction. Dans la vaste pièce régnait une effervescence incroyable. Tout le monde tranchait, coupait, pilait, hachait. Un jeune garçon tournait la manivelle d'une broche sur laquelle grillait un animal qui lui sembla être un cochon entier. La graisse tombait sur les flammes en crépitant, répandant une odeur alléchante qui se mêlait à celle du pain en train de cuire.

Une femme bien en chair finit par s'apercevoir de sa présence et lui lança une question en gaélique.

— J'ai fait un long chemin, commença Grace en ancien anglais, je n'ai rien mangé depuis deux jours...

— *Sassenach !* lança la cuisinière d'un air dégoûté, avec un geste de son torchon pour chasser l'intruse.

Être anglaise était pire qu'être prostituée.

— Française, répliqua Grace avec conviction.

Puis elle pâlit brusquement. Sa vue se brouilla. Cette fois, le vertige était bien réel. Elle vacilla, tendit la main pour se rattraper à quelque chose et bascula en arrière.

Sans doute convaincue par les dénégations de Grace, la cuisinière se précipita vers elle. Deux bras vigoureux la rattrapèrent et la conduisirent sur un banc. La femme mit un morceau de pain entre ses mains tremblantes et lui remplit un bol de bière qu'elle déposa devant elle. Grace mâcha lentement une bouchée de pain, qui lui parut bien meilleur que celui qu'elle avait avalé chez Hay. Elle n'osa pas boire plus de quelques gorgées de bière.

Le travail continuait autour d'elle. La femme qui l'avait accueillie la regardait de temps à autre, sans doute pour vérifier qu'elle ne s'évanouissait pas. On lui présenta un autre morceau de pain avec du fromage et quelques tranches de porc froid. Grace, qui se sentait mieux, mangea avec autant d'avidité que les bonnes manières le permettaient et but un peu plus de bière.

La cuisinière eut un claquement de langue approbateur et lui apporta une nouvelle fournée de viande et de pain.

— Tu es grosse comme un lacet, ma fille. Mange encore. Tu auras besoin de forces, ce soir.

Après quelques bouchées supplémentaires, Grace sourit à la brave femme. Elle était largement rassasiée.

— J'avais très faim. Merci.

— De rien. Maintenant, file.

La femme secoua de nouveau son torchon pour la faire partir et Grace sortit.

Elle devait tout d'abord se cacher dans un endroit sûr, le temps de mettre un plan au point. Vérifiant que personne ne la regardait, elle se glissa dans une alcôve protégée par un épais rideau et s'assit à même le sol.

Adossée à la pierre froide, elle commença à réfléchir. Dans quoi s'était-elle embarquée ? Remonter le temps lui avait semblé raisonnable à son époque, mais en trois jours, elle n'avait pas avancé d'un pouce. Ce qui lui avait paru d'une simplicité enfantine – trouver le Trésor et revenir à son époque – se révélait une tâche colossale.

Vu la taille du château, il lui faudrait des jours, voire des semaines, pour le fouiller de fond en comble. Elle ne pourrait pas se cacher aussi longtemps. Elle avait besoin d'une excuse pour rester au château. Et pour cela, elle devait obtenir la permission du maître des lieux.

Elle allait être obligée de le revoir. Cela ne l'enchantait guère, mais elle avait affronté des situations plus pénibles en un an de cavale. Et qu'était l'humiliation comparée à l'assassinat de son mari et de son frère ?

Elle était épuisée. Maintenant qu'elle était rassasiée, elle avait du mal à garder les yeux ouverts. Elle roula son sac en boule et s'installa dans une position plus confortable. La tête posée sur les livres, elle s'endormit en quelques secondes.

Après avoir refusé la compagnie de Jeanne et de Fenella, une servante pleine d'entrain, Niall grimpa les marches qui conduisaient à sa chambre. Il était d'une humeur massacrante. Il avait besoin d'une femme, mais les charmes généreux de Fenella ne le tentaient pas. Même Jeanne, pourtant sa favorite, ne lui inspirait aucun désir.

— Satanée sorcière ! jura-t-il en claquant violemment la porte de sa chambre.

Il avança en quelques enjambées furieuses jusqu'à la table et prit la bouteille de vin, puis la reposa sans la toucher. Il ne voulait pas de vin, il avait bu en dînant. Il voulait celle qu'il avait laissée à la merci de Huwe.

Espionne ou sorcière, il aurait dû l'emmener avec lui. Au moins n'éprouverait-il plus ce malaise qui le tenaillait, ce désir qui refusait de s'assouvir entre les bras d'une autre.

Aucune femme ne lui avait jamais répondu avec une telle ardeur, un tel abandon. Il la sentait encore contre lui, le corps tout entier tendu vers lui, vibrant comme si elle était faite pour lui. Un feu liquide s'était répandu dans ses veines et n'avait cessé de le consumer depuis. Il en voulait plus. Il voulait se perdre en elle, la tenir contre lui tandis qu'elle nouerait ses jambes et ses bras autour de lui pour l'attirer encore plus loin en elle.

Il poussa un gémissement. Pendant des mois, il avait espéré que ses rêves deviendraient réalité. Mais quand il l'avait enfin tenue dans ses bras, il l'avait abandonnée derrière lui. Il avait été tellement furieux de la découvrir chez Huwe qu'il s'était convaincu qu'elle était de mèche avec son ennemi et qu'elle l'espionnait à dessein. Penser qu'elle l'avait trahi l'avait rendu ivre de rage.

Ce n'était que plus tard, en retrouvant ses hommes, loin du repaire de Huwe, qu'il avait recouvré la raison. Elle ne faisait pas partie du clan de Hay, il suffisait d'un regard pour le comprendre. Il aurait dû chercher à savoir ce qu'elle faisait là, qui elle était, d'où elle venait. Elle lui avait dit son nom, Grace St. John. Grace, un nom qu'il n'aimait pas se répéter, car il lui rappelait la foi qu'il avait perdue. Ses vêtements étaient d'une finesse étonnante, son accent étrange. Elle parlait latin, ce qui excitait sa méfiance. Pourquoi une femme parlerait-elle la langue de l'Église ?

Ce soir, il était resté longtemps dans la grande salle, essayant en vain de trouver un intérêt aux femmes qui tournaient autour de lui. À présent, malgré l'heure tardive, il n'était pas fatigué. Il faisait les cent pas dans sa chambre, songeant à ces yeux bleus et à cette cascade de cheveux sombres et soyeux. Elle avait la même délicieuse odeur que dans ses rêves, et sa bouche... Il ferma les yeux, jurant entre ses dents tandis que son esprit enfiévré imaginait cette bouche glissant sur sa peau, se refermant sur... Son corps entier vibra de désir.

Furieux, il arracha ses vêtements un à un. Son érection était douloureuse. Il n'avait qu'à ouvrir la porte et à appeler une femme ou deux pour apaiser sa souffrance, mais il continua d'arpenter la pièce, se demandant ce qui était arrivé à Grace. Que s'était-il passé après son départ ? Avait-elle souffert de l'avoir aidé ? Huwe n'était pas tendre avec les femmes. S'il apprenait qu'elle l'avait libéré, il la tuerait.

Quoi qu'il en soit, Huwe l'avait certainement violée. En deux jours, il avait eu tout le temps de profiter d'elle. Niall serra les dents. La pensée de ce corps délicat entre les grosses pattes de Huwe le rendait fou. Il allait lever une armée et l'arracher aux mains de ce porc. Il s'occuperait d'elle, la rassurerait, et elle lui répondrait avec la même ardeur que...

La porte s'ouvrit doucement. Aussitôt sur le qui-vive, Niall se retourna, attrapant son épée au passage et, fermement campé sur ses pieds nus, il commença à faire tournoyer son arme au-dessus de lui.

Des yeux bleu-gris apparurent dans l'entrebâillement. Ils s'écarquillèrent d'effroi devant le guerrier nu et la lame étincelante qui les menaçait. Sans un cri, Grace plongea au sol et, à la dernière seconde, Niall dévia son coup. La lame vint s'enfoncer dans la porte, juste au-dessus de l'endroit où se trouvait la tête de Grace un instant plus tôt.

Jurant dans toutes les langues qu'il connaissait, Niall retira son épée de la porte en bois. Puis, sans laisser à Grace le temps de se relever, il se pencha pour la prendre par le bras et la traîner à l'intérieur de la pièce. Elle hoqueta, réussit à tourner sur elle-même et lança les jambes en avant. Un pied menu lui effleura la cheville, mais l'autre le frappa à la rotule, et il vacilla. Avant même de toucher le sol, il retrouva son équilibre et retomba accroupi, l'épée en main.

Assise par terre, sa robe retroussée jusqu'aux genoux, elle avait les yeux braqués sur lui. Il l'observa quelques secondes d'un regard mauvais, puis il se redressa et alla poser son épée sur la table. Il passa tranquillement son plaid autour de ses hanches et se retourna pour la dévisager.

Elle n'avait pas bougé. Son regard étonné croisa le sien et, avec une satisfaction toute primitive, il comprit ce qui l'avait tant stupéfaite.

— Si tu veux me voir nu, tu n'as qu'à me le demander, fit-il.

Il se dirigea vers la porte, la ferma et glissa la barre en travers, avant de se baisser pour relever Grace.

— Bon. Comment es-tu arrivée jusqu'ici ?

— J'ai volé un cheval et je suis venue, répondit-elle en levant fièrement le menton.

Il haussa les sourcils.

— Ainsi, tu parles anglais aussi bien que latin. Quels sont tes autres talents ?

— Français et grec.

— Alors, nous pourrons bavarder dans n'importe laquelle de ces langues, remarqua-t-il en français pour la tester. De cette façon, il ne devrait pas y avoir de malentendu entre nous.

— En effet, répondit-elle dans la même langue.

Il revint à l'anglais.

— Comment as-tu fait pour échapper à la vigilance de mes gardes et pour arriver jusqu'ici ?

Elle se tenait bien droite, le dévisageant comme s'il n'était pas plus impressionnant qu'un gamin de douze ans.

— Je t'ai fait sortir des cachots de Huwe, déclara-t-elle. Je suis seule, je n'ai nulle part où aller. Je suis venue te demander asile.

— Ah, fit-il d'une voix douce. Mais tu n'as toujours pas répondu à ma question. Comment as-tu réussi à t'introduire dans mon château ?

— Je suis entrée avec les prostituées et je me suis cachée.

Il serra les dents.

— Et personne ne t'a vue ? Personne ne t'a demandé ce que tu faisais là ?

— Je te l'ai dit, je suis entrée avec les prostituées. La raison de ma présence semblait évidente, étant donné mon accoutrement.

Elle montra les lacets défaits de son corsage. Ses cheveux flottaient librement dans son dos, tombant en une masse souple jusqu'à ses hanches.

Pourtant, malgré sa tenue provocante, aucun œil averti n'aurait pris Grace pour une fille de joie. Elle n'en avait pas l'apparence. Sa peau était fine, ses mains douces et propres, ses manières et ses propos dénués de toute vulgarité. Au souvenir de sa réaction entre ses bras, il se dit qu'elle avait été une femme aimée, mais dont la sensualité avait toujours été bridée. Lors de cette fameuse nuit dans les cachots de Huwe, le désir, l'impatience et la faim s'étaient lus sur son visage offert. Ce soir, en revanche, elle semblait sur ses gardes, prudente.

Son instinct lui disait qu'elle n'était pas complètement sincère. Une simple demande d'asile ? Non. Elle l'observait depuis des mois, elle avait provoqué sa capture avant de le sortir fort à propos de sa geôle. Elle était guidée par un dessein plus profond. Et il n'était pas stupide au point de lui faire confiance.

Mais il la voulait. Maintenant, totalement et avec une violence qu'il n'avait jamais connue. Il savait d'avance comment elle réagirait entre ses bras. Il connaissait le gémissement qui mourrait dans sa gorge au moment où il la pénétrerait. Ce qu'il avait si souvent vécu en rêve, il voulait l'éprouver dans sa chair.

Mais son désir ne l'aveuglerait pas. Il resterait vigilant.

Il ouvrit la porte, appela Sim en hurlant et observa Grace en silence tandis que le château s'éveillait autour d'eux et que des pas se précipitaient dans l'escalier. Sim arriva, essoufflé, le poing sur l'épée, suivi de dix hommes armés.

— Oui ?

Il poussa un soupir de soulagement, heureux de constater que Niall était indemne et apparemment tranquille.

Niall ouvrit largement la porte pour lui montrer la femme debout au milieu de la pièce.

— Trouve-lui une chambre et place deux gardes à sa porte. Si tu es incapable de l'empêcher d'entrer, tu pourras peut-être l'empêcher de sortir.

Sim regarda Niall d'un air ébahi.

— Que...

Mais il se ressaisit, avança vers Grace et l'attrapa par le bras.

— Méfie-toi de ses jambes, lui conseilla Niall en s'écartant pour les laisser sortir.

Grace ne tenta pas de résister. Avant de partir, elle lui lança un long regard par-dessus son épaule. Deux gardes la jetèrent dans la chambre voisine et l'enfermèrent, avant de se poster de chaque côté de la porte.

La pièce était sombre et froide. La seule lueur provenait de la nuit étoilée qui pénétrait par une étroite fenêtre en forme de croix. Grace fouilla en vain sa prison à la recherche d'une bougie. Si elle avait gardé son sac, elle aurait pu craquer une allumette et avoir un bref aperçu de sa nouvelle geôle, mais elle avait jugé plus sûr de laisser ses affaires dans sa cachette.

La pièce ne contenait apparemment aucun meuble. Il n'y avait même pas de paille sur le sol en pierre. Un frisson la parcourut et elle serra les bras autour d'elle pour se réchauffer.

La porte s'ouvrit brusquement. Un des gardes pénétra à l'intérieur, une chandelle dans une main, un plaid épais dans l'autre. Après avoir déposé le tout sur le sol, il referma la porte sans un mot et Grace entendit une lourde clef tourner dans la serrure.

Elle étala le plaid par terre, en prenant garde à ne pas souffler la chandelle, puis elle observa sa prison. La lueur de la bougie ne lui apprit rien qu'elle ne sût déjà : elle était enfermée dans une petite pièce totalement vide.

Au moins avait-elle de la lumière et une couverture pour lui tenir chaud. Et elle était dans la forteresse de Creag Dhu. Elle s'enroula dans le plaid en soupirant et s'étendit sur le sol froid et dur. La situation aurait pu être pire.

22

Le lendemain, Grace fut réveillée par le bruit de la clef dans la serrure. Elle s'assit, son plaid autour d'elle, et repoussa les cheveux qui lui tombaient devant les yeux. Elle avait veillé une bonne partie de la nuit, avant de sombrer dans le sommeil au lever du jour. Sur le seuil, Niall l'observait, le visage fermé. Elle se leva. Ses muscles étaient raides et endoloris.

— Viens, fit-il en lui tendant la main.

Elle avança vers lui, se disant que ce même mot prononcé la nuit de leur rencontre lui aurait épargné bien des souffrances.

Il la fit entrer dans sa chambre, une grande main chaude posée sur ses fesses. Un feu brûlait dans la cheminée, chassant le froid du matin. Un immense baquet en bois rempli d'eau fumante avait été installé devant le feu.

— C'est pour toi, dit-il en désignant le baquet d'un geste de la main. Tu n'as pas l'air très en forme.

Elle regarda l'eau chaude avec envie.

— C'est vrai.

— Alors, vas-y pendant que c'est chaud.

Il tendit la main et défit le châle qu'elle avait noué la veille autour de sa taille. Grace lui frappa la main et recula.

— Je peux me déshabiller toute seule, fit-elle. Sors d'ici.

Niall haussa les sourcils.

— Tu m'as vu nu, protesta-t-il. Et nous avons déjà partagé pas mal de choses, ajouta-t-il avec un petit sourire suggestif.

Elle rougit. L'épée qui s'était plantée au-dessus de sa tête la nuit précédente lui avait fait oublier son embarras et sa honte, mais Niall semblait décidé à lui rappeler leur fâcheuse étreinte dans le souterrain de Huwe.

— C'était une erreur, fit-elle, sur la défensive. Cela ne se reproduira plus.

— Je ne suis pas du même avis, répliqua-t-il en posant un regard admiratif sur elle.

Elle réalisa soudain qu'elle ne portait plus que sa robe et qu'elle n'avait pas de sous-vêtements. Elle se détourna, les joues en feu. Il éclata de rire. Elle ne l'entendit pas approcher, mais sentit brusquement sa chaleur dans son dos. Il était derrière elle. Il caressa son cou du bout du doigt, remontant lentement le long de son menton.

— Je vais te laisser prendre ton bain, murmura-t-il, puis Alice t'apportera du porridge et nous parlerons.

Grace le regarda partir en frissonnant. Ses deux premières propositions étaient des plus séduisantes, mais la dernière la terrifiait. Parler ? Sa voix, sa caresse, la façon dont il s'était tenu derrière elle lui disaient autre chose. De toute évidence, il avait décidé que la colère qui l'avait empêché de la mettre dans son lit la veille n'était plus de mise aujourd'hui.

Il la voulait. Elle se déshabilla et se glissa dans l'eau brûlante, parfaitement consciente de son propre désir. La chaleur qui pénétrait ses muscles endoloris lui arracha un soupir d'aise. Les questions méfiantes de Niall ne parvenaient pas à cacher l'attirance presque animale, forgée par des mois de rêves partagés, qui les liait l'un à l'autre. Leur baiser l'avait autant excité qu'elle. Il avait les mêmes souvenirs des mêmes rêves.

Il se rappelait aussi bien qu'elle le plaisir qu'ils éprouvaient alors à faire l'amour.

Comment pourrait-elle lui résister ?

Elle tenta de se distraire en se lavant énergiquement et commença par ses cheveux. Dix minutes plus tard, la porte s'ouvrit et une femme robuste aux cheveux grisonnants entra dans la pièce. Elle portait un plateau en bois sur lequel étaient posés un grand bol, une cuillère et une tasse.

— Quelle chevelure ! s'exclama la femme en mettant son plateau sur la table.

Elle avança jusqu'à Grace et souleva une lourde aiguière.

— Je m'appelle Alice. Je suis la gouvernante de Niall. Lève-toi, jeune fille, que je te rince avec de l'eau propre.

Grace se sentit rougir une nouvelle fois, mais elle obéit. Alice versa l'eau sur sa tête, la débarrassant des dernières traces de savon, puis elle lui donna un grand drap en lin pour se sécher le corps et un autre plus petit pour ses cheveux.

— Il faudrait grossir un peu, ma fille, fit Alice avec un claquement de langue réprobateur. Maintenant que tu es là, je vais te nourrir. Assieds-toi et mange ce porridge avant qu'il ne refroidisse.

Drapée dans la serviette en lin, Grace prit place à table et plongea sa cuillère dans le porridge. Son goût riche, crémeux et légèrement salé, n'avait rien à voir avec les flocons d'avoine du XXe siècle. Elle dévora son plat et but avec avidité l'eau qu'Alice lui avait apportée dans la tasse.

— C'est délicieux, dit-elle en soupirant de bien-être.

Après une année de dégoût pour la nourriture, son appétit semblait renaître.

Alice, qui était restée assise pendant tout le repas de Grace, se leva et commença à s'agiter autour d'elle. Très vite, Grace se retrouva vêtue d'une longue robe en lin à manches courtes et d'une chasuble en laine marron.

On lui fournit des chaussettes propres et des chaussures en cuir, ses mocassins ayant été mis de côté pour être nettoyés, puis Alice l'installa devant le feu pour la peigner.

— Comment t'appelles-tu, jeune fille ? demanda-t-elle.

— Grace.

Le mouvement du peigne en bois était relaxant et elle sentait ses paupières se fermer malgré elle.

— Tu as des cheveux magnifiques. Épais, brillants et doux. Ce doit être toute une histoire pour les sécher, non ?

— Il m'arrive de les natter quand ils sont encore humides, répondit-elle.

La porte s'ouvrit dans son dos, et Grace reconnut aussitôt le pas décidé de Niall.

— Je vais terminer, Alice, fit-il en prenant le peigne des mains de la gouvernante.

La femme rassembla les draps en lin humides et le plateau, puis elle quitta la pièce.

— Tourne-toi, dit Niall.

Grace pivota sur le banc pour offrir son autre profil à la chaleur des flammes. À sa grande surprise, Niall se révéla aussi doué qu'Alice avec le peigne. De temps en temps, il glissait son avant-bras sous ses cheveux humides et les soulevait délicatement pour les exposer à la chaleur du feu.

Les battements de son cœur s'étaient accélérés dès son entrée dans la pièce. L'effet délassant du démêlage s'était complètement envolé. Tous ses sens étaient en éveil.

La panique lui noua l'estomac. Elle s'était préparée à une attaque en règle, pas à ce contact si subtil, bien trop dangereux pour ses bonnes résolutions.

— Tu as demandé à manger aux cuisines, hier, commença Niall sur le ton de la conversation. Tu as failli t'évanouir, tu as dit que tu n'avais rien mangé depuis deux jours, puis tu as disparu et plus personne ne t'a vue jusqu'à ce que tu fasses irruption dans ma chambre. Où étais-tu ?

— Je te l'ai dit cette nuit, répondit-elle d'une voix aussi détachée que la sienne. Je me suis cachée et je me suis endormie.

— Où ?

— Dans une alcôve.

Elle tourna la tête et le regarda par-dessus son épaule.

— Tu crois peut-être que je me suis transformée en chauve-souris pour me percher dans le beffroi ?

— Il n'y a pas de beffroi à Creag Dhu, répondit-il, amusé. Mais, dis-moi, pourquoi t'a-t-il fallu deux jours pour arriver ici, si tu as quitté Huwe sur mes talons ? Et pourquoi venir chez moi ? Creag Dhu est pour les hors-la-loi et les hommes perdus, pas pour les jolies jeunes filles aux mains aussi douces que celles d'un nouveau-né.

— Je n'ai pas pu m'échapper tout de suite, expliqua Grace. Je suis restée cachée dans un grenier, à attendre que tout le monde se soit rendormi. J'ai volé un cheval, mais le brouillard était tombé et je me suis perdue.

Elle se tourna une nouvelle fois pour le dévisager.

— Si tu ne m'avais pas laissée derrière toi, je ne me serais pas perdue, ajouta-t-elle.

— Tiens-toi tranquille, ordonna-t-il en posant une main ferme sur sa nuque. Tu vas emmêler tes cheveux.

Le peigne reprit son mouvement.

— Tu me demandes pourquoi je ne t'ai pas emmenée avec moi ? fit-il. Parce que je sais que tu dissimules quelque chose. Hier, tu m'as dit que tu cherchais un refuge, mais tu aurais pu trouver un autre abri sur ton chemin. De plus, tu n'as rien fait pour m'exposer ta requête en arrivant au château. Au contraire. Tu es entrée en douce et tu t'es cachée comme une voleuse.

Elle resta silencieuse, cherchant une réponse plausible. Elle ne pouvait prendre ses rêves pour prétexte, alors qu'ils étaient ouvertement érotiques et qu'elle avait repoussé les avances de Niall moins d'une heure auparavant.

— Tu n'avais qu'à demander à me voir au lieu de t'introduire par la ruse, insista-t-il. Si tu craignais que je refuse de t'accueillir, il était stupide de t'obstiner à vouloir entrer chez moi. Je te pose donc encore une fois la question : qu'es-tu venue faire à Creag Dhu ?

Niall était perspicace. Aucune des lacunes de son plan ne lui avait échappé. Grace ne pensait pas trouver le XIVe siècle uniquement peuplé de barbares ignorants et faciles à berner, mais l'imparable logique de son raisonnement la stupéfiait. Elle était prise au piège. Il avait raison, se présenter aux gardes et demander à le voir aurait paru beaucoup moins suspect.

Elle pencha la tête et regarda ses mains serrées sur ses genoux. Se concentrant sur son alliance, elle essaya pour la première fois de faire délibérément surgir l'image de Ford devant ses yeux. Elle avait besoin de lui, maintenant, alors que les mains de Niall le Noir couraient savamment dans sa chevelure et que la douceur des flammes caressait sa peau.

— J'avais trop honte, dit-elle tout à coup.

Le peigne s'arrêta.

— Vraiment ? fit-il doucement.

Il glissa la main autour de son cou, sous ses cheveux, et elle sursauta. Il fredonna quelque chose en gaélique et son pouce caressa tendrement sa nuque.

— Parce que je t'ai donné du plaisir, dans le cachot ? J'ai été un peu surpris, c'est vrai, mais ce fut merveilleux. Un homme aime qu'une femme tremble et gémisse entre ses bras.

Trembler, c'était exactement ce qu'elle était en train de faire. La main de Niall se déplaça légèrement et se mit à la masser, allant et venant de son épaule à la naissance de sa gorge. Elle retint un gémissement. Le désir naissait au creux de son ventre, entre ses jambes, et ses seins se dressaient sous la fine robe en lin. Niall savait parfaitement ce qu'il faisait. C'était un homme dangereux qui n'ignorait rien des caresses les plus subtiles.

Elle essaya de contrôler sa respiration.

— Je n'ai pas... Je veux dire... Nous venions juste de nous rencontrer !

Il rit, d'un rire profond, viril et assuré.

— C'est faux. Tu m'as souvent rendu visite dans mon lit.

Elle s'efforça de parler d'une voix ferme.

— C'étaient des rêves, pas la réalité.

— Vraiment ? Ils m'ont paru très réels.

Ses mots étaient lourds de sous-entendus et de promesses. Une violente vague de désir la traversa. Elle voulait le sentir sur elle, en elle, elle voulait voir son visage au moment où le plaisir les terrassait tous les deux.

— Je sais que tu en as autant envie que moi.

Sa voix profonde s'était faite plus rauque. Elle ferma les yeux. Durant quelques secondes, il n'y eut plus d'autre bruit que celui de leurs respirations désordonnées.

Il posa le peigne et enjamba le banc pour se camper devant elle. Faisant glisser ses larges paumes le long de ses bras, il prit ses mains dans les siennes pour l'obliger à se lever. Grace, incapable de résister, fixait l'artère qui palpitait à la base de son cou.

— Allons nous étendre sur le lit, murmura-t-il.

Chacun de ses gestes l'attirait inexorablement contre lui, décuplant son désir et son impatience... Leurs corps se touchèrent.

— Non... Je...

Son refus mourut sur ses lèvres tandis qu'il refermait les bras autour d'elle, la soulevant de terre pour la rapprocher encore de lui.

Il lui mordilla le lobe de l'oreille. Son souffle chaud lui brûlait la peau.

— Je ne te ferai pas mal, chuchota-t-il.

Elle savait que c'était faux. Elle l'avait vu nu, il l'avait pénétrée dans ses rêves. Il était grand, puissant, et l'accueillir en elle serait certainement douloureux. Mais le plaisir qui suivrait serait si intense...

Elle dut serrer les poings pour ne pas nouer les bras autour de son cou. Cette faiblesse, si minime soit-elle, lui serait fatale, car ils étaient tous les deux au bord du point de non-retour. Elle sentait le corps vigoureux et invaincu de Niall frémir d'un désir dont il avait visiblement beaucoup de mal à contenir l'intensité.

— Jeune fille...

Sa bouche glissa le long de son cou, plantant de petits baisers brûlants le long de sa trajectoire. Ses mains ne connaissaient aucune frontière. Elles se plaquèrent sur ses fesses, l'attirant encore plus près de lui, et elle sentit son érection contre ses cuisses.

Ford.

Poussée par le désespoir, Grace s'arracha à l'étreinte de Niall et s'enfuit de l'autre côté de la table. C'était un obstacle bien pitoyable, qu'il pouvait renverser d'un geste de la main, mais elle savait qu'il ne la forcerait pas.

Il resta parfaitement immobile, l'observant sous ses paupières baissées.

Elle serra les mains, faisant fébrilement tourner son alliance, fragile symbole de sa fidélité et de sa trahison. La bague était devenue si grande qu'elle avait peur de la perdre, et elle avait pris l'habitude de toujours vérifier sa présence à son doigt.

Niall attendait.

— Je suis veuve, dit-elle avec effort.

Sa gorge se noua et elle déglutit péniblement.

— Mon mari est le seul homme avec qui...

Elle se tut, incapable d'en dire plus.

— Tu l'aimes encore ?

— Oui.

Sa réponse était presque inaudible.

Il fit le tour de la table. Elle aurait voulu courir loin de lui, mais elle était incapable de bouger. Il prit son visage entre ses mains, l'ombre d'un sourire effleurant ses lèvres bien dessinées, son regard noir plein de compréhension.

— Désirer un autre homme est nouveau pour toi. Tu crois le trahir.

— Oui, murmura-t-elle.

— Et pourtant tu es venue, sachant ce qu'il y avait entre nous. Ton corps est prêt, mais ton esprit a besoin d'un peu plus de temps.

Il se pencha et déposa un baiser sur son front.

— Je ne te forcerai pas, jeune fille, mais je ne te laisserai pas longtemps seule dans ton lit. Ma bouche et mes mains sauront vaincre tes craintes.

Croyant qu'il allait l'embrasser, elle entrouvrit les lèvres, mais il la relâcha et recula vers la porte.

— J'aimerais pouvoir penser que tu es venue à Creag Dhu pour moi, pour réaliser nos rêves...

Il s'exprimait dans un anglais parfait, sans la moindre trace d'accent écossais.

— Mais le désir, pas plus que la gratitude, ne me fait perdre la tête, continua-t-il. Tant que tu ne m'avoueras pas la véritable raison de ta venue, tu ne circuleras pas librement dans le château. Quelqu'un sera avec toi en permanence, jour et nuit, et tu resteras enfermée dans ta chambre.

Il s'interrompit, les yeux brillants, avant d'ajouter :

— Ou dans la mienne.

23

Avec Alice à ses côtés, Grace ne pouvait se lancer dans aucune exploration. Préférant ne pas accroître la méfiance de Niall à son égard, elle suivit les pas affairés de la gouvernante, écoutant avec attention son bavardage pour tenter d'améliorer sa compréhension du dialecte écossais et du gaélique.

Les tâches d'Alice la menaient partout dans le château, et Grace se familiarisa vite avec les lieux. Quel était l'endroit le plus sûr pour cacher le Trésor ? Creag Dhu possédait des souterrains plus vastes que ceux de Huwe, mais c'était une cachette si évidente qu'il lui paraissait peu probable que Niall l'ait choisie.

Le cellier, sombre et frais, était une autre possibilité. Ses tonneaux et ses innombrables casiers pouvaient fournir de bonnes cachettes.

— Existe-t-il des passages secrets, pour s'enfuir en cas de danger ? demanda-t-elle à Alice.

— Il y a un souterrain qui conduit à la mer, mais je pense que nous sommes plus en sécurité dedans que dehors. Lord Niall a construit les meilleures défenses de toute l'Écosse, ajouta fièrement la gouvernante. Nous pouvons soutenir un siège de plus d'un an.

Sur ces mots, Alice interpella une servante, et Grace se replongea dans ses pensées. La facilité avec laquelle elle s'était adaptée à sa nouvelle existence l'étonnait. Certes, sa connaissance des langues et de la culture médiévales était un avantage de poids, mais son premier réveil au XIVe siècle ne l'avait même pas trouvée désorientée. Son esprit semblait avoir tout aussi facilement remonté le temps que son corps. Bien sûr, la viande était salée pour être conservée, le lait devait être baratté et on mélangeait des herbes à la paille qui recouvrait le sol pour en garder la bonne odeur. Mais ses goûts s'étaient immédiatement habitués à la nourriture simple du Moyen Âge, et elle ne souffrait pas de l'absence d'épices et d'assaisonnement. Lorsque Alice lui donna une aiguille et un drap en lin déchiré, Grace ne songea même pas qu'au XXe siècle, elle en aurait fait des chiffons, avant de courir dans le premier magasin venu pour acheter un drap neuf. Sans rechigner, elle prit la peine de faire de petits points bien nets.

Elle réalisa que le choix de ses vêtements n'avait pas été très judicieux. Le coton ne ferait son apparition en Europe que plusieurs décennies plus tard, et le velours était l'apanage des rois. À présent, elle ne s'étonnait plus que Huwe ait été si impressionné par son manteau. Il l'avait probablement prise pour une princesse étrangère et avait prémédité de demander une rançon exorbitante pour sa libération. Comme Grace, de toute évidence, n'était pas écossaise, l'originalité de ses vêtements n'avait pas surpris Alice quand elle les avait ramassés pour les faire laver, ni les femmes qui les avaient nettoyés. Cependant, il était plus sage de laisser son manteau en velours à l'abri des regards. Elle aurait voulu vérifier que son sac était toujours à sa place, mais elle se raisonna : si on l'avait découvert, la nouvelle aurait rapidement fait le tour du château. De plus, surveillée comme elle l'était, il valait mieux éviter d'attirer l'attention sur l'endroit où elle l'avait caché.

Elle ne vit pas Niall de la journée. S'entraînait-il avec ses hommes ? Était-il parti à la chasse ou en patrouille autour du château ? Elle n'en savait rien. Elle entendit le fracas des épées dans la cour, mais resta à l'intérieur, de crainte que la vue de son corps musclé en plein effort ne fasse s'écrouler définitivement ses fragiles défenses.

Elle n'aurait jamais cru que le désir puisse être aussi puissant. Alice avait beau l'occuper sans relâche, ses pensées revenaient toujours à cette caresse diaboliquement experte sur son cou, à son baiser, au frôlement de ses cheveux sur son visage. Niall était un homme à la fois merveilleusement sauvage et incroyablement prévenant et sophistiqué. Elle s'était habituée au Moyen Âge grâce à ses connaissances préalables, mais elle était persuadée que Niall, sans aucun de ces atouts, s'adapterait facilement au XXe siècle. Son intelligence et sa force de caractère lui permettraient de se sortir de n'importe quelle situation, même sept siècles plus tard.

Elle essaya de penser à Ford, mais son image était terriblement lointaine. Une année s'était écoulée, une année où elle n'avait rien possédé qui lui ait appartenu. Elle n'avait eu aucun objet sur lequel pleurer, aucune lettre, aucune photo qui aurait maintenu son mari présent en elle. Elle s'était interdit de songer à lui trop souvent, de peur d'être anéantie par la souffrance. Et maintenant qu'elle avait besoin de lui, elle était incapable de se souvenir de son visage ou de l'intonation de sa voix.

Son bond dans le temps semblait avoir recouvert sa vie précédente d'un voile opaque, comme s'il s'était agi d'un rêve et que la seule réalité était celle qui l'entourait à présent. Niall était trop vrai, trop vivant, trop puissant. Tous les habitants du château se courbaient respectueusement devant lui, obéissant au moindre de ses ordres.

Les hommes revinrent pour le dîner, troublant de leur virilité tapageuse la quiétude laborieuse qui s'était abattue sur le château durant la journée. Les cris, les jurons, les voix grondantes, le vacarme des épées et des boucliers, le martèlement des pieds et les aboiements des chiens se mêlèrent en une musique chaotique. Les moindres recoins de la grande salle résonnaient des clameurs des guerriers. Lorsque Niall apparut, tous les yeux se tournèrent vers lui. Il regarda autour de lui, repéra immédiatement Grace et lui adressa un bref signe de tête pour lui indiquer la table où il devait s'installer.

Comme elle hésitait, Alice lui donna une petite tape.

— Il te veut à ses côtés pour le dîner, lui expliqua la vieille femme, traduisant l'évidence. Tu ferais mieux de lui obéir.

Grace n'avait pas songé une seconde à se dérober, mais elle répugnait à s'asseoir si près de lui. C'était bien trop dangereux. Elle traversa la salle à pas lents pour rejoindre la grande table où Niall l'attendait, debout derrière son fauteuil.

Il avait dû plonger la tête dans un baquet d'eau ou prendre le temps de se baigner, car ses longs cheveux étaient humides et brillants. Sa chemise en lin était propre, son plaid parfaitement enroulé autour de sa taille. Un couteau était passé dans sa ceinture, un autre dans sa botte droite. Sa grande épée était glissée dans un fourreau qu'il portait sur le dos. Il l'ôta et le suspendit au dossier de son fauteuil. Même dans son château, entouré de ses hommes, il restait d'une prudence extrême.

Grace jeta un coup d'œil autour d'elle et constata que tous les hommes, suivant l'exemple de leur chef, gardaient leurs armes à portée de main. Sous la férule de Niall, ces proscrits, ces hors-la-loi étaient devenus des guerriers fiers, redoutables et disciplinés. Ces hommes durs et rebelles s'étaient naturellement soumis à son commandement. Bannis de leurs clans, ils avaient fondé le leur, élevant tacitement Niall à sa tête. Et elle devinait que, parmi eux, pas un n'aurait hésité à donner sa vie pour lui.

Un fauteuil plus petit avait été placé à côté de celui de Niall. C'étaient un luxe et un honneur : tous les autres convives étaient assis sur des bancs. Grace avait conscience des regards curieux que les hommes lançaient dans sa direction. Les femmes, elles, s'étaient habituées à sa présence au cours de la journée, ce qui n'empêchait pas certaines de la couver d'un œil hostile.

Niall la prit par le coude et la fit asseoir avec courtoisie. Sa main était chaude sur son bras nu.

— Tu as posé des questions à Alice sur l'existence d'un passage secret, fit-il d'une voix égale.

Grace cligna des yeux, stupéfaite. Elle n'avait pas quitté Alice de la journée. Niall n'aurait pu lui parler sans qu'elle s'en aperçoive.

— Oui, c'est vrai, admit-elle. Mais comment le sais-tu ?

— Je n'ai pas apprécié que tu sois entrée à Creag Dhu sous un faux prétexte, que personne ne t'ait posé de questions ou ne t'ait vue le reste de la journée. Désormais, tes moindres faits et gestes me sont rapportés.

Il s'adossa à son fauteuil tandis qu'on plaçait un plat devant lui. Le repas se composait de porc rôti, de navets, de pain frais, de fromage et de pommes cuites. Prenant le couteau glissé dans sa ceinture, il découpa plusieurs tranches de viande qu'il mit sur la planche en bois posée entre eux.

— Tu as un couteau ? demanda-t-il.

Grace secoua la tête en signe de dénégation. Niall sortit le couteau qui était dans sa botte et l'observa quelques secondes avant de le remettre en place.

— Je ne crois pas qu'il soit sage de te confier une telle arme. Je te couperai ta viande.

— Je n'ai pas l'intention de te poignarder, protesta-t-elle, choquée.

— Vraiment ? La première fois que je t'ai vue, tu étais avec le clan de Hay.

— Tu sais parfaitement qu'on m'a capturée ! Tu as entendu ce qui s'est passé.

— Ça pouvait très bien être un coup monté. Rappelle-toi, j'étais à moitié étouffé par les plaids et je ne voyais rien. Rien ne prouve que tu n'étais pas avec eux depuis le début. Tu m'as libéré et tu m'as suivi jusqu'ici, sachant que je ne te jetterais pas dehors. Et maintenant, tu poses des questions sur les passages secrets. As-tu l'intention de livrer tes informations à Huwe et de le faire entrer pour qu'il vienne nous assassiner dans nos lits ?

Grace se tourna vers lui, furieuse.

— Huwe te tenait à sa merci. Pourquoi aurait-il manigancé ta fuite alors qu'il pouvait en finir avec toi ?

— Si Huwe voulait simplement me tuer, il l'aurait fait tout de suite. Mais il veut aussi Creag Dhu, et il sait très bien qu'il n'arrivera à rien en l'assiégeant. Pour prendre le château, il doit agir de l'intérieur.

Il découpa une fine tranche de viande et la lui tendit. Elle l'ignora.

— J'ai posé des questions sur les passages secrets par simple curiosité. Je n'ai même pas demandé où ils étaient… Mais tu dois le savoir, puisqu'on te rapporte tout ce que je dis !

Niall vit son visage s'empourprer et ses yeux s'assombrir comme un ciel d'orage.

— En effet, fit-il en lui offrant une autre tranche de viande. Mange.

Grace prit le morceau du bout des doigts, le glissa dans sa bouche avec toute la délicatesse dont elle était capable et lui tourna résolument le dos. Sans prêter la moindre attention à sa colère et à son silence boudeur,

Niall continua de la nourrir, lui tendant patiemment les tranches de viande jusqu'à ce qu'elle les attrape.

Peu à peu, les attentions de Niall eurent raison de sa colère. Il ne la forçait pas à parler, ne cherchait pas à lui faire avouer les motifs de sa présence. Il avait dit ce qu'il avait à dire, et ses paroles avaient atteint leur but : elle savait maintenant qu'elle était étroitement surveillée.

Sa jambe vint se frotter contre la sienne. Elle s'écarta aussitôt et croisa son regard brûlant. Sans la quitter des yeux, il but une gorgée de vin épicé, puis lui mit la coupe entre les mains.

— Te souviens-tu du jour, commença-t-il à voix basse, où j'étais assis sur un tabouret ? Tu es venue à moi et je t'ai prise...

Sa main trembla, et elle se hâta de reposer la coupe avant que son contenu ne se répande sur la table. Elle resta silencieuse, mais ses joues empourprées lui apportèrent la réponse qu'il attendait.

— Comment est-ce possible ? demanda-t-il.

— Je ne sais pas, murmura-t-elle en secouant la tête.

— Il m'est arrivé d'être éveillé et de sentir ton regard sur moi.

Il saisit sa main, la tint au creux de sa paume et lui caressa les doigts.

— Il m'est arrivé d'être éveillée et d'entendre ta voix.

Elle lui fit cet aveu les yeux baissés. Les mots avaient du mal à sortir, car ils étaient la reconnaissance de la complicité mystérieuse qui les tourmentait depuis des mois et qui s'était subitement incarnée, la faisant brûler de désir. Il serait si facile de retourner la main et d'enlacer ses doigts aux siens... Il saurait ce qu'elle voulait. Sans avoir besoin de lui poser la moindre question, il la conduirait dans sa chambre.

Elle fixa la coupe. Elle avait autrefois partagé cette intimité avec Ford. Ils se connaissaient si bien que, souvent, les mots étaient inutiles. Quand il avait été tué, elle s'était dit que ce miracle était mort avec lui. Comment pourrait-il jamais se reproduire ? Cette connaissance mutuelle s'était construite grâce à des années de mariage, de nuits d'amour, de discussions, de travail, de rires et d'inquiétudes, de vie commune.

Son imagination entretenait l'illusion d'un lien factice avec Niall. Depuis qu'elle l'avait sorti du cachot jusqu'à cette minute, ils n'avaient passé que deux heures ensemble. Il ne pouvait pas savoir ce qu'elle voulait, pas plus qu'elle ne pouvait prévoir ce qu'il ferait.

Elle releva les yeux vers lui.

— Il te suffit d'enlacer tes doigts aux miens, murmura-t-il. Mon lit est grand, chaud, et tu ne seras pas seule.

Un frisson la parcourut et elle pâlit brusquement. Il lisait en elle à livre ouvert.

— Des yeux si grands et si tristes... Que vois-tu, jeune fille, quand ton regard me traverse comme si je n'existais pas ? Huwe détient-il quelqu'un que tu aimes, un enfant peut-être ? T'oblige-t-il à lui obéir ?

Elle sentit sa gorge se nouer.

— Non, parvint-elle à répondre. Je n'ai aucune famille et je ne suis pas de mèche avec Huwe.

Elle vit ses traits prendre une expression austère et triste. Les saints écrasés par le poids de leur mission devaient avoir cet air-là, songea-t-elle distraitement.

— Dis-moi ce qui t'accable, demanda-t-il, et je t'aiderai.

Il était donc prêt à assumer un nouveau fardeau ? On lui avait demandé d'être le Gardien du Trésor, de réduire sa vie aux exigences écrasantes de sa fonction, et il avait accepté. Il avait fait d'une bande de voyous et de hors-la-loi une troupe de soldats disciplinés et fidèles, il avait étendu sa protection aux paysans et villageois des environs de Creag Dhu. Le fardeau qui pesait sur ses larges épaules en aurait fait flancher plus d'un, et voilà qu'il lui offrait de l'aider, elle aussi, sans même connaître son problème ! Sa gorge se serra un peu plus. Elle secoua silencieusement la tête.

Il se leva en soupirant, la forçant à le suivre.

— Tu me le diras, lui assura-t-il en montant l'escalier avec elle.

Sur un signe de tête, deux hommes quittèrent leur banc pour les accompagner.

— Tu me le diras, que tu le veuilles ou non, reprit-il. Tu viendras aussi dans mon lit. Je suis un homme patient, jeune fille, mais n'oublie pas une chose : ici, c'est moi qui détiens le pouvoir.

Elle sentit sa bouche s'assécher. Que cherchait-il à lui faire comprendre ? Qu'il savait qu'elle connaissait l'existence du Trésor et qu'elle était là pour le découvrir ? Son cœur se mit à battre follement dans sa poitrine. Niall avait deux visages : l'homme et le Gardien. Elle désirait l'homme avec une violence qui la terrifiait, elle craignait le Gardien plus que tout, et elle devait lutter contre les deux. Si elle cédait à son désir ou échouait dans sa mission, elle perdrait tout.

Il ouvrit la porte de la petite chambre où elle avait passé la nuit précédente et la poussa à l'intérieur. Elle s'arrêta, stupéfaite. Au cours de la journée, on y avait installé un petit lit. Un feu crépitait dans la cheminée, chassant le froid et l'humidité. Deux grosses bougies venaient tout juste d'être allumées. Elle vit aussi un pot de chambre, ainsi qu'une petite bassine et une aiguière.

— Merci, fit-elle en se tournant vers Niall.

La petite pièce lui semblait presque luxueuse, au regard de certains endroits où elle avait dû dormir au cours de l'année écoulée.

— Je n'ai pas l'intention de te laisser geler, répliqua-t-il, amusé.

Il lui caressa le bras.

— Je te veux chaude et offerte.

Il l'attira contre lui et l'embrassa. Grace s'agrippa à ses bras, se concentrant pour garder la tête froide alors qu'elle sentait sa volonté partir en lambeaux. Il se pencha sur elle, plaquant sa bouche exactement sur la sienne. Éperdue, Grace entrouvrit les lèvres. La langue de Niall, plus tendre qu'exigeante, franchit la faible résistance qu'elle lui opposait encore.

Le désir la foudroya instantanément. Elle s'arracha à son baiser et cacha son visage dans sa poitrine, le souffle court. Sa trahison envers Ford mise à part, comment pouvait-elle même envisager de faire l'amour avec Niall ? Elle n'avait pas l'intention de rester plus longtemps que ses recherches ne l'exigeaient. Une fois qu'elle aurait découvert le Trésor et le Pouvoir qui lui permettrait de détruire Parrish et la Fondation, elle repartirait et laisserait Niall derrière elle.

Qu'elle réussisse ou qu'elle échoue, elle ne resterait pas. Toute relation avec Niall ne serait qu'une aventure sans lendemain, et elle n'était pas une aventurière.

Il la berçait si tendrement dans ses bras, lui caressait si doucement le dos qu'elle en aurait pleuré. Elle céda quelques secondes à la tentation et fit glisser ses mains sur son dos, comme pour absorber la vitalité et la puissance qui émanaient de lui. Elle sentait son cœur battre tranquillement à son oreille.

— Une fois mariée, murmura sa voix grave, une femme s'habitue à la présence de son mari dans son lit. Quand il disparaît, elle ne perd pas seulement l'homme, elle perd aussi le réconfort de cette présence à ses côtés. C'est ce que je veux t'offrir, jeune fille, te tenir contre moi pour chasser les ombres et le froid. Je t'offre mon corps pour chasser ta solitude.

La tentation était trop forte. S'endormir dans ses bras, se réveiller et le toucher, caresser son torse, passer la main sur son ventre plat, la refermer sur son sexe pour en sentir toute la douceur... Comment pouvait-il savoir à quel point cette intimité lui manquait ? Il était de nouveau en elle, lisant dans ses pensées avec une incroyable acuité.

— Non, murmura-t-elle en pensant le contraire.

Les lèvres de Niall effleurèrent son front.

— Alors, je te souhaite une bonne nuit. Si tu changes d'avis, frappe à la porte. Les gardes te conduiront à moi.

Lorsqu'il fut parti, Grace enfouit son visage entre ses mains tremblantes. Elle marchait sur une corde raide, entre passion et danger, écartelée entre son désir et sa mission. À supposer qu'elle s'abandonne à lui, serait-il plus clément s'il découvrait la vérité ?

Non, certainement pas. Grâce aux documents, elle savait que Niall le Noir se montrait impitoyable envers quiconque menaçait le Trésor. « Ici, c'est moi qui détiens le pouvoir », avait-il dit. Peut-être cette phrase n'était-elle qu'une simple affirmation de son autorité, mais il avait employé le mot « pouvoir », et ce pouvait très bien être un avertissement. Être une femme, même une femme qu'il désirait avec tant de passion, ne la sauverait pas s'il découvrait qu'elle voulait le Trésor. Il la tuerait. C'était son devoir.

24

Le jour suivant était froid et pluvieux. Les sommets des montagnes étaient noyés dans le brouillard et les environs plongés dans la grisaille. Aucun bain chaud n'attendait Grace ce matin-là, seules une bassine d'eau froide et une toilette rapide devant le feu. Alice lui apporta un bol de porridge et l'entraîna dans un autre tourbillon d'activités. Les hommes s'exerçaient dans la cour malgré la pluie.

— Lord Niall dit toujours que les ennuis n'attendent pas le beau temps, expliqua Alice en rouspétant contre la boue que les soldats ramèneraient immanquablement à l'intérieur en rentrant.

Mais, après l'entraînement, elle leur servit du *colcannon*, une potée de chou réconfortante, puis ils s'installèrent pour jouer aux dés, flirter avec les servantes, polir leurs épées au milieu des bavardages de plus en plus bruyants. Tous les hommes n'étaient pas là. Niall en avait emmené certains avec lui pour patrouiller autour de Creag Dhu.

La pluie tombait, monotone, et le ciel s'assombrissait. On alluma les torches. Grace bâilla, songeant que ce temps pluvieux était idéal pour une sieste devant le feu. Certains hommes cherchaient d'ailleurs les coins sombres pour s'endormir tranquillement. D'autres allaient au lit pour des raisons différentes, songea-t-elle en s'apercevant que le nombre de femmes présentes avait considérablement diminué.

Des cris venant de l'extérieur les tirèrent brusquement de leur torpeur. Sim, qui tenait Alice sur ses genoux, la repoussa brutalement. Sa main se referma sur son épée, et il s'élança avant qu'Alice ait eu le temps de se relever.

Quelques secondes plus tard, la gouvernante courait vers les hautes portes de l'entrée, Grace sur ses talons. Niall était dehors, lui était-il arrivé quelque chose ?

Le désordre était complet. Une foule de gens franchissaient les portes de l'enceinte, poussant des cris affolés, des plaids sur la tête pour se protéger de la pluie battante. Derrière eux s'éleva soudain le rougeoiement des flammes. Les maisons du village brûlaient.

— Les Hay ! criaient des voix terrifiées. Les Hay !

Des cavaliers apparurent, agitant haches et épées.

— Ouvrez les portes ! hurla Sim.

Les hommes qui prenaient leur poste bousculèrent Alice et Grace sans ménagement. Certains montaient aux créneaux avec leurs arbalètes, d'autres sortaient les chevaux, d'autres enfin suivaient Sim.

Grace courait dans la cour sans se soucier de la pluie. Les Hay chargeaient et Niall était quelque part dehors. Sa troupe avait-elle été attaquée ? La panique l'envahit. Non. Non ! Elle ne pourrait supporter de perdre...

Alice l'attrapa par le bras, la faisant pivoter vers elle.

— Rentre ! Les flèches...

Les portes du château étaient ouvertes, la foule hurlante n'était plus qu'à quelques dizaines de mètres. Grace leur lança un regard désespéré, tandis qu'Alice la tirait à l'intérieur. Ses yeux se posèrent tout à coup sur un homme rougeaud qui courait devant les autres, son plaid relevé sur la tête. Elle le vit sourire, aperçut ses dents pourries et écarta Alice pour s'élancer en avant.

— Fermez les portes ! hurla-t-elle. C'est une ruse !

Sim tourna la tête vers elle, la vit, comprit brusquement ses cris et se précipita vers les portes.

— Fermez les portes ! rugit-il à son tour en se jetant en avant.

Les gardes poussaient déjà les lourds battants, mais il était trop tard. Les Hay s'engouffrèrent par l'entrebâillement. Les épées et les haches cachées sous les plaids surgirent et les soi-disant victimes attaquèrent.

— Cours ! cria Alice en reprenant le bras de Grace pour la tirer vers la grande salle.

À l'intérieur, les femmes hurlaient. Les chiens excités par le tumulte aboyaient et tournaient autour d'elles, les empêchant d'avancer.

— Les portes ! fit Alice dans un souffle.

Elles se séparèrent et appuyèrent de tout leur poids contre les deux battants. Alice, qui pesait beaucoup plus lourd que la jeune femme, referma le battant droit, puis se précipita pour aider Grace.

Elles réussirent presque.

Des coups sauvages s'abattirent sur les portes, les repoussant brutalement. Le choc renversa Grace. La bataille se transporta dans la grande salle. Tête baissée pour éviter les épées qui cinglaient l'air, Alice releva Grace et l'entraîna vers les cuisines.

— Cours ! cria-t-elle à nouveau en la lâchant.

Grace souleva ses jupes et courut.

Mais, partout où elle allait, le combat faisait rage. Elle s'arrêta juste devant le cellier.

— Ils sont là aussi ! cria-t-elle à Alice en tentant de faire demi-tour.

Les portes du cellier s'ouvrirent brusquement sur Niall, l'épée au poing, sa crinière noire flottant autour de son visage, une lueur meurtrière au fond des yeux. Ses hommes le suivaient.

Grace recula contre le mur pour ne pas être écrasée par les portes. Niall ne lui accorda même pas un regard.

— Allez vous mettre à l'abri, lança-t-il à l'intention d'Alice, avant de se jeter dans la bataille avec un rugissement sauvage.

La seule force de sa présence et la menace de son épée tournoyant au-dessus de sa tête firent reculer l'ennemi. Ses hommes l'imitèrent en hurlant.

— Viens ! cria Alice à Grace.

Puis elle se précipita vers les cuisines sans regarder derrière elle.

Grace, les yeux sur les portes du cellier, hésita une seconde. Ce devait être l'accès au passage secret, puisque Niall et ses hommes étaient rentrés au château par là. Sans réfléchir davantage, elle pénétra dans la pièce sombre et froide. Un jeu de chandelles était installé à côté de la porte. Elle en prit une et l'alluma d'une main tremblante. Lorsque la petite flamme vacillante surgit, elle referma soigneusement les portes avant d'examiner les lieux.

Un pan entier du mur du fond était ouvert.

Elle s'approcha, le cœur battant. Ce passage menait peut-être au Trésor. C'était sa seule chance de le savoir. Dans le chaos de la bataille, personne ne remarquerait son absence. Elle revit Niall se jetant à corps perdu dans la mêlée et se mordit la lèvre. Il risquait d'être blessé, tué...

Mais elle n'y pouvait rien.

C'était sa chance, sa seule chance d'accomplir la mission qui l'avait conduite à Creag Dhu.

Le vacarme du combat était à peine assourdi par les portes du cellier. Des hommes poussaient des cris de fureur et d'agonie, les épées s'entrechoquaient, le bois volait en éclats. Elle était arrivée au XIVe siècle au milieu d'une bataille, elle devait peut-être en repartir dans les mêmes conditions.

Niall.

Ses mains se mirent à trembler. Elle pensa à Ford et ferma les yeux, essayant d'évoquer son visage. La seule image qui lui vint à l'esprit fut la dernière, ses yeux ouverts sur le vide alors qu'il s'effondrait sur le lit.

Réprimant la plainte qui montait dans sa poitrine, elle avança vers le mur du fond.

L'air était plus humide, plus froid, chargé d'une légère odeur marine. Un escalier abrupt et très étroit plongeait dans l'obscurité. Elle s'y engagea prudemment, veillant sur la flamme de sa chandelle.

Tout le monde devait connaître l'existence de ce passage secret, se dit-elle. Niall n'y avait certainement pas caché le Trésor.

Mais là où il y avait un passage secret, il pouvait y en avoir plusieurs.

L'escalier aboutissait à un étroit tunnel en pierre. L'odeur de l'océan était plus forte et le bruit étouffé du ressac parvenait jusqu'à elle. Le souterrain était donc court et conduisait au rivage.

Ses hypothèses étaient exactes. En marchant lentement, elle atteignit l'extrémité du souterrain en moins de deux minutes. Un éboulement de rochers masquait presque complètement la sortie, ne laissant passer qu'un rai de lumière grise.

Le Trésor n'était pas là.

Elle revint sur ses pas et commença à gravir les marches dangereuses. Sa bougie dans la main droite, elle posa la gauche sur le mur pour guider sa marche. Elle n'avait jamais été claustrophobe, mais l'obscurité semblait s'accrocher à ses pieds pour la retenir en bas. Elle réprima un frisson et s'approcha un peu plus du mur. Ses doigts glissèrent sur une pierre qui saillait de quelques millimètres.

Elle s'arrêta et leva sa chandelle. Tout en examinant le défaut de la muraille, elle entendait l'écho précipité de sa respiration. Pouvait-il y avoir un passage secret dans le passage secret ?

Elle appuya sur la pierre. Rien ne bougea. Elle leva une nouvelle fois sa bougie pour inspecter le mortier.

Il était craquelé. Poursuivant son examen, elle s'aperçut qu'il était fendillé sur toute la longueur. Mais elle ne voyait aucune charnière, aucun moyen de faire pivoter le pan de mur.

La pratique de l'archéologie et de la traduction lui avait appris à aborder l'inconnu avec logique. S'il y avait une porte dérobée, il fallait pouvoir l'ouvrir facilement, car un mécanisme long ou complexe augmenterait les chances d'être découvert. Une porte dérobée devait être silencieuse et rapide.

La méthode la plus simple serait de placer le mécanisme d'ouverture derrière une pierre. Mais, étant donné l'étroitesse et la raideur de l'escalier, n'importe qui pouvait s'appuyer contre la cloison pour se retenir et ouvrir accidentellement le passage secret.

Elle grimpa quelques marches et observa la partie haute du mur. Tout un pan rectangulaire saillait de quelques millimètres. Où était caché le mécanisme ? Dans un endroit facilement accessible.

Un endroit facilement accessible.

Grace sursauta. Pour le Moyen Âge, elle était une femme d'une taille assez rare. La plupart des hommes qu'elle avait croisés mesuraient entre un mètre soixante et un mètre soixante-dix. Sim, qui était particulièrement grand, mesurait peut-être un mètre quatre-vingts. Mais Niall les dépassait tous.

Elle leva les yeux. Si un mécanisme d'ouverture était dissimulé derrière une de ces pierres, il serait placé très haut, à un endroit que seul Niall pourrait atteindre sans difficulté.

Elle se dressa sur la pointe des pieds, appuyant sur chaque pierre que ses doigts rencontraient. La section rectangulaire resta désespérément close. Une pierre à l'aspect plus lisse que les autres lui parut prometteuse mais, malgré tous ses efforts, elle ne réussit pas à la toucher. Elle grimpa sur la marche suivante, s'étirant au maximum, au risque de trébucher et de dévaler l'escalier. Ses doigts tâtonnèrent. Elle essaya de gagner quelques millimètres supplémentaires, faillit perdre l'équilibre et se rattrapa de justesse, s'écrasant contre le mur avec un hoquet de frayeur. Une chute dans l'escalier serait fatale. Elle se hissa de nouveau sur la pointe des pieds, mais ses doigts ne pouvaient qu'effleurer la pierre.

Jurant de frustration, elle s'assit sur l'escalier et ôta sa chaussure. Elle se releva, s'étira, tendit le bras et frappa sa chaussure contre la pierre.

Le pan de mur pivota silencieusement sous ses yeux ébahis.

L'obscurité était impénétrable. Elle distinguait vaguement un sol en pierre, mais aucun mur. Elle franchit le seuil et attendit, prête à fuir si la porte se refermait sur elle. Le pan de mur resta ouvert.

Sa précieuse bougie à la main, elle avança avec précaution et découvrit un mur à trois ou quatre mètres devant elle. Elle tourna à gauche, les yeux fixés sur un endroit plus sombre. Il s'agissait d'une porte en bois foncé. La barre qui la fermait était munie d'un levier à l'une de ses extrémités, ce qui permettait de la manipuler sans l'ôter complètement.

Un léger souffle d'air fit vaciller la flamme de sa chandelle. Elle la protégea rapidement de la main, effrayée à l'idée de se retrouver dans le noir complet. Elle jeta un coup d'œil par-dessus son épaule, mais le courant d'air ne semblait pas provenir de l'extérieur. On eût dit que le vent avait soufflé de cette porte sombre et fermée, ce qui n'avait aucun sens.

Grace approcha de la porte et essaya de soulever la barre. Mais, bien qu'elle fût plus petite que celles qui protégeaient la plupart des portes de Creag

Dhu, elle ne réussit pas à la faire bouger d'une seule main. Après quelques secondes d'hésitation, elle se décida à poser sa bougie sur le sol et recommença la manœuvre. Soulevant la barre de toutes ses forces, elle parvint à la hisser de quelques centimètres, faisant basculer le levier avec un bruit sec.

La porte pivota silencieusement, s'ouvrant sur une nouvelle volée de marches. Un seul mur longeait l'escalier. De l'autre côté, c'était le vide. La brise pénétra à l'intérieur et la flamme vacilla dangereusement. Grace s'accroupit et mit ses mains autour de la bougie, puis elle se releva en la protégeant toujours d'une main prudente.

Combien de temps s'était-il écoulé ? se demanda-t-elle en descendant les marches vers le néant. La bataille était-elle terminée ? Niall était-il blessé ? Elle s'arrêta net, un pied suspendu au-dessus de la marche suivante. Une vague de désespoir et de frayeur l'envahit. Niall était un guerrier redoutable. Elle l'avait vu se battre et avait compris pourquoi son nom inspirait tant de terreur à ses ennemis, mais il n'en restait pas moins humain. Il saignait et souffrait quand il était blessé. Il n'était pas invincible.

Mais elle ne pouvait rien faire pour changer le cours de la bataille, songea-t-elle, déchirée. Elle avait été propulsée dans cette époque moins d'une semaine auparavant. Comment Niall avait-il pu prendre autant d'importance à ses yeux ?

Parce qu'elle le connaissait depuis bien plus longtemps. Elle le connaissait depuis plus d'un an, grâce aux documents qu'elle avait traduits. Il l'avait fascinée, obsédée, séduite, avant même que son univers ne soit anéanti par deux balles de revolver. Si elle n'avait pas été aussi pressée de faire réparer son modem pour en apprendre plus sur Niall, elle se serait trouvée chez elle le soir où Parrish était venu avec ses hommes. Et elle serait morte.

Tout son être voulait faire demi-tour, mais elle poursuivit son chemin et, marche après marche, descendit l'escalier.

Hurlant sauvagement, Huwe se rua sur Niall, son épée brandie à deux mains. Durant une fraction de seconde, Niall détourna son attention de l'homme contre lequel il se battait. Huwe était derrière lui, l'autre devant, et il n'avait qu'une seconde pour empêcher Huwe de l'éventrer. Il plongea sous l'épée de l'homme qu'il avait en face de lui, le prit par le bras et le jeta dans la trajectoire de Huwe. L'épée de Huwe s'abattait déjà. Elle s'enfonça dans l'épaule du guerrier et traversa sa chair jusqu'à la gorge. Un flot de sang inonda les vêtements de Huwe, mais il poursuivit son attaque, les yeux brillants de rage.

— Espèce de bâtard ! hurlait-il. Espèce de sale bâtard !

Il souleva son épée et courut sur Niall.

Niall para le coup avec sa hache. Le choc lui engourdit le bras. Puis il attaqua à l'épée, mais Huwe fut plus rapide et évita la lame acérée.

— Tu as tué mon fils ! rugit-il. Espèce de bâtard, j'aurai ta peau !

Niall ne perdit pas son temps en bavardages. Il avait tué Morvan sans le moindre remords. Que les Hay aient osé pénétrer dans Creag Dhu, son château, le mettait dans une rage impitoyable. Le Trésor n'était pas le seul menacé. Grace était en danger, elle aussi. Il se souvenait de la terreur qu'il avait entrevue sur son visage lorsqu'il était passé devant elle en sortant du cellier. Et il savait le sort qui l'attendait, ainsi que les autres femmes du château, s'il ne parvenait pas à repousser les assaillants.

Il prit l'offensive, attaquant avec une férocité silencieuse, la lame de son épée glissant contre celle de Huwe. Il avançait régulièrement, ses deux armes dansant devant lui, repoussant inexorablement Huwe. Un homme du clan de Hay surgit à sa gauche en hurlant. Niall lança sa hache et l'atteignit en pleine poitrine. L'homme émit un étrange gargouillis, puis il s'effondra lourdement.

Niall n'avait plus qu'une arme. Il agrippa la garde de son épée à deux mains, se campant fermement sur ses jambes. Huwe, voyant que son ennemi était à moitié désarmé, se précipita sur lui. Niall para le coup. Les épées se heurtèrent avec fracas, Niall parvint à dévier celle de Huwe et atteignit son ennemi au flanc. Huwe se crispa et blêmit. Pris de convulsions, il lâcha son arme. Niall ôta sa lame d'une secousse avant de la lui planter en plein cœur. Le coup mortel foudroya son adversaire sur-le-champ.

Un cri s'éleva au-dessus du fracas de la bataille lorsque les hommes du clan de Hay apprirent la mort de leur chef. Ce moment de confusion leur fut fatal. En quelques instants, les hommes de Niall, profitant du désarroi de leurs ennemis, les décimèrent.

Le combat terminé, appuyé sur son épée, pantelant, Niall contempla le désastre. Les gémissements, les sanglots, les jurons des blessés ne tardèrent pas à rompre l'étrange silence qui s'était abattu sur la scène du drame. Au milieu des cadavres de ses hommes et de ses ennemis, çà et là, une jupe plus longue, le renflement d'une poitrine lui disaient que certaines femmes n'avaient pas échappé au massacre.

Heureusement, Grace s'était enfuie vers les cuisines avec Alice.

Sim s'avança vers lui en boitant, le visage tellement couvert de sang qu'il le reconnut à peine.

— Que fait-on des Hay encore en vie ? demanda-t-il à son chef.

Niall se refusait à les massacrer. La destruction du clan de Hay causerait des problèmes à Robert. Et puis, il y avait des femmes et des enfants qui auraient besoin des survivants. Même épargné, il faudrait des années avant que le clan ne se remette de la stupidité de Huwe.

— Chasse-les, répondit-il.

Une à une, les femmes sortaient de leurs cachettes. Des larmes de joie et de chagrin coulèrent sur leurs joues quand elles identifièrent les vivants et les morts, puis elles se mirent à l'ouvrage, restaurant l'ordre, soignant les blessés, étendant les morts, apportant de l'eau à ceux qui en voulaient, balayant la paille ensanglantée. Alice avait repris son rôle, aussi vive et efficace qu'à l'accoutumée malgré sa pâleur.

Niall chercha en vain parmi elles une silhouette menue, une cascade de cheveux noirs. Il tendit l'oreille, mais aucune voix n'avait cette étrange intonation qui accentuait toujours les mauvaises syllabes.

— Alice ! cria-t-il. Où est la jeune fille ?

Elle sut immédiatement de qui il parlait. Elle regarda autour d'elle puis, stupéfaite, en arriva à la même conclusion que Niall : Grace avait disparu.

— Elle ne m'a pas suivie, dit-elle lentement. Mais elle était derrière moi quand tu es sorti du cellier. Elle se cache peut-être dedans.

Elle s'interrompit.

— Elle nous a sauvés. C'est elle qui a donné l'alerte. Elle a reconnu Huwe.

Grace n'était donc pas de mèche avec les Hay, songea Niall. Cette pensée le réconforta brièvement, puis une autre inquiétude le saisit, l'entraînant à grandes enjambées de l'autre côté de la salle. Dans le souterrain se trouvait un passage secret dont il avait juré de défendre l'entrée. L'étrange jeune femme cachait quelque chose. Et si c'était elle, la plus sérieuse menace qu'il ait jamais eu à combattre ? Pourrait-il tenir sa parole, s'il devait la tuer ?

Il essuya la sueur froide qui perlait à son front et alluma une bougie avant de s'enfoncer dans l'étroit passage. Au milieu de l'escalier, une ombre plus sombre se détachait sur la paroi. Niall sentit son cœur s'arrêter, le désespoir l'envahir, mais une rage salvatrice balaya tous ses autres sentiments.

Il prit son épée encore sanguinolente et descendit l'escalier en silence.

Les marches s'arrêtaient. Grace leva sa chandelle, mais ne vit rien d'autre que le mur froid, fait des mêmes pierres que le reste du château. La température avait baissé et elle se mit à frissonner. Une pulsation étrange faisait vibrer l'air.

Elle frissonna à nouveau, terrifiée par ce frémissement qui n'était ni bruit ni mouvement.

Elle passa lentement la main sur les murs, à la recherche d'une porte, mais ses doigts ne décelèrent aucune aspérité.

Cette subtile pulsation était déroutante. Peut-être était-elle due aux vagues qui frappaient les falaises, songea Grace pour se rassurer. Elle se trouvait sans doute au-dessous du niveau de la mer.

Le vide sous l'escalier était plus sombre. Grace s'arrêta, le cœur battant, et sa chandelle éclaira une nouvelle brèche.

La pulsation était plus forte. Elle la sentait sur son visage. Elle venait de cette ouverture. Ses cheveux se hérissèrent. Qu'y avait-il là-dedans ?

Elle devait y aller. Pour Ford. Pour Ford et pour Brian, elle aurait fait n'importe quoi. Elle se l'était prouvé de nombreuses fois au cours des douze derniers mois.

Le froid transperçait la fine semelle de ses chaussures, remontant sous ses jupes pour mordre ses jambes nues. Si elle ne se dépêchait pas, il saperait ses dernières forces. Sa petite bougie ne durerait plus très longtemps et elle ne voulait pas se retrouver prisonnière du noir. Plus calme, galvanisée par sa mission, elle avança vers le trou noir.

Il l'engouffra aussitôt.

Était-ce de la chaleur qu'elle sentait ?

Elle avança encore, la flamme de sa bougie vacillant follement sur sa courte mèche. Dans la faible lumière se dessinèrent les contours d'un grand fauteuil, une sorte de trône barbare sur lequel rugissaient des lions sculptés dans la pierre. Une bannière en lambeaux, de celles qui flottent sur les champs de bataille, tissée de fils d'or, était tendue au-dessus du trône, exposant à la lueur de sa chandelle les yeux dorés d'un lion. Il y avait autre chose à côté du trône, quelque chose qu'elle n'arrivait pas à distinguer. Elle s'approcha un peu plus.

— Ainsi, tu es là.

La voix profonde était basse, pleine de regret, contrôlée. Elle était à moins d'un mètre derrière elle.

— Je ne voulais pas te tuer.

Une vague de pure terreur l'envahit, et Grace chancela.

Le sang. Elle sentait son odeur chaude et métallique. Le sang des ennemis qui tachait son épée, et celui qui coulait furieusement dans ses veines, nourrissant la rage qui l'animait.

Il allait la tuer. L'implacable détermination du Gardien était presque palpable. Mais elle percevait autre chose, la rage à peine contenue que lui inspirait… Quoi ? Sa trahison ? Sa réussite dans la découverte du Trésor ? C'était la rage qui le portait, un feu brûlant sous la glace, et cette rage déclencha sa propre fureur.

Elle ne se laisserait pas tuer. Si elle mourait maintenant, Parrish aurait gagné. Ford et Brian ne seraient pas vengés, leur courage dans la mort aurait été vain. Elle mourrait en sachant qu'elle avait failli, et cette idée lui était insupportable.

La main de Niall se referma sur son épaule, sa poigne de fer l'obligeant à se retourner. Grace lâcha sa bougie. La flamme fragile se refléta un bref instant sur la lame de l'épée qu'il tenait à la main, puis elle tremblota, sembla mourir mais ressuscita, plus vigoureuse que jamais. Grace, obéissant à l'ordre muet de Niall, se retourna, bandant ses muscles pour le frapper. En guerrier averti, Niall s'était préparé à amortir le coup avant qu'elle n'ait achevé son geste, s'attendant à recevoir son genou dans l'entrejambe. Mais Grace, avec l'énergie du désespoir, lui lança son coude dans le ventre. La violence du choc le fit vaciller et sa prise sur son épaule se desserra une fraction de seconde.

C'était suffisant. Elle recula d'un bond, s'arrachant à son emprise. Il avait les doigts serrés sur sa chasuble, mais la couture craqua. Grace trébucha et rétablit son équilibre aussitôt, poussée par la panique. Sans réfléchir, elle ramassa ses jupes et s'élança dans l'obscurité, son instinct la guidant vers l'escalier.

Ses chances de le semer étaient faibles, celles de s'échapper du château encore plus, mais elle devait essayer. Ses chaussures dérapèrent sur la pierre humide et elle heurta violemment le mur. La flamme de la bougie derrière elle n'était plus qu'une lueur, incapable de lui montrer le chemin. Le mur lui servit de guide. Elle posa la main dessus et continua sa course.

Elle buta sur la première marche et se blessa encore. Elle se redressa immédiatement, sachant qu'il était juste derrière elle, sentant sa présence sans l'entendre tant les battements de son cœur étaient assourdissants. Il se trouvait tout près, sa terrible épée ensanglantée en main, ivre de rage.

Grace grimpa les marches quatre à quatre. Au moindre faux pas, elle tomberait dans le vide. À la moindre défaillance, Niall fondrait sur elle. Sa seule chance de survie était d'aller de l'avant, sans réfléchir, sans faiblir. Son seul espoir était d'avoir une marche d'avance pour arriver en haut de l'escalier avant lui et remettre la barre en place avant qu'il ait le temps de sortir.

Une seule marche d'avance. Tout à l'heure, elle avait eu du mal à soulever la barre mais, cette fois-ci, elle réussirait. Si elle parvenait à l'enfermer, elle pourrait s'en tirer, elle serait hors du château avant qu'il ait défoncé la porte. Une seule marche.

Non. Elle ne pouvait pas s'enfuir. Pas maintenant, alors qu'elle était si près du but. Elle devrait se cacher... et revenir.

Il n'y avait plus de marche. Son pied levé retomba durement sur la même marche et elle perdit l'équilibre. Elle s'élança désespérément en avant pour atteindre la porte.

Et elle l'entendit, sentit son souffle brûlant sur sa nuque.

Trop tard.

Ses mains tremblantes s'étaient presque agrippées au chambranle quand il se jeta sur elle. Ils tombèrent ensemble.

Elle avait tendu les mains en avant pour amortir leur chute. En vain. Étourdie, elle gisait à terre, impuissante, étouffée par le poids de son corps, sa joue écrasée sur le sable qui recouvrait la pierre froide. Elle avait du mal à respirer. La chaleur de son corps lui brûlait le dos. Sa respiration haletante agitait ses cheveux. Son odeur âcre, mélange de sueur et de sang, primitive, virile et dangereuse, lui emplissait les narines.

Prise. Capturée. C'était la fin. Il pouvait lui briser la nuque d'un geste de la main. Elle sentait la rage bouillonner en lui. Il allait la tuer. Maintenant.

Mais il ne bougeait pas, ne soulevait pas son corps puissant d'un millimètre.

L'obscurité était presque totale. Loin devant elle, il lui sembla percevoir une faible lueur, peut-être une torche allumée en haut de la seconde volée de marches, mais trop éloignée d'elle pour lui être d'un quelconque secours. Niall ne disait rien. Impuissante, elle sentait son corps vigoureux étendu sur le sien, ses muscles de fer qui la dominaient, sa poitrine qui se soulevait au rythme de sa respiration, le puissant battement de son cœur contre son dos. Elle aurait voulu lui hurler sa rage, le griffer, le frapper, mais elle ne pouvait qu'attendre le coup fatal, le visage contre la pierre glaciale.

Et elle attendit. Il lui semblait que le silence allait les engloutir quand elle sentit son sexe se durcir contre ses fesses, puis le lent mouvement de ses jambes qui tentaient d'écarter les siennes.

Le souffle lui manqua.

Elle avait éprouvé des émotions violentes ; elle avait aimé à la folie, avait été dévastée par le chagrin, avait éprouvé une haine dévorante. Mais l'élan de pur désir qui la déchira à cet instant dépassait tout ce qu'elle avait pu ressentir. Ses inhibitions volèrent en éclats, et il n'y eut plus que la sauvagerie de l'intense et aveuglant désir qui explosa en elle.

Il était contre elle.

Elle savait qu'elle ne lui opposerait pas de résistance. La première fois qu'il l'avait embrassée, son corps affamé s'était abandonné sous sa caresse. Il l'enflammait comme aucun homme ne l'avait jamais fait, provoquant en elle des réactions qu'elle était incapable de contrôler.

Il n'était pas Ford… Il n'était pas Ford ! Comment pouvait-elle désirer aussi violemment cet homme brutal qui tenait la clef de sa quête désespérée entre ses mains ? Il avait juré de défendre le Trésor jusqu'à la mort, il avait déjà tué pour le protéger et il la tuerait aussi… après. Pour l'instant, étendue sur la pierre froide dans l'obscurité, elle n'entendait que le souffle de Niall, de plus en plus court à mesure que sa rage se muait en désir.

Un gémissement rauque s'échappa de ses lèvres, une plainte impuissante de désir. Même s'il la tuait, elle voulait le sentir en elle avant de mourir, elle voulait apaiser la fièvre insensée qui consumait sa chair.

Ses hanches se dressèrent imperceptiblement à sa rencontre. Ce simple geste, presque impossible étant donné le poids du corps qui pesait sur elle, accrut encore son désir. Ses seins douloureux attendaient ses caresses, son ventre se contractait d'impatience et de frustration.

— Maudit sois-tu, murmura-t-elle dans le silence, en ravalant ses larmes.

Qu'il soit maudit pour être un homme si différent des autres, pour l'impitoyable domination qu'il exerçait sur sa chair impuissante ! Et maudite soit-elle, elle aussi, pour sa faiblesse et son avidité !

— Maudis-moi, si cela peut t'aider, lui murmura-t-il à l'oreille.

Son instinct lui disait qu'elle était prête, qu'elle ne lui offrirait plus aucune résistance.

Il remonta ses jupes, roulant le tissu sur ses reins, exposant sa peau nue à la caresse de l'air froid. Grace trembla de peur et de désir. Sa robe coincée sous les genoux de Niall l'empêchait de bouger. La laine rêche de son plaid frottait la peau fine de ses cuisses. Il glissa la main entre ses jambes, écarta son kilt, et elle sentit brusquement son corps brûlant contre le sien.

Il passa la main droite sous son ventre et la mit à genoux d'une secousse. Grace ferma les yeux. Son sexe en érection frémissait contre le sien, mais il n'était pas prêt à la pénétrer. Elle attendit, paralysée de désir, le moment où il la libérerait enfin du feu qui la consumait.

Le bras qui la soutenait la lâcha, mais elle resta en place, sur les genoux, les fesses à l'air. Ses doigts griffaient le sol, cherchant désespérément à s'enfoncer dans la pierre. Qu'attendait-il ? Qu'elle hurle de désir, qu'elle devienne folle ?

Il la toucha. Sa paume brûlante explora la rondeur de ses fesses, sa main se glissa entre ses jambes et se referma sur son sexe. Ses doigts habiles l'ouvrirent délicatement, à la recherche du cœur de son intimité, repoussant les chairs protectrices, l'exposant à leur caresse rugueuse. Un cri lui échappa, ses hanches frémirent. Une autre caresse et elle exploserait, comme la première fois. Mais il ne lui offrit pas ce soulagement et ses doigts se retirèrent pour une autre caresse tout aussi brûlante.

Puis il se pencha sur elle, la recouvrant entièrement de son corps, tout son poids reposant sur son bras gauche.

— Mets ta tête sur mon bras, murmura-t-il.

Frémissant d'impatience et de peur, elle obéit et appuya son front contre les muscles tendus de son avant-bras. De sa main libre, il guida son sexe vers elle et avança doucement.

Grace ne put retenir un cri de panique. Elle savait qu'il était grand, elle l'avait vu nu. Mais le savoir ne l'avait pas préparée à ce qu'elle ressentait. Il était grand, brûlant, et si dur que sa progression en elle lui faisait mal. Il remua doucement, la pénétrant lentement pour l'habituer à lui.

Elle enfonça ses ongles dans son biceps et appuya son front plus fort contre son bras. Il était trop grand, il lui faisait mal, de petits cris impuissants s'échappaient de sa gorge. Mais il continuait et, malgré elle, ses hanches bougeaient doucement pour s'adapter à lui. Puis il s'arrêta, avant de remuer presque imperceptiblement.

— Là ? interrogea sa voix rauque à son oreille. Ou là ?

Il bougea encore, l'envahissant, lui révélant des sensations qu'elle n'avait jamais éprouvées. Son cri sourd lui apporta la réponse qu'il attendait.

Il commença à aller et venir lentement en elle. Grace cria une nouvelle fois, son corps entier vibrant d'un plaisir si vif qu'elle crut qu'il allait culminer, qu'elle ne pourrait pas en supporter davantage. Elle avait atteint l'orgasme avec des caresses moins intenses, mais ce soulagement lui fut refusé. Son tourment était délicieux, son plaisir paralysant, et elle n'avait aucun moyen, ni la moindre envie, de s'y dérober. À présent, il la dominait totalement, l'empêchant même de bouger les hanches. Entièrement livrée à lui, elle ne pouvait que frémir de plaisir, au bord de l'évanouissement.

— Oh, Niall, gémit-elle, je t'en prie, encore. Encore ! Je n'en peux plus. Non !

— Non ? souffla-t-il. Mais ce n'est pas fini, ma belle.

Il prononça ces derniers mots d'une voix haletante, réprimant en vain la plainte sourde qui montait en lui.

— Je n'en peux plus, répéta-t-elle en gémissant.

Elle essaya de bouger pour mettre un terme à sa délicieuse torture, mais il bloqua ses hanches avec son bras droit et l'immobilisa. Elle lutta contre ses muscles de fer, tout en sachant que c'était inutile. Dans ce combat érotique, elle ne pouvait que prendre ce qu'il lui accordait et attendre sa libération.

De petites étincelles explosaient sous ses paupières closes. Son cœur battait à tout rompre, elle avait du mal à respirer, son corps était douloureusement tendu dans l'attente de l'orgasme. Alors, avec un faible cri de désespoir et de plaisir, elle se tourna vers le creux de son bras et lui planta sauvagement les dents dans le biceps. Il grogna. Elle le sentit se raidir, frémir, vibrer et entendit le grondement guttural qui roulait dans sa gorge. Sa superbe maîtrise volait en éclats.

Il planta alors ses dents dans le creux de sa nuque et, d'un brusque mouvement des hanches, plongea totalement en elle. Elle hurla, électrifiée par cette morsure primitive, et se cramponna à lui tandis qu'un véritable cataclysme balayait tous ses sens. La vague de sensualité, d'excitation, de plaisir qui s'empara d'elle était si violente qu'elle avait à peine conscience des mouvements furieux de Niall pour la posséder. Il continuait, plus profondément, plus rapidement, et elle s'offrait à lui totalement, sauvagement, uniquement consciente du plaisir insensé qui les submergeait.

Le silence qui suivit l'enveloppa comme un linceul.

Elle avait peut-être perdu connaissance. La réalité lui revint par bribes. D'abord la pierre froide, puis la chaleur de son corps sur le sien. Le bras de Niall était mouillé de ses larmes. L'odeur de leur plaisir, forte et musquée, s'ajoutait aux autres odeurs de bataille. Tout son corps était meurtri, et les pulsations de souffrance faisaient écho aux pulsations de plaisir qui la traversaient encore. Elle sentait l'humidité de sa semence. Il était toujours en elle, plus aussi large ni puissant, mais aussi ferme. Il était là.

Il allait peut-être la tuer maintenant, songea-t-elle. Cette pensée n'éveilla aucune révolte en elle. Elle ne pouvait plus lutter contre lui, elle ne pouvait même pas faire un geste.

Il se retira doucement, lui arrachant la chaleur de son corps et le soutien de son bras, la laissant étendue sur le sol, à moitié nue. Elle l'entendit reprendre sa respiration. Puis la lame de son épée racla la pierre et elle attendit la morsure froide de la mort.

Mais il se pencha vers elle et la prit par la taille pour la relever. Elle ne resta debout qu'une fraction de seconde, vacillant sur ses jambes, avant qu'il ne la soulève pour la jeter en travers de son épaule vigoureuse. Au moins ses jupes étaient-elles retombées correctement, se dit-elle distraitement, tout en se demandant ce qu'il comptait faire d'elle.

Il grimpa l'escalier aussi aisément que s'il avait avancé, les mains libres, en pleine lumière. Sa fureur ne s'était pas apaisée. Sa rage bouillait encore en lui, inassouvie. Leur combat n'était pas terminé.

25

Incapable de réfléchir, Grace garda les yeux fermés pendant tout le trajet. Elle avait l'impression de flotter hors du temps, loin de la réalité. Son univers avait une nouvelle fois basculé, et elle n'était pas prête à affronter ce bouleversement, ni à accepter ce qui venait de se passer entre Niall et elle.

Elle n'avait jamais fait l'amour sans ressentir de l'amour. Elle n'avait couché qu'avec Ford, n'avait connu que ses caresses, sachant qu'il partageait les mêmes sentiments qu'elle. Avec Niall, qu'éprouvait-elle ? Un désir purement charnel. Un désir sans bornes, certes, mais il n'était question que de sexe. Elle, poussée par le désespoir, lui par la rage. Et pourtant, il lui avait donné un plaisir plus profond et beaucoup plus dévastateur que ce qu'elle avait ressenti avec son mari. Et elle le haïssait de lui avoir arraché quelque chose qui n'aurait dû appartenir qu'à Ford.

Des lumières dansaient sous ses paupières baissées. Le froid glacial du souterrain fit place à la chaleur du château.

— Alice ! rugit Niall d'une voix tonitruante. Apporte de l'eau chaude.

— Elle est blessée ? s'inquiéta la vieille femme d'un ton alarmé.

— Non, fit sèchement Niall avant de monter d'autres marches.

Grace entendit une porte grincer sur ses gonds, puis se refermer avec un bruit sourd. Après quelques pas supplémentaires, Niall s'arrêta et la fit descendre de son épaule, la tenant debout le temps qu'elle retrouve son équilibre. Elle ouvrit les yeux, effrayée, et tituba légèrement quand il la lâcha.

Ils étaient dans la chambre de Niall. Elle observa la pièce comme si elle ne l'avait jamais vue, incapable de comprendre pourquoi il l'avait amenée là. Son regard passa de la table robuste au fauteuil massif à côté de la cheminée devant laquelle Niall s'était agenouillé pour ranimer le feu. De l'autre côté de l'âtre se trouvait un banc, large et lourd. Un gros coffre en bois occupait le pied du lit... Le lit. Il devait mesurer plus de deux mètres sur deux. C'était un lit immense, largement assez grand pour l'homme qui y dormait, recouvert de magnifiques fourrures et de couvertures chaudes.

Le feu grandit, chassant l'obscurité, envoyant des ondes de chaleur dans son corps meurtri. Elle regarda par l'étroite fenêtre et vit que la nuit était tombée. Le château avait retrouvé le calme d'avant la bataille.

Niall se débarrassa du fourreau de son épée, mais il garda son arme à la main. Il tendit une brindille vers le feu pour allumer les bougies plantées dans deux imposants chandeliers. Grace, craignant de le voir lever sa lame ensanglantée sur elle, restait immobile.

Dans la lumière dansante des flammes, elle distinguait à présent les signes de la bataille sur son corps. Sa chemise était pleine de sang et deux taches sombres s'étalaient sur son kilt. Son propre sang allait-il bientôt rejoindre celui des ennemis tués au combat ? Elle n'en savait plus rien. L'expression de Niall était impénétrable. Ses cheveux noirs flottaient sur ses épaules, sans les deux nattes qui encadraient habituellement son visage.

Il s'assit sur le banc sans la regarder et prit un chiffon huileux pour nettoyer soigneusement son épée, inspectant chaque centimètre de sa lame, à la recherche du moindre éclat qui en aurait amoindri le tranchant. Il l'aiguiserait lui-même, comme elle l'avait vu faire si souvent dans ses rêves, refusant d'abandonner son arme entre des mains moins expertes.

L'épée ayant retrouvé son éclat, il la déposa sur la table, puis il se leva et commença à se déshabiller.

La chemise ensanglantée atterrissait sur le sol quand Alice frappa à la porte. Un grognement l'invita à entrer, et elle pénétra dans la pièce avec un pichet d'eau fumante et des chiffons propres. En portant le tout jusqu'à la table, elle observa Grace avec curiosité. La jeune femme restait figée sur place, pâle et silencieuse.

Alice ramassa la chemise de Niall.

— Veux-tu quelque chose à manger ? demanda-t-elle.

— Oui. Apporte du pain, du fromage et du vin.

Alice quitta la chambre avec un dernier coup d'œil furtif à l'adresse de Grace. Ce n'était encore jamais arrivé à Lord Niall, mais cette étrange jeune femme ne semblait pas aussi facile que les autres. Il pensait peut-être l'amadouer avec du vin. Il était en colère. Sa compagne, dont le regard aurait fait pleurer n'importe qui, l'avait apparemment mis hors de lui.

Niall versa de l'eau dans la petite bassine posée à côté du pichet. Il y trempa un chiffon qu'il passa sur son visage et ses épaules. Il avait à peine eu le temps de se laver les bras et la poitrine qu'Alice revenait avec le vin et le repas. La curiosité n'était pas étrangère à sa rapidité, mais Niall alla à la porte prendre le plateau qu'elle lui apportait, la laissant sur sa faim. Il glissa ensuite la lourde barre dans son logement.

Il se déshabilla complètement. Une fois nu, il se planta devant le feu et se débarrassa de la crasse, du sang et de la sueur de la bataille. Il n'accordait pas plus d'attention à Grace que si elle avait fait partie des meubles.

Elle était plongée dans une torpeur apaisante mais, quand il passa le chiffon humide sur ses parties intimes, la réalité lui sauta au visage, lui faisant prendre brusquement conscience de la nudité de son compagnon.

Les flammes dansaient sur son corps puissant. Fascinée, elle regarda ses épaules larges, son ventre plat, ses fesses parfaitement dessinées, les muscles longs et fermes de ses cuisses et de ses mollets. La toison sombre qui lui recouvrait le torse s'estompait sur le ventre avant de refleurir sur… Jamais elle n'avait vu un homme aussi bien proportionné, aussi viril.

Elle détourna les yeux, troublée. Une vague de chaleur l'envahit, l'emplissant de honte. Elle reconnaissait la montée du désir purement sexuel auquel elle avait déjà cédé et auquel elle savait qu'elle céderait encore. Ce désir totalement incontrôlé était une véritable trahison envers Ford et envers ce qu'ils avaient vécu ensemble. Mais elle était incapable de se dominer et, apparemment, d'être rassasiée. Comment pouvait-elle le désirer aussi vite après le cataclysme qui l'avait emportée ? Et pourtant… Elle le voulait encore, elle le voulait en elle, elle voulait revivre ce qu'elle avait éprouvé. S'il levait son épée pour la tuer maintenant, elle mourrait le corps brûlant de désir pour lui.

Son regard revint sur lui, et elle crut que son cœur s'arrêtait quand elle le vit en érection. Elle se souvint des récits qu'elle avait lus, des murmures qu'elle avait entendus dans les cuisines à propos de son appétit sexuel insatiable lorsqu'il était de mauvaise humeur, l'obligeant parfois à avoir recours à deux femmes durant la même nuit. Aujourd'hui, il était hors de lui, et le seul signe de sa colère était son érection.

Pourtant, sa rage ne semblait plus uniquement dirigée contre elle.

Il jeta l'eau souillée dans le pot de chambre, avant de remplir à nouveau la bassine. Pour la première fois depuis leur entrée dans la chambre, il la regarda et l'expression de ses yeux noirs la fit frémir de crainte et d'impatience.

— Déshabille-toi, ordonna-t-il avec un calme glacial.

Si elle refusait, il s'en chargerait pour elle. Elle obéit en silence, ôtant ses chaussures, ses bas, sa chasuble et sa robe. Le dernier tissu tomba sur le sol et elle se retrouva entièrement nue devant lui. Les vêtements du XXe siècle en révélaient plus, songea-t-elle soudain, mais ils offraient une bien meilleure protection. Un homme devait lutter contre des crochets, des pressions et des fermetures Éclair avant d'atteindre l'intimité d'une femme. Les robes médiévales, si couvrantes soient-elles, n'étaient pas des défenses très solides. Quant aux Écossais, leurs kilts leur avaient encore simplifié la tâche. Ils n'avaient qu'à écarter les pans de leur plaid et à soulever les jupes de leurs compagnes pour leur faire l'amour.

Les yeux perçants de Niall s'attardèrent sur ses seins, la courbe de sa taille, l'ombre de son pubis, ses jambes fuselées, puis il lui tendit la main.

— Viens, dit-il simplement.

Elle avança.

Il plongea un autre chiffon dans l'eau chaude et commença à laver, aussi tendrement qu'une mère, son visage, ses paumes, ses genoux écorchés. Ses mains calleuses étaient prudentes, attentives et légères sur les bleus qui se formaient sur sa peau claire. Il s'agenouilla et lui écarta les jambes, une main sur ses fesses tandis que l'autre passait la serviette entre ses cuisses. Elle frissonna. Le tissu était râpeux, les gestes de Niall lents et tendres, et la vague de chaleur qui l'envahissait s'intensifia. Ses hanches se cambrèrent vers lui, l'implorant. Sans un mot, il mit la serviette sur la table, se pencha et posa la bouche sur elle.

Il savait exactement quoi faire et ses mains de fer ne lâchaient pas ses fesses. Frémissante, les jambes tremblantes, elle plongea les mains dans ses cheveux et s'abandonna à la brûlure de son baiser, submergée par le plaisir qu'il faisait naître en elle.

Sans force, elle s'effondra entre ses bras. Il la releva doucement, s'assit dans le fauteuil et la prit sur ses genoux.

De sa main libre, il versa du vin et lui présenta la timbale. Il but après elle, le regard indéchiffrable derrière ses cils sombres. Grace se détendit, étrangement rassurée par le contact de son corps contre le sien. Il aurait pu la prendre sans pour autant avoir l'intention de l'épargner, mais elle doutait qu'il lui eût donné un tel plaisir s'il avait projeté de la tuer. En général, les bourreaux ne se souciaient guère du plaisir de leurs futures victimes.

La chaleur du feu caressait son corps nu, chassant ses derniers frissons. Les jambes de Niall étaient fermes et dures, ses épaules merveilleusement confortables pour sa tête. Il la nourrit de morceaux de fromage et de pain, mangea à son tour et lui présenta encore la timbale. Elle but plus longuement. Lorsqu'il porta le verre à ses lèvres, il les posa à l'endroit exact où s'étaient posées les siennes. Ce geste à l'érotisme subtil la fit chavirer.

— Je dois te parler...

Il l'interrompit.

— Non. Pas ce soir. Il sera bien assez tôt demain.

Il parlait d'une voix basse et tranquille, sans la moindre trace d'accent écossais, la voix du Gardien.

— Pour l'instant, je te veux à moi.

Il se pencha, posa la timbale sur le sol et l'embrassa comme il ne l'avait pas fait depuis leur rencontre dans les cachots de Huwe. C'était un baiser sauvage et profond, et elle lui répondit avec ardeur, glissant les mains dans ses cheveux, gémissant presque de volupté.

Il la souleva dans ses bras et la porta jusqu'au lit, où il la rejoignit aussitôt, ses larges épaules lui masquant la lumière. Grace écarta les jambes, serra ses cuisses autour de ses hanches et voulut l'attirer en elle, mais il roula sur le dos et l'installa sur lui. Elle était tellement impatiente, tellement affamée qu'elle croyait ne jamais être satisfaite. Elle le prit en elle, il lui empoigna les seins et, presque immédiatement, sa jouissance explosa.

Mais cela ne lui suffisait pas.

Niall était toujours en elle, dur et puissant. Ses mains lui caressaient tendrement le dos, les fesses, et elle était si bien entre ses bras que son désir se réveilla avec une violence surprenante. Elle sentit ses muscles se contracter autour de lui.

Il rit, d'un rire rauque et viril, illuminé par la blancheur animale de ses dents. Le regard planté dans le sien, elle s'assit, l'attirant plus profondément en elle, et commença à bouger sur lui. Elle vit son regard se voiler, son corps se cambrer et accueillit son spasme de jouissance avec une satisfaction sauvage. Alors, elle jouit encore.

Ils restèrent quelques instants étourdis, avant de s'endormir, enlacés. Quand Grace se réveilla, le feu crépitait avec autant de vigueur dans la cheminée et Niall dormait. Elle glissa doucement le long de son ventre et le prit dans sa bouche, le sentant gonfler sous ses caresses. Puis ils s'unirent une nouvelle fois.

Les heures s'égrenaient sans que ni l'un ni l'autre n'en ait conscience. Il lui offrait son corps sans réticence, la laissant faire ce qu'elle voulait, retenant sa jouissance pour mieux la satisfaire. Grace ne savait pas si sa faim serait jamais assouvie, si ses sens si longtemps méprisés seraient jamais rassasiés. Elle caressa toutes les parties de son corps. Elle s'empara de ses lèvres, les goûtant, s'enivrant de la saveur, de la puissance de ses baisers. Lorsqu'une bienheureuse béatitude lui accorda enfin un peu de répit, elle le prit profondément dans sa bouche. Sachant combien il luttait pour se contrôler, elle multiplia ses caresses et, avec un gémissement rauque, il l'écarta et la jeta sur le lit.

— Tu m'as mis à rude épreuve, gronda-t-il en s'allongeant sur elle. À mon tour, maintenant.

Et il glissa en elle. Elle l'avait cru à bout de résistance, mais elle découvrit qu'il n'en était rien. Un nouvel orgasme ne ralentit pas son ardeur. Sous des caresses aussi dévastatrices que délicieuses, elle s'abandonna sans retenue à toutes les sensations qui explosaient en elle. Le feu mourait dans la cheminée, les bougies étaient depuis longtemps éteintes quand, dans l'obscurité, il lui fit encore des choses qu'elle n'aurait jamais cru permettre à un homme.

Étendue contre lui, la tête posée sur son bras, il lui sembla que son corps était enfin rassasié. Niall, la main sur son sein, caressait son mamelon d'un pouce distrait. Elle respira avec délices son odeur musquée et réalisa soudain qu'elle ne se souvenait plus de l'odeur de Ford.

Une vague de souffrance la noya dans ses flots tumultueux. Un sanglot s'échappa de sa gorge. Sans un mot, Niall la serra contre lui.

Elle ne sut pas combien de temps elle pleura. Elle avait si longtemps refoulé son chagrin qu'une fois les vannes ouvertes, elle fut incapable de les refermer. Le corps secoué de sanglots, elle pleura jusqu'à en avoir mal.

Niall la tint contre lui sans flancher, ne la laissant pas partir, même lorsqu'elle le griffa pour se libérer de son étreinte. Elle se battit en silence contre les deux morts qui l'avaient anéantie, contre la terreur et la haine de l'année qui s'était écoulée. Elle lui frappa la poitrine de ses poings fermés, jusqu'à ce qu'il les emprisonne et roule sur elle pour la contrôler.

Elle eut la nausée et il la conduisit vers le pot de chambre, lui soutenant la tête pendant qu'elle vomissait. Puis il lui fit boire un peu de vin, la recoucha et la serra contre lui.

La lumière grise de l'aube pointait à la fenêtre quand ses larmes s'épuisèrent.

— Tu l'aimais, dit Niall en repoussant les mèches humides qui couvraient son visage ravagé. Tu ne l'avais pas pleuré, n'est-ce pas ?

— Non.

Le son rauque de sa voix la choqua.

— Je ne pouvais pas, ajouta-t-elle avec effort.

Elle se sentait recrue de fatigue. Les mains de Niall la caressaient, la réconfortaient, tout en lui disant qu'elle lui appartenait, désormais. Elle était si épuisée par les excès de la nuit qu'elle tressaillit lorsqu'il la pénétra ; mais ne lui offrit aucune résistance. Il s'enfonça profondément en elle, la comblant de sa présence, restant immobile jusqu'à ce qu'elle se détende.

Il ne bougea pas, ne chercha pas à jouir, se contentant de ce contact dont l'intimité et la douceur la bouleversaient. Quand il la sentit plus calme, il les fit rouler ensemble sur le côté, les mains sur ses fesses pour la maintenir ancrée sur lui.

Grace prit son visage entre ses mains.

— Je sais qui tu es, dit-elle enfin. Je sais que tu es le Gardien. Je suis venue du XXe siècle pour trouver le Trésor et l'utiliser pour détruire l'homme qui a tué mon mari et mon frère.

26

Installé à sa table, Niall regardait tranquillement les livres que Grace avait apportés. Pensant le convaincre qu'elle disait la vérité, elle lui avait demandé d'aller chercher son sac dans sa cachette, mais elle réalisait à présent qu'il n'avait réclamé aucune preuve. Il les étudiait par curiosité, pas par besoin de confirmation.

Il avait rapidement enregistré les évolutions de la langue.

— Je savais bien que ton accent était bizarre, lui avait-il dit au début. Ainsi, il existe des terres au-delà de l'océan. Je me suis toujours posé la question, avait-il ajouté un peu plus tard.

Il n'était ni choqué ni incrédule. Il possédait un niveau d'éducation élevé, connaissait sept langues et était quotidiennement confronté à l'invraisemblable. Mais il était d'un calme insupportable pour les nerfs fatigués de Grace.

— Ces papiers que tu as traduits, finit-il par dire en se tournant vers elle, tu dis que j'en ai écrit une partie ?

— Oui, tu les as signés et datés. 1322.

— Je n'ai rien écrit.

— Mais je les ai vus.

— Il se peut que tu sois la cause de leur existence.

Elle examina cette possibilité et se mordit la lèvre.

— Tu veux dire qu'ils n'auraient pas été écrits si je n'étais pas revenue ? s'exclama-t-elle après une minute de silence. Mais je suis revenue parce qu'ils ont été écrits !

Un sourire amer effleura les lèvres de Niall.

— Je hais Dieu pour ce qu'il a laissé subir à mes compagnons, fit-il d'une voix posée, mais je ne peux douter de Son existence. Comment le pourrais-je, alors que je suis le gardien de Son pouvoir sur terre ?

Il haussa les épaules.

— J'ai cessé d'essayer de Le comprendre. Je ne fais que mon devoir.

— Tu hais Dieu ?

Elle le dévisageait, stupéfaite.

— Je n'ai pas demandé à être Templier. J'ai un talent pour tuer, expliqua-t-il, et je suis devenu le meilleur combattant d'entre tous. Nous étions au service de Dieu, nous défendions Son secret, et Il a laissé ses serviteurs se faire massacrer. Aucun chevalier n'a renoncé à sa foi, aucun n'a parlé, même pas quand les flammes du bûcher leur léchaient les jambes, leur dévoraient les entrailles. Ils sont morts dans d'atroces souffrances et il n'a rien fait pour les sauver. Il a peut-être délibérément détruit ceux qui savaient. Je suis le seul survivant. Mon serment, je ne l'ai pas prêté devant Dieu, mais devant mes frères morts pour Lui. C'est pourquoi j'ai tenu parole durant toutes ces années.

Sa voix était neutre, ses yeux lointains. Grace voulut le rejoindre, mais il lui sembla si distant qu'elle préféra ne pas bouger.

— Regarde-moi, poursuivit-il. J'ai trente-neuf ans. Je devrais commencer à vieillir, mais mes cheveux restent noirs et mes dents ne tombent pas. Je ne suis jamais malade et je me rétablis vite quand je suis blessé. C'est à cause de Lui. Pour que je veille sur le Trésor le plus longtemps possible.

— Non, fit-elle doucement. Tu n'es qu'un homme en bonne santé.

Au moins pouvait-elle le rassurer sur ce point.

— À mon époque, les gens vivent jusqu'à quatre-vingts ans, ils fêtent même parfois leurs cent ans. J'en ai trente et un.

Il haussa les sourcils, l'air légèrement surpris, et regarda sa peau douce et sans rides, ses cheveux brillants.

— Tu parais si jeune...

Elle préférait ne pas penser à la mine qu'elle devait avoir, les traits tirés de fatigue après cette nuit de débauche. Elle vint s'asseoir à côté de lui.

— Parle-moi de la Fondation, dit-il d'une voix dure.

Elle lui apprit ce qu'elle savait. Elle lui avait déjà fait le récit de ce qui était arrivé à Ford et Brian. Il écouta, ses longs doigts martelant la table.

— Je me demande comment ils ont eu connaissance de l'existence du Trésor, murmura-t-il.

— Une découverte archéologique, probablement, répondit Grace.

Elle hésita avant de demander :

— Ce Pouvoir... De quoi s'agit-il exactement ?

— Du Pouvoir de Dieu. Avec lui, tout est possible.

— Mais le pouvoir n'est pas quelque chose qu'on peut enfermer dans un coffre et le sortir quand on en a besoin ! Dieu ne peut pas entreposer Son pouvoir dans les fondations d'un château écossais et...

Il secoua la tête.

— Non, ce n'est pas ça. Les Templiers pensaient que les mortels ne pouvaient comprendre Dieu, que nous ne devions pas dire qu'une chose est impossible, parce que tout est possible pour Lui. Notre compréhension est bornée. Dieu ne se limite pas à ce que nos esprits étroits sont capables de concevoir. L'Église a établi des règles en prétendant qu'elles émanaient de

Lui, alors qu'elles ne viennent que de l'homme et de sa pauvre tentative d'interpréter Ses intentions.

Niall avait depuis longtemps décidé que Dieu avait délibérément détruit les Templiers, songea Grace. Selon lui, si Dieu avait voulu les sauver, l'Ordre serait aujourd'hui florissant.

— Mais pourquoi aurait-Il voulu détruire l'Ordre ?

— Pour protéger l'Église, répondit-il d'une voix fatiguée. Si imparfaite soit-elle, le bien domine tout de même le mal. L'Église donne un cadre à la civilisation, des règles, des limites.

— En quoi les Templiers menaçaient-ils l'Église ?

Il se leva et se campa devant la fenêtre, contemplant les terres sauvages et magnifiques qui étaient désormais les siennes.

— Nous savions.

— Vous saviez quoi ?

— Tout.

Plusieurs minutes s'écoulèrent. Puis, sans la regarder, il reprit :

— As-tu remarqué que je ne t'ai jamais appelée par ton nom ? Grace. Grace St. John. Je te désire plus que je n'ai jamais désiré aucune autre femme, mais je suis incapable de prononcer ton nom. Car il n'y a pas d'état de grâce, il n'y a que l'ignorance.

Grace fut choquée par ses paroles. Qu'il ne puisse pas dire son nom, c'était un peu comme s'il la rejetait. C'était peut-être le cas, d'ailleurs : il ne l'avait pas touchée depuis qu'elle lui avait avoué la vérité.

— Que saviez-vous ? murmura-t-elle.

— Ils ont tout trouvé dans le temple de Jérusalem. Le trône avec les lions, ce superbe trône barbare où sont sculptés Yahweh et Ashara, le dieu et la déesse, le masculin et le féminin. Ils étaient deux et ne faisaient qu'un. Les anciens Juifs les vénéraient tous les deux. Puis les prêtres ont détruit délibérément tous les autels dédiés à Ashara pour éradiquer totalement son culte. Yahweh est devenu Jehovah, le Dieu unique.

— Oui, je sais, fit-elle, se rappelant que cette découverte avait provoqué une tempête de conjectures parmi les spécialistes.

— Il y avait d'autres choses, poursuivit-il. Le calice, un objet très simple dépourvu du moindre pouvoir. La bannière. L'armée sur laquelle elle flotte est invincible. Elle représente les mêmes lions que ceux du trône.

Il poussa un faible soupir.

— Et le drap.

— Tu veux parler du linceul ?

Il eut un geste d'impatience.

— C'est ainsi qu'on l'appelle, mais c'est faux.

— Pourquoi ?

— C'est le tissu dans lequel on a drapé Jésus à la descente de la croix, expliqua-t-il.

— Alors, c'est le linceul. Il fut enterré dedans.

Les yeux de Niall étaient plus noirs que jamais. Sa bouche avait pris un pli amer.

— Non, ce n'est pas un linceul, parce qu'il était vivant. Il était le fils de Dieu et la croix ne pouvait avoir raison de lui. L'Église s'est construite sur cette histoire absurde de résurrection, alors que ses propres écritures affirmaient que Jésus n'était pas mort. Après, il était trop tard, la vérité aurait anéanti l'Église. Nous avons donc gardé le silence pour protéger l'Église, pour servir Dieu, et il nous a détruits en retour.

Il se tut quelques secondes.

— Son visage, jeta-t-il avec fureur. Le drap nous révélait son visage. Nous le révérions parce qu'il était la preuve du pouvoir de Dieu. Jésus était vivant ! Dieu est descendu sur terre pour sauver son fils parce qu'il avait rempli sa mission, puis Il a disparu dans une explosion de lumière et de chaleur. Nous avons retrouvé le récit ! Nous savions comment cela s'était passé ! Mais lorsque notre devoir fut accompli, Il nous a détruits. Et moi... je continue à Le servir.

Grace était incapable de proférer le moindre son. L'explosion de lumière et de chaleur, comme celle qu'elle avait ressentie quand elle avait franchi le temps...

— Que nous connaissions Ses méthodes n'avait pas d'importance. Nous croyions en Lui, nous le vénérions. Mais les autres hommes, avec leurs esprits étroits et leurs superstitions ridicules, n'auraient pas compris. Ils limitent Dieu à leur capacité de compréhension et d'imagination. Ils se seraient détournés de l'Église. Pas nous.

Son amertume était effrayante. Surmontant sa peur, Grace s'approcha de lui, sans oser le toucher.

— Mais toi aussi, Niall, tu interprètes Ses intentions et Ses méthodes en fonction de ce que tu comprends.

Elle se tut, tentant de mettre un peu d'ordre dans ses pensées. Elle sentait qu'il existait une puissance supérieure, divine, une signification profonde des choses et de l'univers, mais elle n'avait rien d'une théologienne.

— Je crois... Je ne crois pas que Dieu soit à l'origine de tout ce qui nous arrive, reprit-elle. Je crois qu'il nous donne la liberté de choisir entre le bien et le mal. Si ce n'était pas le cas, si nous n'avions pas le choix, nous ne serions que des pantins. Je pense que quand les gens font le mal, c'est qu'ils l'ont choisi. C'est eux que nous devons blâmer, pas Dieu.

— Pourquoi n'a-t-Il pas arrêté Philippe ? Pourquoi n'a-t-il pas foudroyé Clément ? Il aurait pu, mais il les a laissés agir.

— Il les a laissés choisir et ils seront jugés en fonction de leurs actes.

— Alors, je les retrouverai en enfer.

— Oh, Niall !

Débordante de tendresse et d'admiration, elle posa la tête contre son bras.

— Comment pourrais-tu aller en enfer ? Malgré ta souffrance et ta colère, tu as tenu parole et servi Dieu. Ne crois-tu pas que ton geste est plus important à Ses yeux que les actions de ceux qui n'ont jamais souffert, jamais été mis à l'épreuve ?

Il se tourna vers elle et la prit si violemment par les bras qu'elle poussa un léger cri.

— J'aurais préféré n'avoir jamais à le servir ! s'écria-t-il.

— Mais tu l'as fait.

— Oui, et ma vie entière est liée à ce château, à ce foutu Trésor que j'ai juré de protéger. Tu ne crois pas que j'aurais préféré avoir une vie normale avec une femme, des enfants ?

Son accent écossais était de retour.

— Cela m'est interdit. Le fardeau, le danger sont trop importants. Et maintenant…

Il s'interrompit brusquement.

— Maintenant ? répéta-t-elle.

Il lui adressa un sourire sans joie.

— Et maintenant, Il m'envoie la grâce, toi, mais uniquement pour me lancer dans un nouveau combat que je vais devoir livrer pour Lui.

Elle cligna des yeux, alarmée.

— Je ne suis pas venue pour ça. Je n'ai pas besoin de ton aide, seulement de ce que tu sais.

— Ah, non, jeune fille, tu as besoin de moi. Je suis le Gardien. Et seul le Gardien peut manier le Pouvoir.

— Comment ça marche ? demanda Grace nerveusement, en serrant la main qui la conduisait dans le passage secret.

Le château était endormi. Ils avaient passé la journée à discuter, parfois vivement, de la façon dont ils allaient s'y prendre. Huwe mort, la menace avait disparu, et Niall s'autorisa à relâcher un peu sa vigilance. C'était le meilleur moment pour partir.

Se souvenant de la violence du phénomène, Grace n'était pas pressée de recommencer.

— Comment fais-tu pour l'électricité ?

— Électricité ? répéta-t-il lentement, écoutant les syllabes de ce mot nouveau sortir de sa bouche. Qu'est-ce que c'est ?

— Une forme d'énergie, de pouvoir.

— Un pouvoir ?

Il rit.

— J'utilise le Pouvoir de Dieu.

Il avançait aisément, comme s'il n'avait nul besoin de la chandelle qu'il tenait à la main. Grace était moins rassurée. Le néant obscur qui l'entourait semblait engloutir la réalité même de Creag Dhu. Son cœur battait furieusement. Une peur incontrôlable lui étreignait la poitrine.

Elle reconnut la brise légère sur son visage et la pulsation subtile de l'air contre sa peau. Ils arrivaient en bas des marches. Niall posa la bougie par terre et continua de marcher dans l'obscurité, le bras fermement serré autour d'elle.

Le Trésor se trouvait dans les profondeurs les plus noires du château, caché à la vue et vibrant d'une énergie silencieuse. La pièce frémissait des secrets qu'elle renfermait. Les objets qu'elle abritait étaient de véritables trésors, non par leur valeur marchande, mais par ce qu'ils représentaient.

— Nous avons bu l'eau et mangé le sel, déclara Niall d'une voix grave. Prends-nous.

L'éclair fut aveuglant. Grace vacilla et fut happée par un tourbillon d'une force extraordinaire. Elle ne sentit plus rien pendant quelque temps. Quand le brouillard commença à s'estomper, elle essaya de se relever en gémissant.

— Laissez-moi vous aider, ma belle, fit une voix suave.

Des bras vigoureux la soulevèrent. Sa tête ballotta sur ses épaules. Lorsqu'elle revint à la conscience, elle ouvrit les yeux sur le visage souriant de Parrish Sawyer.

— Imaginez ma surprise lorsque les ouvriers vous ont trouvée étendue dans les gravats, fit-il d'un ton badin. Je les ai tous renvoyés, à l'exception de quelques hommes de confiance. Je crois que vous connaissez déjà Conrad. Et vous vous souvenez peut-être de Paglione.

Étourdie, Grace posa les yeux sur l'homme qu'elle avait blessé sur le parking du fast-food. Son regard dénué d'expression ne cilla pas. L'autre homme, Paglione, lui semblait vaguement familier, sans qu'elle puisse se rappeler où elle l'avait rencontré.

Le vent ébouriffa ses cheveux et elle tourna le visage vers l'océan. Une brise marine soufflait sur ce qui restait de Creag Dhu, quelques murs en pierre encore debout et les gravats extraits par les ouvriers. Où était Niall ? L'avaient-ils déjà trouvé ? Avait-il seulement survécu au voyage ?

— Alors, lança Parrish d'un ton faussement enjoué, on veut l'or pour soi toute seule ?

Il lui pinça cruellement le sein. Grace réprima un cri de douleur et retint les larmes qui lui montèrent aux yeux. Elle ne lui donnerait pas la satisfaction de la voir pleurer.

— Il n'y a pas d'or, déclara-t-elle.

Parrish se raidit et plissa les yeux.

— Quoi ?

— Le Trésor n'est pas fait d'or, mais d'objets. Il n'y a pas d'or ! répéta-t-elle.

— Tu mens, espèce de sale garce ! s'écria-t-il, abandonnant le vouvoiement poli et ironique avec lequel il l'avait accueillie.

Il la gifla violemment. La force du coup l'aurait jetée à terre s'il ne l'avait pas tenue par le bras. Il releva la main pour la frapper à nouveau, mais suspendit son geste en entendant une voix dire dans son dos :

— Si, il y a de l'or.

Parrish se retourna vivement, tirant Grace par le bras. Niall, impassible, les observait tranquillement. Le vent soulevait ses cheveux et jouait avec les pans de son kilt. Un sourire désinvolte flottait sur ses lèvres. Il s'appuyait négligemment sur la garde de son épée fichée en terre. Avec cette noblesse naturelle que beaucoup d'hommes modernes lui auraient enviée et son air sauvage et indomptable, il était magnifique.

— Qui êtes-vous ? demanda Parrish.

Conrad et Paglione, armés, avaient déjà bondi de chaque côté de Niall.

— Niall d'Écosse. Et cet or m'appartient.

Les yeux de Parrish s'étrécirent encore.

— Vous l'avez trouvé ?

Niall semblait beaucoup s'amuser.

— Je ne l'avais pas perdu.

Il jeta un coup d'œil à Grace. Son regard s'arrêta sur sa bouche et se durcit quand il vit le filet de sang que la gifle de Parrish avait fait couler au coin de ses lèvres.

— Bon, c'est une complication, en effet, admit Parrish, mais je ne crois pas que vous l'ayez entièrement dépensé, sinon vous ne seriez pas fagoté comme ça. Vous ne l'avez peut-être même pas, d'ailleurs.

— Tu te trompes, je l'ai, corrigea Niall en glissant la main dans l'échancrure de sa chemise.

Son geste provoqua la réaction immédiate et simultanée de Conrad et de Paglione, qui pointèrent leurs armes sur lui. Niall haussa les sourcils, sans cesser de sourire.

— Du calme, les gars.

Il sortit la main et l'ouvrit doucement. Une pièce d'or brillait dans sa paume.

Parrish sourit à son tour, son visage séduisant s'illuminant d'une abjecte cupidité.

— Où est le reste ? demanda-t-il.

— Pas ici. Je l'ai caché ailleurs pour éviter ce genre de situation.

— Alors, il va falloir me le dire, fit Parrish. Conrad s'est occupé de types plus coriaces que vous. Vous n'allez pas apprécier ses méthodes, mais vous avez malheureusement l'air assez obstiné.

Sans attendre de signe de Parrish, Paglione avait anticipé l'ordre et s'était déjà approché de Niall.

Le regard de Grace s'enflamma. Elle avait vu deux hommes qu'elle aimait mourir sous ses yeux, elle ne revivrait pas ce cauchemar une nouvelle fois. Avec un cri rauque, elle se dégagea de l'emprise de Parrish et lui écrasa son poing sur le nez. Les cartilages craquèrent et le sang coula de ses narines. Il recula. Paglione fonça sur elle, pistolet au poing.

Conrad visa et tira. Grace se jeta en avant avec un hurlement, mais Parrish la rattrapa, l'empêchant de s'enfuir.

Paglione, paralysé de surprise, ne cilla même pas. Le petit trou sur son front était très net. Il s'effondra sans vaciller.

Parrish regardait Conrad, bouche bée.

— Vous êtes complètement taré ! cria-t-il d'une voix aiguë.

— Non, répondit Conrad en se tournant vers Niall.

Sa tête de gorille s'inclina doucement.

— Je suis à ton service, Gardien.

Niall accepta son obédience d'un hochement de tête.

Parrish sortit un pistolet qu'il pointa sur la tempe de Grace. Il commença à reculer, trébuchant avec elle sur les gravats.

— Je vais la tuer, déclara-t-il en avalant le sang qui lui coulait du nez. Je vais la tuer.

Niall souleva son épée et posa la lame sur son épaule, la main négligemment serrée sur la garde.

— Non, rétorqua-t-il tranquillement. Tu ne vas pas la tuer.

Il regarda Grace et lui adressa un sourire si radieux et si doux qu'elle sentit son cœur flancher.

— Grace… va-t'en !

Elle se laissa tomber, glissant simplement entre les bras de Parrish. Pris de court, celui-ci voulut la rattraper, mais il trébucha et tomba à genoux. Grace rampa pour lui échapper, mais la balle qu'il avait eu le temps de tirer l'atteignit à la cuisse. Elle cria de douleur.

Parrish pointa alors son arme sur Niall puis sur Conrad, les menaçant de tirer s'ils faisaient un geste. Niall brandit son épée, son sourire se muant en une expression implacable et terrifiante.

— Es-tu gravement blessée, mon amour ? demanda-t-il avec une douceur que Grace ne lui connaissait pas.

— Non, répondit-elle d'une voix tremblante.

Le sang coulait à travers ses doigts. Elle pressa plus fort pour comprimer sa blessure.

Parrish tira sur Niall. Le coup résonna avec un bruit métallique dans les décombres de Creag Dhu. Niall avança, et Parrish tira une nouvelle fois.

— Tu ne peux pas me tuer, suppôt de Satan.

— Sois maudit, espèce de bâtard ! hurla Parrish, paniqué.

Niall était si proche de lui qu'il n'aurait pas dû le rater, mais il avait été décontenancé par la tranquille assurance du géant.

Le regard de Niall était lointain, fixé sur une cible au-delà de Parrish et pourtant en lui. Il tourna la tête vers Grace et lui sourit avec cette même douceur incroyable.

— La grâce m'a été donnée, fit-il. Tu m'as fait connaître le paradis, jeune fille, mais maintenant c'est fini.

Puis il posa la pointe de son épée sur la poitrine d'un Parrish terrorisé, les traits tordus par la peur. Un éclair zébra le ciel. La lumière aveuglante enveloppa Niall, se concentra sur la pointe de son épée et pénétra Parrish. Il hurla. Soulevé par une main invisible, il se dressa sur la pointe des pieds, le corps secoué d'atroces convulsions. L'éclair frappa une nouvelle fois. Son pantalon se couvrit de taches sombres et humides, et de la vapeur s'en échappa. Il avait les yeux exorbités. Ses mains commencèrent à roussir. Ses cheveux blonds s'enflammèrent et retombèrent en cendres aussitôt. Il ouvrit la bouche dans un rictus atroce, mais le rugissement du tonnerre étouffa son hurlement. La peau de son visage se mit à peler, découvrant son squelette. Baigné de lumière, Niall était parfaitement immobile. Tout s'acheva dans une formidable explosion. Parrish s'effondra comme un tas de guenilles sur la terre brûlée.

— Niall !

Ignorant la douleur, Grace réussit à se relever.

— Niall !

Il fut à ses côtés en quelques enjambées et la prit dans ses bras avant qu'elle ne s'écroule. Il l'étendit doucement sur le sol et souleva sa jupe pour examiner sa blessure.

Conrad s'agenouilla devant la dépouille encore fumante de Parrish. Ce qu'il vit dut lui convenir, car il fit un léger hochement de tête approbateur avant de rejoindre Niall.

Niall arracha une bande de tissu à l'ourlet de la jupe de Grace et la serra au-dessus de sa blessure. Il jeta un bref coup d'œil à Conrad.

— Tu es membre de la Société ?

— Oui. Nous connaissons l'existence de la Fondation depuis longtemps. Elle a toujours été infiltrée par un de nos membres. Elle n'a failli découvrir le Trésor que deux fois, en 1945 et aujourd'hui.

— Vous m'auriez tuée, protesta Grace d'une voix mal assurée.

Elle avait du mal à admettre que cette brute impassible au regard glacial était du côté de Niall.

— Si cela s'était révélé nécessaire, oui, répondit Conrad sans la moindre émotion. Je devais retrouver les documents et tout faire pour que Parrish ne les récupère pas. Puis j'ai commencé à me dire qu'ils vous étaient peut-être destinés, qu'ils n'étaient pas tombés entre vos mains par hasard. Vous êtes une des rares personnes au monde capable de comprendre leur signification et d'aller chercher le Gardien.

— Heureusement que tu ne l'as pas blessée, fit Niall en levant les yeux vers lui.

Son regard était aussi froid que celui de Conrad.

— Nous faisons notre devoir, répliqua l'autre. Comme toi.

La bouche de Niall se tordit en un pli amer.

— Oui.

Il regarda les cuisses découvertes de Grace et posa doucement ses mains rugueuses sur sa peau douce.

— Tu peux te lever ?

— Je crois.

Elle souffrait toujours autant, mais savait que la blessure n'était pas profonde. Niall l'aida à se relever, la soutenant pour qu'elle ne perde pas l'équilibre.

Il observa les alentours et remarqua les deux voitures garées un peu plus loin.

— Des automobiles, fit-il, vaguement hésitant. La dernière fois, je n'ai pas vu grand-chose en dehors du caveau et du fou qui s'y était enfermé.

— Un bunker, corrigea Conrad.

— Votre monde doit être plein de merveilles, dit Niall d'une voix absente. Mais aussi rempli d'horreurs.

— Oui.

Le regard de Conrad croisa celui de Niall et perdit de sa froideur. Grace ne pouvait voir son expression, mais elle comprit brusquement que Conrad aurait donné sa vie pour Niall et elle lui pardonna tout.

Niall se pencha sur elle et la dévisagea longuement.

— Je dois partir, fit-il.

— Partir ? répéta Grace, bouleversée.

— Je ne pourrais pas rester, même si je le voulais.

Il prit son visage entre ses larges mains, ses doigts caressant doucement ses joues, ses lèvres.

— Mon devoir est là-bas.

Il se pencha et déposa un baiser sur ses lèvres, puis il la relâcha et s'éloigna. Elle l'entendit répéter les paroles qu'il avait prononcées pour venir. Elle fit quelques pas vers lui, essayant de hurler son nom, mais la panique coinça les mots dans sa gorge. L'éclair l'aveugla.

Quand elle rouvrit les yeux, Niall avait disparu.

— Niall !

Elle boitilla jusqu'à l'endroit où il se tenait encore quelques secondes plus tôt. Rien. Plus aucune trace de lui. Conrad la prit par le bras.

— Il est parti. Il est le Gardien, dit-il sur un ton d'évidence, comme si cela expliquait tout.

— C'est un homme ! protesta Grace en se tournant vers lui. Un homme normal ! Il mange, il dort, il respire, il saigne, il n'a pas de pouvoirs surnaturels ou…

Conrad l'interrompit.

— Non. Mais Dieu, oui.

Il la conduisit vers une des voitures.

— Le Gardien a sa mission là-bas, nous avons la nôtre ici.

Elle trébucha et, sans un mot, Conrad la souleva dans ses bras et la porta jusqu'à la voiture. Elle se laissa faire en silence, écrasée par le chagrin. Niall était parti.

— Ce type me file les jetons, murmura Harmony en regardant Conrad s'asseoir à côté de Kris pour détruire avec lui tous les fichiers de la Fondation.

Il faisait nuit. L'immeuble était désert. Conrad et Kris auraient pu faire le travail seuls, mais Grace avait tenu à les accompagner. Harmony était venue également, car elle se faisait du souci pour son amie qui paraissait de plus en plus fragile.

— Il est bizarre, c'est vrai, admit Grace.

Elle avait passé un peu plus d'un mois avec Conrad et n'en savait pas plus sur lui que le jour de la mort de Parrish. Il ne parlait jamais de lui.

Il avait été d'une aide inestimable. Il s'était chargé de tout. Il avait contacté Harmony pour qu'elle s'occupe un peu mieux de sa blessure et s'était débarrassé du corps de Paglione, abandonnant celui de Parrish, victime malchanceuse de la foudre, dans les ruines de Creag Dhu. Grace s'était laissé faire comme une marionnette, plongée dans un état d'hébétude qu'elle croyait oublié. Niall était parti. La nuit, elle se réveillait en pleurant, tendant les bras vers lui. Ils avaient passé si peu de temps ensemble !

— Voilà, annonça Kris, triomphant. On ne peut pas détruire la Fondation, mais elle va rester dans le noir un bon moment. Tous ses fichiers sont envolés.

Conrad acquiesça, et un éclat de joie traversa son regard froid.

— Bien, fit-il avec satisfaction.

Excepté la mort de Parrish, Kris n'était au courant de rien, mais ce qu'il savait avait suffi pour qu'il ait envie de les aider. Harmony, qui ne s'était toujours pas remise de la disparition de Grace dans une explosion de lumière le mois précédent, se montrait encore plus protectrice.

Conrad se leva, les yeux fixés sur l'écran vide.

— Tu es sûr qu'aucun expert ne parviendra à récupérer les fichiers sur le disque dur ?

— Certain. Vous pouvez me faire confiance. Le disque dur est nettoyé. Si personne ne possède de copie, les fichiers sont définitivement perdus.

Conrad émit un grognement mécontent. Savoir qu'une copie était peut-être dissimulée quelque part l'inquiétait. Il avait personnellement fouillé la maison de Parrish, sans rien trouver. Mais une disquette aussi précieuse, si elle existait, avait toutes les chances de reposer dans le coffre-fort d'une banque.

Grace brûla les papiers sur lesquels elle avait travaillé si longtemps et regarda les flammes détruire son dernier lien avec Niall, le cœur serré.

Ils quittèrent l'immeuble ensemble, mais se séparèrent dans la rue. Leurs adieux furent brefs. Kris partit dans sa Chevelle. Conrad s'inclina devant Grace et s'éloigna dans la rue. Les deux amies se dirigèrent lentement vers la camionnette de Grace.

— Alors ? fit Harmony. Que vas-tu faire, maintenant que tu n'as plus de tueurs à tes trousses ? Les flics te recherchent toujours, mais leur persévérance et leur perspicacité ne sont pas très inquiétantes. Si j'étais toi, je déménagerais et je me trouverais un truc pépère à faire, du parachutisme par exemple.

L'ombre d'un sourire effleura les lèvres de Grace.

— Je n'ai aucun projet au-delà de demain, répondit-elle.

— Et que fais-tu demain ?

— Je vais sur la tombe de mon mari.

La matinée était chaude et ensoleillée. Deux bouquets de fleurs printanières dans les bras, Grace remontait les allées du cimetière en compagnie d'Harmony.

Grace connaissait l'emplacement des tombes : Brian était enterré à côté de leurs parents, Ford dans le caveau qu'ils avaient choisi ensemble, un peu plus loin. Les deux pierres tombales portaient des inscriptions. L'assurance-vie avait dû les payer, mais qui s'était chargé de les rédiger ? Des amis ou des collègues, certainement. En tout cas, elle était heureuse de voir que ces deux hommes remarquables n'avaient pas été enterrés dans l'indifférence.

L'épitaphe de Brian était simple : « Brian Joseph St. John. 11 novembre 1962-27 avril 1996. » C'était si bref, si anonyme ! Il avait trente-trois ans, était célibataire mais pourvu de nombreuses petites amies. Il adorait son travail, les mots croisés, la bière glacée et le pop-corn salé quand il regardait les matchs de baseball à la télé. Elle n'aurait pu choisir de meilleur frère.

Elle déposa un bouquet sur la pierre polie et s'éloigna, la vue brouillée par les larmes. Elle trébucha, et Harmony glissa son bras solide sous le sien.

— Ça va ?

— Non, murmura Grace, mais je dois le faire.

Contrairement à la tombe de Brian, celle de Ford était en plein soleil. L'herbe autour était épaisse et grasse. « William Ford Wessner, disaient les lettres gravées dans la pierre. 27 septembre 1961-27 avril 1996. » Une ligne avait été ajoutée : « Époux fidèle et heureux de Grace Élisabeth St. John. »

Ses genoux cédèrent et elle s'effondra sur l'herbe, malgré les efforts d'Harmony pour la soutenir. Elle tendit la main et traça les lettres de son nom, s'efforçant de retrouver ce que Ford avait représenté pour elle. Il lui manquait tellement ! Plus jamais elle ne reverrait son sourire en coin, ni l'éclat de joie qui brillait sans cesse au fond de ses prunelles noisette.

— Je t'aimerai toujours, lui promit-elle dans un sanglot.

Le cœur humain a la capacité d'aimer plusieurs personnes, sans qu'aucun de ces amours ne diminue l'intensité de celui qu'on porte aux autres. Niall était entré dans son cœur avant la disparition de Ford, allumant une petite étincelle de curiosité. La mort de Ford n'avait pas éteint cette flamme, au contraire. Elle avait grandi au cours des mois de solitude et de souffrance qui avaient suivi, lui donnant la force de survivre. Elle l'avait d'abord aimé sur le papier, puis dans ses rêves, et la flamme avait explosé en un véritable brasier. Combien de femmes avaient la chance de connaître deux amours aussi merveilleuses ? Ford et Niall n'avaient rien en commun. Ford était gai, toujours de bonne humeur, alors qu'elle savait Niall capable des pires colères. La vie à ses côtés devait être infernale.

Harmony s'agenouilla à côté d'elle, sans se soucier des taches d'herbes sur son pantalon blanc.

— Cela l'aurait gêné, demanda-t-elle doucement en désignant la tombe, ou aurait-il voulu te voir aimer encore ?

— Il aurait voulu me voir aimer encore, répondit Grace en passant la main sur l'herbe.

Et elle l'aurait souhaité pour lui si leurs positions avaient été inversées.

Elle posa son bouquet sur la tombe et effleura une nouvelle fois l'inscription. Depuis sa mort, la seule image qu'elle avait gardée de Ford était celle de sa mort, mais les mots gravés dans la pierre en firent surgir une autre, celle du jour de leur mariage. Elle le revoyait, nerveux et surexcité, les mains tremblantes, l'entendait prononcer ses vœux d'une voix grave, chargée d'émotion et de bonheur. À la fin de la cérémonie, il affichait un sourire si heureux qu'elle en avait pleuré. C'était ce sourire qu'elle voulait conserver dans sa mémoire.

Les larmes roulaient sur ses joues.

— Oh, Ford, murmura-t-elle. Je t'aime.

Harmony l'aida à se relever. Grace trébucha. L'herbe était épaisse et humide de rosée. Elle s'arrêta et leva la tête. La journée était magnifique. Elle prit une profonde inspiration, emplissant ses poumons des odeurs printanières. Les yeux embués, elle contempla le ciel d'un bleu resplendissant.

— On dirait que tu vas t'évanouir d'une seconde à l'autre, remarqua son amie d'un ton sévère. Tu as mangé quelque chose, au moins ?

— Non, pas encore.

Grace lui sourit. Elle souffrait, mais elle se sentait en paix. Justice avait été rendue, même si elle n'avait pu assouvir sa soif de vengeance.

— Tu as essayé de manger ou tu n'as fait que vomir ?

— Vomir.

Les nausées matinales avaient commencé trois jours plus tôt, et elles étaient d'une rare violence. Harmony lui avait dit que plus elles étaient fortes, moins elle avait de chances de faire une fausse couche. Si elle croyait ces contes de bonne femme, elle ferait du hockey sur glace au neuvième mois sans craindre d'accoucher prématurément, songea-t-elle avec un petit rire intérieur.

Elle toucha son ventre plat. Elle était enceinte de cinq semaines. Elle connaissait la date exacte de la conception. Elle aurait la grossesse la plus longue de l'histoire, celle d'un bébé conçu en 1322 et né en 1998.

Elle pensait à ce que Niall lui avait confié, à ses regrets de ne pouvoir vivre une vie normale avec une femme et des enfants. Il ne mènerait peut-être jamais cette vie-là, mais elle portait son enfant et il l'ignorait. Il s'était isolé, se consacrant à la protection du Trésor. Voudrait-il cet enfant ou le rejetterait-il ?

Il le voudrait, se dit-elle. Il lui avait montré sa tendresse et sa passion. Un homme comme lui aimerait son enfant. Il serait criminel de lui retirer cette joie.

— Tu vas repartir ? lui demanda Harmony en quittant le cimetière.

— Je dois essayer. Ce sera peut-être un voyage inutile, il va peut-être me renvoyer ici mais, s'il veut de moi, je resterai.

— Ah, l'amour ! s'exclama Harmony. Une femme prête à abandonner l'eau chaude, le chauffage central, la télévision, Sean Connery et les pizzas... J'espère qu'il a autre chose à t'offrir que ses nuits d'amour, ma fille.

— Il a un château, dit Grace en riant.

— Oui, mais plein de courants d'air. Enfin... Et quand est-ce que tu... t'envoles ?

— Le temps de rentrer en Écosse et d'arriver à Creag Dhu.

— Pas de danger pour le bébé ?

Grace posa une nouvelle fois la main sur son ventre.

— J'y ai réfléchi. Je ne crois pas. Le seul effet secondaire du voyage, c'est les courbatures.

— Tu veux que je t'accompagne en Écosse ?

— Ça me ferait plaisir. Et si tu venais avec moi ?

— Ah, non, pas question ! Tu vas me manquer, Gracie, mais je n'abandonnerais le confort moderne pour personne, même pas pour toi !

27

— Bon sang !

Grace entendit le cri de loin. Elle essaya de retrouver ses esprits, d'ouvrir la bouche. Sans succès. Elle replongea dans l'obscurité, puis le bruit la tira à nouveau du néant. Quelqu'un la portait délicatement. La tête lourde, les membres ankylosés, elle se sentait aussi démunie qu'un nouveau-né.

On la posa sur un lit. Ses doigts remuèrent légèrement sur de douces fourrures. Elle parvint à entrouvrir les paupières et vit un visage soucieux penché sur elle. Un visage encadré de deux petites tresses. Un éclair de joie la traversa. Niall ! Elle ne savait pas ce que lui réservaient les cinq minutes suivantes, mais elle se sentait heureuse pour la première fois depuis… Avait-elle été heureuse lors de son premier séjour à Creag Dhu ? Elle fronça légèrement les sourcils. C'était important. Non, décida-t-elle. Elle avait éprouvé un torrent d'émotions, mais pas cette vague de bonheur.

— Tu peux parler ? demanda-t-il en lui caressant les cheveux.

Elle remarqua l'accent écossais. Ce n'était donc pas le Gardien qui s'adressait à elle, mais l'homme. Un léger sourire flotta sur ses lèvres.

— Si tu peux sourire, tu peux parler.

— Peut-être, murmura-t-elle, les yeux toujours fermés.

Il eut un petit grognement de satisfaction.

— Tu m'as l'air assez réveillée.

— Assez réveillée pour quoi ?

Elle avait à peine terminé sa phrase qu'il posait les mains sur elle, défaisant ses lacets, glissant sur ses jambes et soulevant ses jupes. Son cœur fit un bond dans sa poitrine, mais elle resta parfaitement immobile. Elle se retrouva nue en moins de quinze secondes.

Niall ôta ses propres vêtements encore plus rapidement. Tremblant de joie et d'impatience, elle lui ouvrit les bras. Il s'allongea sur elle, semant des baisers sur chaque centimètre de peau qui se présentait à sa bouche.

— Plus d'un mois sans toi, murmura sa voix rauque contre son oreille, je ne peux pas prendre mon temps.

— J'espère bien, dit-elle sur le même ton.

Un rire heureux lui répondit, et elle s'offrit sans aucune retenue à l'invasion de son corps puissant. Il la prit entre ses bras, les traits tirés par un désir trop longtemps inassouvi, et plongea en elle. Elle frémit, s'accrocha à lui et le laissa agir à sa guise, sachant que son désir renaîtrait très vite après cette première fois. Il s'écroula sur elle, en nage, le cœur battant, le corps secoué des derniers spasmes de la jouissance.

— Cela signifie-t-il que tu n'as pas eu le moindre… soulagement depuis la dernière fois ?

Elle se prépara à sa réponse. Ils n'avaient échangé aucune promesse, elle n'avait même pas parlé de son retour. Dans ces conditions, comment aurait-elle pu lui en vouloir d'amener d'autres femmes dans son lit ? Mais une jalousie féroce lui serrait le cœur.

— Si le soulagement dont tu parles signifie coucher avec une autre, répondit-il avec irritation, alors la réponse est non.

Il releva la tête et lui jeta un regard noir.

— Bien, fit-elle avec une intense satisfaction.

Cette réflexion le fit sourire malgré lui.

— Ça te fait plaisir ?

— Énormément.

Elle se cambra contre lui, heureuse de voir à quelle vitesse ses mouvements ravivaient son désir. Elle fit glisser ses mains sur son dos, sentant les muscles souples sous ses paumes. Il avait un corps magnifique. Jamais elle ne se lasserait de l'aimer.

Il glissa un bras sous elle et les fit pivoter pour inverser les positions.

— J'en suis ravi, mais pourquoi es-tu revenue ?

— Pour toi, répondit-elle simplement. Parce que je t'aime. Si tu veux de moi, je suis prête à rester.

Elle lui prit la main et la posa sur son ventre.

— Si tu veux de nous, acheva-t-elle d'une voix mal assurée.

Ils n'avaient jamais parlé d'amour ni d'avenir. Mais quand elle se rappelait la nuit qu'ils avaient passée ensemble et la tendresse avec laquelle il s'était occupé d'elle quand elle s'y attendait le moins, elle ne pouvait s'empêcher d'espérer.

Il regardait son ventre, stupéfait, les pupilles dilatées. Il paraissait incapable de comprendre ce qu'elle venait de lui dire. Il essaya de parler, mais aucun son ne franchit ses lèvres.

— Un bébé ? fit-il enfin.

— Ça t'étonne, après ce qu'on a fait ? répliqua-t-elle en se sentant rougir.

Il sourit, l'agrippant par les hanches pour la maintenir sur lui, puis il rejeta la tête en arrière et partit d'un formidable éclat de rire.

— Qu'y a-t-il de si drôle ? demanda Grace en fronçant les sourcils.

Elle était heureuse d'être enceinte, mais ne voyait pas en quoi cette situation était amusante.

— Toutes ces années, commença-t-il, je me suis consacré à mon devoir, maudissant ce fardeau qui m'interdisait d'avoir une vie normale, et maintenant, je n'ai pas le choix ! Merci, Seigneur !

Les mots résonnèrent dans la pièce et il s'immobilisa.

— Grace, murmura-t-il, toute trace de rire envolée, tu es ma grâce.

Il l'attira vers lui, prit son visage entre ses mains et lui donna un long baiser.

— J'ai lu tes livres, tu sais, ajouta-t-il. C'est un monde magnifique que tu abandonnes.

— Le tien l'est aussi, à sa façon. Tu es là et cela me suffit. Tu es le Gardien, ta place est ici, alors je suis venue... après avoir dit au revoir.

— À ton mari ?

— À lui et à mon frère. Je n'avais pas d'autre famille. J'en ai une maintenant, qui grandit en moi. Et je veux être avec toi... si tu veux bien.

— Vouloir ? grommela-t-il. Grace, il y a des mois que je te veux, que je t'attends sans que tu te montres. J'ai brûlé de désir pour toi. Je me suis consumé à cette flamme, alors oui, je t'aime, si c'est ce que tu veux entendre. En as-tu jamais douté ? Lorsque je t'ai trouvée près du Trésor, je t'ai fait l'amour au lieu de te tuer, comme l'exigeait mon devoir. J'étais fou amoureux de toi ! Je suis heureux que tu veuilles bien rester. Autrement, j'aurais été obligé de te retenir de force.

— Alors, tu m'aimes ?

— Bien sûr, répondit-il tranquillement. Mais je préférerais te le prouver, au lieu de perdre mon temps à parler.

Et il le lui prouva longtemps. Quand Alice leur apporta à manger, elle ne put se retenir de sourire en voyant Niall affalé dans son fauteuil, à peine couvert par son plaid, les paupières lourdement baissées, somnolant dans un état de plénitude totale.

Grace, éveillée, était sur ses genoux, vêtue de la chemise de son amant. Niall semblait incapable de la lâcher. Elle était épuisée, mais se sentait merveilleusement bien. Elle n'avait pas eu de nausée depuis que Niall l'avait emmenée dans la grande salle, où ils s'étaient juré fidélité devant tous les habitants de Creag Dhu. Tout le monde avait insisté pour porter un toast à la mariée, puis au bébé à venir, et le deuxième verre de vin épicé lui avait été fatal. Finalement, elle s'endormit, la tête sur l'épaule de Niall, le cœur en paix.

Quand un pan de mur pivota à côté de la cheminée, elle mit ce phénomène sur le compte de la boisson. Mais lorsqu'un homme en sortit, elle se redressa, stupéfaite.

— Je t'ai envoyé un message, fit l'intrus en français.

— Oui, répondit Niall en écossais. Je l'ai eu. Ne te fatigue pas à parler français, elle le comprend. Si tu as quelque chose à me dire, parle en gaélique, elle n'est pas encore très forte dans cette langue.

— Que fait-elle ici ?

— C'est ma femme, répondit Niall en souriant à Grace. Mon amour, voici mon frère Robert, roi d'Écosse. Robert, voici Grace, ma femme et la mère de mon futur enfant.

Robert eut l'air aussi choqué que Grace. Elle dégringola des genoux de Niall et resta debout devant le roi d'Écosse, pieds nus, dans une chemise qui lui arrivait à mi-cuisse. Elle rougit.

Robert Bruce était un homme grand et fort qui devait approcher la cinquantaine. Il dévisagea sa belle-sœur avec un air approbateur, son regard s'arrêtant longuement sur ses jambes. Niall se leva et vint se mettre devant elle.

— Tu lui as tout raconté ? demanda Robert d'un ton de reproche.

— Non, elle savait déjà tout.

Niall tendit la main dans son dos pour s'assurer de la présence de Grace.

— Tu veux du vin ? proposa-t-il à son frère.

Robert se mit à rire.

— Espèce de vaurien, fit-il avec une exaspération pleine de tendresse. Tu tues un chef de clan, tu décimes sa famille et tu me demandes si je veux du vin ? Les nobles veulent chasser les renégats de Creag Dhu, et tu es le premier sur leur liste.

— Huwe m'a attaqué, répliqua Niall d'une voix dure. Et j'ai laissé partir tous les Hay qui ont survécu à la bataille.

— Oui, je sais. Je suis simplement venu te demander, te supplier même, de rester tranquille un certain temps.

— Si Dieu le veut, je mènerai une existence paisible auprès des miens, déclara Niall. Souhaite-moi beaucoup de bonheur.

Robert s'avança pour serrer Niall contre lui. Grace croisa son regard, et le mélange d'amour et de soulagement qu'elle y lut le lui attacha pour toujours. Il lui fit un clin d'œil et elle rougit à nouveau.

— Vous savez parler, jeune fille ? demanda-t-il.

— Oui, bien sûr, répondit-elle. Je suis ravie de faire votre connaissance, euh…

Elle s'interrompit, hésitant sur le terme à employer. Votre Altesse ? Sire ? Votre Majesté ?

— Robert, fit le roi. La famille m'appelle Robert.

Il inclina la tête, l'air perplexe.

— Votre accent est étrange, ni anglais ni français. D'où venez-vous ?

— De Creag Dhu, intervint Niall. Elle est ici chez elle.

Robert acquiesça, acceptant sans broncher ce nouveau mystère dans la vie de son frère.

— Quand le mariage a-t-il eu lieu ?

— Aujourd'hui.

— Aujourd'hui !

Robert éclata de rire.

— Alors, je vous laisse à votre nuit de noces. Profitez-en !

— Ne t'inquiète pas pour ça, lança Niall.

Robert disparut dans le passage secret en riant. Grace regarda le mur se refermer sur lui.

— Combien y a-t-il de passages secrets dans ton château ?

— Des tas, répondit Niall en la soulevant pour la porter sur le lit.

Il s'allongea à côté d'elle.

— Tu es parfaite, murmura-t-il dans ses cheveux, et ta place est ici.

— Je n'ai pas l'intention de m'installer ailleurs.

— Alors, demain matin, mon amour, je crois que je vais écrire ces quelques lignes qui te conduiront jusqu'à moi.

Il posa la main sur son ventre où grandissait déjà leur enfant, et ils s'endormirent dans les bras l'un de l'autre.

AVENTURES & PASSIONS

7 septembre

Sarah MacLean

La famille St. John - L'amour en 10 leçons

Inédit

Depuis qu'il est devenu le plus beau parti de la Saison, Nicolas St. John est assailli par les jeunes filles de la haute société en quête d'époux. Aussi, dès que l'occasion se présente de s'éloigner de Londres, il la saisit. Et lors de son périple, il va croiser la femme la plus déterminée et la plus délicieuse qu'il ait jamais rencontrée.

✦

Rose Lerner

Limely St. Lemeston - Tourments et délices

Inédit

Blessé sur le champ de bataille, Nick Dymond est revenu chez lui, au sein d'une famille obsédée par la politique. Lorsque son frère, candidat aux élections, est dans une situation difficile, Nick a une mission : déployer le légendaire charme familial afin de pousser la ravissante Phoebe Sparks à accepter une union politiquement avantageuse. Mais ce ne sera pas si facile.

✦

Julia Quinn

La chronique des Bridgerton - Gregory

Gregory Bridgerton a toujours cru au grand amour. Il sait qu'il va trouver la femme de sa vie. Le jour où il fait la connaissance de lady Hermione Watson, il croit que c'est elle. Hélas, cette dernière en aime un autre, lui révèle Lucinda Abernathy, jeune fille fort spirituelle mais qui n'est pas aussi belle que son amie. Gregory a cependant besoin de son aide s'il veut gagner le cœur de sa dulcinée. Et c'est alors que le destin s'en mêle…

Gaelen Foley

L'Inferno Club - Baisers maudits

Droguée, Kate Madsen est offerte au duc de Warrington par ses ravisseurs. Elle est exhibée devant celui que l'on appelle « la Bête ». Comment se défendre contre un tel colosse ? Quant à espérer de la pitié d'un homme qui serait un assassin à la solde d'une société secrète, c'est illusoire. Pourtant, lorsque son regard se pose sur elle, ce n'est pas de la peur qu'elle éprouve…

✦

Grace Burrowes

Les lords solitaires - Nicolas

Inédit

Grâce à un mariage arrangé avec Nicolas Haddonfield, vicomte Reston, Leah est soulagée d'échapper à une situation désespérée. Très vite cet accord ne lui suffit plus, mais elle ne comprend pas pourquoi il est si distant. Que cache-t-il ? La laissera-t-il trouver le chemin de son cœur ?

✦

Monica McCarty

Les chevaliers des Highlands - Le roc

Inédit

Enfants, Thomas et Elizabeth étaient inséparables. Aux yeux du fils du forgeron du village, la fille du puissant seigneur de Douglas était la plus belle des princesses. Jusqu'à ce qu'ils grandissent et qu'il lui déclare son amour. Éconduit et humilié par Elizabeth, qui ne l'a jamais considéré comme un parti acceptable pour une dame de son rang, il part guerroyer dans l'armée de Bruce. Pourtant, le destin va les réunir de nouveau.

PROMESSES

7 septembre

Catherine Mann

Toi, mon refuge

Inédit

Issue d'une famille de militaires, Sierra McDaniel n'a pas la vie facile au Refuge de la Seconde Chance, le refuge pour animaux où elle vit entre sa mère débordée, son frère de 16 ans et son grand-père malade. Quand elle apprend que son père vient de mourir en Irak. Or celui-ci avait recueilli un chien errant, Trooper, que Sierra voit apparaître au ranch, accompagné... du sergent Mike Kowalski. Après leur brève liaison, il y a entre eux des souvenirs brûlants mais Mike doit repartir. Pour eux, il n'y aura pas de seconde chance. C'est compter sans le facétieux Trooper...

CRÉPUSCULE

28 septembre

Sylvia Day

La marque des ténèbres - Amour et enfers

Inédit

En supprimant une nouvelle race de démons créée par Satan, Eve s'est attiré les foudres du Prince des Enfers en personne ! Désormais traquée par toute une armée de démons, elle ne peut guère compter sur le soutien d'Alec Caïn. Devenu distant avec elle, ce dernier révèle un côté ténébreux qu'Eve ne lui connaissait pas. Heureusement, elle peut faire confiance à Abel Reed, qui est plus décidé que jamais à gagner une place dans son cœur ...

Passion intense

7 septembre

Shelby Reed

Au moindre de tes désirs

Inédit

Avalon est un club très privé où, moyennant finance, chaque femme peut s'offrir les services d'un escort. La journaliste Billie Cort est chargée de faire un reportage sur cet établissement particulier et obtient un entretien exclusif avec le plus prisé de ses employés : Adrian. Elle ne tarde pas à être fascinée par cet homme qui allume en elle un désir brûlant. Mais pour espérer obtenir les faveurs d'Adrian, Billie devra en payer le prix. Est-elle vraiment prête à se livrer à lui corps et âme ?

28 septembre

Abbi Glines

Désir fatal - En plein émoi

Inédit

Fils d'une célèbre star de rock, Rush Finlay n'a jamais manqué de rien : villa en bord de mer, voiture de luxe, multitude de filles à ses pieds... Pourtant, lorsque Blaire débarque d'Alabama au volant de son pick-up, ce n'est pas seulement sa vie qui va être chamboulée mais aussi son cœur. Rush se doit toutefois de garder ses distances car il détient un terrible secret qui pourrait bien faire fuir Blaire pour toujours...

SYLVIA DAY
LA SÉRIE CROSSFIRE - I, II & III
JAMIE McGUIRE
Red Hill
TOP VENTES

5581

Composition
FACOMPO

Achevé d'imprimer en Slovaquie
par NOVOPRINT
le 24 juillet 2016.

Dépôt légal juillet 2016.
EAN 9782290054956
OTP L21EPSN000929N001

ÉDITIONS J'AI LU
87, quai Panhard-et-Levassor, 75013 Paris

Diffusion France et étranger : Flammarion